回味

沉默的风景

郭保林——著

中国出版集团　東方出版中心

目 录

CONTENTS

沉默的风景

——汴京风韵

记忆的潮水，继续涌流，城市像海绵一般，把它吸干而膨胀起来。描述今天的采拉，应该包含采拉的整个过去，然而这城市不会泄露它的过去，只会把它像掌故一样藏起来，写在街角，在窗格子里，在楼梯的扶手上，在避雷针的天线上，在旗杆上。每个环节依次呈现抓花的痕迹，刻凿的痕迹，涂鸦的痕迹。

——卡尔维诺《看不见的城市》

一

一个王朝曾在这里崛起。

一个王朝曾在这里沉沦。

它躲在黄河的臂弯里。黄河脾气很大，一翻身便使它葬身泥沙。

这座古城像庞贝一样，早已深埋在历史的废墟里，房屋、城堞、树木、砖石、宫殿，一切有生命和无生命的被一场洪水淹没了。我问地方志专家，汴京的遗存现浮在地面上还存有什么？他说，还有一座宋塔的塔尖。开封是城摞城，叠罗汉似的，古汴京早就沉没了。他的面色黯淡，口气里是遗憾和绝望。

晚上，我躺在宾馆的席梦思床上，辗转难眠：白天，游览的清明上河园、龙亭、开封府等名胜景点原来全是赝品，历史的复制。但是没有淹没的，还有大量的诗词曲赋，它们还保持着苍健的生机，闪耀着生命的光华。

这里介于江南和北国的临界点上，金水河、蔡河、汴河、大运河纵横交织，穿城而过，舳舻连绵千里不绝的画面，展示着这座都城的繁华和喧嚣。鸟瞰首都汴梁，京城分宫城、皇城、外廓城三部。宫城居北，为皇宫所在。皇城为官衙所在，朱雀玄武。外廓城位于皇城、宫城的东、南、西三面，为官民住宅及市肆所在。诸王毕、四海一，妃嫔媵嫱，王子皇孙，辞楼下殿，辇来于宋。南国周保权、荆楚高继冲、南汉刘张、南唐李煜、西蜀孟昶、吴越钱镠、北汉刘继元等一方方霸主，纷纷投降于大宋朝。九州精英云集汴梁，华夏才子荟萃京师。京师人才济济，群贤毕至，再加上那几年风调雨顺，开国的开封，真开了"封"。像硕大的金丝菊花开苞裂萼，璀璨无比，真是一夜春风花遍地。

其实，当初宋太祖赵匡胤选择汴梁为国都是错误的。扩建城池大兴土木时，他还后悔，这里不适合做京城。汴梁自古就是有名的"四战之地"，这里一马平川，无险可守，极易受到攻击。汴京段的黄河为"悬河"，走近黄河，黄河大堤像一堵陡然而立的墙横亘眼前，高出地面十米。史料记载，1949年前的两千五百年里，黄河泛滥一千五百余次，仅流经开封的八百年中就决口一百二十多次，汴京被淹七次，重大改道二十六次。

京师，京者大也，师者众也。京师是国家中枢所在，一旦有虞，那就是震动全国的大事，銮舆播迁，政令不行，这种灾祸将足以动摇宗庙社稷。太祖后悔，召开群臣商议，他想迁都洛阳或长安，但有大臣持反对意见，更有开国第一功臣御弟赵匡义极力反对迁都，晋王以首叩地言辞恳切："陛下，安天下者，在德不在险啊！"赵匡胤久久不语，只是长叹不息。退朝后，赵匡胤又长叹道：不出百年天下民力殚矣！

宋朝初期就自毁长城，杯酒释兵权，重文轻武，外交政策不是加强武备，而是弱化武装力量。"修文德以待远人"，期冀以德感化他人，这种外交政策实际上是苟且孱弱的——惹不起，还躲不起吗？人怕敬，进门不打送礼的，这是中国古老的生存哲学。面对北方游牧民族汹汹来势，最好的防御就是进攻，可大宋朝却只知道割地、赔款、纳贡。本来大宋朝能够降服辽国的，在辽国主动求和时，却与辽国订了“澶渊之盟”，把“息事宁人”的方针摆在首位，也就是花钱买平安。

本来皇上的表现是丧权辱国，但朝内一些阿谀小人却极力称赞皇上圣明，胸怀博大，庇护四夷众生之德，是大国的仁厚，大国的大度。原本皇上应许，每年给辽国白银百万，由于寇准恫吓谈判代表曹利用“如果超过30万，便杀你的头”，一场谈判下来，曹利用不辱使命，结果才每年输白银20万两，绢帛10万匹。

这就是宋真宗御驾亲征的成果。

二

“澶渊之盟”后，宋朝确实稳定了一个时期，东京的城市建设也加快了，人口增多，商贸繁荣，京城崇楼杰阁，拔地而起，林林总总，至于民间豪宅，屋瓦鳞鳞，流水潺潺，帝国风华已现端倪。东京原是小城，拱桥流水，梨白桃红，荷绿杏黄中，自然有着无限的秀丽妩媚，而今“宫城巍峨凝重，金碧辉煌，赫赫皇仪里，仍然不失些许清幽和欢愉之象。宣德门正南大道上花繁成簇，馥香芬芳。”天子的德馨犹如春风化雨，从深深如海的宫禁内苑里播撒开来，昭示着“与民同乐”的辉煌仁政。元宵之夜的五彩斑斓，清明上河图的繁华，已成为“东京梦华”的真实反映，连历朝历代的宵禁也松弛了。四时不绝的江淮扁舟，带来了都市繁荣，柳陌花巷的叫卖吆喝声，青楼楚馆的红纱灯笼，茶坊酒肆中的丝管琴弦，人声鼎沸，市廛喧嚣，已汇成一番融融之乐、一片天朝乐土的国风国韵。

东京是文人雅士的天堂，是骚人墨客的伊甸园，到处活跃着他们的身影。暗紫色长衫，高筒靴鞋，铲形的士子帽，或头戴乌纱，出现在酒楼茶肆中，出现在青楼楚馆花席上。繁荣的经济，需要繁荣的文化，词，这种音乐文学，应运而生，茂茂腾腾，如雨后春笋，一片生机。青衫愁苦，红粉怜才，每邂逅风尘，必多殷勤之思，依红偎翠，浅斟低唱，在花街幽巷中往往播腾不已。民间的曲子词渐渐流行开来，许多文人墨客为了在妓女面前一展英才，也激情洋溢地填词赋诗，那些曲子词大都是写男欢女爱，云雨巫山，离情别绪，春愁秋怨，他们在花街柳巷中不胜沉浮。西蜀和江南自古是富贵之乡，几代以来殊少战乱，人们赖其地利，子孙相乐，诗歌之风昌盛。诗与词，诗要求较严，格律谨饬、端庄、持重。词之一体以其声结合，结构松散而独树一帜，它的形式更适于表达儿女情感和幽怨心绪，更灵活，更宜抒发情感。南唐的李后主归宋后，几首哀怨悲戚的词章形成一代新风，接着是冯延己、韦庄紧踵其后，词风炽胜，以后便是王禹偁、寇准、林逋、柳永、晏殊、欧阳修、苏东坡、秦少游、周邦彦、李清照……一条奔腾的大河，涛飞浪卷，喷珠溅玉汹涌而来。这些文人的诗词都化为汴京生活的血肉。作为京都的开封，实际上由三部分构成：权力的、物质的、精神的。前二者都湮没了，只有精神的——文人墨客的诗词还浮在时间之流上。

天下复归一统，车船舟马带着亡国君臣、后宫嫔妃、词士乐工，辇来新朝，也把伴随着悠扬声调的清词丽句带到了东京。东京的繁华和温柔，既是一杯精神的吗啡，又是一阕安魂曲，把望乡的哀怨，失意的惆怅，闲适的心绪，怨妇的忧愁，妓女的淫逸，文人墨客的放浪，都融进那个优雅低靡的旋律，柔弱纤细的曲调。那清丽婉约的词章中，那一首首曲子词，也像一乘奇妙的仙槎，把柔婉美丽、缠绵悱恻的词带到现实生活当中。词，它的胚胎是隋唐的“新声”，再早是汉魏乐府。从大唐帝国的神圣庙堂，走进青楼妓馆，走进茶坊酒肆，走进市场，可谓是词的解放。

走进清明上河园里，我仿佛一下子掉进宋朝。历史和现实的切换，虚幻和真切的交替，使我感到晕眩。眼前是一片宋朝的繁华和喧嚣，酒肆店铺，男男女女一律是宋朝衣饰着装。女的裙摆曳地，衣襟飘飘；男的青衿长袍，头戴锦帕，脚蹬皂靴。时有官轿晃来摇去，一些皂吏举着“回避”的招牌，吆喝着，气氛顿时变得森严。我知道这是现代人的模拟，却又有若梦若幻之感。

张择端是北宋末年徽宗时期的宫廷画家，擅长画城市生活。我来汴京前认真品鉴过《清明上河图》，那是飞腾的画家的想象力，又是现实主义的写真。茶坊酒肆，街市行人，繁忙的汴京码头，纤夫船工吆喝，人群的熙攘，宋人的生活场景，曾化为艺术的经典。《清明上河图》虽是风俗画的鸿篇巨制，却弥漫着感伤的气息，像宋词一样婉约凄迷。但这幅画又不完全以写实取胜，而在意境上苦苦追求，闲闲淡淡的笔墨，轻轻细细的线条，蕴含着清婉的韵味……疏林薄雾，清波扁舟，柳烟缭绕，流水澄碧，毛驴清瘦，老牛隆重，这一切又给人一种繁华将逝的不祥之兆。

我想起一位词人周邦彦，他曾经三献《汴京赋》，以一赋而得三朝之眷。周邦彦二十九岁做太学生时，便向宋神宗献《汴京赋》，赋中极其热情地赞美汴京的繁荣、浮华、崇楼杰阁，气派宏大，水榭歌台，绮丽典雅，人烟稠密，货殖丰富，一片歌舞升平的兴旺景色。赋中大赞汴京“金堤玉渠”，“云屋建簃，琼栏压墀”，“池水溶溶，洋洋湜湜”，“城中则有东西之阡，南北之陌，其衢四达，其途九轨”，赞扬汴京之繁华“舟车之所辐辏，方万物之所灌输；宏基融而壮址植，姝鼎立而四岳位”。这篇洋洋七千字人赋，业采飞腾，奇文绮错，不兀夸饰之誉，最后高歌：“大哉炎宋！帝眷所属。而此汴都，百嘉所毓。”这篇赋穷尽主旋律作品的夸饰和誉美，宋神宗怎能不赏识，立即下诏，擢升周邦彦为“太学正”。

周邦彦博得大名，《汴京赋》一时洛阳纸贵。

汴京成为“八方争凑，万国咸通”的政治、经济、文化中心。九州的乐工歌伎涌入汴京，那些才华盖世的文人墨客，也纷沓而来，云集天子脚下。长卷《清明上河图》真实地再现了东京繁华的景象。

宋代在中国历史上堪称“中国的文艺复兴时期”，其衣饰文化，都蕴含着一种哲学与文学理性和浪漫的统一，与前朝唐代追求的恢弘、绚丽、华美的艺术风格形成强烈的对比。宋代的文化具有朴实、内敛、清新、理性之美。文人喜欢穿宽松的衣衫，佩戴头巾，以示高雅、儒雅。女子则与唐代女人相反，服装强调含蓄温婉、明理雅致的气质，士大夫的服装简朴，色彩素净。

东京也是文人雅士的精神家园。春花烂漫，秋叶静逸，曲院墨荷，亭台水榭，落日楼头，长桥卧波，小园香径，都是他们诗情倾泻之地，在杯盏交错中抒发清苦幽娴的情绪。

宋代文人反对浮华夸张的文风，提倡文章通达顺畅，梅尧臣提出“做诗无古今，唯造平淡难”。这种思潮，影响后人，苏轼、苏门四学士等将禅宗思想渗透在文学思潮里，书画艺术的审美领域，文人墨客一心追求淡泊、高远、宁静、超然的审美境界，产生了水墨淡彩为主的绘画风格。

柳永科考名落孙山，便“奉旨填词”，一头扎进勾栏瓦肆、秦楼楚馆，纵情翰墨，抒写对这些妓女的真情实感，怜悯她们的悲剧人生。歪打正着，柳永救活了一种文体，把词从宫廷里解放出来，走向民间，走向大众，柳永功不可没。

柳永许多词都是写给汴京的，或者是在汴京写的。除了那首千古绝唱《雨霖铃》（寒蝉凄切），另一首著名词章《倾杯乐》，是写帝京的繁华和楼阁的雄伟壮观与非凡气势：

> 禁漏花深，绣工日永，蕙风布暖。变韶景、都门十二，元宵三五，银蟾光满。连云复道凌飞观。耸皇居丽，嘉气瑞烟葱蒨。翠华宵幸，是处层城阆苑。
>
> 龙凤烛、交光星汉。对咫尺鳌山开羽扇。会乐府两籍神仙，梨园四部弦管。向晓色、都人未散。盈万井、山呼鳌抃。顾岁岁，天仗里、常瞻凤辇。

柳永笔下，那崇楼杰阁的雄伟，那道路街衢的宏阔，那城堞的蜿蜒、壮观，那舟船车马的涌动，还有祥瑞的气氛，悦耳的歌声，元宵佳节璀璨的焰火，多彩的纱灯，汴京的富丽堂皇、繁荣昌盛，淋漓尽致地得以表现，当时作为政治、经济、文化与中外交流中心的宏大气派，写得何等精彩，何等华美！柳永还有不少词写到汴京"帝剧场壮丽，皇家熙盛"，"遍锦街香陌，钧天歌吹，阆苑神仙"的繁华景象，也揭橥了上流社会的奢靡浮华。他有一首词《满朝欢》追忆"帝里风光烂漫"，"烟轻昼永，引莺啭上林，鱼游灵沼，巷陌乍晴，香尘染惹，垂杨芳草"，你看这京城的春色多么美好，轻烟袅袅，莺歌燕喃，鱼跃碧水，雨后的阳光洒满大地，杨柳依依，芳草萋萋。即使离开汴京时，柳永不仅仅是留恋烟花巷陌，纵情青楼妓馆的生活，还有对繁华的汴京的眷顾。那简直是另一幅"清明上河图"，是都市风景画、风俗画。

汴京的旖旎风光，烟花巷陌的靡靡之音，酒肆茶楼文人墨客的纵情歌吹，那些长短句，婉约也罢，豪放也罢，文章富丽也罢，词章娴雅也好，经不起风狂雨骤，朝代荣枯，江山易主，亡国之音，家破之叹，凄切而哀怨。汴京城外，红叶飘零，黄花憔悴，西风萧瑟，残阳如血，那温婉鲜嫩的小词却变了韵味：“碧云天，黄花地，西风紧，北雁南飞，晓来谁染霜林醉，总是离人泪。”

三

开封城内有座高台，名曰“古吹台”，别小觑这貌不惊人的土台，却增添了开封历史的深度、文化的厚度。春秋战国时期，晋国有一位双目失明的音乐家叫师旷，他的音乐造诣很深，是晋平公驾下的一位乐师。他经常在这座高台上弹奏乐器，人们为纪念师旷，就把这座高台称为“古吹台”。多少朝代，古台风化、倾圮，但开封人不断修复。古吹台近处有师旷祠，祠里有蜡像雕塑，师旷神态自若，低首抚琴，仿佛满屋飘逸着袅袅琴韵。他的乐技精湛，琴声常引来玄鹤起舞，天地动容。唐朝大诗人李白、杜甫、高适曾同登古吹台，饮酒赋诗。那是天宝三载，李白被唐明皇赐金还山，离开长安，东下洛阳，结识杜甫，便相携沿着黄河漫游，饱览锦绣山河，来到汴梁（开封）又遇到怀才不遇的高适，文坛三杰，风云集会。三人在古吹台上，畅饮长啸，文学史上留下一段佳话。传说，三人走后，一位姑娘聪慧而貌美，来到古吹台，见李白留在墙壁的诗句，笔飞墨舞、雄健苍劲，甚是喜欢，便花千金买下这道墙。这就是“千金买壁”的故事。又传说，这位姑娘后来嫁给了李白。我觉得这完全是后人的虚构了。

一脚迈进历史，捕捉一段飘逝的岁月。人们总喜欢追寻历史，是出于好奇心，还是历史有着神秘的诱惑？“历史话语，本质上是意识形态的产物，或更准确些说，是想象的产物。”踏着血路寻觅，光阴似箭，“谁愿意时光之箭再次射伤自己，去感到痛和恸？”岁月如水，谁愿滔滔之水再次淹没心灵息园？甚至冒着矢雨镞蝗去摭拾历史的断简残牍。人，是不愿满足于平庸和舒适的。阳光下只觉得宋朝的风从我身边飕飕吹过，风哀号着，却听不见回声。我否定自己的存在，否定眼前的真实，只觉得那嘈杂之音源自那个繁华的宋朝。

王安石的相府呢？到哪里寻觅那雕梁画栋、金铺玉户、飞甍翘瓴的深宅大院呢？相府深深如海啊！王安石任宰相八年，推行“熙宁新政”，由于急于事功，遭到朝廷重臣反对，一时朝野鸡犬不宁，沸反盈天。王安石非常固执，极力推行新法，打击排挤反对派，这一下子得罪了很多名臣文人。苏东坡就是反对新法的中坚者，范仲淹、欧阳修、曾公亮也反对，反对新法，即被打入旧党，贬谪离开汴京。“王安石是个怪人，思想人品都异乎寻常。学生时代很勤勉，除去语言学极糟糕之外，还算得上是学者，当然是宋朝的一个主要诗人。”林语堂说“他有救世主之心”，“无圆通机智处人治事之术”，很难与人相处，不过，此人生活作风极为严肃，漠视浮名，鄙视声色财货，也就是不好色，不贪财，清正廉洁，这些方面倒是赢得朝野交口称赞。

当苏东坡任礼部尚书时，在他被贬谪之前，去相府拜访王安石。东坡在书房里看到王安石未写完的一首诗，其中二句：“明月枝头叫，黄狗卧花心。”苏东坡反复读了几遍，觉得不妥，提笔改写为“明月当空照，花狗卧花荫”。王安石回来后极为不满，便贬苏东坡到合浦任职。东坡在合浦闲暇出外散步，问王安石的孩子，方知有“明月鸟”，花蕊小虫叫“黄狗”，也有黑虫子叫“黑狗”，这完全是地方俗名，苏东坡怎知道？所以贸然改了王安石的诗，身为宰相气量再狭窄，不能因苏轼改了他的诗而制造诗案，甚至下狱。这是王安石手下小人李定、章淳等人从苏诗中断章摘句，横加弹劾。欲加之罪，何患无词。还有那位大科学家沈括也告密，说苏轼有讥讽朝政之意，抓住苏诗：“根到九泉无曲处，世间惟有蛰龙知”，上纲上线，指控他“大逆不道”，一场冤案因沈括告密而震惊朝野，这“乌台诗案”也震惊了中国文学史。

元丰七年，苏东坡来到金陵，叩访王安石，两人都是名满天下的人物，虽政见相左，但都有博大胸襟，不计恩怨，谈诗说佛，兴致盎然，谈起“乌台诗案”，王安石愤愤地说，都是吕惠卿干的。苏东坡一笑置之，其实王安石也有一定责任。

“清明上河园”是以《清明上河图》为蓝本完全复制的宋代生活现场，设驿站、官邸、酒肆、茶楼、妓馆、花鸟虫鱼、食色货殖、休闲购物、校场、虹桥、汴河杨柳、码头货场……应有尽有，一个鲜活宋代城市的再现，不过是缩小版的。

我在上河园里漫步，走遍曲曲小巷，到哪里寻觅李格非的宅第呢？那后花园的海棠树还在吗？那高高的秋千架呢？一个豆蔻年华的少女悠悠地荡着秋千，咯咯的笑声惊飞了香樟树上的鸟儿。姑娘累了，下了秋千，坐在石椅上小憩。这时一位面貌清俊、风流倜傥的陌生公子闯入后花园，姑娘十分紧张，急忙躲避，不小心金钗滑溜，顾不得拣拾，躲到门外一棵青梅树后偷眼瞧来人，用叶子遮挡，心里平生第一次漾起异样的喜悦，还有别样的滋味，朦朦胧胧，暧暧昧昧，说不清道不明，是情的初潮，是爱的萌动？

> 蹴罢秋千，起来慵整纤纤手。露浓花瘦，薄汗轻衣透。
> 见有人来，袜铲金钗溜，和羞走。倚门回首，却把青梅嗅。

这首《点绛唇》活脱脱刻画出一位轻灵姿秀、纯洁多情、活泼开朗的少女形象。这是李清照初识赵明诚的景象，爱的种子莫名其妙地播进了少女心灵的沃壤……

宋代是男人踢蹴球、女人荡秋千的时代，宋代是公子哥儿走马斗鸡、玩蟋蟀的时代，宋代是把清词丽句揉搓得鲜艳欲滴，把水墨调和得均匀妩媚的时代（宋徽宗的瘦金体，还有淡远平静，线条柔和，跌宕雅致的山水），是赏梅养鹤、清高闲逸的时代。唐代马上取功名，马革裹尸，充满不斩楼兰誓不还的豪放气概，不想到了宋代却换成浅斟低唱、“彩线慵拈伴伊坐”的时代。其实中华民族在宋代以前是血性贲张的民族，炎炎盛汉，皇皇大唐，开天辟地，拓疆扩土，成就一个泱泱大国，横亘世界史上几百年的超级大国。到了宋朝，却一代不如一代，重文轻武，国势衰弱，朝政腐败，文恬武嬉，最后大片江山沉沦，汴京陷入敌寇。

秦楼楚馆声色追逐，舞女歌伎的翩翩舞姿，莺啼燕语的曼妙，怎能不引士人们的神魂荡漾？

东京更是才子佳人的温柔之乡。朱雀门东南，南熏门东北，乃是全国最繁华热闹的地方，贡院、太学、国子监、教坊、青楼、妓馆，勾栏瓦肆，白天人声鼎沸，夜晚红灯闪闪，笙歌隐隐，管弦声声，淫言媟语，传递出这座商业城市的芜杂和奢靡，这里又是浮浪文人纵情翰墨之地，宋朝的文人墨客，谁没有到此一展才华，谁没有拥红偎翠，激情一夜？

汴京的繁华和温柔，恰恰提供了词林成长的佳壤、沃土，营造出风流蕴藉的氛围，那些文人雅士，从宰相晏殊起，逐渐雅化，离思怀远是婉约词常见的题材。

宋词的出现，展示了中国灿烂古典文学最绚丽的一页风景，它是人类情感解放的潮汛，它把人带入一种梦幻、一种仙境之中，一句新词酒一杯。

澶渊之盟，边境无战事，北宋朝野，休养生息，朝廷上下，偷安苟且已成风气。奢靡之风，腐败之风，也逐渐盛行。品茶、饮酒、狎妓、赋诗、填词，已构成士大夫和官吏闲适生活的主要内容。宰相晏殊“喜宾客，未尝一日不饮宴”，他的词作尽是“梨花院落溶溶月，柳絮池塘淡淡风”，“春风不解禁杨花，濛濛乱扑行人面”，一片安详、富贵、平和的景象。晏殊《珠玉词》一百三十一首，大半是反映士大夫宴游嘉会生活的，往往着眼其“富贵气派”，粉饰歌舞升平的气象。他的名作《浣花沙》本是一首题材很俗的作品，在晏殊的笔下却新意迭出，伤春惜时，感叹时光流逝，物是人非。实际上是京城倦客的感慨叹息。“无可奈何花落去，似曾相识燕归来”，写得多么温雅、明净，情致缠绵。晏殊的词主要描写男女相思，离情别绪，他虽然瞧不起柳永，是身份地位悬殊使然，同时他的词不像柳永的词写男欢女爱生活，也没有柳永那种热烈而放荡的情怀。而晏殊以降，许多词人，多淫靡浓艳之作。

上层社会的污浊之气弥漫开来，在诗飞歌舞中，繁华的东京率先腐败开来，武备废弛，兵不识将，将不识兵，兵将不能战的态势已显露出来。开封也称菊城，菊花是京师的市花。“菊花遍圃中，汴菊最有名”，“十月花潮人影乱，春风十里动菊城”。

《东京梦华录》中，这样描述：“出朱雀门，直至龙津桥。自州桥南去，当街水饭，爊肉，干脯。王楼前獾儿、野狐、肉脯、鸡。梅家、鹿家，鹅、鸭、鸡、兔、肚肺、鳝鱼、包子、鸡皮、腰肾……至朱雀门旋煎羊，白肠、鲊脯、冻鱼头、姜豉子、抹脏红丝，劈切羊头，辣脚子，姜辣萝卜。夏月麻腐鸡皮，麻饮细粉，素签沙糖，冰雪冷元子，水晶皂儿，生淹水木瓜，鸡头穰沙糖，绿豆，甘草，冰雪凉水，荔枝膏……冬月盘兔旋炙，猪皮肉，野鸭肉，滴酥水晶脍，煎角子，猪脏之类，直至龙津桥须脑子肉止，谓之杂嚼，直至三更。”真是一幅舌尖上中国的写真画卷！

开封历经北宋十九位皇帝，成为京师一百六十八年，这是开封的鼎盛时期，风光旖旎，人物荟萃，城市恢弘，经济发达，富甲天下。

四

四月的阳光温暖明媚，阳光的脚步轻悄悄的，跌进树丛里被摔得粉碎，地上出现了一片摇曳菱形、方形、多边形的光斑，泄露出上天的秘密。我走在大街上，那仿古建筑、那树木、那流水，似乎也泄露历史的秘密。

京城的繁华，也是一个朝代兴旺的验证。

汴京的夜晚是动人的，且不说秦楼楚馆，鳞次栉比，瓦肆勾栏，遍布街巷，红灯闪烁，笙歌不辍，舞影翩翩，一片太平盛世景象。汴京最迷人的是元宵之夜，那是宋朝的狂欢节，五彩斑斓的彩灯，火树银花，锦绣交辉，把大宋都城装点成人间仙苑，皇亲贵戚"与民同乐"，高官大吏，车水马龙，家家张灯结彩，户户披红着绿，酒肆、店铺、小吃摊、杂货、游艺、杂耍、盘鼓表演，神课算命，博彩、斗鸡、跑马、赛狗，一片浮华喧嚣的京都风情。

你看到了吗？那十里御街，似乎也解禁了，荷戟持剑的兵丁也同市民放起鞭炮礼花，天空是礼花的瀑布，天女散花的绚丽，月亮从汴河郊外原野上冉冉升起，星光、月光、焰火、灯光融在一起，火树银花不夜天的璀璨。

姜白石有诗："元宵争看采莲船，宝马香车拾坠钿；风雨夜深人散尽，孤灯犹唤卖汤元。"

欧阳修有诗："去年元夜时，花市灯如昼。月上柳梢头，人约黄昏后。今年元夜时，月与灯依旧。不见去年人，泪湿春衫袖。"

汴京是词都。李后主作为战俘送往汴京，从那凄凉、悲怆的词章开始，一条词的大江便有了源头。随之而来，诗词与音乐彼此渗透，源于同一艺术门类，至今韵律学、诗体、语言和节奏，都是意与音乐的叠合。词永远是音乐的仆人。语言的极致就是音乐。没有任何时代会出现这么华美的音乐盛宴，也没有任何王朝的文化精英，如此钟情音乐。音乐，比诗歌、绘画更称得上艺术。它是形式与内容最完美的结合。词这种文体，像着魔似的，疯狂地繁殖，构成中国文学史上唯一敢于同唐诗对峙的奇峰。

苏轼和他的学生曾在这里度过一段幸福时光。

那位文人打扮的苏学士，那位身着绛紫色官服、头戴乌纱、足登高靴的欧阳修大人，婉约纤柔的秦观，身躯魁梧、浓眉大眼的黄庭坚，徒子徒孙们在一起品茗，闲聊。

一个人越有才，越显露稚气，因为胸中万卷书，口无一点尘俗气，面对红尘烟花世界，能不显得愚蠢、幼稚吗？汴京是水上之城，水域阔大，四河交汇。黄河在身后，脾气古怪，说不定一时不高兴，尾巴一翘，煌煌帝都皇宫便成了龙宫，蟹兵虾将，纵横驰骋。黄河的泥沙掩埋皇宫，崇楼杰阁，亭台水榭，烟城雾树，全淹没汪洋之中。但没有淹没一句诗词，那些千古绝唱、千古风流人物并没有埋没在泥沙中，它们依然高耸在历史的地平线上，或婉约文雅，或雄浑磅礴，或士气昂扬，或浅斟低唱，都为波澜壮阔的历史添一抹浪漫的色彩。

五

汴河实际上有两条，一条是古汴河，一条是"新汴河"。黄河十几次决口，古汴河早已荡然无存，在开封郊外连遗痕也难寻觅，当年唐朝的诗人李益，徘徊在汴河岸畔，看隋朝的宫殿的残垣断壁，大发怀古之情："汴水东流无限春，隋家宫阙已成尘。行人莫上长堤望，风起杨花愁杀人。"宋朝词人柳永曾在汴河桥头，与送行的妓女惜别，心情凄楚，"多情自古伤离别，更那堪、冷落清秋节！"那时的汴河两岸，杨柳堆烟，河面舳舻相连。柳永离开汴京，远去一方，那些妓女已与柳永结下感情，"和泪眼，片时几番回顾。伤心脉脉谁诉？"柳永的客船渐行渐远，送别的妓女才姗姗离去，汴河岸上只留下残月一勾，晓风一缕，岸柳摇曳，拂拂依依。

一条汴河不仅是大宋朝经济的动脉，也是文人墨客尽抒离情别绪，泪洒凝噎之地。多少诗人词客的灵感借一川流水，两岸杨柳飞扬飘洒！

“新汴河”则是清明上河园的一湾流水，这里依然杨柳依依，这里依然碧波湜湜，但没有了那个时代的气场，没有杨柳岸、晓风残月的境界，哪里会产生“脉脉人千里。念两处风情，万重烟水”的风情？没有了宋词的韵味，没有了宋朝的诗魂词魄，杨柳只是杨柳，流水只是流水，新修的汴河只是一个空空的符号。

由于最高指示倡导“歌儿舞女以终天年”，那些高官大士大吏，竞相蓄伎，流连曲坊，诗酒风流，填写新词，谱之管弦，朝野上下更是一片哀婉凄楚的歌音。整个大宋朝都沉溺在一片怨风愁雨中，尽管苏东坡持铜板铁钹唱大风，并不能彻底改变宋词凄婉的韵律。一个民族精神的塌陷，一个王朝情感的凄恻，是几句豪言壮语难以改变的；苏大学士几个著名的徒儿秦少游、黄庭坚都不听老师的话，况乎其他诗人词客？宋朝虽然经济上繁荣，但骨子里缺钙，是一头肥猪，怎能是西北群狼的对手？

宋词的俗靡之风，不仅得到词人的认同，还受到朝廷的赞许。宋人以能词而得官爵，以能词而受赏赐。有的往往以一句佳词而被誉为“张三影”，“红杏枝头春意闹”尚书，“山抹微云”秦学士等等，名扬四海。汴京是诗城词都，诗的律，词的韵，已深深融进一代代士人的血脉和灵魂里。文学是时代精神的折射，是诗人精神世界的反映。一个民族心境、心态、文化心理结构，灵魂如此阴郁，情感如此低迷，这个朝代还有前途吗？尽管一时的经济繁荣，市场繁华，还不是给强者摆下的盛宴？这是弱肉强食的丛林法则！

我坐在汴河岸畔，身边柳丝拂脸，眼前流水晃眼，我的思绪在一个王朝历史上挣扎、扑腾，千年沧桑，黄河吞噬一个城市，但没有吞噬一个朝代的历史。宋太祖“杯酒释兵权”手腕的高绝，烛光斧影的千古之迷依然在民间流传；风流天子南唐李后主的啜泣之声，王安石变法的倔强和刚毅，苏东坡乌台诗案的沉冤，包龙图打坐开封的传说，并未沉没，而飘浮时间河流之上的宋词，仍然灿烂着，喧哗着，从历史深处散发着文化的光芒。那遗风流韵仍氤氲在这古老而年轻的城市。

时值黄昏，河湾里很静。身旁的木槿花开了，春明三月，柳絮杨花落下飞来，在空中像飘像飞像舞，颇有古意的画面，却难寻觅宋词伤感的情绪，“轻轻的，漫漫扬扬”，哪有“自在飞花轻似梦”的意境？哪里寻觅思春悼春一缕愁怨？但我并无遗憾，那是个精神溃疡的时代，是艺术美残缺的时代……

汴京终于陷落了。北宋王朝覆灭了。历史的风景沉没了。只是时间之流上还飘荡着文人墨客的诗魂词魄，久久不散……

2015年1月

东平，古诗里的风景

一

也许有了山，这片土地才有了精神的突兀；有了水，才有了情感的跌宕，风景嘛，也形成了多维。要不然古往今来，那么多智者圣者、文人骚客频频叩访这片土地？孔子是圣人、哲人，不是诗人，一生只留下三四首诗，他称作“歌”，其中一首《获麟歌》，就是在东平写的，这是东平最古老的诗。“唐虞世兮麟凤游，今非其时来何求。麟兮麟兮我心忧。”老夫子在这里大发感慨，怀念尧舜时代的太平盛世，西周的礼仪秩序，今不如昔，眼下不是那个时候，礼崩乐坏，麟啊，你出来能求得什么？

踏着圣人的足迹，从先秦到晚清，从“建安七子”到“竹林七贤”，从大唐的“李、杜”、“岑、高”，还有李商隐这般重量级的诗人，到宋代的“欧、苏”，王安石、司马光、黄庭坚，以至元代的大诗人元好问，都徜徉在东平山水间，临风抒怀，登高长啸，或倾泻胸中郁垒，或触景生情，留下一大堆诗词歌赋，不少还是绝代华章。固然，中国文人喜欢“扎堆”，缺乏特立独行的精神，却也说明古称东原的东平蕴含着诗性的魅力，是一片神性的土地，诗意的栖居。

波平如镜的东平湖曾留下他们高歌的姿影，山野间幽幽小径曾镌刻下他们的履痕，东原州古城酒肆勾栏似乎还飘荡着咏觞之声……山水、风情是诗人产生灵感的酵母，是撞击思想火花的砺石，又给文人骚客带来感官的愉悦，审美的情趣，精神的慰藉。

山水，给文人墨客贯穿艺术、人生、宇宙的精神力量，从而便有了发自肺腑的心声，这种心声，有韵，有味，已经过审美化的处理。

陶渊明如果不是辞官回归故里，笔下能有“采菊东篱下，悠然见南山。山气日夕佳，飞鸟相与还”的景致吗？会有陶醉的心态吗？谢灵运如不寄情山水、不恤政事，能有“析析就衰林，皎皎明秋月。含情易为盈，遇物难可歇”的感悟吗？“山水含情晖”，“情晖能娱人”。山水是诗人精神的故乡，在这里他们感知了爱、泪水、尊重、平等、自由，还有痛。

中国历代文人都有屈夫子的遗传基因，不得志时就放浪山水，寄情泉林，面对朝晖、夕照、炊烟、归鸟、明月、秋风，甚至断垣残壁、枯树野藤，大发感慨，倾吐一腔怨愤、忧愁，往往是华章叠叠，绝唱缕缕，中国文学史有一大半是仕途蹇涩、官场侘傺的文人在山水间挥洒郁郁之情中写就的。

二

东平，古称东原，东有泰山，那是一个民族的精神家园。东平也有山，不过是泰山的嫡男孙女，比起他们的老祖宗矮小多了。还有号称小洞庭的东平湖，大汶河流经平原和山野，最终归于东平湖。别小看汶河，它既非名川，也非巨流，没有长江的浩瀚苍茫，恣肆雄浑，也没有黄河的纵横叱咤，九曲百折。大汶河是北方极普通的河流，默默然，静静然，不嚣张、不跋扈，似乎还有点腼腆、温柔。我是春天来到东平的，不是雨季，河水清冽、宁馨，似流非流，清澈得一眼看清水底的泥沙和鹅卵石。有了这汶河，这些土著人便有了灵性，有了感情，不会枯涩。大汶口文化名震华夏，是中华民族的发祥地，也是黄河流域最闪光的亮点。

东平历史上曾为国、为郡、为府、为路、为州，两千年间，它扮演了一个名城大邑的角色，是一个政治、文化、经济中心的角色。这里物埠繁华，交通发达，由于古济水、汶水、大运河、黄河交汇于东平湖，东平自古是四方水路交通之咽喉，南北大道又经东平北上燕京，故亦为陆路交通之枢纽。所以明代曾有“襟带燕赵，南控江淮，控援魏博，舟连四通，屹为津要”之誉。

自孔夫子，汉武帝、建安七子、东晋竹林七贤，这些圣哲帝王、风流才子曾莅临这片土地。唐、宋两代，那些国宝级诗人词家衣袂飘飘，步履轻盈出现在东平郡城。他们大汶河荡舟，东平湖划船，模山范水，游览名胜，写下瑰丽的诗篇，东平在古诗里留下一章章动人的风景。

我到过许多“诗城”：“宣城自古诗人地”的宣城，“车马相交错，歌吹日纵横”的凉州，还有“万户捣衣声”的长安，洛阳、扬州、汴京，这些都是文人骚客流连缠绵之地，中国文学史许多篇章都是在这里起草的，珠玑般的诗句也在这里茂茂腾腾生长出来。东平成为诗人墨客心驰神往之地，的确是山魂水魄的诱惑。

李白是在开元盛世的后期来到东鲁的，他二十五岁出夔门，沿长江东下，泛舟鄱阳湖，击桨洞庭水，在扬州朝出青楼，暮宿楚馆，醉卧金钗，云雨罗帐。一年散金三十万，大有落魄公子的豪奢。“十五游神仙，仙游未曾歇”，非凡的阅历造就了他非凡的成就。江南的山水他玩腻了，厌烦了，他便以安陆为据点，来到北国，浪迹东鲁，结识了一些贵公子、官吏、隐逸之士，且和他们诗俦酒侣，偕游各地。

这是天宝三载（744）春天，春光明媚，东平湖芦笋刚刚冒出水面，莲叶已出，荇藻逶迤，一片烟景。在洛阳他遇到仕途蹭蹬的杜甫，二人虽年龄相差近一旬，谈起话来却心心相印，那时杜甫的名气远不及李白，杜甫对李白也敬慕不已。两人说诗论文，话语滔滔不绝。这是大唐诗国的两颗巨星的相聚，第二年他们再次相聚于梁、宋，同时又遇到了另一位大诗人高适。那是秋天，一个温馨美妙的季节。其实，秋天在哪里都表现得楚楚动人。东鲁大地秋色更斑斓，阳光慈祥，金风温柔，云也明丽，漫山遍野的高粱、玉米、谷子成熟了，空气里氤氲着酒一样的香气，那是秋的芬芳。他们结伴而游，赴汶阳，过鲁郡，走曲阜，浪迹东鲁大地。登高赋诗，吊古品今，发历史之感悟，叹人生之际遇，寄情山水，放浪泉林，村野酒肆豪饮浪醉，泰山余脉长啸低吟，秋风飒飒，衣袂飘飘，三人热血喷涌，忧国忧民，抨击时政，校点春秋，言辞铿锵，口吐珠玑，相处非常投机。杜甫兴奋地回忆这次聚会："忆与高李辈，论交入酒垆。两公壮藻思，得我色敷腴。气酣登吹台，怀古视平芜。"

第二年秋天，李白与杜甫又在东鲁会见，东鲁就是泰山一带，两年三次相遇，又加深了他们的友谊。"醉眼秋共被，携手日同行"，两位诗坛巨星那种惺惺相惜的手足之情，可谓亲密无间了。

李白轻儒重道。他对儒家思想是批判的，甚至看不起儒生，自嘲"儒生"、"穷儒"。他居留东平时写过一首《送鲁郡刘长史迁弘农长史》，他说："鲁国一杯水，难容横海鳞。仲尼且不敬，况乃寻常人。"这位狂人，出言不逊，鲁国这一汪浅水，怎容得东海巨鳞？虽是赠别刘长史，更是自喻。他有一首诗，题目更是赤裸裸地为《嘲鲁儒》：

鲁叟谈五经，白发死章句。
问以经济策，茫如坠烟雾。
足著远游履，首戴方山巾。
缓步从直道，未行先起尘。
秦家丞相府，不重褒衣人。
君非叔孙通，与我本殊论。
时事且未达，归耕汶水滨。

这首诗就是嘲笑鲁儒的服饰、举止形态，讽其迂腐不堪，可笑之极，未足与论国济世。李白狂放不羁，任性纵横，终日浪游沉饮，怎能看得起儒生那一套行规蹈矩的做派？这与他的性情格格不入。他一贯轻儒生，笑孔丘，在他离开东平不久，来到济南参加道士的“道箓”，成了一名正式道教徒。

李白在东平留下四首诗，虽然不受儒家思想束缚，终日酩酊，却是喜欢东平山水的。

殷王期负鼎，汶水起垂竿。
莫学东山卧，参差老谢安。

这是为好友梁四送别的诗。劝梁四不要像前朝谢安那样，陶醉山水之间，那样于国于民还有什么用呢？李白一生追慕官场，四处跑官要官，当不上官，便抨击官场的黑暗，他自我吹嘘自己有“管、晏之术”，因得不到朝廷重用而痛苦。他却鼓励友人梁四积极入世。这种极其矛盾的思想贯穿他一生。李白思想的矛盾和分裂，处处都流露出来，有时甚至达到昨是今非的程度。他骨子里轻孔丘，却在《送方士赵叟之东平》中，嘱咐求仙、炼丹、行医的赵老先生，路过获麟台时，“为我吊孔丘”，那种依依深情，竟然潸然泪下。李白身上有纵横家的见识，身着道家的服饰修炼，灵魂深处还有浓厚的儒家思想、出世情结、事君思想，他汲汲以求，为此奔波终生。他很天真，既要大济苍生，又慕神仙轻举，希望二者能取得高度统一。

李白留给东平最著名的一首诗为《鲁中都东楼醉起作》。这是“酒中仙”的一幅自画像：

昨日东楼醉，还应倒接䍦。
阿谁扶上马，不省下楼时。

这简直是一个醉鬼的形象，神态昏迷，烂醉如泥，衣冠不整，帽子倒戴，谁扶上的马，也全然不知。

李白一生在东平附近的济宁居住了十八年，几乎是他整个的壮年时期，他在东平时间不长，却爱这里的山水草木。天上云卷云舒，地上水吟水歌，真是神仙居所。李白“五岳寻仙不辞远”、“遥见仙人彩云里”，他一生吆吆喝喝成神成仙，写了许多游仙诗，但终生没取得神仙户口，仍然是“农业户口”，连“国家公务员”都不是。其实李白的真实想法是游至列卿，成为朝廷重臣，他羡慕成仙，全是牢骚话。

东平的山赋予大地骨气的突兀，东平的水丰富了大地缱绻的柔情。

东平是一轴舒展开来的米家山水画。

三

高适是唐代著名的边塞诗人，他铿锵的边塞诗句，字里行间弥漫着腥风血雨、刀光剑影沙场厮杀的氛围。但他却有九首诗写于东平，可见这位军旅诗人对东平如何钟情。

高适只长李白两岁，长杜甫十二岁，三人相聚东鲁，高适算是兄。高适一生混迹军旅，后来竟成一方封疆大吏，朝廷重臣，仕途上比杜甫、李白顺达得多，兴隆得多。高适的祖父是唐高宗的名将，官至陇右道大总管。高适血管里奔腾着祖父的基因，可谓将门虎子。青年时期到长安求仕，高适以为“书剑”超人，能出人头地。结果他“十年守章句，万事空寥落”，愿望落空。科考失利，便想另辟蹊径，通过幕府获得官职，就像当今青年，大学没考上，读书做官的道路被堵塞，那就当兵吧，在部队好好干，也许能混个一官半职，运气好，还能混个团长旅长的干干。他决定出塞到幽州一带寻找出仕的机会，但未能如愿。天宝三载他又东征，第二年便与李白、杜甫共游汴梁，知音相逢，兴奋异常。

高适学诗很晚，自然对时已名满天下的李白，成就斐然的杜甫极为尊重，但高适的诗创作起点非凡。李白、杜甫离开东鲁后，他独自漫游东平。时至八月，正逢阴雨连绵，暴雨成灾，举目山河，“霖霪溢川原”，“稼穑随波澜”，对受灾百姓寄予深切的同情，大发忧国忧民之感慨。

我漫游在重新复建的东平古城，这里是一片“现代仿古”的古城，街道青石铺路，牌坊一座连一座，街道两旁是酒肆相连，店铺垆列，青砖黛瓦，木制门窗，全是明清建筑的仿制品，少了时空的苍凉感、沧桑感，但却使人产生一种幻觉，感到时光的逆转，历史的切换。我依稀在那酒肆看到衣冠不整、落拓不羁的高适。

高适在《东平路中遇大水》中，描写了一番农村水灾的令人惊心骇目的景象之后，叹道：“圣主当深仁，庙堂运良筹。仓廪终尔给，田租应罢收。”这首诗，简直是一张奏折，上书皇上，体恤民瘼，罢收田租，为东平灾民鼓与呼！

高适是以边塞诗闻名唐代诗坛，军旅诗就有千首，他为数不多之杂诗中，却有九首写于东平。高适如此钟情这片土地，固然，是他诗人多情善感，但这里山魂水魄的诱人怕是最主要的缘由。他在《东平别前卫县李寀少府》中，更直露地赞美东原大地风物，抒发对这片土地的情感：

黄鸟翩翩杨柳垂，春风送客使人悲。
怨别自惊千里外，论交却忆十年时。
云开汶水孤帆远，路绕梁山匹马迟。
此地从来可乘兴，留君不住益凄其。

这首送别诗，情深意切，看着朋友一片孤帆渐行渐远，而骑马站在岸边送行的高适却迟迟不肯回归。心里叹道：东平山水秀丽，从来是我们乘兴相聚之处，今留君不住，远去千里，能不感到悲凉吗？一片孤帆慢慢地看不见了，该回程的马匹却迟迟不行，既写尽了作者与李少府依依深情，更吐露了对东平山水的眷恋。

高适眷恋这片土地，诗中有多处赞美东平山水的："寄书汶阳客，回首平阴亭"，"隐轸江山丽，氛氲兰茝馨。"他的《东平旅游奉赠薛太守》中，诗人又一次热情地赞美东平："郡国长河绕，川原大野幽。地连尧泰岳，山向禹青州。汶上春帆渡，秦亭晚日愁。"大汶河绕东平州城而过，秦亭在东平西北，春日扬帆汶河，秋天到秦亭眺望落日，那真令人心旷神怡，寸心悠悠。

高适在滞留东平湖期间，尚未出塞入哥舒翰幕府，这时他的诗多反映人民疾苦。由于他贫困失态，长期浪游，较多地接触社会下层，自然能体悟百姓的苦难。他曾"泊船南河浒"，看到田园荒芜，农人之苦，"惆怅悯田农，裴回伤里闾"，诗人真想上书天子，给百姓关怀和同情，在天宝盛世的诗坛上这是不多见的，使我们看到盛世背后的阴暗。

四

韩愈以散文著称文学史，他一生存诗三百余首，但在五十六岁的生涯中却写给东平诗五首，在唐代诗人中仅次于高适。韩愈是一代古文宗师，毕生致力于复古运动，兴儒反佛，反对六朝文风。元和十四年，唐宪宗有迎佛骨之举，一时间，长安城为之轰动，欢呼雷动，"群臣不言其非，御史不举其史"，唯有韩愈上奏朝廷《论佛骨表》，竭力谏阻，言辞尖锐，说皇上之举荒谬，要皇上将佛骨"付之有司，投诸水火，永绝根本"，甚至说信佛皇帝要短命的。这下惹得唐宪宗大怒，下旨要将他处死。幸有大臣裴度、崔群力救，方免除死罪，从轻发落。

韩愈身比伯夷，但他丝毫不同于伯夷。伯夷乐于隐居，做岩穴之士，而韩愈作为一个思想家，始终锋芒毕露，战斗在思想战线的前哨。他排佛尊儒，愤世嫉俗。他的文章笔锋雄健，气盛言宜，以无可辩驳的气势和力量，批判佛教的欺骗性、虚伪性，虽有偏激，但不失一位思想家的气度。他甚至反对道教，他敢于“特立独行”，反对六朝文风，与柳宗元携手并肩，倡导古文运动。

韩愈那个时代，统治集团的思想理论，基本上是佛道思想，虚无缥缈，君臣们既不修身治家，又无齐国平天下的胸怀，浑浑噩噩，醉生梦死，一个王朝的末日还会远吗？

杜甫从儒学中吸取的主要是爱民思想，韩愈从儒学中吸取的主要是反宗教思想。

李白去世的第六年韩愈诞生，杜甫去世的那一年，唐代宗大历三年（768），韩愈才三岁。李白、杜甫诗歌成就在唐朝已是巅峰，但为人为官为文名声皆不佳的元稹却极力贬低李白，而他的好友白居易不仅抑李，也贬杜，这不是单纯的“文人相轻”，是人格低劣的表现。而韩愈对此现象极其愤慨，他在《调张籍》诗中，大声疾呼：“李杜文章在，光焰万丈长”，并说：“伊我生其后，举颈遥相望”，有力地捍卫了李、杜的唐朝诗坛的地位。

韩愈一生历代宗、德宗、顺宗、宪宗、穆宗五朝。这个时代某些门阀势力，仍然坚持朝廷显官须由公卿子弟中选择，也就是说世袭，用今天的话叫“官二代”、“官三代”，想依靠科举词采进身的士子，往往受到压抑摒弃，或终身埋没，或沉沦下僚，颠顿蹇涩，郁郁失志。韩愈一生就挣扎在这坎坷泥泞之中。韩愈何年来到东平，一时查不到资料，但他第一首写东平的诗，是为兵马部张侍郎再领郓州而作。张侍郎要去的郓州，那是风景秀丽的地方。春天，麦苗在暖风中拔节，紫燕在微风中曼舞，汶水潺潺湲湲，湖水波漪粼粼，风光旖旎，我不能随你前往，赠给你诗作，“长吟慰我思”。可见，韩愈心中的东平是何等美好！

这是长庆初年（821）的事。

他写在东平的第二首诗是《奉酬天平马十二仆射见寄》。他热情地歌颂鲁邦大地，这里政合通行，百姓心存仁厚之心，儒风盛行，没有佛道之气。诗人心情怡悦，坐在北窗下，遥望冬日天空，高歌长啸，一吐胸中块垒。

韩愈留给东原大地的第五首诗《郓州溪堂诗》是最长的一首四言诗。全诗二十七行，一方面叙述百姓的苦难、艰辛，一方面赞美东平山水秀丽“播播流水”、“浅有蒲莲，深有蒹苇”、“流有跃鱼，岸有集鸟”。同时也歌颂了马总（号溪堂）为国操劳，为民呕心沥血的高风亮节。这位马总为节度使，赐东平号天平军。马总体恤百姓，造福一方。长庆初年，朝廷要召马总还朝，东平百姓千方百计挽留。而且马总决不是那种目不识丁的草芥将领，他性笃好学，以简静为治，虽吏事倥偬，却书不离左右，为一代名宦。《郓州溪堂诗》歌颂了马总废寝忘食、办事公正、赏罚严明的廉洁作风，颂扬了他扶弱济贫、惩恶扬善的精神，称赞马总治辖的东平州境内一片歌舞升平景象。“既歌以舞，其鼓考考。”这是境内百姓安居乐业的真实写照。

五

晚唐时期，大唐王朝已夕阳西下。唐帝国国事蜩螗，党争惨烈，满朝朱紫，钩心斗角，藩镇割据，乱象丛生。白居易因上书严惩宰相李师道而被贬为杭州、苏州刺史。他何时来到东平，史料上难以查询，但他的《白氏长庆集》中却有《游小洞庭》诗。那时东平湖水面比今广袤得多，水势浩大，和梁山水泊相连，浩浩渺渺，周围港汊纵横，四方流水环覆。蒹葭苍苍，水鸟翔集，白日满湖泛金点银，夜晚，一湖星月，如银鳞跃动，真是水乡泽国。而东平湖是湖中之湖。白居易乘舟泛湖，游兴颇浓，迎风高歌：

湖山上头别有湖，芰荷香气占仙都。
夜含星斗分乾象，晓映雷云作画图。
风动绿萍天上浪，鸟栖寒照月中乌。
若非神物多灵迹，争得长年冬不枯。

可见东平湖风光之美，寒鸦照水，似乎栖于月宫之中。诗中赞美了白天和月夜东平湖的动人景观。这是白居易存诗三千首中，唯有的一首歌颂东平湖的。有人说，小洞庭并非指东平，在《全唐诗》补遗中，并未介绍“小洞庭”，应另有所指。而和白居易同时代的诗人，东平太守苏源明为东平湖命名“小洞庭”，唐朝其他湖泊皆无此名，由此推之这里的“小洞庭”无疑是指东平湖了。

东平在唐代为州府所在地，驻扎天平（东平）节度使，是一方重镇。令狐楚大人——晚唐诗人李商隐的“恩人”，也是牛李党争的牛党骨干人物。牛僧孺和李德裕是冰炭不容的仇雠。其实令狐楚为官政声还不错，他并非名门望族出身，但也非寒微，祖父均为低级官僚，令狐楚于德宗贞元年间考取进士后，在太原历任幕职，后入朝为翰林学士。穆宗即位后，李（德裕）党得势，令狐楚被驱逐出朝廷，贬为东平节度使。他任东平节度使是穆宗坐大位之后的事，那时令狐楚已到了人生的暮年。

令狐楚才华横溢，骈体章奏是他的优势，文章“工丽整饬”，气势劲健。因之颇得唐德宗的欣赏，两度提拔他为宰相。令狐楚在东平任节度使期间，写了大量诗篇，吟咏东平的山水。令狐楚大人政声颇佳。他的前任及周围同级官员每到州县视察，地方官员纷纷行贿，至少二百万钱，进入私囊，已成惯例，而令狐大人却分文不取，还废除毁掉了这一惯例。太和四年（830），令狐楚奏请皇上改东平县为天平县。当时山东大旱，赤地千里，草木无存，饿殍遍野，人至相食。令狐楚下令打开官仓，救济灾民，同时又下令均贫富，迫令富家出粮出钱，救济灾民，这一举措深受灾民欢迎，郓州一带百姓终于度过大灾之年。

令狐楚在任东平节度使期间，发现了少年诗人李商隐。读到才气超人、“五岁诵经书，七岁弄笔砚”的李商隐的诗文，令狐楚大为赞赏，并让李商隐与其子令狐绹交游，还亲自授以骈俪章奏之学，后又聘其入幕为巡官，先后随往郓州、太原等地。当时，朝内牛僧孺、李德裕两党斗争激烈，作为牛党一派令狐楚门客的李商隐，中举后又娶李党王茂元之女为妻。令狐绹为宰相后，以李商隐忘恩负义，深为忌恨，千方百计打击、排斥李商隐，致其终生不得其志。

李商隐在郓州当巡官时，只留下两首写于东平的诗，一首题目很长，为《天平公座中呈令狐令公，时蔡京在坐，京曾为僧徒故有第五句》，另一首题为《灵仙阁晚眺寄郓州韦评事》。前者是献给令狐楚大人的。此时李商隐五言诗的技巧越发纯熟，诗中表现了诗人不得志，确有厌恶仕途、辞官归隐的想法。但他知道很多人口是心非，嘴上说着“休官”，也大骂官场黑暗，偏偏一刻不忘在官场钻营，诗中鞭挞嘲讽这种现象。李商隐一生三次做幕僚，也就是做一些文牍工作，即文秘工作。此时他隐隐感到实现政治理想的途中，荆棘漫道，坎坷迍邅的前景，心情总是郁郁寡欢，思想上产生了一种消极悲观的情绪，以致后来发展到颓废地步。李商隐一生有许多诗是对自己身世凄凉的讴吟，是当时知识分子的真实写照。

后一首诗《灵仙阁晚眺寄郓州韦评事》中提到的灵仙阁已不再，旧址已难寻觅。我在东平登山临水，寻觅古人散落在山野间的残章断句。这里山野依然清秀，这里湖泉依然清碧，这里的华莲七月依然红艳灼灼，这里的岚光爽气依然明朗、开豁，但不见诗人骚客飘逸的衣袂，不闻他们长啸短吟、哀伤怨愤之声，连李商隐郁郁不快的叹息也难听到。一个才华盖世、诗书满囊的志士，即便有经天纬地之才，却得不到重用，“定笑幽人迹，鸿轩不可攀”，生活的磨难，官场的风雨，消损了他的凌云壮志，更没有车马喧阗、居庙堂之高的追求了。李商隐在东平仅为一个小小的文秘，自然谈不上政绩了，不知因何他在东平四五年时间，正值生命的华年，诗歌创作却不见丰收景象，即使不得志也不至于诗歌创作受到影响吧？诗言志，歌抒怀，愤怒出诗人，忧郁也出诗人，李商隐在郓州诗歌创作的歉产，是专家们值得研究的课题。

李商隐是晚唐最后一位驻足东平的诗人，这位以感伤为主旋律的诗人，一生沉沦下僚，官职卑微，且掉进牛李党争的漩涡里，滞郁顿挫，挣扎浮沉，最终郁郁不得志，过早去世。

六

花开花落，春来春去，东平依然风光迷人。那浩浩东平湖水，夏莲秋荷，蒹葭红蓼，鱼肥蟹黄，那泰岳余脉，丘陵逶迤，林木森森，依然吸引着历代文人联翩而至。他们春来赏阅湖水，秋来登高长赋，钓鱼亭里“占得仙家诗酒兴”，汶阳田里“却伴渔翁着钓蓑”，沂公园那花正闹春暮，惹得“林间幽鸟自相语”。“红杏枝头春意闹”的郎中宋祁，大文学家文彦博，一代宗师欧阳修、梅尧臣、韩琦，大文豪司马光、王安石，都驻足过东平，写下动人的华章。而苏大学士东坡居士留给东平的诗章最多，计十六首，可见他对东平爱之深，情之浓。其实，东坡一生并未来东平知州做官，但他写东平的文章有州志记载。他曾在这里大发感慨：“论事易，做事难；做事易，成事难。”

苏东坡一生多灾多难，但性情豁达，狂傲不羁，被贬被抑，依然不改潇洒倜傥之性情。他在《和鲜于子骏郓州新堂月夜二首》诗中，回忆去年东平湖（池）月夜泛舟之事，仍然余兴盎然，“繁华真一梦，寂寞两荣朽。惟有当时月，依然照杯酒”，而且盛赞东平（郓州）已是繁华“名都”了。东坡被贬黄州通判时，与朋友同游，与东原籍友人相遇，故人相见，如在梦中，自然回忆同在一起的日子，他们共同感怀，时光匆匆，如白驹过隙，人生短暂，仕途坎坷，不如辞官归隐，孤舟一叶，半篙流水，湖上风波，一舟烟雨，无官一身轻，那真是精神的解放，生命的自由。“知君此去便归耕，笑指孤舟一叶轻。”这是送友人回归故里的赠别，没有哀怨，没有悲伤，没有牢骚和怨怼，只有精神的抚慰。

苏东坡曾在西湖写过一首诗，千古绝句：

水光潋艳晴方好，山色空蒙雨亦奇。
欲把西湖比西子，淡妆浓抹总相宜。

其实这首诗移在东平湖也相宜。如果在烟雨蒙蒙的春日，乘一叶小舟驶向湖中，烟水迷茫，细雨如帘，芦苇摇曳，荇藻浮动，再有岸柳婆娑，灰蒙蒙的天空和绿水也浑然一体。湖畔只差一座雷峰塔了，谁说这里没有西子之美？

东坡曾在东原安居一个时期。这里的山水诱人，这里东高西低，湖畔湿地，高低各有所适，适合种植粳稻，也适宜栽枣栗，既有江南风光，又有巴蜀情韵，诗人在这里栽竹植果，自得其乐，一派闲适情调。后来，他弟弟苏辙也曾陪送东平人梁焘（神宗时进士、郓州人。在朝廷敢言直谏，主持公道上，不虑得失）至此，其实苏辙“东游本无事”，“只爱此山河古”。可见东平在唐、宋诗人心目之地位，而苏子由来到东平看到这里山水灵秀，风光佳丽，大发感慨，对那目极华靡、耳倦丝竹的官场生涯早生厌腻，不是为了那“一寸禄”，真愿意在这里住它三年！

清王渔洋，一代文宗，也曾来东平，留下脍炙人口的诗句。在《游小洞庭》、《东平宪王墓》两首诗中，他生动地描绘了东平美丽的湖光山色和丰富的人文历史。

东平，是文人荟萃、才贤毕至的文化名城。到了元代，东平更为繁华，成了个省会级城市。

这里湖水纯洁澄清，绿草如茵的岸边有散漫的牛羊，空气里弥漫着太阳晒热的水腥味、草腥味、泥腥味。不是西湖，西湖粉黛气太浓，有临摹唐诗宋词的痕迹，缺乏独创性。东平湖富有野性，朴拙浑然，那菱、那莲、那芦苇、那蒲草、那荇藻红蓼、那鱼虾野凫，还有天上的云，湖面的风，都展示着大自然的丰赡性、真实性。花开花落，云卷云舒，都是生命节律的变奏。东平大地，风华绝代，风情万种，千百年，数以百计的诗人墨客，趋之若鹜，把情和怨，一腔郁垒都倾泻给这山环水覆的土地，是对东平的信任、感恩，东平也给予他们精神的慰藉，这片山水，也因此有了诗的芬芳。

湖风温柔得不知让人怎么说好，我乘船荡漾在绿水中，犹如进入仙境，魂魄也融进风里，消失在水天相连的深处。

2012年12月

诗 城

一

凡文化名城，大都有名楼古塔，残碑断碣，也应该有荒寺古刹，斜阳一抹，衰草蔓烟。走近它，一股苍凉的意蕴扑面而来，使你顿然感到时光的幽邃，岁月的悠远。读读石碑上被风雨侵蚀而漫漶的字迹，再翻一翻纸页发黄的地方志，你眼前总会幻化出几个文化名人的身影来，飘然的衣衫，浪漫的诗情，使你感到小城文化底蕴的丰厚。

宣城是一座诗城，它浑身上下都挂满古代诗人的残句断章。

皖南是一朵花，宣城是花之蕊，妍丽，芳香，引得唐宋诗人纷至沓来，把满腔的诗情、哀怨、喜怒哀乐倾演给这片山环水复的土地，无意间还弄出许多千古绝唱，使这片山水扬名于世，人称之“自古宣城诗人地”。

从南齐至明清的文人雅士游历羁旅宣城者不下三百余人，或览胜怀古，斗酒赋诗；或寄情山水，低吟浅唱；或相互酬答，挥毫泼墨；或寻访旧踪，发思古之幽情，留下诗篇数以百计。试问夐夐华夏，有几处山水能使这些风流人物如此心驰神往？有几处风光能使文人雅士如此缠绵迷恋？

终于来到宣城。

一走进这座皖南小城就隐隐听到苍老的吟哦之声：“江路西南永，归流东北骛。天际识归舟，云中辨江树……”这是谢朓的声音，沙哑、低缓，透出一种淡淡的苍凉，长期压抑后得到释放的舒畅啸然之气。

谢朓是宣城最老的诗魂，他在南齐明帝建武年间来宣城任太守，政绩卓著，为官清廉，世称“谢宣城”。谢朓留下的诗不多，薄薄的一本《谢宣城集》，其中四分之一的诗篇写于宣城。他的诗被认为有“继汉开唐”之风，他的同代人沈约赞扬道：“三百年来无此作也”；连诗仙李白也佩服得五体投地：“一生低首谢宣城。”宣城因谢朓而辉煌，历代名士贤达，慕名纷然而至，因此也诗化了宣城，宣城的山山水水也成了他们诗词歌赋的载体。

谢朓“高斋视事”成为宣城一带的佳话。谢朓在宣城任太守时期，在治所之北自建一室取名“高斋”，为起居理事之用。后人将高斋改建，取名“谢朓楼”，成了流韵千古的一大景观。

谢朓公余闲暇就在高斋吟诗弄文。登楼远眺，临风抒怀，首先扑入眼帘的是敬亭山，“兹山亘百里，合沓与云齐”。在观山观水中，在与大自然对接中，他超越了时空，生命也超越了自我，因此成为这座城市的文化符号。自谢朓以来，先后直接写宣城的诗歌有六百多篇。无论你的视线在何处停落，都有一页清纯的风景。脚下的宛溪水，吸收了多少幽谷兰露，接纳了多少桃花流水，碧波澹澹，山花落水时，鱼鹰惊梦；青鸟点足处，尺水兴波。紫燕掠过楼头，撒一天呢喃；柳絮飞落槛格，敷一方清雪。远眺山景白云悠悠，丘壑中雾岚袅袅，从深山峪谷的寺庙禅院传来的晨钟暮鼓，穿过葱茏林木，深深白云，一声一声，悠长而深远，带来清新和宁静。

中国官场有个奇怪的现象，古代诗人都曾经雄心万丈，自诩有经天纬地之才，一旦仕途蹇涩，官场不得意，便寄怀山水，放浪江湖，而且似乎越不得意，诗越写得好。

谢朓的老叔谢灵运正是这种山水诗的开山鼻祖。他不同于陶渊明吟咏在自己一亩三分田，“结庐在人境，而无车马喧”，“孟夏草木长，绕屋树扶疏。众鸟欣有托，吾亦爱吾庐”，他的视野一直囿固在自家的房前屋后，瓜田秧圃，栖身垄土，日出而作，日入而息。这是典型的耕读人家，是封建农业经济社会最完整的一个细胞。人生归道，以求自安，这是陶渊明隐居之后，能够抵御世俗的诱惑，安于贫困，与田园相伴终身的人格之源。“暖暖远人村，依依墟里烟。”充满这一画面的是宁静与自满自足，而这一切皆来自诗人超然的情怀。

谢灵运则不然，这与他是纨绔子弟、贵族出身有关。他生于东晋王、谢两大门阀世族的谢家，曾叔祖是东晋宰相谢安，祖父是名将、淝水之战的总指挥谢玄。十八岁的谢灵运就袭封康乐公，食邑三千户，从小就养成一种放浪、奢靡的生活习性。谢家的庄园也相当恢弘壮观，且不说丹阶玉墀，琼楼高阁，舞台水榭，一应俱全，而且风景极佳：“左湖右江，往渚还汀。面山背阜，东阻西倾。抱含汲吐，款跨纡萦”。“山纵横以布护，水回沉而萦邑”，这是一座极富匠心的园林。园内园外之景相连在一起，构成深远、苍茫、缥缈之境，他从小生活在这种诗天画地之中，能不与物俯仰，神思焕发，诗潮澎湃？可以说既有士族居住之地必有的园林，也有文人生存的人工之境，所以谢家旺族，不仅出宰相、将军，也必然出诗人作家。

王、谢两族是东晋王朝门阀世族的领袖，谢灵运处在门阀、军阀激烈的矛盾冲突中，官运时起时伏，再加上他本人的门第优越感和特别强烈的个性，一生仕途迍邅，后来外放永嘉做了太守。

这位风流太守童仆成群，婢妾簇拥，常常不事政务，浪迹山水，染上一种狂热的山水癖。每次外出，“四人拖衣裙，三人提坐席”，恃才傲物，臧否人物，指点江山，狎山嬉水，达到嚣张的地步。有一次，他为游玩竟然从上虞始宁的南山伐木开道，一直到达临海，所带奴仆达数百人之多。临海太守王绣起初以为是山贼抢劫，大为惊恐，后来知道是谢灵运，才放下心来。谢灵运一玩起来，往往几十天不归，既不报告，不请假，也不怕弹劾。他到处探奇访胜，排遣政治上的不满情绪。他还发明了一种“谢公履”，为防登山打滑，上山去其前齿，下山去其后齿。

谢朓虽不及他叔叔放诞，但山水诗却继承了他叔叔的衣钵，青出于蓝而胜于蓝。谢朓生活的时代是山水诗走向成熟的时代，也是最狂热的时代，玄学思潮弥漫士林，人们对世界乃至宇宙的思考出现了质的飞跃，诗歌作为“哲学的表象”自然承受了这种辉煌，也就是说进入了哲理的时代。谢朓的《始之宣城郡》、《游山》、《游敬亭山》等明显地带有这种痕迹。但是谢朓的诗又超脱了山水加情理的模式，把山水诗写得更加“流转圆美”，熔景情于一炉，开拓了山水诗雅致淡远、引人遐思的审美空间。所以李白对小谢极其崇拜，“蓬莱文章建安骨，中间小谢又清发”，他常自比小谢，更流露出对自己才华的自信。

我去谢朓楼正遇雨天。江南的春雨，霏霏、沥沥、淅淅，如烟似雾，扑朔迷离，如梦似幻，勾人魂魄。公园正在维修，因雨又停工，没有游人，也没施工的工人，一片静寂。谢朓楼不知何时修建，已破败不堪，油漆剥落，木质皲裂，瓦当也有破碎。冷落，萧条。

一个谢宣城引来三百多位诗文大家前来吟山咏水，这是一种人格的魅力，还是一种艺术的魅力？李白是心绪烦苦、忧愤悒郁来到宣城，寻找前贤倾泻心中块垒，倘若谢朓地下有知，也该出来会见一下这位后世大名鼎鼎的诗仙，痛饮三百杯，一浇万古愁！

二

我穿行在宣城“九街十八巷”，小城四月，到处弥漫着青春的朝气，生命的元气。街道旁古樟新桐，青翠欲滴，家家庭院竹影斑斑，绿意惹人；水阳江犹如一匹绿绸束在宣城的腰部，又如一枚银簪插入小城的云鬓雾鬟。城郊是逶迤蜿蜒的山浪。山苍苍，水茫茫；树苍苍，云茫茫。莽莽苍苍茫茫，一种寥廓、旷达、深远、缈缥的意境。走在这大街小巷，在高楼大厦林立的罅隙里依然露出徽派建筑粉墙黛瓦马头墙的一角，显示出小城很古典很沧桑，也很文化。我走遍大街小巷除了雷同化的店铺、酒肆、茶坊，还有歌舞厅、咖啡馆，但却不见大唐帝国诗人们的踪影，连弱宋文人骚客的衣袂也难寻觅！我茫然四顾，恍恍惚惚，觉得李白就应该在前面的小酒馆狂饮浪醉，嘴里念念叨叨："江城如画里，山晓望晴空。两水夹明镜，双桥落彩虹。"还有那爱泡小妞的浪荡公子杜牧，像是刚从哪家秦楼楚馆走出来似的，衣衫不整，步子趔趄，一脸酒气，也是这烟雨四月，嘴里不经意地吟道："千里莺啼绿映红，水村山郭酒旗风。南朝四百八十寺，多少楼台烟雨中。"这小子作风不怎么的，倒是有点歪才，寥寥几句，把江南的风光写得如此淋漓，成了千古华章！

唐朝的诗人最先追寻谢朓足迹来宣城的当数孟浩然。孟浩然也是李白最尊崇的诗人，他曾称赞："吾爱孟夫子，风流天下闻。"孟浩然一生不仕，是唐朝为数不多的几个不拿工资的专业诗人。四十岁前，他隐逸故乡，吟山咏水，四十岁进京科考，结果名落孙山，铩羽而归，从此心境更加灰黯，仕途更加渺茫，这就注定了他只能放浪山水、浪迹江湖。孟浩然于开元年间有吴越之游，曾来宣城。那正是大唐盛世年华，诗化的大唐帝国，往往一首好诗就能使大地抖颤，朝野震惊。他认识李白时已是名满天下的山水诗人，他长李白十二岁。李白赠诗孟浩然，最有名的是那首"故人西辞黄鹤楼，烟花三月下扬州。孤帆远影碧空尽，唯见长江天际流"。太平盛世，又是物阜繁华的扬州，又是烟花三月，从黄鹤楼到扬州，必定一路繁花似锦。孟浩然沉浸在"烟花三月"扬州的春色里，一时拔不出腿来去浪游宣城，他只到过宣城边界便匆匆而回。随后便是李白，接着大唐帝国"国家一级作家"纷沓而至。连那爱写边塞诗的高适，那位放浪不检、以山水诗见长的"韦苏州"——韦应物，唐宋八大家之一的韩愈，以写竹枝词而名著于世的刘禹锡，好淫好色的白老爷子乐天先生，还有放浪不羁的杜牧。唐以后，历代诗人络绎不绝，欧阳修、王安石、曾巩、梅尧臣，还有词国皇帝李煜也驾临宣城，极言赞叹这里的乱山、烟江、浩浪、轻舸。光荣啊，宣城，华山夏水，有几处引得如此众多的文学大师们的青睐？

这是一片充满灵性的土地。

山是宣城的主体化。

水是宣城的液态化。

万物的排列，有序，整体，跌宕，有致，一轴苏醒的大地和山水的感性画卷。

你走进宣城的山山水水、村村巷巷，处处都是一片令人动情的风景：远山雾岚，近水烟村，村野山径，断桥残垣，蛩鸣鸟语，落日夕照，风丝雨片，山泉的呜咽，溪流的歌吟，还有雨落草叶令人悸动的一阵阵战栗，风过林梢小鸟一声声让人心疼的叹息，一切都蒸腾出一缕诗意，令你沉思，令你想象，让你心驰；你若将耳朵贴近大地山野，你会感到温热的气息，听到大地血管热烈的脉跳，听到无穷无尽的诉说。

水阳江是长江的一条小小的支流，虽然平静、安详，当你俯耳静听，汩汩的涛韵依然传导着大江巨澜的轰鸣声，一种神秘性，一种私密性。这平静的土地依然蕴涵着灵性的骚动，丰沛的激情。

在这里，阳光晒干你心灵的霉斑，雨露会打湿你的梦呓，风会启开你的心扉，时间在这里已改弦更张，消失而又生长无限。

宣城，是诗人的伊甸园。李白写宣城诗七十余首，杜牧写宣城诗四十首，许浑二十二首……一个个诗人把这么多的感情倾泻给了一个小城，可见这里的艺术魅力了。这正中了王国维那句话："因为大诗人所造之境，必合乎自然，所写之境亦必邻于理想故也。"

纯真来自天道自然。

宣城是视觉的抽象，是艺术和诗的具象。宣城，已经成为诗性的文本。

春雨洗过的树、草、竹格外鲜绿，像涂了油彩，使这个古老的文化名城格外年轻。我在一个古色古香的茶坊里品茗，碧翠翠的茶叶在杯子里缓缓舒展，悠然飘落，使人生出由躁到静、由俗到雅的感觉。这茶坊有一副很古怪的楹联："南南北北，总须历此关头，且望断铁门限，备夏水冬汤，应接过去现在未来三世诸佛上天下地；东东西西，那许瞒了脚跟，试竖起金刚拳，击晨钟暮鼓，唤醒眼耳鼻舌身意六道众生吃饭穿衣"。不知是古人所撰，还是今人所题。这楹联反映的徽州人文关怀的暖暖温情，也说明徽州典型的儒家文化里渗透着佛道之气。茶坊门外麻石铺就的小街，镌刻着岁月的沧桑，浸润着历史的风雨，闪耀着大地的慧光，让生活和时光那么安详地走来走去……

我脑海里随意翻阅着宣城这部线装的古书，许多人物从书页走出来，或唐或宋，或明或清，衣着异样，脸靥不同，但却有着文人落拓不羁的浪漫、潇洒。

李白年轻时期，裘马轻狂，纵酒狎妓，结交僧道，浪迹江湖。到了晚年定居皖南。他七次来宣城，七次登上谢公楼，临风长啸；他七次走进敬亭山，相看两不厌；他七次来到开元寺，聆听晨钟梵音；七次过五溪游历新安江，观赏江山美景，赋诗言情。皖南大地留下他重重叠叠的脚印，皖南的山山水水收藏了他多少散落的残页断章。

李白一生尊崇的是谢朓，向往的是魏晋风度、建安风骨。魏晋风度中最富于美丽诗意的就是审美精神。魏晋时代是人性解放、个性张扬、文学走向自觉的时代。任性不羁，高扬自我人格，追求个性自由，正是那个时代文人高擎的旗帜。《世说新语》说嵇康"风度卓卓"，"岩岩若孤松之独立"，随之而来的是山水诗的蓬勃兴起，纯粹老庄玄言逐渐转变为借助山水的得意忘形，哲思开始向审美感悟转化。

游山玩水已经积淀为诗人们获得永恒自由的愿望，消释对现实的不满情绪。

李白愤世嫉俗，恃才傲物，对现实生活中为常人所习惯、适应的一切，均投以不屑和迥然不同的眼光，决意追求一种与世态人情相悖的超越。他选择宣城，其重要原因是这里的青山秀水。这里山温水暖，这里竹风樵雨，这里佳木繁荫，这里泉声溪韵，很像他的故乡绵州昌隆（今四川江油）。“蜀国曾闻子规鸟，宣城还见杜鹃花。一叫一回肠一断，三春三月忆三巴。”看到满山遍野的杜鹃花，怎能不思念巴山蜀水？

他第一次来宣城就一头扎进敬亭山，坐在山路旁一块石头上远眺近瞻，陶醉于山川的秀丽，发出了“相看两不厌，只有敬亭山”的感叹。自谢玄晖的老叔谢灵运以来，中国文人对山水便产生了一种宗教似的崇拜和敬畏，认为一切神皆隐于山水之中，山高水远，山静水动，蕴涵着天体宇宙的无限奥妙，由此而形成独特的山水观念。诗人们摆脱了功名的束缚，仕途的羁勒，散怀山水，感悟了山水悟道的生命乐趣、生命价值的另一种取向。他们的审美情绪和意味发生了根本性的转变。

李白对一座山如此钟情，在他大量诗作里实属罕见。是敬亭山那苍苍松柏婷婷竹篁撩拨着他缠绵的情思？是那汩汩山泉溪流滋润他灵感的原野？是那山峰一缕孤云袅娜在他的诗心？山为名胜者，原因很多，或雄浑博大，群峰跌宕，苍苍莽莽；或千峰如笏，幽壑如渊，上有飞瀑，下有流泉；或山不在高，却也岩石磊磊，树木森森，花草虫蝶，鸟兽云雾，一派仙境禅意，让人流连忘返。这是永恒的静和美。所有构成人间天堂的因素它都具备，敬亭山就是这样的山。

敬亭山因李白“看不厌”而雀噪于世，名扬天下。

李白第七次也是他最后一次来游宣城，寻找他曾饮酒的小酒馆。八年战乱，宣城遍地疮痍，满目废墟，一片荒草披离，哪里还有老春酒馆？纪叟早殁于战乱之中，连尸骨都难寻觅。李白能不悲痛号啕？

悲痛的长啸划过一千年的时空，传至今日仍然让人心酸，恨不得拉起李白，为他拭一把泪水！

何曾见过一位诗人对一位酿酒老人感情如此至深？李白在宣城神交最深的当数谢玄晖。狂妄不羁、恃才傲世的李白一生看得起几人？他却"一生俯首谢玄晖"。每次来宣城都要登临谢朓楼，或在楼上徘徊，或凭栏远瞩，或借酒浇愁，或临风长啸，或与诗友话别。谢朓楼成了诗人的一种情结："谢公离别处，风景每生愁。"

心有灵犀，同气相求，李白独崇谢朓楼正是追慕谢朓"不染人世污浊"、"不苟庸俗"的清风明月般的人格，徜徉山水，放纵江湖，饮风餐月，寄兴林泉，一颗傲岸不羁的灵魂，一种超越时空的理想，一种奇警华赡、驰骋八极、思接千载的想象，在宣城得到了宣泄。

三

现在该说一说另外一位大诗人白居易，他在宣城度过最浪漫的青春时期。白居易二十八岁时，在他大哥幼文和叔父季康（宣城溧水县令）引荐下来到宣城拜见了时任宣歙观察史的崔衍。崔衍很赏识他的才华，对他很器重，于是白居易便居宣城。当年秋季，崔衍举荐白居易参加了宣城州试，不想，这小子一举应贡进士。宣城是白居易人生的转折点，是他命运飞黄腾达的起点，是他走向仕途的跳板。他非常怀念宣城，直到他六十九岁任太子少傅时，还写诗怀念宣城："再喜宣城章句动，飞觞遥贺敬亭山。"

白居易在宣城时常出入秦楼楚馆，选色征歌，浅斟低唱；他游敬亭山，泛舟南漪湖，观赏湖光山色，寻觅谢李遗迹。当然也深入民间，了解当地的风土民情，他写宣城最有名的诗是《红线毯》和《紫毫笔》，一直流传至今："宣城太守知不知？一丈毯，千两丝。地不知寒人要暖，少夺人衣作地衣。”直白、犀利，这简直像一张大字报糊在太守门上。白居易是现实主义诗人，尤其他未踏上仕途时，他关心民瘼，同情下层劳动者，文学史对他评价很高，特别是近代几乎把他抬升到与李白、杜甫并肩的唐代“三大诗人”。我查了有关资料，过去史料笔记，从没有提过白居易是唐代“三大诗人”之一的说法，是近代人提升了他的地位。古人对唐代诗人搞过排行榜，即使有“唐代三大诗人”之说，也应该是天才李白，地才杜甫，人才王维，而非白居易。但论实力白居易也算得上名列前茅的人物了，他存诗三千多首，其原因一是他活了个大年纪，二是他平时注意搜集自己诗作，及时编辑成册，没有散失。白居易人品、人格低劣的一面很少被提及，为贤者讳。白诗人实际上是个才子加流氓，每到一处狎妓嫖娼都玩出花样，说他是色魔、色狼并不冤枉他。他在杭州做刺史时，竟然和他的好友、在历史上为官为文名声都不好的元稹交换妓女狎玩。可是白老爷子在后世读者心目中一直是德艺双馨的“人民作家”，具有高风亮节的正人君子。这是历史的误读。我想白居易在宣城时正是风华正茂，狎山嬉水，携红抱绿，浪迹泉林，那是再有可能不过的了。然而中国人太宽恕了，太知足了，只要他口头上能为老百姓说几句同情的话，就千恩万谢了，谁能想到从这里走出去的青年诗人后来发迹当了官，成了地方太守、一把手，竟会肆意放诞，携一群妓女在西湖泛舟浪淫狂饮五天五夜不归，那时白先生还会想到风雪中可怜兮兮的卖炭翁吗？会想到一丈毯、千两丝的织毯女吗？

白居易从水阳江乘舟拔锚起碇，开始了他人生的远航，京官，地方官，做了一大堆，偏偏没有到宣城来做官，也未曾再来冶游宣城山水，一去音信杳无。

唐宋时期诗人来宣城吟山咏水的文人墨客如过江之鲫。诗人们云集名山胜水，放歌咏唱，并不为奇，中国文学史有一半的章节是山水赋予的，中国文人，特别是那些仕途蹭蹬、官场侘傺，在政治舞台上经不起狂风骤雨吹打的凋零者，往往来到宣城，神交古人，放浪山水，汲清风，餐明月，在这风光旖旎的地方，一吐胸中块垒。虽然得到短暂的喜悦，却是生命的超越，他们的灵魂得到自然之光、天光、云光、化境之光的烛照，分泌出一些很美但很伤感甚至带有病态的诗。

歪打正着，这些山水也因文人的诗词而张扬于世。试想没有李白的“桃花潭水深千尺，不及汪伦送我情”，谁人知道宣州泾县这个极其普通的一汪水潭呢？而且这汪潭水一直波涌在文学史上，千百年来滋润着文人士子的情怀。这些千古绝唱大都是文人在官场失意之后所创作的。倘若李白当了宰相，哪怕当了什么侍郎，出车入辇，还能写出“大道如青天，我独不得出”吗？如果杜甫当了御史，还会有“朱门酒肉臭，路有冻死骨”的感慨吗？在封建专制的社会里，一切取决于政治地位。三年清知府，十万雪花银。这些“清知府们”哪个不是进士及第？那身居丹墀玉阶、琼楼玉宇的人，有几个不是饱读诗书的士子？但又有几人先忧后忧呢？千万莫听这些穷酸文人的牢骚，一旦他们仕运畅达，谁还念及你老百姓？那是吃不上葡萄才骂葡萄酸。

这些人官没做好，却点化了名山大川，使之名垂千古。

四

我穿行在宣城的大街小巷，想寻觅那浪荡才子杜牧的身影却不得。到处是拥挤的车流，喧嚣的市声，熙熙攘攘的人群，到处是奔驶的载重卡车，轰鸣的推土机，那些徽州风格的古建筑也改造成了咖啡厅、舞厅、网吧，还有肯德基、麦当劳什么的，大唐帝国的诗人呢？一个也看不到！

杜牧与宣城缘分很深，感情也笃，他写宣城的诗就多达四十余首，仅次于李白。大和四年（830）九月，他随江西观察使沈传师来到宣州。这是杜牧第一次来宣州。这期间，杜牧文学创作年表上头等大事是给李贺诗集作序。在《李贺集序》里，他一连用了九个比喻称赞李贺的诗，最后指出李贺的诗辞采有独到之处，但内容不足。

杜牧刚直有节，敢论大事，但行为放达，风情不节为当世不容。一生壮志飘零，人才落魄，只得以空文自见。杜牧作诗不依傍古人，也不矜于时尚，而是独辟蹊径，善于用拗峭之笔，见俊爽之致，创造出一种清新峻拔的艺术风格。他题宣城开元寺："六朝文物草连空，天淡云闲今古同。鸟去鸟来山色里，人歌人哭水声中。深秋帘幕千家雨，落日楼台一笛风。"又题道："溪声入僧梦，月色晖粉堵，阅景无旦夕，凭栏有今古。留我酒一樽，前山看春雨。"

杜牧十年幕府生涯，在宣城就长达六年。

杜牧第一次逗留宣城，当了三年幕僚，后被扬州刺史牛僧孺聘作掌书记。扬州是江南繁华地，十里春风杨柳路，到处是秦楼楚馆，杜牧比在宣城更放荡，夜夜出青楼进妓馆，颠鸾倒凤，汗浸罗帐。这个小杜真不像样子，你好好上班，好好工作就是了，牛僧孺待你不薄，俸禄不菲，凭你的才干，升迁有望，偏偏一身公子哥儿的纨绔习气不改。这使得牛刺史为他提心吊胆，怕他惹出事来，一是影响国家公务员形象，二是和地痞流氓争风吃醋挨一顿揍，于是每天晚上派三十个兵丁悄悄跟踪其后。哈哈，一个排的兵力保卫着杜牧去嫖娼，唐朝诗人哪个能比杜牧潇洒？有谁能享受如此待遇？当杜牧合同期满，离开扬州时，牛僧孺拿来一本"黑账"，上面记满了杜牧某年某月某日在某某妓馆嫖娼。杜牧吓出一头冷汗。好在，牛大人宽容，爱护部下，当场销毁记档。杜牧遇到这样的好领导，算是他的福分。

杜牧第二次来宣城是唐开成二年（837），也是做幕僚。常陪府主或邀同僚漫游山川，观赏风光，瞻仰古哲圣贤的踪迹。那是烟雨四月，江南的雨霏霏潇潇，淅淅沥沥，远山近野浸淫在一片如梦如幻的扑朔迷离中，他陪同观察史登临谢朓楼，驰目远山，放眼烟村雾树，面对云青青兮欲雨，水澹澹兮生烟，随口吟出《江南春》（“千里莺啼绿映红，水村山郭酒旗风。”）这脍炙人口的诗篇，流播大江南北，成了千古绝唱。前后登临谢朓楼并以谢朓楼为题写诗最多的人，除了李白的“举杯浇愁愁更愁”，有谁压倒杜牧？我登谢朓楼的那天也是烟雨霏霏四月天，风，还是唐朝的风，雨，似乎和唐朝的雨并无异样。我登上巍巍烟楼，放牧视线，青山数朵，时花簇簇，绿树丛中依稀粉墙黛瓦的人家，顿时也体会到《江南春》恬静的诗意。烟雨中传来悠悠的湿漉漉的梵钟声，更感到山野的远阔和深邃，细雨的动情和迷离，给人一种朦胧宏丽的遐想。

我来寻觅摭拾唐宋诗人的踪迹，不见了李白的狂放恣肆、诗酒风流，不见了白居易的忧郁愤懑，不见了边塞诗人高适的豪放雄旷，山水田园诗人韦应物的诗情细腻、含蕴幽远，更不见刘禹锡的气骨高迈。连许浑那小子醉卧谢朓楼的狼藉醉态也不见了，他本来设宴谢公亭为友送别，客人走了，他还酒醉如泥，鼾声如雷，当酒醒后才发觉“日暮酒醒人已远，满天风雨下西楼”……历史远去了，唐风宋雨里只留一些断韵残章，一串珠玑华赡的诗文，这就是文化，这就是人文精神。没有文人墨客的诗词、歌赋、题咏，再美的山水也是野性的山水，纯自然的山水。注入了文化流韵，山才显得巍峨，水才显得丰盈；山有诗的晨夕，水有书的春秋。

五

走在水阳江畔，夕阳西下，晚霞飘落在水面上，像撒满一河的玫瑰花瓣，闻一闻，会有一股香气扑鼻而来。两岸田园，一片片散散淡淡的风景，错落有致，炊烟袅袅，遥村远树。山朦胧，逶迤，遥远；水清洌，清幽，清碧。

诗人喜欢的地方总是富有浪漫的色彩，富有想象的空间。宣城的古典很多，宣城人杰地灵，才子文士层出不穷，世有“宣城梅”、“绩溪胡”、“泾县吴”之称。“宣城梅”是指宋诗开山鼻祖梅尧臣、宋名臣梅询、明戏剧家梅鼎祚、名宦梅守德、清黄山画派巨匠梅清、清数学大家梅文鼎、近代学贯中西的梅光迪，使之有“宣城梅花遍地开”一说；“绩溪胡”中的胡仔、胡雪岩、胡开文、胡适是近代史名震遐迩的风云人物，他们开创的业绩推动了华夏文明的发展，他们已经走进历史，历史因为他们的存在而骄傲；“泾县吴”自始祖吴文举迁居泾县茂林以来，历代士子如林，近代史上有名闻天下的作家艺术家吴玉如、吴小如、吴半农、吴组缃、吴作人等一大批文化名流，他们在各个领域独领风骚，造诣深邃。

宣城地处皖南山区和长江下游平原的接合部，东连天目山，南倚黄山，西靠九华山，襟山带水，风景绝佳，江城如画。宣城以其博大胸襟，广远情怀，锦山秀水，吸引着南北过客，抒写蜚声遐迩的华章。

宣城成为人文荟萃、才星俊驰之地，留下了满山遍野的诗词歌赋。走进宣城，哪一条古街古巷、古宅古墙、砖缝里、石隙间不渗露一缕文气？哪条流水不曾流淌过浓浓的诗情？哪一座山崖、峰峦不缭绕过诗韵？谢朓前面是范晔，李白后面是白居易、杜牧，唐宋八大家的韩愈、欧阳修；怒发冲冠的岳飞，满怀壮志，饥餐胡虏肉，渴饮匈奴血，也曾在这里仰天长啸过；慷慨悲歌“人生自古谁无死，留取丹心照汗青”的文天祥，也曾用宣城的“文房四宝”奋笔疾书，为民请命，留下一页清官廉吏的佳话；大科学家沈括的《梦溪笔谈》据说曾在这里起草，这是集前人科学成就之大成的科学巨著。沈括身后，戏剧家汤显祖，画家石涛，漫游宣城山川，观赏皖陵胜景，挥洒翰墨，涂山抹水，在敬亭山上吟诗作画，石涛的《敬亭山采茶图》、《敬亭山下农耕图》成为价值连城的艺术珍品，国之瑰宝。

我漫步在敬亭山山野里，徜徉诗山画水中，不管视线扫描到何处，都是一片清纯的风景：云雾起幽谷，如梦如幻；风吹松涛声，如箫声琴韵；古树千章，沉静如神；白云一卷，息于潭心。悠悠。幽幽。禅意顿生。

我走近一条山溪，掬水洗尘，坐在石头上，忽感清凉沁人，清风绕膝，仿佛进了陶渊明的桃花源。这里只有诗，没有长剑和战火；这里只有画，没有杀戮和奴役；这里只有美，人世间的丑恶和肮脏，都得到水的过滤和山的隔绝，所以李白对敬亭山"相看两不厌"。

有了宣城，有了敬亭山，这里锦山秀水丰腴了多少诗人骚客的精神，点燃了他们灵感的火光，激起他们才情的惊涛狂澜，他们激扬文字，笔走龙蛇，长歌当啸，临风抒怀，留下了大量的诗词、歌赋、绘画，璀璨辉煌，光照千古，为逶迤跌宕的中国文学史、中国艺术史增添了多少熠熠闪光的篇章！

这是宣城的大功大德，大奉大献！

2008年8月

江山有诗，花柳多情

一

我认识镇江是从辛弃疾的词里，这位将军词人的感怀曾经给我年轻的心灵带来巨大的震颤。古往今来有多少诗人留恋镇江，在这里倾洒诗情，这里山山水水哪里没留下诗人的断章残韵？李白有李白的镇江，杜牧有杜牧的镇江，王安石有王安石的镇江，苏东坡、陆放翁又有自己的镇江山水。我的乡贤、大名鼎鼎的辛弃疾留给镇江有三首词，词惊天下，为这里江山增添多少景观？“何处望神州，满眼风光北固楼。千古兴亡多少事，悠悠。不尽长江滚滚流。”

辛弃疾南归后，虽有栏杆拍遍、吴钩看了的豪情壮志，但得不到朝廷重用，对国家和民族前途、命运的深沉忧患和强烈的责任感，使他焦虑、焦急，甚至焦躁，恨不得纵马沙场，即使马革裹尸，也无悔无怨。那是秋风萧瑟的午后，辛弃疾和随从登上岸边北固山，风撩动着战袍，腰上的长剑在秋阳里闪烁着寒光。他放眼望去，脚下的长江滔滔，江面雄阔，激浪澎湃。望北国故园，仍在敌人的铁蹄下呻吟，苍茫大地，烟村雾树，还在敌手，千古兴亡，触物感怀，能不心潮起伏，写下辉映千古的华章？

辛弃疾一生迍邅曲折，起而复落，半生赋闲，直到晚年，方得遇北伐之机，并委以边防重镇，本想有一番恢复功业，谁料又遭到降职处分，最后郁郁终老于江西的带湖之畔。

辛弃疾面对南宋朝廷，奸佞当道，昏君庸碌，满朝朱紫，皆尸位素餐，躲在西子湖畔杨柳丛里，歌儿、舞儿，风流慷慨过残年，词人一腔忠愤，壮怀激烈，满目忧愁。写完以上三首，余情难却又写了另一首：“千古江山，英雄无觅，孙仲谋处。”

辛弃疾每到一处，总要登临抒怀，满是兴亡之感，深沉而凝重。他登北固山余情未了，再制新词：“今古恨，沉荒垒，悲欢事，随流水”，即使巡行，路经非名胜之地——双溪楼——可能是北固山的谯楼，也大发感慨：“千古兴亡，百年悲笑，一时登览”，最后竟然“山川满目泪沾衣”，谁读了这发烫的词章不动心魄？我仿佛看见一位白发苍苍的老将军看到故国山河的沦陷而泪水满颊，那沸腾的情感，炽烈的脉跳，字里行间能清晰地闻到。

二

镇江确实是江南风景壮美的小城，如果苏州、扬州、常州，你用“秀美”形容最恰切不过，但用在镇江身上，必须是壮美。这里扼南北肆冲，得山水之胜，钟灵毓秀，又是兵家必争之地，是古战场。我不仅喜欢辛弃疾壮怀激烈的爱国词章，也喜欢李白、杜牧、范仲淹、苏东坡、王安石的诗文。

我第一次来镇江是四月烟雨天，下了车，雨脚便跟了上来，春雨霏霏，淅淅沥沥，满城罩在烟雨里。

我第一次登北固山。北固山实际上是一座小山，高不过百米，山崮也不大，方圆数十平方米，严格地说，算不上什么山，但它却具有山的风骨，山的风度，岩石垒垒，蹲踞长江岸边。而郊外的焦山也是个丘陵式小山包，山不在高，有仙则灵。走进北固山公园，只见门楼上书写着“天下第一江山”，真可笑，这么个小山包，怎能是“第一江山”呢？这次再游北固山，方知此处，指的不仅是山，还有江。称它为“第一江山”，是战略地位的重要。古往今来，多少风流人物都为争夺江山而干戈不止、烽火不熄？

这山有诗缘，很多诗人为它写了诗，它浑身斑驳着诗词的残章断简。走在山径上，你一不小心，会踏在文化的碎片上，那些碎片会发出磁性的呻吟声，这时你仿佛身边会出现衣袂飘逸的诗人在吟哦，苍老的，雄健的，哀婉的，伤感的。诗就住在山水间。诗人们到这里采撷诗的意象是很自然的事。北固山、焦山、金山，镇江的山算不上名岳大山，不磅礴，不巍峨，更无气吞云天之势，但它们在中国文化史上却有一席之地。

当年的王安石就是从镇江（京口）乘船回金陵途经“瓜州”而写了一首著名的诗：“京口瓜州一水间，钟山只隔数重山。春风又绿江南岸，明月何时照我还？”这首诗作于熙宁八年（1075），当时王安石第二次罢相。奉诏进京，舟经瓜州，便写了这首诗。现瓜州早已被长江淹没，只留下一个历史符号。若没有王安石的诗和杜十娘的故事，瓜州便永远走失在人们的视野，遗弃在岁月的浪涛中。

这里不仅是金戈铁马的古战场，这里也曾有倾城倾国貌，也曾有缠绵悱恻情。

当年的瓜州是个码头，属于小镇型，受镇江管辖。每读到王安石的诗，我总想《杜十娘怒沉百宝箱》的爱情悲剧就发生在这里。镇江不但出诗人、将军，更盛产爱情悲剧，《白蛇传》、《梁山伯与祝英台》的故事都发生在镇江，还有《甘露寺刘备招亲》，也是在镇江名刹甘露寺演绎出惊心动魄的爱情剧目。西津渡就是杜十娘怒沉百宝箱之处，这是三国时期的古渡。

《白蛇传》读者也许不陌生，千年修行的蛇精，变成美女——化名白素贞，爱上人间世人许仙，愿结缡成婚。但以拿妖捉怪为职业的法海和尚，千方百计干涉这人妖婚恋。法海和尚教唆许仙让白娘子饮雄黄酒，白娘子误饮现出原形，一条白蛇，吓得许仙半死，青蛇小青告诉白娘子有一种仙药，能救许仙，白娘子不离不弃，历经九死一生，从西天盗来仙草，许仙终被救。但最后法海还是施用魔法，将白娘子压在雷峰塔下，将这对恋人分离。许仙则落发为僧，就住在雷峰塔附近的寺庙里，终生与白娘子相伴。

这一曲爱的悲歌，是人与妖的魔幻戏剧，虽写妖，实写人，在封建法统的社会，青年男女是没有恋爱自由的。

《杜十娘怒沉百宝箱》，可能年轻的读者就陌生了。

这个城市爱得很苦，爱情的悲剧连绵不断地在这里上演。京城名妓杜十娘，蕙心兰质，天姿聪慧，能歌善舞，博得很多文人墨客的喜欢。

布政司的儿子李公子爱上多才多艺的杜十娘，杜十娘也爱上了这位道貌岸然、文质彬彬的李公子，但鸨母提出条件，必须拿出三百两银子赎身。李公子身在旅肆，一时拿不出这么多纹银，杜十娘自献一百五十两，李公子又找到京城亲戚借得一百五十两纹银，凑够了三百两，但鸨母变了卦，自食其言，要加码，杜十娘严辞痛斥鸨母，鸨母无言以对，有情人终归如愿。

杜十娘改装从良，当即和李公子举办婚礼。杜十娘的小姐妹们送来金银财宝，钻石猫眼，满箱满匣，谁知在洞房花烛，欢乐至极时，李公子收到身为布政司的父亲的来函，不许儿子在外面拈花惹草，更不许儿子纳妓为妻，有辱门风。悲剧在这里埋下伏笔。李公子心里忐忑不安，父亲是一方布政司，诗书簪缨之家，怎能容得一妓女做儿媳？李公子转念一想，先斩后奏，回家后将杜十娘安排另处，待做通父亲的工作，再领回家，拜天地拜父母，他相信老人家会接纳这个儿媳的。于是在春光明媚时节，夫妻双双乘车又乘船回故乡苏州去。

因杜十娘貌美，又精通书画，喜歌舞，早在京城烟花之地被富商孙富盯上了，在迎春院纠缠鸨母，却被杜十娘严辞拒绝，孙富的欲望破灭，金钱是买不来爱情的。杜十娘爱上了李公子，和李公子同席共枕，感到了人生的幸福，夜里醒来望着身边酣睡的李公子，连连自问："这是我的丈夫，这是我的丈夫吗？"惊喜般的自言自语，使一个受侮辱受损害的灵魂得到抚慰。一只风吹雨打、独自飘零的爱的小船，终于有了港湾，能没有幸福感吗？

按照逻辑，爱情的小舟，会顺风顺水驶向幸福的港湾，但命运之神的手指轻轻捻动，便发生天崩地裂的巨变。当他们行船来到瓜州，此时正近黄昏，瓜州是当时有名的码头，舟楫云集，人声熙攘，灯火灼灼。杜十娘和李公子心情也斟满幸福，故乡啊，家啊！终于隐隐在现了。这时故事又出了枝节，布政司令家仆来码头迎接儿子，并携带父亲一封信，信的内容不言而喻，无非是反对儿子的这场婚姻。李公子心情烦恼，让家仆先回去，什么都不要说——这一切，杜十娘都蒙在鼓中。为了排遣忧郁和苦恼，李公子让杜十娘唱支歌儿。杜十娘优美的歌声飘出小船，婉啭、优雅、清丽，音质那么动人，自然招来客商走出船舱听歌。这其中便有富商孙富，他如痴如醉地沉迷在歌声中。歌毕，孙富恰恰看到对面船上的李公子走出船舱，便搭讪起来，言辞一番方知是迎春院妓女杜十娘所唱，并和李公子结为秦晋之好。孙富邀请李公子来他船上饮酒聊天。这位书生李公子，并不知孙富的贼子心肠，但孙富却探到了李公子的心灵软肋，便巧舌如簧，诈、骗、哄、劝，十八般武艺全派上了用场。公子是书香世家，一门清风，怎容得纳妓为妻，不怕世人嘲讽？老爷是一方父母官，饱读诗书的名儒，能不大发雷霆？一番言辞竟然说动了李公子，将杜十娘以一千两银子的价格卖给孙富，戏剧到此出现高潮。

杜十娘怒斥孙富，痛斥李公子，打开百宝箱，满箱珠宝价值连城，杜十娘穿着打扮一新，最后将满箱珠宝抛进水中，自己也投身江中……故事就发生在瓜州渡口码头。

这是人间的爱情经典悲剧。

悲剧常常比喜剧更有惊心动魄的力量，更感人。

张祜曾写诗道："金陵津渡小山楼，一宿行人自可愁。潮落夜江斜月里，两三星火是瓜州。"

三

雨停了，斜阳一抹，金山寺的翘檐飞瓴在残阳里像涂上一抹胭脂，而北固山的树木却热血沸腾，展示出生命的伟岸和勃勃生机，街道的古樟新桐，流水人家，雨后复斜阳，更给人如沐如浴的清新。镇江，江水相连，金山、焦山、北固山，与长江、京杭大运河组成一幅山水长卷，气势雄伟，蔚为壮观。站在北固山上，望楼房林立的烟城，夕阳、晚风、翻浪、白鸥、荆花、远烟、平原，远处的飞鸥在夕阳的映照下，充满了愁绪，而被舟船犁起的浪花，有如巨手般将鸥鸟高高扬起。

镇江，这方山水圣境曾吸引了多少文人墨客的目光，他们漫步江岸，面对浩浩大江，抒发一腔郁垒，千古英雄人物在这里角逐江山，三国时代，周瑜迎娶小乔于镇江，魏晋时期一代书圣王羲之迎娶郗鉴的女儿也在镇江，而刘备"甘露寺招亲"的故事又是发生在镇江。镇江不仅是矢镞如雨、甲戈森森的古战场，更充满浪漫诗情、爱情，震撼人心的千古经典戏剧《梁山伯祝英台》也上演在这青山绿水间。"一水横陈，连冈三面，争雄之势"，更凸显出满眼风光。

李白有诗《永王东巡歌（其六）》：

丹阳北固是吴关，画出楼台云水间。
千岩烽火连沧海，两岸旌旗绕碧山。

永王是唐玄宗十六子，名李璘，安禄山叛乱，李璘率兵平叛，但李璘也有野心，想当皇上，他广揽人物，招募壮士。假名平叛，实际上是扩展自己的地盘，以壮大自己的势力。他曾三请李白，诗人应诏，参加了李璘幕府。李白为实现国家统一大业，“奋勇智能，愿为辅弼”，希望能成为像谢安那样叱咤风云的人物。但永王野心暴露，被皇太子一举歼灭。李白也被俘，成了流犯，被贬到夜郎荒蛮之地，途中被特赦，算保下一条性命。《永王东巡歌》共十一首，这其中一首便写于镇江。

在李白之前，王羲之的后裔王昌龄也来过镇江，据史料记载，那是开元二十九年。他留给镇江的诗《芙蓉楼送辛渐》，震撼千古：

寒雨连江夜入吴，平明送客楚山孤。
洛阳亲友如相问，一片冰心在玉壶。

芙蓉楼是镇江名胜，第二天我登上芙蓉楼，观览大江风光。长江滔滔，涛飞浪卷，气势雄伟，又一夜豪雨，江水更显宏阔。烟雨笼罩着吴地江天，织成了无边无际的愁网，那是秋天，寒意潇潇，又一夜秋雨，寒意更浓了，江面上弥漫着雨雾。朋友远别，更是愁如烟雨，王昌龄能不抑郁？他“只是将听觉、视觉和想象概括成连江入吴的雨势，以大片淡墨染出满纸烟雨，以这种浩大的气魄”烘托出开阔的意境。“冰心玉壶”是古代文人雅士推崇的光明磊落、表里澄澈的品格。王昌龄送辛渐，不仅仅借友人远别，烘托自己凄寒孤寂之情，更展现了诗人开朗的胸怀和坚强性格，诗人站在北固山上，眼下的孤山，眼前的滔滔长江，孤山与冰心，诗中描绘了一个洒脱豪放、孤介傲岸、冰清玉洁的形象。

唐朝诗人除少数人，如贺知章位极人臣，绝大多数社会地位不高。有的一生无官无位，无职无权，却是震撼文学史的大诗人，且不说李白、孟浩然、孟郊、贾岛、李贺等等，都是布衣百姓、自由撰稿人，晚年穷困潦倒，贫病交加，了却残生。王昌龄就是一位“位卑而名著”的杰出诗人，被世人称为“诗家天子”，正如人们评价李煜“词国帝王”，李清照“词国天后”，可见人们对王昌龄的尊崇。

王昌龄进士及第后，便做了校书郎，可这是一种执掌书写校勘的闲职，无职无权的小吏，他不满现状，于是投笔从戎。天宝时期，朝廷连年用兵，王昌龄年轻气盛，功名心切，“封侯取一战，岂复念闺阁”。盛唐时期的诗人雄风浩荡，豪情满怀，愿洒一腔热血于沙场。王昌龄也是这个时代的弄潮儿，投身西北边塞，亲历过战场，最远到过碎叶城，就是李白出生的地方。战争的残酷，边民的苦难，血染战袍的壮烈，他都有深刻的生命体验。他边塞诗的名句有“秦时明月汉时关”，但是流传最广的是这首《芙蓉楼送辛渐》，据《集异记》记载的“旗亭画壁”的故事，王昌龄、高适、王之焕三人在某旗亭饮酒，王昌龄提议，咱们三人名分不分上下，请歌女演唱诗作，传唱最多的为优，于是请来歌女唱歌，第一个唱的就是王昌龄的《芙蓉楼送辛渐》，第二个歌女唱的仍是王昌龄的诗，即是“奉帚平明金殿开，且将团扇暂徘徊。玉颜不及寒鸦色，犹带昭阳日影来”。可见王昌龄的知名度，也足见写在镇江的这首“芙蓉楼”流传之广。

开元二十八年王昌龄被贬为江宁丞。

王昌龄陶醉江南秀丽的风光，写了大量诗文，描绘江南风光和反映南国民间生活的诗章，构思精巧，意境幽美，情感真挚，语言清新。镇江是王昌龄的镇江，镇江成就了王昌龄，犹如边塞成就了他的边塞诗。王昌龄在镇江七八年，对仕途已经淡漠了，他对生活依然充满爱，对艺术依然不断地追求。

王昌龄存诗一百八十余首，除了边塞诗，就是反映江南题材的诗作，他的七言绝句达到“尽善尽美”的程度，“龙标绝句，无一篇不佳”，被誉为“诗家天子”。

王昌龄仕途坎坷，一生舛运连连，但并未隐退，或放浪山水，纵情泉林清高风度。王昌龄住处清贫、幽雅，一座孤零零的茅屋，即“茅亭”，屋前有松树，屋边种草花，院子莳药，虽独居而情不孤，遁世而爱生活。

当初李白送孟浩然，伫立江岸，看一江滔滔，一页风帆渐行渐远，心情愀然，只望到天尽头，方怅然而归。好友远别，天各一方，能不将爱的至苦之情倾泻而出？今王昌龄送辛渐，其情其景，其心之伤感，何不如此？一问一答，连用两个比喻，玉壶本是纯洁之品，更有一片冰心，真是一尘不染，寓深意于委婉之中，简直是借友直抒胸臆了！

此外，王昌龄还写了许多宫怨诗。

四

走进镇江，看山看水，看烟雨人家，看古寺名刹，处处是一幅水墨蓊然的山水画，但在历史的角落里，在浩瀚的唐诗里，在时光的幽暗处，只要你用心观察、寻觅，无意中会发现一朵金色的小花，并不耀眼，但很鲜艳，淡淡的馨香，挺撩人情怀，那就是《金缕衣》。作者不可考，是流行在中唐时期的名歌。时任镇江刺史的李琦特别喜欢此歌，每逢宴会上就让他的美妾杜秋娘唱此曲。后来，李璘起兵谋反，被镇压，杜秋娘也被带到皇宫，当了皇子的保姆，后被赐归故乡。杜牧在镇江见到杜秋娘，倾听杜秋娘诉说身世遭遇，诗人同情杜秋娘坎坷不幸，写了著名的长诗《杜秋娘诗》。

这朵夹在唐诗狭隙皱褶里干枯的小花，像“死不了”，用水一浸，便现出清新鲜活的姿影来。《金缕衣》是唐代的流行歌曲，犹如邓丽君的名曲《何日君再来》。当时此曲流行大江南北，一曲《金缕衣》唱得人心恍惚，如梦如幻。特别在官场的酒宴上，此曲更添一抹春色。歌唱家杜秋娘，她音质细腻，音调婉转，深情邈远，旋律优美。

劝君莫惜金缕衣，劝君须惜少年时。

有花堪折直须折，莫待无花空折枝。

杜秋娘就是镇江人，一曲《金缕衣》使她名扬天下。歌词是谁写的，其实不重要，重要的是这首流行歌曲单纯质朴，劝君“莫负好时光”，“行乐须及春”。我没有听过此曲，但我想象得到，曲调应该带有淡淡的伤感，浅浅的忧郁，轻盈的旋律里夹杂着蒙蒙的凄迷，这是少女对爱的呼唤！没有轻佻，没有造作。文学艺术就是表现人的性与情，所谓文学即人学，就是人性，人性是文学永恒之魂。人是有思想有感情的动物。短短四句歌词，配上优美的旋律，反复重唱，可谓风韵动人。这首歌词诗意单纯，但不单调，有往复，有变化，一中见多，多中见一，摇曳唐诗的丛林花海中，其姿影也楚楚动人，比起那诗仙、诗圣、诗豪、诗天子的皇皇大作，并不逊色！何也？诗言志，歌抒怀，只要有真实的情感，能打动人的心灵，就是好诗。这首由镇江的杜秋娘演唱的名曲能流传下来，足见它的艺术魅力。

用花比喻青春美好的女子，既形象又贴切，青春和爱情本身是美的象征，“有花堪折直须折，莫待无花空折枝”。及时行乐，本是一个庸俗的境界，这首诗是以年轻女子的口吻唱出，说明大唐帝国思想解放，性开放，已形成时代氛围，女子的大胆、直率、真情，淋漓尽致。

五

一座城市有无名气，是否文化名城，取决于这座城市的文化底蕴的丰厚或浅薄，说白了，这座城市出现多少文化名人、诗人、画家、艺术家，或者有多少文人墨客在此居留，居留期间又写下多少绝唱华章，这是城市胸前的勋章，这是城市的名片。镇江，除诗情弥漫，这里还演绎出一幕幕爱情经典悲剧，给这个江南小城增添动人的艺术魅力。诗人王湾在《次北固山下》中写道：

客路青山外，行舟绿水前。
潮平两岸阔，风正一帆悬。
海日生残夜，江春入旧年。
乡书何处达，归雁洛阳边。

王湾是洛阳人，官职不详，生卒年月不详，按照惯例他的诗在《唐诗鉴赏辞典》上排在李白之后，显然他是李白同时代的人。他存诗不多，《唐诗鉴赏辞典》只选一首，而今读者对他的名字是陌生的，但选家没有忘记他，完全出于公平的心。实际上这首写镇江的诗在盛唐时期流传很广，受到许多名流大家的赞赏。王湾当时诗名很大，但是流传下来的诗不多。这首是他的代表作。王湾来往洛阳、镇江，常停留多日，登北固山，临江抒怀，拜金山寺，发幽古之思情。有一次从洛阳到江南去，乘船来到北固山下，正是残夜时分，也就是黎明前最幽暗之时。夜色中只见江平岸阔，秋雁南归，雁唳霜天，更添一抹诗意，触发了心中的诗情，吟成这一千古诗篇。

我初读此诗，并未有诗人的生命体验，很难有诗人的感悟。他同时代的人张说却高度赞扬“海日生残夜，江春入旧年”两句。张说身为名相，一句顶一千句，得到他的赞许是不容易的。张说将这两句诗，作为楹联，挂在自己的书房，提醒自己作诗以此为典范。这一下子提升了王湾的知名度。唐朝诗人郑谷曾在自己诗集后记上，也记道：“何如海日生残夜，一句能令万古传。”明代胡应麟在《诗薮》中也称道：“‘海日’一联，形容景物，妙绝千古。”

唐朝是诗化大国，一句好诗能震撼朝野，惊得万里江山颤动不已，不仅在诗界引起喧哗，在政界也会引起骚动。

这两句诗的确卓尔不群，练字练句极见功夫，妙在诗人无意说理，却在描写景物、节气之中，蕴含着一种自然理趣，海日生于残夜，将黑暗驱逐，那边的春意已入旧年。从普通事物，作者发现人生哲理，多么贴切、深刻，给人一种积极向上的力量！这是一首提高“正能量”的诗！意象壮观绚丽，境界阔大高远，在自然景物中蕴含哲理，这是唐人审美意蕴的普遍存在，也折射出盛唐气象！

六

镇江翻遍每一页焦黄的历史，都盛满爱和诗，是诗城、情国，也是画乡。宋代大画家米氏父子，就长期居住在镇江，米家山水渲染了镇江，点画了镇江，使镇江的山水有了诗魂画魄，有诗的情愫，画的意境。

宋徽宗喜欢书画，米芾的作品深得宋徽宗喜爱。但米芾恃才傲物，放荡不羁，不谙官场之道，为同行不容，一气之下，弃官归隐。按理说，他应回老家湖北襄阳，可他偏偏选中了“三江口”镇江，一住四十年，直到终老。米芾不喜欢危峰高耸、层峦叠峰的北方山水，倒喜欢江南山水的瞬息万变的烟云雾景，天真平淡，意趣高古，追求自然，率多真意。米芾创造了全新的水墨技法，水墨相容，几乎不用线条，峰峦起伏，云雾缭绕，如朦胧桂林山水，时隐时现的黄山烟云。画史称“米氏云山”，都是信笔作来的烟云掩映，是大自然的造化。

米芾也是书法大家，他和苏轼、黄庭坚、蔡襄誉为“宋四书家”。米芾对自己的书法艺术有独特的体会，要求“稳不俗，险不怪，老不枯，润不肥”，重整体气韵，兼顾细节完美，成竹在胸，书写过程中，随遇而变，独出机巧。

我在镇江住了三天，几乎天天是烟雨霏雨，江南的雨真撩人，沙沙沙，打在芭蕉叶上，打在灰褐色古色古香的瓦片上。树林里、江面上蒸腾着雨霭烟云，灰蒙蒙的，像一幅水墨淋漓的山水画，怪不得米芾居此长达四十年，四十年来笔墨都倾泻在这片山水间，怎能不创作出千古的名作？

那天因雨，我无法去游览江城，便坐在宾馆里，一边翻阅小城的文史资料和图片，一边思考：城市是什么？是政治学、社会学、地理学、规划学、建筑学的综合体。人类集合在一起，看来很热闹，其实很孤独；看来富足而有秩序，其实很空虚。人，只不过是这个城市一个小零件，人们劳作一天，醒来并未变成卡夫卡的甲壳虫，人还在饮食、男女、劳禄，为什么？因为人类还有诗，有艺术。有了诗和艺术，人的灵魂就不枯萎，情感就不干涩，即使今天，诗和艺术仍在帮助我们摆脱后工业时代日复一日的枯燥和隔膜，从而对生活充满热望，对未来充满信心，心灵也充满芬芳和温馨。

雨还在下，远处的金山寺，隐在白蒙蒙的雨色中，那焦山、北固山都披上银灰色的雨纱，朦胧在长江岸边，长江涛声隐隐传来，像大地雄健的脉动。江城仿佛进入一种化境，化境的前提是静。雨天，街上行人少了，车辆稀了。沉浸在烟雨的江城，静了下来，像一幅水墨画，一幅湿淋淋的米氏山水画。

2014年11月

洛阳的风花雪月

多少年来这些故事沉睡着，等待时机东山再起，是我为他们制造机缘，使其苏醒。

——摘自读书笔记

洛　水　梦

日头西沉。

诗意的阳光缠绵地飘浮在河面上。河床很宽，水势平静，风吹起一迭迭涟漪，多棱镜般闪烁着一束束刺眼的光芒。这是秋天的洛河，岸柳成行，野草疯疯癫癫地爬满坡堤，蓼花风风火火地开放着，成片成簇，随波摇曳。一辆装饰豪华的马车翻过伊阙山，越过轘（huán）辕山，来到景山，车马很疲乏了，就停下来。一位峨冠博带、锦衣阔袖的年轻人从车上轻轻地跳下来，很优雅地在草地来回踱步。马儿也自在地在草地吃草歇息。那男子偶一抬头，向河对岸望去，只见水天苍茫，远山隐隐，洛水的美丽景色令人心旷神怡。恍惚间只见一倩丽女子，衣袂飘飘，正站在山崖之旁。他纳闷，问马车夫说："你看那女子多漂亮，真是绝代佳丽，她是什么人啊？"马车夫打起眼罩，顺手望去，隐约看到那位衣饰华丽的女子，便惊叫道："大王，那是宓妃吧？是伏羲的女儿，溺水而亡，成为洛河女神。"又说，"大王，你见到的莫不是她吗？她长得很漂亮吧？小人愿听您介绍一番。"

这"大王"就是青年诗人曹植。故事发生在公元202年秋天的一个下午。年轻的诗人离开皇城，远去封地，以上就是传说中他路过洛河的所见所闻。

晚上在驿馆里，曹植思念佳人宓妃，白日的一幕在脑海里翻腾，辗转难眠，起身披衣，挥毫书写《洛神赋》，笔飞墨舞，挥挥洒洒，千古华章，便烨烨于文学史。他的笔下出现如梦如幻、瑰丽动人的女子形象。曹植诗潮翻涌，倾其艳词丽句，铺陈渲染，排比对偶，比喻夸张，展开寥廓的想象力，极其细腻地赞美宓妃容貌、衣饰，渴望能和这女子结秦晋之好。言为心声，其实曹植只不过将甄妃比作宓妃，倾吐一腔思慕，满怀情愫和深深的眷恋，这真是一部爱的经典。

"翩若惊鸿，婉若游龙。荣曜秋菊，华茂春松。仿佛兮若轻云之蔽月，飘摇兮若流风之回雪。远而望之，皓若太阳升朝霞；迫而察之，灼若芙蕖出渌波。秾纤得中，修短合度。肩若削成，腰若约素。延颈秀项，皓质呈露。芳泽无加，铅华弗御。云髻峨峨，修眉联娟。丹唇外朗，皓齿内鲜。明眸善睐，……披罗衣之璀璨兮，珥瑶碧之华琚……"

这是九天瑶池之仙女，这是人间之尤物！

我真想接近她，但山远水阔，云雾朦胧，可望而不可及！我想呼唤她，又觉得喉咙像堵塞了什么，发不出声音，我只有泪水迷蒙！

天上人间，是幻、是梦；是她，就是她。气质优雅而不轻佻，粉面含春而不露色，那熟谙的微笑里浮动着淡淡的忧伤，那清澈的目光深情而又带有矜持，哦，我万般无奈，我的魂魄已脱壳飞去，化作千言万语的曼妙！

甄妃，甄妃，你回来啊！

曹子建彻夜难眠，回想和甄妃相处的日子，沉浸在甜蜜又苦涩的记忆里。

众人皆知，甄妃是魏文帝曹丕的妃子。这女子原是袁绍二子袁熙之妻，公元204年，曹军攻打邺城，袁军惨败。传闻，曹操有令，谁先攻入袁绍军营，谁可得甄妃。甄妃有倾国之美，早已所闻。曹丕率先攻占袁绍大寨，自然抢得了甄妃。其实曹操也倾慕甄妃姿色，但又不能与儿子争夺女人，只好退出。这的确证明甄妃有倾国之色，且有非凡的才智。

其实曹植比甄氏小十岁，曹植认识甄妃时，甄妃二十二岁，曹植十二岁，年龄的悬殊，二人不可能有什么感情纠葛，更多的应该只是曹植对嫂嫂的暗恋之情。

当曹丕做了皇帝，对曹植一次次残酷打击，曹操之妻卞老太太从中力阻，曹植方免遭死于非命。曹丕当皇帝九个月后，忙完改朝换代的军国大事，便听信他人之言残忍地将结发十七年的妻子甄氏赐死。

曹丕杀曹植不成，仍不忘对曹植精神上的折磨。一天曹丕把曹植叫到宫中，将甄妃的一件遗物“盘金镶玉枕”赐赠曹植。曹植睹物思人，百感交集，在返回封地途经洛水时，“梦会洛神”，把心中的情感化作千古名篇《感甄赋》。曹植以生花妙笔，细腻地描写甄妃的美貌，从神韵、风仪、情态、姿貌，到明眸、朱唇、细腰、滑肤，描绘得淋漓尽致，出神入化，呼之欲出。没有真情实感，没有真切的生命体验能写出这样脍炙人口的千古绝章吗？后来魏明帝（曹丕之子）将这篇《感甄赋》改名为《洛神赋》，魏明帝知道是老叔赞美母亲的，这能不让世人联想曹植与母亲甄妃的感情纠葛吗？

曹植陷入苦闷、忧郁、心神动荡之困境。

现在离开了这爱之地，更是愁绪盈怀，缱绻缠绵，他借洛神抒发了自己的感怀：“浮长川而忘反，思绵绵而增慕。夜耿耿而不寐，沾繁霜而至曙。”回顾往事，曹植在驿馆竟然彻夜难眠，直到东方既白，方想起要“归于东路”，命御夫就驾赶路。

这是爱的悲剧。是曹植的单相思，是一曲爱的圣歌，爱情的梦幻曲。

洛阳不仅是诗词歌赋的盛产之地，这千古帝都还是爱情经典爆发之源。

洛 花 吟

我在洛阳逗留的日子，除游览名满天下的白马寺、龙门石窟，观赏洛阳的牡丹，我的游兴并没有满足，我想寻找金谷园的遗址。朋友告诉我金谷园的遗址已不可寻，连专家们也莫衷一是，但有一说是共识的，在邙山崇山峻岭中，又说在洛阳南几十里外有一条风光旖旎的金谷涧。

唐代诗人刘希夷，就是那位"大诗人"宋之问的外甥，写过一首诗，开首写道："洛阳城东桃李花，飞来飞去落谁家。洛阳女儿惜颜色，行逢落花长叹息。"这是一首吟咏爱情的悲歌，诗中女子感伤落花抒发人生易老，红颜易逝，富贵无常的感慨。这里"花相似"、"人不同"，不仅强调了时光的流逝，更暗示了听天由命的无奈情绪。我眼前的这座山就是邙山，莽莽苍苍，古木新株，葱茏茂密，树干和枝条怪异，长势野蛮，欲与天接，远山蓊蓊郁郁，云雾缭绕。

金谷园是洛阳一大景观，曾上演过一幕经典的爱情悲剧。金谷园是土豪石崇炫耀富贵奢华的"经典之作"，是他包养"二奶"的豪宅，也是一曲爱情悲剧的表征。

西晋那个时代的土豪、贵族以炫耀富贵为荣。这些暴发户们炫耀财富，彰显资产，可谓惊世之举，最有代表性的是读者熟悉的石崇王恺争富的故事。

王恺用饴糠和干饭来擦锅，石崇则用蜡烛当柴烧饭；王恺用紫色丝布步障，还配上绿绫里子，长四十里；石崇则用锦缎做成五十里的步障；石崇用花椒和泥抹墙，以求满室芳香；王恺则用赤石脂涂墙，以显富贵。王恺是晋武帝司马炎的舅舅。有一次他把三尺高的珊瑚搬出来，和石崇比试，石崇看了一眼，上去一锤，砸个粉碎，王恺勃然大怒，石崇却说："这算什么，我还你一只更大的！"命仆人从家里搬来七八盆珊瑚，又高又大，王恺惊呆了。石崇说："你相中哪盆搬哪盆。"王恺虽有皇上外甥做后盾，仍然不是石崇的对手。

石崇建金谷园，其厕所也极其铺张，十几个婢女分站两排，侍候客人，还准备了香水和香料内衣。厕所里还有绛紫色纱帐大床，床上是绵缎被褥，有客人如厕，一见这阵势，扭头跑出来，连声说道歉，误入卧室，石崇哈哈大笑："什么卧室，那是厕所啊！"

石崇绝非土老鳖式的财主，他是西晋大文学家，美男子，身材魁伟，容貌惊艳，风流倜傥，且文质彬彬，他和另一个美男子潘岳是朋友，其容貌不分伯仲。石崇是山东青州人，元康初年，出任淮南中郎将，荆州刺史，他在荆州屡屡劫持富商大贾，收敛巨资，成为豪富。这期间他发现一美女绿珠，惊慕其容貌，以三斗明珠做聘礼，纳之为妾，并在洛阳大兴土木，建超豪华的金谷园。该园旧址据说在一条山涧，园子规模宏伟，崇楼杰阁，水榭歌台，园内流水泛金，林木泻翠，修竹丛簇，花繁似锦。石崇还专为绿珠建一梳妆楼，站在楼上，极目南天，白云悠悠，阵风飒飒，水光山色，鸟语花香，不知天上人间。

绿珠花容月貌，倾城倾国姿色，她善歌舞善吹笛，舞步翩跹，舞姿优雅，急如暴风骤雨，缓如闲云秋水；她吹笛，笛韵悠悠，引得百鸟和鸣，云滞水峙。石崇宠爱之至，视若掌上明珠。绿珠像一只金丝鸟儿囿在这金丝笼里。石崇毕竟是文学家，善诗文，曾在金谷园举办诗会，这是自曹丕建安诗会以来，举办的全国第二届诗会，王羲之的兰亭诗会则是中国第三届诗会，已时隔五十余年。

石崇约来当时西晋文人雅士，名流大家，欢聚一堂，潘岳、陆机、陆云、缪正、杜斌、左思、郭彰、刘讷、刘琨等三十余人，皆为一时名流才俊。他们不远千里赴洛阳参与诗歌活动。石崇以东道主的身份极尽奢华，热情款待，而且这里山清水秀，佳树茂竹，涧水潺缓，这一群善于在大自然中捕捉美的诗人，哪个不诗情滔滔？“遂各赋诗，以叙中怀。”诗会结束，石崇将诗人大作汇集成册《金谷集作诗》，并亲自撰写序言。后人皆认为，王羲之的“兰亭集序”受石崇序言的影响很大。

闲话少叙，再谈石崇和绿珠。石崇唯恐绿珠思念故乡，以慰乡愁一缕，在绿珠的室内装饰珍珠、玛瑙、琥珀、犀角、象牙，可谓穷奢极丽。

石崇在朝廷里投靠的是贾谧，他逢迎贾谧，无所不用其极。每至贾谧出门，石崇必站在路旁送别，直到车尘远逝，还望着远方而拜。后来，贾谧被诛，石崇受到牵连，被罢官。赵王司马伦专权，其部下孙秀垂涎绿珠，怀有夺取之心。石崇有权时，他只能意淫而已，而今石崇被罢官，便戳弄司马伦下达指令，围剿石崇。不久，孙秀率兵直扑金谷园。

当时，石崇正在设宴和众婢妃歌舞弹唱，其乐融融，忽然传来孙秀兵围金谷园。石崇知道孙秀来意，便对闯进楼室的将领说：“这些婢妃随意挑选。”其实几十个婢妃人人衣锦华丽，个个貌如天仙，浑身上下散发着兰麝香气。但来者点名索要绿珠。石崇大怒：“绿珠是我之所爱，那是办不到的。”石崇回头对绿珠说：“我因你而获罪。”绿珠泣曰：“妾当效死君前，不令贼人得逞！”言毕，推开窗子，坠楼自尽。石崇抱着绿珠尸首，放声大哭。孙秀趁机杀死石崇全家。

这就是应佛家之语，色即空，空即是色。石崇的惨局是因果报应，本来不是你的财产，你却抢去，结果人财两空。

俄罗斯作家契诃夫说：“爱情总会这样，开头是满满当当的许诺……中段便变得皱巴巴、怯生生地到结尾……烟花一场。”

晚唐诗人杜牧路过金谷园遗址，大发感慨：“繁华事散逐香尘，流水无情草自春。日暮东风怨啼鸟，落花犹似坠楼人。”我想杜牧路经金谷园废墟时应该是一个春天的下午，残阳余晖，落霞缤纷，金谷园断垣残壁，荒草披离，当年的豪华已化为云烟一缕，飘然而去，只见满目苍凉，鸟鸣流水也在呜咽。诗人脑海里能不出现绿珠跳楼那瞬间的镜头吗？真是香消玉殒，一曲哀伤的生命之歌，春风过耳，春梦无痕！

烟 雨 伽 蓝

我是听着《烟花易冷》来洛阳采风的，歌中讲述的一则爱情故事，可谓千古经典。

洛阳是千年古都，十三个王朝曾在这里建都，成为一朝朝政治、经济、文化中心。人文荟萃，“汉魏文章半洛阳”，历代文人墨客吟咏洛阳的诗篇多达一千七百余首，这里山山水水草草木木全被诗化了。然而这里又曾是古战场，文化名城的背景总蕴含着过多的悲哀和忧伤。萧萧战马的践踏，琼楼玉宇的古都被诗人的歌咏所屏蔽了，其实那淹没历史烟尘的爱情经典打捞上来，依然鲜亮亮的感人至深。

魏晋时代，宫廷政变，风雨无常，朝为朝中权臣，威加四海，夕则身首分离，尸横朱门，血溅簪缨。你未唱罢，我抢场，芜杂而混乱，东市上几乎天天有人头落地。倾圮的城垣，血腥的楼堂殿阁，处处上演着人性丑恶和政潮跌宕的悲剧。

西晋时期，祸起萧墙，同室操戈，八王之乱，血洗朝堂，匈奴人趁机多次搔扰中原，洛阳成了双方争夺的重要城邑。公元449年，北魏拓跋焘大破柔然后，率大军剑指洛阳。

一则凄苦的爱情悲剧就发生在这种背景下。皇家的守城将军邂逅一位女子，那青年将军高大威武，仪表堂堂，一身戎装，英姿雄发，令人倾慕；那女子花容月貌，气若幽兰，虽非大家闺秀，也是小家碧玉，特别那双眼睛，如同两汪清泉明澈灵秀，顾盼生辉。英雄美人，天生一对，地上一双。两颗心被爱情的烈火燃烧着，执子之手，与子偕老，二人山誓海盟，私订终身。但是前线战事吃紧，青年将军要应征开赴战场。临行前将军对女子说："等战争结束了，我来迎娶你！"女子泪眼迷蒙，哽咽道："我等你，海枯石烂，天荒地老……"

将军拍马而去，连头也未回。踏踏的马蹄声远去了，消逝在一片烟尘中。

他们告别之地，就在城门下。

战争连年绵绵，烽火不熄，边患不止，这里成为双方拉锯之地，一场场厮杀，一场场搏击，血沃山野，骨暴乱蓬，战争之惨烈，不可言状。南朝刘宋内变，萧道成改宋为齐。南朝齐军也无力抗击汹汹杀袭而来的北魏大军，中原沦陷，洛阳失守，不久洛阳成为北魏的都城。至此，战争已进行了二十三年。

战争结束后，那位青年将军已是头发花白，两鬓染霜，且身负重伤，流落他乡。又不知过去多少年，他伤愈要回洛阳。乡亲们劝他不要回去，现在洛阳是敌都，见到你会杀死你的。将军执意回归，死是不怕的，他最感痛心的是见不到心上人。他要回洛阳寻找那位女子。

由于兵祸连年，洛阳城已是满目废墟，残垣断壁，衰草没膝，金砖玉瓦的宫殿已倾圮，鼠兔出没，面目全非。

自将军走后，那女子天天到城门坐等他归来。她坐在门旁一块青石板上，默默不语，呆呆怅望。每遇到从前方归来的人，就上前打听见到那位将军了没，回答总是让她失望。失望中又蕴藏着希望。女子坚信她的未婚夫会骑着高头大马凯旋。她天天来此坐等，从早到晚，春夏秋冬，风霜雨雪，痴心不变。不顾兵荒马乱，不顾寒燠冷热，那女子呆呆地坐着，头上的青丝渐渐变成花发，眼角的皱褶隆了起来，清秀的脸庞变得黪黑苍老。她神色凄然，目光黯然，有人认为她是疯子，也无人理睬她。她身下的石头热了又凉了，凉了又热了，天长地久，边边角角都磨得平滑了。每见到一位身着戎装的兵卒，都要上前询问：见没见将军，人们总是悲切地摇摇头。她泪眼望穿，泪水流尽，“我心匪席，不可卷也”，一颗期待的心枯萎了。“昨日胜今日，今年老去年。黄河清有日，白发黑无缘。”南北朝战争持续不断，狼烟烽火，风鸣马啸何时了？二十三年啊，二十三个秋天雁南归，二十三个春天燕北回，二十三个草枯草荣，花落花开，怎么就不见恋人的踪影？

女子的心死了。她削发为尼。一身海青法衣，一盏孤灯，女人坐在草墩上口念“阿弥陀佛”，昏昏然、凄凄然，长昼短夜，短昼长夜，年年岁岁求菩萨、拜佛陀救赎一个伤痕累累的灵魂。但是菩萨不语，佛陀缄默，只见一抹微笑中含着苦涩。

将军回来，他早已脱下戎装，穿着一身破旧的衣衫，混进赶集的百姓间走进洛阳城。他和女子分别时的那道城门已经倾圮，城门旁的老树早已枯死，只是那块青石还在，青石上的凹痕依然清晰。和路人谈起往事，知情者告诉他，一位女子在这里等了二十三年，将军听罢，扑通一声跪在青石旁，泪涌满面。

人们又告诉他，那女子已削发为尼，不知在哪座寺庙里。将军决心寻找，洛阳寺庙有成百上千，将军历尽坎坷，踏遍邙山千沟万壑，终于在深山林茂的荒刹见到那女子，但是人事已非，尘缘已尽。二人相见，不是泪雨霏霏，而是四目相对，默默不语。世间的繁荣富贵，人生的风霜雨雪，生命的恩爱情怨，如同烟花飞逝，剩下的只是空、空、空！四大皆空！

将军也落发为僧，万念俱灰，在这深山古寺里，在蒲台上，静静地打坐，敲着木鱼，一声声，是否惊醒梦中人？

外面秋雨淅淅沥沥，冷雨打在菩提叶子上，打在芭蕉叶子上，点点滴滴都化为苦涩的泪。老僧下意识地敲着木鱼。一声声，一声声，像时光的脚步，沉重而苍老。老僧老尼，近在咫尺，却缘断银河。命耶？

运耶？时耶？一个经典的爱情悲剧在古寺里演绎它的尾声。

镜中花，水中月。来自天堂的风，翻阅着一段美丽凄迷的爱情故事。

时过一千五百多年，爱情的悲剧穿过漫长的时空，一位年轻的歌者，感叹烟花易冷，便作歌一曲：

繁华声遁入空门，折煞了世人，
梦偏冷辗转一生，情债又几本，
如你默认生死枯等，
枯等一圈又一圈的年轮，
浮图塔断了几层断了谁的魂，
痛直奔一盏残灯，倾塌的山门，
容我再等历史转身，
等酒香醇等你弹一曲古筝。
雨纷纷，旧故里草木深，
我听闻你始终一个人，
斑驳的城门，盘踞着老树根，
石板上回荡的是再等，
雨纷纷，旧故里草木深，
我听闻，你仍守着孤城。
城郊，牧笛声落在哪座野村
……
烟花易冷，人事易分，
而今你在问我是否还认真，
……
而青史岂能不真，魏书洛阳城，

如你在跟，前世过门，
跟着红尘，跟随我，
……
伽蓝寺听雨声盼永恒。

魏书洛阳城

这是一则民间传说，又有一定的历史真实性，所以流传千载。主人公诚信公主究竟是魏文成帝拓跋濬的女儿，还是魏孝文帝拓跋宏的四姑娘，史学家们争论不休，若是后者，故事就发生在洛阳。因魏孝文帝时迁都洛阳，并改拓跋为元，所以历史上称元魏，也就是整个北魏王朝，历史上也称后魏，我们姑且将诚信公主划为孝文帝的女儿。

这位四公主长得非常漂亮，聪慧又活泼，诗书琴画，样样精通，是魏孝文帝的掌上明珠。但她生性倔强，讨厌这金丝笼子般的生活，常常闷闷不乐。有时由丫鬟陪伴在御花园一坐半天，看花开花落，看云来雾去，更羡慕枝头鸟儿，飞来飞去，快活、自由地歌唱。她多想走出这幽闭的皇宫，飞到广阔的天地。

孝文帝早有打算，把女儿嫁给北方草原部落的首领，在那个时代和亲是最好的外交策略，四姑娘本就讨厌那些油头粉面的贵族子弟，这些年青人往往不学无术，油腔滑调，举止轻佻，且性情残暴。更何况是草原部落首领的儿子，一介莽夫。四公主哭哭啼啼，抗旨父皇，死也不嫁给那些公子哥儿，她向父皇吐露心声，说她爱上崔尚书的孙子崔珣。

她是怎么认识这位风流才子崔珣的呢？诚信公主不安于宫廷寂寞和孤独，更讨厌宫廷繁文缛节、清规戒律，便在丫鬟的护从下逃出宫阙，到郊外春游。

洛阳郊外，群山逶迤，流水环复，山清水秀，林木蓊然，又是烟花四月，春光明媚，春风和煦。公主来到洛河畔草地上。岸边杨柳堆烟，柳下绿草成茵，远望青山着碧，近看流水泛蓝，好一派浓艳春光。姑娘被眼前美景陶醉了。

这时，一位骑着白马的青年公子，缓缓走来，一眼看去，是聪明睿智、儒雅高洁之人。他一表人才，如玉树临风，丰采袭人。诚信公主命下人打听是何许人？下人告知是新任吏部尚书崔玄伯的长孙。公主一见钟情。她有一双剪水秋波的慧眼，她爱崔珣那风流倜傥的丰姿，爱崔珣谈吐文雅、文采风流的才华，那风度，那气质，还有那份潇洒，深深地打动了少女的心，一颗爱的种子在心里萌动，酥酥的、痒痒的，有一种说不出来的愉悦。

回宫后，孝文帝再次提起四公主的婚事，为其招赘驸马，诚信公主闻言愁肠百结，整日泪水涟涟，眼看婚期已到，诚信公主急得像热锅上的蚂蚁，恨不得身生双翅，逃出这深宫大院，期待心上人崔珣带她远走高飞。此时她急得团团乱转，丫鬟心生一计，协助公主连夜逃出皇宫，又联系崔珣接应。诚信公主见到崔珣，一头扑进崔公子怀中，悲泣不止。崔珣带着诚信公主连夜跋山涉水，藏匿到一个山洞，并托人照管。

魏孝文帝得悉后传旨抓捕崔珣。崔珣拒不交待，最后孝文帝无奈，便将其无罪释放。崔珣身体受到巨大伤害，回家后不久便死去。公主盼她的崔公子接她私奔，远走他乡，朝也思君，暮也思君，昼也思君，夜也思君，苦苦地等待心上人的信息。眼望穿，泪流尽，却不见崔公子来接她。当诚信公主得悉自己的心上人死去，她不相信这种噩耗，她生要见人，死要见尸，就是真的死去，也要寻找崔珣的坟塚。在丫鬟的陪伴下，公主四处寻觅，逢人打听，终于找到崔珣的坟塚，已是坟草青青。公主趴在坟头上，两手抓住青草，放声大悲，哭得死去活来，泪水打湿一片青草。阴阳两隔，那撕肝裂胆的哭声，能惊醒墓中人吗？那锥心泣血的喊叫能让心上人死而复生吗？爱情的悲剧就是爱情的死亡。她哭哑了嗓子，哭干了泪，她要一头撞死在墓碑，却被丫鬟死死地抱住。公主决心以死殉葬。由于几个宫女看守得很紧，诚信公主死不成，便削发为尼，一身海青色法衣，换去金枝玉叶的女儿装，在青灯黄卷、荒山古寺中度过如花青春，了却红尘。

这个故事也被后人演绎多种版本。还有传说，孝文帝得悉诚信公主抗旨逃婚，非常气愤，立即让他指定的公主驸马带领众多兵丁，跟踪追捕。人马追到公主藏匿的深山，紧紧包围那深涧山洞。驸马命人进洞搜索，却不见踪影，便在石崖洞口堆放柴草，点火焚烧。正当大火熊熊燃烧时，突然天空阴云四合，狂风大作，雷电交加，一场暴雨倾盆而至，大火顿时熄灭，追兵个个惊慌失措，连滚带爬，慌不择路，有的坠崖死亡，有的摔伤。云散雨止，并不见公主出来，有的说，公主已被西天佛主接去，削发为尼，了却这段尘缘。

世间难有真情在。有多少青年男女为情而死，为爱而殉。这一段阴郁的情缘，为洛城又添一抹凄迷的色彩。繁华如梦，流光易散，多少回灯花挑尽的不眠之夜，多少次在水天晴光的交汇里，那一瓣静静绽放的素蕊，用清香弹奏一曲千古怨悱之情韵。

洛　阳　桥

洛阳非江南，却有江南风韵，这里河多，水多，桥亦多。石桥、砖桥、木桥，有名的桥梁以数十计，那弯弯的拱桥，如虹似新月架在绿波之上，装点了洛阳的灵气，撩起城市起伏跌宕的动感。青林垂影，绿水为文，山光水色，绝佳之境。白居易有一首诗，赞咏便是洛阳桥：

上阳宫里晓钟后，天津桥头残月前。
空阔境疑非下界，飘飘身似在寥天。
……

李白、李商隐等人也有咏吟洛阳桥的诗篇。

春天的黄昏是洛阳桥畔最富有诗意的时辰，那湲湲一河碧水，那岸边一排排堆烟杨柳，河堤上还有灼灼桃花，萋萋芳草，茸茸的、融融的，燕语呢喃，蛱蝶乱舞，这诗天画地正是青春和爱的天地。多少怀春少女桥头寻觅未来郎君，多少少年才俊河畔踏青寻找意中情人。

洛阳桥，一尊尊独特景观，“那堪好风景，独上洛阳桥”。桥上行人，河畔情人，唐朝的诗人，宋朝的词人，千古墨客在这里倾泻多少情感。想必李益也是在春天的黄昏，游览洛阳桥，凭栏远眺，远山莽莽，近水悠悠，杨柳依依，芳草萋萋，风景凄迷。“安史之乱”使大唐帝国江河日下，杜牧触景生情，不禁吟道：“繁华事散逐香尘，流水无情草自春。”到了元代，洛阳桥头又演绎了一段风花雪月的锦绣剧目。

剧名就是《洛阳桥》。

剧情是：元朝末年，耶律寿世袭了洛阳府爵。此人欺贫凌弱，欺男霸女，无恶不作，权倾一方，又是名震一方的恶霸。他有个妹妹耶律含嫣，人长得十分漂亮，又聪明伶俐，心地善良，和哥哥人品恰恰相反。她痛恨哥哥的恶劣行为，常常怒责，但耶律寿一意孤行，仍旧劣迹斑斑。耶律兄妹的父亲早亡，按家规，妹妹的婚事由兄长做主。

清明时节，耶律寿应尼姑庵之邀，饮酒作乐。他妹妹耶律含嫣，久住深闺，深感孤独、寂寞，何不趁哥哥外出，也逃离侯门去郊外踏青春游？耶律含嫣在丫鬟的带领下来到洛河岸畔，好明媚的一派春光，春阳朗照，春风拂面，岸边杨柳，柳丝拂拂，树下绿草成茵，人来人往，一片热闹。恰在这时，一位青年猎人走来，那青年身材伟岸，眉清目秀，一脸英气。耶律含嫣随生爱慕之意。那青年猎人武艺高强，此时天空飞来两只鹰雕，青年张弓搭箭，只听嗖的一声，双雕瞬间坠地，引起在场人一片喝彩："好箭法！一箭双雕！""神箭手，英雄呐！"耶律含嫣听到人们夸赞，不知怎的心里像揣着只野兔似的怦怦地跳个不停，脸上只觉得热辣辣的，直热到耳根，一双眼睛含羞地偷偷看着那位青年猎人，一颗爱的幼苗在心中生根，抽枝吐叶了。那射雕人名叫花云。

剧情在发展。

耶律寿从尼姑庵归来，遇到一位采桑的良家女子，见人家姿色十分，顿生邪念，想纳为妻妾，多方调戏，女子不从，又见路人，不好明目张胆抢掠。待回到府里，心生毒计，派人打听采桑女的丈夫，姓什名谁，便勾结公堂，害死其丈夫，罗织冤案，便逼采桑女为妾。采桑女悲愤难忍，欲投河自尽，被射雕人花云所救。耶律寿的暴行惊怒众乡里，他们联合贫苦乡亲，向侯府报仇。

在这期间，耶律含嫣曾向哥哥谈起自己的终身大事，愿嫁狩猎人。耶律寿当然不同意，他怒斥妹妹，并拿出家规：蒙汉不通婚，贫富悬殊更不能联姻。遂命人把妹妹锁起来，不得走出侯门一步。

耶律含嫣日日思念心上人，食不安，寢难眠，辗转反侧。望窗外明月，月缺还有圆；看庭院春花，花落又花开，自己何时才能见到心上人？耶律含嫣悲恨万分，恨自己出身侯门，婚配不由己，更恨哥哥胡作非为，锁禁妹妹。含嫣悁悒成疾。侯门深似海，谁来相救？花云的母亲得悉，也愁眉不展，和乡亲商量，想出一个办法：以卖野花为名进府探访，并与含嫣定计，让花云伺机混入侯府。花云和含嫣终于相见，悲欣交集，泪雨霏霏。

剧情结尾，耶律寿纳妾之日，花云化装为采桑女混进府中，那吹打打的民间乐队，却是正义凛然的众乡亲。当花轿进入侯府，揭开新娘的盖头，原来正是英俊魁伟的青年猎人——花云。众乡亲严惩了耶律寿。耶律含嫣终于如愿和花云结为百年好合。

这真是一出戏。

情节虽有漏洞，仍不失为一曲爱的经典。

2014年12月

江城五月落梅花

一

列车在荆楚大地上疾驰。

风的切面成锐角，在车窗外发出尖厉的呼叫。

我喜欢风，这些年我常常和风结伴而行，在山野，在河流，在人迹罕至的大漠戈壁、荒原、森林，我挽着风的手臂，或风牵着我的手，在草原上追赶落日，在旷野上追逐地平线。风会说话，常在我耳边絮语，有时也咆哮。我不是“风语者”，不能将它的语言翻译出来，却有默契。我和风都是无可救药的漂泊者，在天地间寻寻觅觅。

寻觅间，我们闯进长江重镇、文化名城武汉。此时灯火已黄昏，城市向我们打开一页动人的璀璨和眼花缭乱的绚丽。

武汉是性格外向型的城市，它大大咧咧横跨两江，粗犷而雄阔，大得令人茫然。武汉是云梦泽的一部分，“云在江之北，梦在江之南”。云梦泽，浩浩荡荡，横无际涯，跨越长江南北。南朝诗人阴铿有诗云：“洞庭春溜满，平湖锦帆张……滔滔不可测，一苇讵能航？”它四周是斑斑驳驳的湖泊，烟波荡荡，水光淼淼。武汉又是热情奔放的都市，它坐落在江汉平原，纳龟蛇二山入怀抱，汲长江汉水入囊中，襟山带水，迎八面来风，连九省通衢，诚恳而朴实，热情而大方，实属罕见。

南国多诗、多词、多文赋、多才子、多雅士，我总觉得是多水的缘故。仁者爱山，智者乐水。是潺潺流水，采采流水，滔滔江水，赋予南国文人墨客以灵性、悟性和睿智，启开他们天聪的心扉，滋润他们诗心的沃壤，滋生出灿如星海的诗篇。那流水穿越楚辞，穿越汉赋的丛林，穿越魏晋六朝乐府，流进大唐的沃野，诗潮澎湃，惊涛裂岸，激浪喧豗，形成恣肆汪洋的盛大景观。这股流水并未止息，依然奔腾汹涌，穿越五代十国的千谷万壑，奔腾在两宋的千里平川，开出奇异的花朵——曲子词漫布开来，辉煌了一个朝代，成就了中国文化永恒的骄傲。

走进南国就是走进诗的土地。

站在唐诗的册页上，翘首远望，最耀眼的还是黄鹤楼。尽管现在周围高楼林立，很现代，却没有文化；楼群巍峨壮观，历史却很浅薄。它们是一片速生林，缺乏一种沧桑感。黄鹤楼以其独特的魅力，为这座城市赢得高分，尤其还有“非物质文化遗产”——崔颢的题诗。江南三大名楼，滕王阁有大唐名家王勃一序而名扬天下；岳阳楼因北宋名臣范仲淹一记而流芳千古；黄鹤楼因崔颢的诗而声噪四海。谁说诗没有力量？这是软实力，一首诗救活一座楼，一首诗引来千载客旅络绎而来，如蜂如蚁，使整个城市骚动起来，喧哗起来，热烈起来，成为“文化名城”。

文化名城，首先要求这座城市出文化名人，或文化名人客居此地。是他们创造了文化的光斑，丰腴了城市的精神，铸就了城市的人文风景。三闾大夫长歌当哭，伴着编钟玉磬的余韵，三千年来，依然缭绕在江汉大地；沧浪之水却难洗濯一腔愁怀，只是烟雨中的龟蛇二山时露峥嵘之姿。历史因它们而丰厚，文化因它们而璀璨。

黄鹤楼原本三国时代吴军的一座戍楼，平庸得很，历史无须回首一瞥。若干年后，不知谁动了心思，建起了一座说楼非楼、说阁非阁，集阁、楼、塔、亭为一身的供人游览登临的场所。晋代以来，一些官宦显贵、文人墨客争相登监，或凭栏倚户，伸手揽月；或俯仰天地，思国忧民；或观长江听涛声浪韵，以壮情兴。他们挥毫舞墨，纵目驰怀，留下千古绝唱。

最先登楼饮酒唱和的是鲍照，这老先生不知何因来到这长江岸一成楼大发诗兴，留下脍炙人口的诗句“临流断商弦，瞰川悲棹讴”。鲍照曾在湖北隋县一带任职，自然有机会来江夏（武汉）一带游历。我们这位山东老乡在东晋诗名与颜延之、谢灵运并列“元嘉三大家”。其实他的诗歌题材与内容比谢灵运广阔得多，在艺术上也各有千秋。更令人惊异的是他妹妹鲍令晖也是当时著名的女诗人。鲍照一生在仕途上受尽挫折，所以诗中常见哀怨悲伤之词。也许某年初冬时节，鲍照登上黄鹄矶，江风萧萧，寒波滔滔，迟归的大雁从遥远的北方归来，凄厉的雁唳洒落一川寒波，更使诗人伤悲，感叹人生有命，安能叹尽忧愁？此时此刻，鲍照临川而立，远方三崖隐丹磴，脚下九派引沧流，发出“临川断商弦，瞰川悲棹讴”的人生感悟。问山问水问大地，世上有没有一种灵丹妙药，能治愈旅人的愁苦？他还有一篇短赋《舞鹤赋》是否在黄鹄矶所作，不得而知。我想，鲍照准受到黄鹤楼的启悟，认为鹤舞是失去了自由的行为，不愿做笼中之鸟，以喻虽文学才能过人，官僚们却视而不见，这种苦闷情怀漫溢字里行间。

二

鲍照之后，一大批文人雅士纷沓而来，先是崔颢。崔颢是开元十一年的进士，河南籍诗人，也许这年金榜题名，诗人游兴正浓，来到江南，登临黄鹄矶，大发慷慨，尽抒悲凉情怀，写下脍炙人口的《黄鹤楼》。

昔人已乘黄鹤去，此地空余黄鹤楼。黄鹤一去不复返，白云千载空悠悠。晴川历历汉阳树，芳草萋萋鹦鹉洲。日暮乡关何处是？烟波江上使人愁。

诗中仙人乘鹤远去，人去楼空，偌大的一座黄鹤楼只是伴着几朵缥缈的白云，悠悠千载寂寞。远看晴川下的汉阳树，郁郁葱葱，而身边的鹦鹉洲，芳草萋萋，一片葱绿，诗人感到时空苍凉，世事茫茫。望着滔滔长江，昼夜不舍地奔流而去，更觉得愁绪缭绕，人生无常，产生不知乡关何处，日暮怀旧之情油然而生。

武汉三镇是长江和汉水携手打造的，像父母为三个儿子分家而居，汉阳重工业，汉口重商业，武昌重文教，三足鼎立，铸就一座繁华都市的风骨。这座城市以火辣辣的激情和昂扬慷慨的气度，以及精神里流露出的落拓不羁的风格，而著称南国。虽然今天物质主义泛滥，历史和文化都已边缘化，好哉，还有黄鹤楼，还有崔颢的诗，还有李白、孟浩然、杜牧、李商隐的诗。黄鹤楼历经千年，多次毁于战火和天灾，屡毁屡建，重建二十八次，这在我国算古建筑修复频率最高的吧。现已楼高九层，雄踞江岸，巍峨壮观，哪是当年三国吴军一戍楼？也非崔颢、李白、孟浩然的黄鹤楼。

登上黄鹤楼，苍茫雄阔的武汉三镇是一片灰蒙蒙的气象。现代化给都市带来的空气污染，江南名城也难幸免。武汉历史上没有成为帝都，历代帝王的目光扫描华夏九州时，没有谁在这里停留片刻，这九省通衢的江汉重镇只配作商业、工业之城，成为政治文化中心是不可以的。武汉并不自卑。这座城市有独特的韵味，长江和汉水雄势滔滔，给它平添了阳刚之气，城四周湖泊港汊，斑驳交错，数以百计，这是云梦泽的遗著，那汪洋浩瀚，那恣肆纵横，也许构成一种气氛，一种特色，一种韵致，更确切地说，是武汉的灵魂。

我在黄鹤楼正面入口的门匾上看到“气吞云楚”四字，两柱楹联更引人注目：

由是路，入是门，奇树穿云，诗外蓬瀛来眼底；

登斯楼，览斯景，怒江劈峡，画中天地壮人间。

这副楹联颇具道骨仙风，在黄鹤楼古今楹联中独具风格。据说是道教八仙吕洞宾所撰。吕洞宾，即吕岩，历史确有此人。吕岩做过县令，传说他成仙后，化装为卖桃的老翁、卖墨的货郎，想点化度人，但满目皆是肉体凡胎，不足以点化，便写下这副长联，扬长而去。

人有悲欢离合，历史有兴衰荣枯。崔颢身后，大唐帝国的诗仙李白来了，孟浩然来了，白居易、刘禹锡来了，杜牧、李商隐来了……他们是奔着黄鹤楼来的。这里成了诗人汇聚之地，他们写黄鹤楼的崔巍雄峙、登临怀古、临风抒怀的诗篇，瑰丽璀璨，光彩熠熠。大唐是诗的国度。诗人喜欢扎堆，喜欢游历，喜欢诗俦酒侣，同题赋诗，成一时风气，简直是大唐帝国举办的赛诗会。历代诗人骚客以黄鹤楼为题存诗一千七百余首，遗憾的是拔头筹者依然是崔颢。

三

李白和崔颢是同时代人，从《唐才子传》中看，崔颢比李白年纪小些，而李白又比孟浩然小十多岁。李白第一次来到江夏大概是二十八岁那年，是开元十六年春天从安陆再游江夏并送孟浩然东去扬州，当然他们一块游历了江夏山水，在黄鹤楼低斟把盏，谈诗论文，心心相印。孟浩然是山水诗人，以写山水诗闻名，也以隐逸闻名。诗如其人，他的山水诗像他的人一样，写得“骨貌淑清，风神散朗，冲澹闲远，而秀来内映，读来有泉流顾石上，风来松下音”。孟浩然并不像李白那样放浪不羁，他温文尔雅，淡泊清俊，是有名的“高人”、“名士”，在那汲汲于仕进的时代，他却不得志，一生无官无职无位，流落江湖。四十岁那年他赴长安应进士举，却名落孙山，这是他人生最沉重的打击。孟浩然毕竟是士人，也有求仕之心，对仕途充满幻想。他在长安住了些时日，到处献赋进诗，赠求官人，却四处碰壁，这是对他一生又一沉重的打击。他按捺不住愤怒的心情写诗道:“不才明主弃,多病故人疏。”这哪里是“开元盛世”?这哪里是“人尽其才”?他怀着悲愤的心情离开长安,回到他生于斯,长于斯,亦隐逸于斯的湖北故乡襄阳,不得不走向江湖,走向山林。

孟浩然喜欢游历,他离开京城,在故乡住了些时日,便开始漫游吴越,这年暮春夏初,他从江夏乘船东去扬州,和李白相识在武昌。李白是天上谪仙,目空无人,狂放不羁,但偏偏敬重孟浩然,对这位“高人”、“隐士”佩服得五体投地,称孟浩然为“孟夫子”,说:“吾爱孟夫子,风流天下闻。”两人在黄鹤楼上相识,成为莫逆之交。

孟浩然离开江夏乘船东去时,李白送至江岸,写下那著名的诗篇:“故人西辞黄鹤楼,烟花三月下扬州,孤帆远影碧空尽,唯见长江天际流。”李白一生大概三次登上黄鹤楼,送别孟浩然是他第一次来到江夏,那是出四川在湖北安陆居留的十年间(727—736)。李白时年二十八岁,正是鲜花织锦的年华。这首送别诗又是作于烟花三月,春意正酣时节,而朋友远去的又是繁华富饶之地扬州,所以诗中少了离别,少了怨悲,字里行间却充满欢愉、浓郁的畅想和浪漫的抒情气氛。但我想象中,李白站在江岸,江风吹乱一头青丝,撩起青衫一角,眼望着一叶小舟漂浮在浩浩大江之上,风吹动白帆渐行渐远。毕竟是朋友远别,怎能不心事浩茫?李白的目光望着孤帆远影渐渐隐没在白云下,蓝天碧空尽头,泪眼模糊了,看不清了,心中不免怅然,心潮跌宕,恰似一江春水伴君东流……

也就是这次初来江夏,李白兴致勃勃,尽游江城山水,三楚胜景——纪念大禹的庙堂晴川阁,鹦鹉洲上建安七子之一的祢衡之墓,钟子期高山流水觅知音的古琴台,东湖的盈盈碧波,龟山蛇山的黝黝黛目,江汉关的钟声,给诗人多少浪漫情思。

李白最钟情的还是黄鹤楼。

书童陪同李白游黄鹤楼，在楼上开怀畅饮，不觉醉眼蒙眬，楼上空中云舒云卷，楼下江涛声急声缓，远看群山苍苍，俯视烟水苍茫，一幅壮阔的风景扑面而来。李白诗兴大发，书童便道："大人何不留诗一乎？这里有一方粉壁。"李白兴致勃勃挥毫、饱濡墨汁，正要在粉壁上纵横驰骋，方看上面一角有崔颢的题诗，不由得愣了下来，反复吟诵崔诗，暗暗叫绝。崔诗文词流畅，景色明丽，虽有多愁，并不颓唐。李白便无可奈何地叹道："眼前有景道不得，崔颢题诗在上头"，搁下笔，携书童匆匆下楼怅然而去。

四

正是风华正茂、血气方刚的李白岂肯败在当时名不见经传的崔颢手里，不服气、争强好胜的心理让他一直耿耿于怀。李白从此和黄鹤楼结下绵绵不绝的情结，一直苦思冥想要写一首诗超过崔颢，压倒崔颢。

天宝六载（747），也就是李白被唐明皇"赐金还山"那年，李白已四十七岁，距他第一次游历江夏登黄鹤楼已过二十年，但李白仍没有打消与崔颢比试高低的念头，他回到金陵又想起此事，便着意写了一首《登金陵凤凰台》，诗中写到江夏胜景，诗中的"白鹭洲"就是"鹦鹉洲"。李白生性自由，放浪不羁，他不善写律诗，他的豪放和激情不愿被诗的格律囿圄，这首诗是否模仿了崔颢我们不得而知，但至少受到崔颢的《黄鹤楼》的启悟："凤凰台上凤凰游，凤去台空江自流。吴宫花草埋幽径，晋代衣冠成古丘。三山半落青天外，二水中分白鹭洲。总为浮云能蔽日，长安不见使人愁。"不是模仿，但也似和崔颢的诗。这首诗得到诗界的好评，诗评家称之"格律气势，未易甲乙"，在用韵上，二诗都是意到其间，天然成韵；语言也像崔诗一样流丽潇洒，不事雕饰,登临吊古诗中一奇葩。

李白写黄鹤楼的诗很多,除《黄鹤楼送孟浩然之广陵》还有“黄鹤西楼月,长江万里情”、“去年下扬州,相送黄鹤楼”、“手持绿玉杖,朝别黄鹤楼”等等,最有影响的还有一首《与史郎中钦听黄鹤楼上鸣笛》。

在江夏他又登上黄鹤楼,看江水茫茫、烟雨中龟蛇二山,心情忧郁,想起西汉的贾谊因指斥时弊而被朝廷流放长沙,而自己因李璘事件以“附逆”之罪流放,遭遇相同,流露出无辜的愤懑:

一为迁客去长沙,西望长安不见家。
黄鹤楼中吹玉笛,江城五月落梅花。

太浪漫了!诗人,即使身处困厄的流放途中,一旦位莅壮阔的风景里,也会想象飞腾,妙笔生花。李白在黄鹤楼上听见有人吹笛,诗潮顿然汹涌而至。黄鹤楼本是仙人飞升上天之地,此时又闻到仙曲《梅花落》能不挥毫赋诗?

翻遍发黄的史书,何时曾有五月梅花盛开,芳魂飘逸?而诗人站在黄鹤楼上正值炎炎盛夏即至的五月,看到江城梅花纷然飘飞,且伴着声声玉笛,落在茫茫江水中。那梅花白得虚虚幻幻,香得迷迷蒙蒙。诗人的想象太丰富了,纯粹说的梦话、仙语!一声悠扬婉转的《梅花落》又使李白想起“崔颢有诗题上头”,性子又上来了,发愤要写一首超过崔颢的诗。

然而诗成之后,李白仍感到相比崔颢诗,自愧不如。李白呀李白,一颗诗心既伟大又幼稚,即崇高又单纯,真令人好笑。

李白在武昌还写了《望鹦鹉洲悲祢衡》。他为什么怀念建安七子之一的祢衡呢?祢衡才华过人,气刚傲世,恃才慢物。孔融深爱他,推荐给曹操。但祢衡击鼓骂曹,惹得曹操大怒,经人调解,祢衡答应当面向曹操道歉，谁知这个家伙，到了曹府门前，又破口大骂起来，曹操受辱，却不想担杀士之恶名，便将祢衡交给江南刘表。祢衡在刘表手下仍然狂傲不羁，桀骜不驯，刘表不容，又转交给江夏太守黄祖。黄祖长子黄射曾在鹦鹉洲上大宴宾客，有人献鹦鹉一只，黄射让祢衡作赋以娱宾客。祢衡揽笔而作，笔飞墨舞，文不加点，顷刻成赋，文采绚丽，气韵华美，宾客无不称奇。这便是流传千载的《鹦鹉赋》，鹦鹉洲也因此赋而得名。

祢衡最终还是被性情不逊的黄祖杀掉，因祢衡抗上，言语不逊，当着客人的面大骂黄祖，黄祖怒不可遏，下令速斩祢衡。黄祖的儿子黄射在家里得悉后，连鞋子都没来得及穿，跑来相救，晚了，此时祢衡已身首异处，一个才华盖世的青年诗人已经魂飞魄散。黄射流着泪对父亲说："祢衡才华卓异，曹操、刘表都没有杀他，父亲大人你怎么杀了他呢？"黄祖后悔莫及，厚葬祢衡于鹦鹉洲。

李白游历鹦鹉洲，想起祢衡，感慨万端，回顾自己大半生，命运坎坷，仕途无望，虽才华横溢，大道通之，却不得出，本想投奔李璘，尽忠报国，却遭锒铛入狱、流放贬谪。一个不被权贵所用，一个"赐金还山"，两颗诗星在政治舞台上却黯然被弃，能不惺惺相惜，同病相怜吗？李白咏黄鹤楼除了对黑暗政治的鞭笞，就是忧国忧民的感慨，宣泄他火山爆发、岩浆奔突的情感。李白在《望鹦鹉洲悲祢衡》诗中最后四句，激愤之中又含有极度悲惋："才高竟何施，寡识冒天刑。至今芳洲上，兰蕙不忍生。"

也是这次流放中途遇赦后，李白再次游历江夏，他又写了一首《鹦鹉洲》诗，这首诗更比不上崔颢诗的意气飞扬，潇洒清丽。李白在诗中倾泻的依然是自己落泊、孤独、寂寞、不幸的哀愁。

现在的鹦鹉洲已不是孟浩然、李白的鹦鹉洲，更不是祢衡的鹦鹉洲，它已随着大明王朝的覆灭，被滔滔洪水所吞没。眼前的鹦鹉洲是清嘉庆年间“积沙成洲”，围堰而筑，成为长江中的一座“孤岛”。是否是原鹦鹉洲的遗址，连地方志专家也莫衷一是。

我离开黄鹤楼，踏上鹦鹉洲沙渚，眼望楚天千里，那悠悠白云里，是否有崔颢诗里的一朵？水势汤汤的烟波江上是否还遗留崔颢的一片乡愁？鹦鹉洲上依然芳草萋萋，对岸的晴川阁绿树依然葱葱，落霞晚照里，黄鹤果然一去不复返，对这片秀丽山川没有一丝眷顾？天地间只飘荡着一曲白云黄鹤的长歌，此地空余黄鹤楼！

我坐在鹦鹉洲一棵枫杨树下的石凳上，沉静的目光扫描这芳草萋萋的沙渚。荒草洇漫整个水流沙洲，鹦鹉洲比橘子洲小多了。二十六岁的祢衡，天才犹如晨曦刚刚展露便被死亡的乌云遮蔽了，被黑暗吞噬了。他在时间的深渊里沉睡了一千八百年，知道有人来拜访他吗？

李白写于江夏黄鹤楼的诗至少有七八首，这不仅是为了与崔颢一争高低，更多的是缘于他的黄鹤楼情结。

李白第三次来江夏大概是他流放夜郎，中途遇赦，重返他的第二故乡皖南途中，又重游江夏，写下《望鹦鹉洲悲祢衡》诗，还有《江夏赠韦南陵冰》，那是写黄鹤楼的异数，不是爱而是恨，“我且为君槌碎黄鹤楼，君亦为吾倒却鹦鹉洲”。李白要为朋友“槌碎”也要朋友为己“倒却”，不仅仅是怀才不遇的愤懑，而是痛恨官场的黑暗，政治斗争的险恶，风雨无常，变幻莫测，自己身披枷锁，纯粹是皇权之争的受害者。我想象，李白这次来黄鹤楼和故友相逢，准是喝得酩酊大醉，才发出如此悲烈的吼声。李白是遇赦的罪人，韦冰也是被贬逐之人，酒席上倾吐心扉，能不感慨万端？二人都有报国之志，济世之心，却得不到施展，反倒身陷囹圄，真是人生悲剧！

草丛上有蝴蝶飞舞，一只蝴蝶大胆地栖落在我的肩头，瞬间又飘然而去。我想这只蝴蝶是否祢衡的魂化？祢衡是山东人，我的乡贤，他的乡亲千里迢迢来看望他，他灵魂有知，化蝶而出，亲吻我这远方的家乡客人？我坐在草地上静静地想，也许这只蝴蝶的先祖曾经扇动着唐朝的风，使唐诗像花儿一样艳丽璀璨，也许它的祖先落在李白的书案上，唤醒诗人的灵感，写下一首首吟唱黄鹤楼的诗章。唐朝的蝴蝶不再来，它的肉体、翅膀换了一代又一代，然而它的精神灵魂依然在，至今芳洲上，兰蕙不忍去。

五

武汉作为江汉名都大邑，其心胸是豁达的，其情感是热烈的，其性格又是洒脱豪放的。金戈铁马的杂沓之声给长江三镇增添了多少钢铁内涵和坚硬的元素。赤壁烈火、长江涛声、楚云汉雨，随便走进哪条街巷都能聆听到历史沉重的跫音，踏遍每一片山水，哪怕你随处站在一片山林，一片草丛，一块岩石上，你会感悟山水草木都含着悠悠诗情，依稀看到那位古诗人，头戴花环，身披芰荷，仗藜行在泥泞之途，蹙额长啸之声隐隐传来。诗情烈火构成这座城市的双重性格。

武汉是一部厚厚的书，长江是它的装订线，打开这部书，一种烟水气扑面而来，字里行间渗露出土气、俗气，但也展示了它的雄浑大气，它的高山流水，它的悠悠白云，它的楚腔汉调，它的湖光山色，它的萋萋芳草，它的晴川历历，总像巨大磁场一样，迎来八方文人墨客，临江抒怀，赋诗作文，一展雄才，也借这方山水一吐胸中块垒。

山水成就诗才，连武昌的妓女也成了名满天下的女才子。大唐的武昌妓没有留下姓名，但她的诗却留传千载，《唐诗鉴赏辞典》也没忘记她，诗题为《续韦蟾句》

悲莫悲兮生别离，登山临水送将归。
武昌无限新栽柳，不见杨花扑面飞。

韦蟾是晚唐诗人，大中年间进科第，官至左丞。那年五月，他来武昌视察，朝廷命官驾临地方，武昌的大小官员远近迎迓，设宴隆重招待。酒过三杯，菜过三寻，韦蟾小眼珠子已泛红，乘着酒兴，他忽然在纸笺上写下屈原的一句诗："悲莫悲兮生别离"，接着又写下宋玉的一句诗："登山临水送将归"，集二人诗句，要求在场官员续上两句，构成一首送别诗。小官小吏全场鸦默，有的做沉吟状，有的露出深思形，谁也憋不出半句来，这时在旁侍酒的歌妓随口占出："武昌无限新栽柳，不见杨花扑面飞。"全场哗然，一片赞美声，不仅称赞韦士人的集句好，更加赞扬妓女续句好，浑然天成如出一人笔下。春风不解，杨花扑面，有多少情谊难倾难诉啊！"才始送春归，又送君归去。"离情别意，依依不舍，俱尽言中，哪里是狗尾续貂，简直是鲜花织锦！

这朵小花永远开放在唐朝诗坛上，历史没有记下武昌妓女的芳名，却牢牢地记住了她的诗句。只两句，依然留芳青史，实为罕见。

2015年1月

往事并不随风

——青州记忆

一

北纬36°4′至36°8′，东经118°0′至118°6′，这里就是古称九州之一的青州。

我居泉城，离青州并不远，但我只去过一次青州，时间很短，匆匆来去，并未留下深刻的印象。只知青州是东夷文化的发祥地。它南部是山是丘岭，群山逶迤，城就在山脚下。

我去青州，时值9月，辽阔的鲁中大地弥漫浓浓的秋色。路旁的杨柳叶子泛出淡淡的黄，田野上的庄稼敛去夏日的戾气、青苍气，呈现出一派深沉、老练、成熟的气象。阳光也显得大度，给无边无际的秋天带来澄明的温暖。

青州，“右有山河之固，左赖海之绕”。在古人心目中，她雄跨陆海，沃野千里，交通发达，有山有水有平原，物产丰富，到处是一派生机勃勃景象。苏辙未曾做官青州，却有青州情结，写诗赞誉：“面山负海古诸侯，信美东方第一州。”这里钟灵毓秀，人杰地灵，彪炳史册的历史名人灿若星辰。且不说大地理学家郦道元、北宋大政治家王曾、横跨两宋的文学家李清照的旧居都在青州，和这片土地有着血脉相连的关系，北魏大书法家郑道昭、文学家李邕都曾在这里为官，大唐帝国的诗仙诗圣李白、杜甫，也曾留下足迹，更不要说北宋时期，十九名宰相副相被贬出知青州，留下无数诗章。他们都是状元、进士，既是政治家，又是十足的文人墨客。他们的人文精神已融进青州的山山水水，他们的文化基因已汇入青州大地的血脉。青州，处处闪烁着文化的光芒，是名副其实的文化名城。

我来青州采风，市文联的小丁带我拜访当地作家耿春元先生，我们一见如故。耿先生和我同辈，长我三岁，一脸慈祥，言谈儒雅，他说："青州是一部大书，文化底蕴十分丰厚，要读懂青州并不易。它地理位置得天独厚，是齐文化和鲁文化交界融汇处，两种文化相撞相融，形成独具魅力的青州文化。《禹贡》上不是说吗？海岱惟青州。"

我神色有些迷惘，耿先生笑道："也不难，有把钥匙能打开青州文化的大门，那就是一拜寿、二拜佛、三拜贤臣、四拜书法。"

"怎讲？"

耿春元呷了口茶，缓缓说道："云门山上有大'寿'，驼山上有大'佛'，魏碑题刻，北齐大'碑'，市内三贤祠，样样名扬海内外，尤其是龙兴寺窖藏佛像，那是一座佛教文化博物馆，雕像造型优雅，技法娴熟，雕刻细腻，精湛绝伦，无与伦比。"接着他又给我讲起大唐的李邕，诗人李白、杜甫，以及北宋十三贤臣的故事，使我对青州这座文化名城有了粗略的了解。

二

9月的阳光照耀着这座古老而年轻的城市，满城高低错落的楼和青砖黛瓦的古建筑，色彩、风格迥异，却极其和谐地负载着文化名城苍老而有豪气的韵味。宽阔的街衢油漆黑亮的马路，成排的绿树，虽然年轻，但展示一派生机勃勃的气象，姹紫嫣红的花圃，团团簇簇的鲜花，透露出青州独特的审美意识和一种深蕴的文化魅力，现代化的磅礴气势并未遮蔽古城的迷人情调。

青州这个城市确有非凡的气象，地处鲁中，环境优美，南依云门山、驼山、仰天山，山不高，也不显赫，比起五岳，寂寂无名。南阳河和弥河从大山深处奔腾而出，像两条飘带，一河绕城而去，一河穿城而过，岸上青石，水畔垂杨，一帘秋风，更使这座城市袒露潇洒磊落的大气，那清澈的河流和洋溪湖的粼粼碧波，倒映着山色云影，这座富有阳刚气派的北国名城，便添了几分江南的婉约风韵。

山峦之苍黛幽傲，山气之清凉袭人，山意之静谧幽远，水光山色的清鉴晶莹，令人心旷神怡。我站在岸边，观山、观水、观城、观人，不仅是理性的鉴赏，更是一种心灵和情感的体验。一阵微风吹来，柳丝飘来荡去。几片叶子落入河面，像小金鱼似的浮动游弋，更添一种恬静幽雅的魅力。

这南阳河，给青州古城带来灵气，"它发源于玲珑山麓，水势并不浩渺，但它对青州文化意义却非同凡响，犹如秦淮河之于南京，黄浦江之于上海"。河流的历史比古城的历史久远。郦道元是青州人，他热爱故乡的河流，在《水经注》里对南阳河记述非常详细："长津激浪，瀑布而下，澎赑之音，惊州聒谷，瀰济之势，状同洪河。"这是一千五百年前的南阳河，而今南阳河却变得温驯舒缓，不浮躁，不狂放。

我沿着南阳河的堤岸漫步，回味着这座城市的历史，这里是姜太公的封地，东夷文化的发祥地。据说七千年前，古代青州的东夷人已跨进了人类文明的门槛，进入龙山文化时期，青州便出现了繁荣景象。历史来到三国两晋南北朝，这里不仅齐鲁文化昌盛，释家文化也茂茂腾腾地传播开来。驼山石窟、云门山石窟、玲珑山石窟，千百尊佛像、菩萨像遍布山野，佛烟袅袅，经声佛鼓，响彻这片神奇的土地。

唐朝时期这里已是名都大邑，隋朝为北海郡，唐朝后来改为青州。天宝三载（744），李白、杜甫曾经携手到青州一游，这是青州值得骄傲的事，至今念念不忘。那年李白得罪了杨贵妃，被唐明皇赐金还山，离开京城，到处漫游，在洛阳遇到杜甫，大唐诗国两位文豪走到一起，这是文坛千古佳话。二人诗酒逍遥，放浪山水——说起来很轻松，其实李、杜正是精神空虚迷茫之时，四处求仕，处处碰壁，不得不漂泊。他们决定到青州拜访著名的北海太守李邕。李邕也是才华横溢、少习文章、疾恶如仇、不容于众的人物，因他不避权贵，抗争直言，几经陷害，在朝中不能立足，被外放任地方官。

李白来到青州向李邕求官，不如说是同气相求，李邕一个贬官，能帮他什么忙？不过在一起喝喝酒，骂一阵子朝廷奸佞，肆意倾泻一腔郁垒。李邕早在巴蜀时就和李白相识。李邕是书法家、诗人，闻名当世，但遭宰相李林甫忌恨，此时的李邕已无“文高气方直”之豪气，只和李白叙叙家谱，有时也携同二人，到深山道观去寻仙求箓。李白、杜甫也曾登上云门山，啸嗷几声，一吐为快。李白在这里写了一首《上李邕》诗，其中“大鹏一日同风起，扶摇直上九万里”成了千古佳句。

李白一腔悲愤之情在这里得到喷发，他把自己比作庄子《逍遥游》中背负青山的大鹏，水击三千里，直上九云天，即便无风可凭借，也能荡尽东海之水！那些轻浮之人，那些目光短浅之人，怎能理解大鹏的豪情壮志？

杜甫性格稳健、笃实，见李白如此张扬，不免有些担心，写诗《赠李白》，委婉批评：“痛饮狂歌空度日，飞扬跋扈为谁雄？”杜甫虽比李白年轻十一岁，但比李白显得老成，他来青州，想得到李邕的帮助踏上仕途。说白了，李白、杜甫前来青州都是来“跑官要官”的，但目的并未达到，在这里游乐几天便怏怏而去。

后来李邕被朝廷奸相李林甫杖杀，杜甫得悉，非常悲痛，写下《八哀·赠李邕》：“坡陀青州血，芜没汶阳瘗。”

李白、杜甫离开青州，来到齐州（济南），李白在紫极宫参加道箓“考试”，被录取成为一名正式的道士。他和杜甫在齐州依然谈诗论文，游山玩水，随后分手，天各一方。

李贺并未来过青州，但我总固执地认为他那首《梦天》诗是在青州写的，尤其是诗后半部分：“黄尘清水三山下，更变千年如走马。遥望齐州九点烟，一泓海水杯中泻。”这诗的“三山”是指蓬莱、方丈、瀛州三座山，齐州固然指中国，但这样的景观只有登上云门山，或仰天山方有此等感悟，任何浪漫主义想象也非天马行空的虚幻。我总认为李贺在某一个阳光明媚的秋日登上仰天山某一峰，山上有亭，亭中有石桌、石凳，泡一壶山泉茶，诗人驰目远望，只见山浪滔滔，山林苍莽，烟岚袅袅，南阳河、弥河穿峡越谷奔腾远去。诗人仿佛看到神话中的三山，波光浩渺的大海，诗潮澎湃，于是才有了“遥望齐州九点烟，一泓海水杯中泻”的感慨。这是多么奇特的构思，多么瑰丽的想象！

三

东夷文化，以山东为中心，北起辽东半岛，南到长江流域，东自沿海，西到河南东部。青州是东夷文化发祥地，也是一个巨大的磁场，散射着东夷文化的光芒。夷，是“人”负“弓”合成，表示东夷人的勇武。其实到北宋时期，随着历史的变迁，文化的融合，这里已是一片温山暖水，青州人坦荡，性情温和，民风淳朴，南望群山跌宕，北望千里沃野，云门山、玲珑山既不高峻，又不险恶，青山绿水，一片平和景象。青州是“大藩”，天下第一州。北宋时期为京东路，管辖二十六个府、州、军，八十二个县，囊括了大半个山东及河北部分郡县。所以朝廷的权臣被降职，这里是首选之地。

“青州名宦宋时多”。这是青州最值得炫耀的一页。名臣贤官寇准、范仲淹、富弼、王曾、赵抃、曹玮、李迪、夏竦、陈执中、文彦博、程琳，文学家曾巩的胞弟曾布，还有迫害苏东坡的首恶吕惠卿等，一朝的名臣都曾流落在青州，这也是“青州现象”吧。

这些高官政要，到这里任知州、知府、知县或提督，军政一把手，使这小城名扬四海，山水增辉。这些政治家们大多勤政爱民，清明廉洁，治迹卓著，又一度使得青州更加繁华，成为名噪天下的京东路首府。流放，对于流放者，是炼狱；对于流放地，则是福祉。那时古城家家杨柳风，院院牡丹开，古木参天，绿荫缭绕，城内店铺林立，车马喧嚣，市声沸腾，雄伟的南楼，巍峨的表海楼，横卧南阳河的虹桥，更添古城壮观。

北宋初年的名相寇准曾被贬到青州，这是大宋朝第一个贬到青州的高官。

青州虽有名都大邑的富庶，却没有汴京的喧嚣、芜杂；既没有“鸡犬相闻，老死不相往来”的封闭、吊滞，又没有狗撕猫咬尔虞我诈的争斗；它依山傍水，沃野千里，却没有中原城市的赤裸和袒露，它深邃的历史底蕴和丰富的文化内涵，足以养你精神，静你心态，壮你筋骨。你走在青州街道，既没有与世隔绝的疏离感，又没有浮萍式的漂泊感。一种安谧、宁静、中和的氛围使你的心沉实下来，节奏放慢下来，连走路的脚步也不由自主地舒缓开来。这是一片神秘的土地，过去没有发生惊天动地的大事，以后也不会出现胆战心寒的祸患。对于文人墨客是修身养性之地，也是纵横翰墨之所。

寇准不是诗人词作家，他是政治家，尽管有诗文《寇莱公集》传世。他写了许多五律、七言绝句，词不多，全宋词中只辑录了他四首词，所以文学史上很少为他开辟章节论述他的文学成就，但他的诗风近似晚唐派，意新语工。他有一首诗《夏日》，据考证作于青州，诗云：“离心杳杳思迟迟，深院无人柳自垂。日暮长廊闻燕语，轻寒微雨麦秋时。”诗意何等清新！这时诗人虽然远离政治斗争的漩涡，但身心遭受过沉重打击，仍然有一种说不出的绵长、悠远、忧郁惝恍的心理，实际上是身在江湖而心在魏阙。深深庭院，阒寂无声，只有那长长的柳丝荡来拂去，一片静谧、冷清。读后令人不由得产生一种压抑感，体会到诗人杳杳离心之感。

其实，宋真宗视寇准为“爱卿”，寇准离开汴京，皇上怏怏不乐，经常询问寇准在青州的情况。群臣则曰：“青州乃是好地方，人杰地灵，山清水秀，人文荟萃，物华天宝，民风淳朴，真海岱雄邦也！”真宗神色悒郁，闷闷不乐。大家知道皇上心意，便又曰：“陛下思准不忘，准日夜纵酒，未知亦念陛下乎？”这是离间君臣之言，真宗默默不语。真宗离不开寇准，第二年便召回京城。寇准大才，坐任青州，清正廉明，虽短短一年，却治理得海晏河清。

寇准之后又有几位著名于世的文人出知青州。

李迪，鄄城人，状元出身，官至宰相，两次出知青州；夏竦，德安人，官至宰相，此人文章写得很好，典雅藻丽，景祐五年出知青州兼京东路安抚使；陈执中，今南昌人，官至宰相，康定元年（1040）知青州兼京东路安抚使；文彦博，山西人，大名鼎鼎的文学家、政治家，官至宰相，皇祐四年（1052）出知青州兼京东安抚使，他曾为四朝宰相，出将入相五十年，声达四夷；赵抃，衢州西安（今浙江衢州市）人，官至资政殿大学士，参政知事、副宰相，熙宁三年（1070）出知青州。还有王曾，故乡就在青州，具有治国之才，官居宰相，聪慧超人，处事稳健，敢于犯颜直谏，不顾个人进退，因得罪太后，被罢相，回老家，担任知州。

曾布，大文学家曾巩同父异母的弟弟，官至参政知事，即副宰相，是王安石变法章程的起草者，也是坚定的变法派，但他又不同意王安石变法的某项条款，所以宋史把他打入《奸臣传》，但梁启超却赞扬他“千古骨鲠之士”。他的夫人可是个了不起的人物，姓魏名玩，自幼博览群书，以诗词见长，朱熹说：“本朝妇人能文者，惟魏夫人及李易安二人已。”

这些高官大吏、文化精英被放逐青州，为青州的文化繁荣、教育发展发挥了巨大作用，作出不可磨灭的贡献。青州因他们文脉兴旺，文气浓郁，青州的山水因他们散溢着诗意的芬芳，玲珑山因他们而玲珑，仰天山因他们而高峻。读读他们留下的诗词文赋，欣赏他们的墨宝题刻碑帖，不仅是美的享受，更能领略其中熔铸的深刻文化内涵。这是城市精神。这片神奇的土地因他们而文采斑斓，生活也充满了情爱和诗意。

四

青州是雄浑的，放肆的，它不乏儒雅，更有齐风之雄劲。它虽居山东半岛西端，却有海一样的雄阔，它性情豁达、开朗，北望一马平川，沃野千里，一种阔大雄旷之感；南望群山跌宕，又添一种逶迤蜿蜒的动感，这是一片生机盎然的土地，弥河、南阳河从山中流淌出来，有一种山河暗中较劲的张力。这清秋时节，在这片土地上漫游，山岚俱净，白云闲闲，空明万里，视野更觉旷达，一派秋的深廓、浑远气象。

范仲淹就是皇祐三年（1051）秋天，调任青州的。

范仲淹是个理想主义者，他有政治家的胆识和气魄，却缺乏政治家的谋略和权术。他道德操守极佳，对皇上国家社稷极为忠诚。他做事相当谨慎，虽力图革故鼎新，他的条陈也符合朝野政治需要，但他性格执拗，特别糟糕的是不善于处理人际关系，他对周围一些人过于冲动直率，动不动就拍案而起，有一种“天地间的纯刚至正之气”。与吕夷简交恶，使他在朝廷里更显孤立。在传统观念中，过分慷慨激昂，总是自诩持重的人，常为奸佞小人所谗谤、诋毁。范仲淹在朝廷已成为众矢之的。他不适于在官场的诡波谲海里厮混，这里遍布阴鸷、权谋、狡诈、是非和陷阱。夏竦就是“奸邪”之人，攻击范仲淹为欧阳修“朋党”。

皇上问范仲淹：“从来都是小人多为朋党，君子也有朋党？”

范仲淹答曰：“臣在边塞时就亲眼见过，勇敢者自成一党，胆怯者也自成一党，在朝廷自然也有正邪党派之区别。若结党人从善，对国家又何害之有？”

当时吕夷简执掌朝政，他任亲嫉贤，培植私党，重用者都出于他的门下，也就是在朝廷上搞团团伙伙、圈子主义。他们相互勾结，形成一个庞大的官僚守旧集团，致使有才干、有作为的官吏无迁升之望。对这些营蝇狗苟的庸碌之辈窃据高位，范仲淹极为不满，绘制一幅《百官图》呈献给仁宗皇帝，揭露吕夷简结党营私的行为。吕夷简得悉后，勃然大怒，反诬范仲淹“越职言事，荐引朋党，离间君臣”的罪名，控告于仁宗，范仲淹被贬官知饶州，自此，范仲淹便飘零在外。

范仲淹出知青州，来到他童年生活的鲁中大地，这里山亲、水亲、人更亲。不过他已是垂暮之年，体弱年迈，当年那种叱咤风云、怒目拍案的气魄已消弭，指点江山驰骋翰墨的激情已削减。他毕竟是士人，“士者，有知识有抱负之志者；大夫，辅弼天子治理国家的臣僚”。士大夫是社会精英，他们的人生道路或者生命价值观，一是征服世界，二是逍遥人生。得志后，居庙堂之高，则纵横捭阖，指点江山；失意时，则散怀山水，诗俦酒侣，放浪不羁。宋朝的士大夫们因国策重于文教，重于德行，崇尚儒学，重名节，大都缺乏那种踔厉风发的精神斗志。仕途迍邅时追逐声色，作些婉约旖旎的小词，淫言媟语，缠绵悱恻，春愁秋怨，但也有时刻关注庙堂风云变幻者，以待时机，东山再起。这些人还有个“通病”，常常借批评别人来推卸自己的责任。宋朝官场不同唐朝，官场有种恶劣的风气，落井下石，墙倒众人推，品藻人物往往成为众矢之的。

范仲淹迥然不同，他进亦忧退亦忧，身居庙堂则忧其民，远在江湖则忧其君，不以物喜，不为己悲。他高洁、光明磊落的人格为历代官吏之楷模。

六十三岁的范仲淹出知青州之际，正逢河北遭水灾，许多饥民逃荒到青州，他“下马伊始”，不顾旅途疲劳，一方面安抚灾民，救死扶伤，一方面奏请朝廷，开仓赈灾。随后他深入调查，发现一些弊端，青州交纳税赋要求实物，且送到几百里外的聊城，一般往返十多天，既增加负担，又耽误农时，青州人民深感苦楚，范仲淹兴利除弊，改实物为钱币，老百姓交售粮食折成田赋。

范仲淹上任不久，发现青州老百姓多有“红眼病人”，这是流行疫病，老百姓异常痛苦。范仲淹为了制止疫情的流行，亲自汲水制药，发放民间，不久抑制了“红眼病”的流行。恰在这时，南阳河涌出一股清泉，群众认为是范仲淹的德行感动上天，便取名“醴泉”。后人为纪念范仲淹，就把醴泉叫做“范公井”，又建亭，叫“范公亭”。

范仲淹岳阳楼一记名扬天下，流传千古，给他带来巨大的声誉。范仲淹忙于政务，无暇吟诗作赋填词，存诗仅一百七十余首，多为关心民瘼、忧国忧民忧时之感悟。他的诗缺乏个性，未形成鲜明的艺术特色。他留的词只有五首，却影响很大，一向脍炙人口，风格兼有豪放、婉约。

范仲淹青少年时代是在淄州度过，他爱这里一草一木，一山一水，淄州和青州毗邻，自然青州山水让他深深眷恋。他在青州任上留下许多吟咏青州山水的诗文。他有《石子涧二首》，其一：

凿开奇胜翠微间，车骑笙歌暮未还。
彦国才如谢安石，他时即此是东山。

诗中的“彦国”就是他的青州前任富弼。富弼是范仲淹“庆历新政”的积极推动者，是同一战壕的战友，他同范仲淹都被朝廷政敌排挤驱逐出京。富弼被贬青州也为当地百姓做了很多好事、实事，深得百姓热爱。青州现存的三贤祠，富弼的塑像排列首位，而范仲淹之后便是大名鼎鼎的一代文宗欧阳修。

范仲淹在这首诗中热情地赞扬了富弼的才华，像当年的谢安一样。此外，范仲淹还有《登表海楼》诗：

一带林峦秀复奇，每来凭槛即舒眉。
好山深会诗人意，留得夕阳无限时。

范仲淹出知青州，虽值迟暮之年，但老骥伏枥，壮心不已，即使夕阳西下，也珍惜大好晚景。山水的秀美与诗人灵犀相通，而夕阳也不忍心匆匆离去。这首诗其笔力并不雄健，但透露出浩然意气。

范仲淹忧劳过度，体力日衰，不到一年便上奏朝廷要求调往北宋大臣退休养老之地颍州。在奏表中，谈到他身体“变得瘦弱困顿”，记忆力衰退，精神和体力都难以胜任青州知州和安抚使重任。皇上很快批准了他的退休报告。皇祐四年正月，范仲淹离开青州赶赴颍州。在离开青州前夕，他写信给好友韩琦，再次流露出对青州的眷恋。

初夏，范仲淹来到他的出生地徐州，病情加重，只好留在徐州治病。谁知在徐州一病不起，于五月二十日在徐州去世，享年六十有四。他生命的起点，也是他生命的终点。“天意从来高难问。”天耶？命耶？

五

欧阳修也是晚年出知青州的。

欧阳修出知青州前，时任兵部尚书。大半辈子官宦生涯，欧阳修饱经仕途风霜刀剑，深深领略了廷堂倾轧尔虞我诈的残酷，早已厌倦了红尘纷绕、是非缠身的官宦人生。他精神颓靡，身体衰迈，早已敛去当年锐勇、叱咤风云的豪情，情绪黯然，朝思暮想，退隐杭州西子湖畔安度晚年。派他出知青州，他三次上书，坚辞不就，但皇上六次下诏。王安石也规劝欧阳修："青州是海岱雄邦，姜太公封地，又是京东路重镇，只有你这样的国家元勋才有资格担当此重任。"也许是胳膊扭不过大腿，也许是青州山川风光的诱惑，欧阳修最终乖乖赴任。

欧阳修来到青州，采取了"宽简而治"的政策，不是"无为而治"，更不是"为官不为"。他的"宽简而治"就是不扰民，不繁琐，不苛急，有点像"简政放权"，实际上不求政绩，但愿也不出乱子。

既来之则安之吧，欧阳修大人趁"夕阳在天"，晚霞似火的时辰，以大量精力赋诗作文，给青州文化浓浓重抹了一笔。

欧阳修也曾登上表海楼，其心情与当年范仲淹迥然不同，范仲淹是烈士暮年，壮心不已，仍想为国为民干一番事业，欧阳修心情却悲观黯淡：

望海亭亭古堞间，独凭危槛俯人寰。
苦寒冰合分流水，欲雪云垂四面山。
髀肉已消嗟病骨，冻醪犹可慰愁颜。
颍田二顷春芜没，安得柴车自驾还。

他站在高高的表海楼上，凭栏远望，冰合流水，雪云垂山，不由感到一种寂寞孤独之感袭来：自己已至日暮残阳，万念俱灰，再也不敢登高远眺，只有思乡之情，归隐之心。早年间他在颍州置有宅第，他挂念二亩田园是否荒芜了呢？多想自己亲手驾着柴车悠悠地行驶在乡路上啊！羁旅之愁，故里之思，弥漫在字里行间！

欧阳修毕竟有一颗仁人志士之心，尽其全力，为当地百姓做了许多好事。庆历新政，人走政息，接着是王安石汹涌澎湃的变法。政治斗争从来不全是原则之争，夹杂其中的是大量的权力之争。范仲淹高风亮节处事公道，只是触及守旧势力些许利益，便遭到雷轰电击般打击，保守和惰性力量如此强大是始料未及的，但改革的浪潮是大势所趋，难以阻挡。王安石登上相位，鼎力变法，闹得朝野一片惊慌，改革派和反对派重新洗牌，形成对峙的两大阵营，朝廷出现了势不两立的新旧党争。

欧阳修远离汴京，朝廷上风高浪激的狂澜，传到这里已是余波淡淡了。他未卷入党派之争，却反对王安石的青苗法，并上奏两通札子《言青苗》。札子中他提出政府散发青苗钱应免除利息，制止强行抑配，用现代说法，反对“一刀切”，在青苗不接、农户急需时，方可发放贷款，对新法的推行提出自己的意见——实际上是王安石新法的反对派。欧阳修到老也并没有改掉他的脾气，在朝政是非面前，依然敢作敢为，敢于直言，这是他的性格，也是他的人格操守。

仁者乐山。欧阳修早在滁州任上就常陶醉山水中，不到四十岁，便自称醉翁。醉翁之意不在酒，在乎山水之间也！他在滁州写下《醉翁亭记》、《丰乐亭记》等著名散文，使他跻身唐宋八大家，我想抽出他这些文章，八大家中是否还有他的位置，难说。

欧阳修更喜爱青州的山，一有闲暇便到山中游玩。他写山、写水、写花、写草、写鸟、写树，这里林壑幽美，石漱清濑，欧阳修时时登览，优游泉林。云门山上闪耀过他的身影，玲珑山上留下过他的履痕，驼山山路飘逸过他的长衫。从喧嚣芜杂的官场，走向宁静的山野，从庙堂之高走向江湖之远，从滚滚红尘来到明丽清净之地，对一个饱经沧桑的老者，该是多么心旷神怡啊！我仿佛看到欧阳修大人乘舆上山，弯弯曲曲的山径，潺潺湲湲的流水，山花笑迎，藤萝牵衣，连松涛鸟鸣也歌舞致意。欧阳修站在山岩上，望天，天澄明湛蓝；望山，山青苍葱郁。鸟鸣兽语从大山深处传来，一种天籁的纯净清新之气直透肺腑！欧阳修长长地吁了一口气，额头上的皱纹也舒展开来，苍白的胡须被风撩起，他对着随从吟出一首诗来。

偷得青州一岁闲，四时终日面孱颜；
须知我是爱山者，无一诗中不说山。

可见欧阳修对山钟情之深。欧阳修为何如此痴迷于山？是爱山石的顽强坚硬，峰的崚嶒？是爱群峰的苍茫旷达，风流雾走，狂放不羁的浪漫，横空出世的飘逸？这些高官大吏、文人墨客点化了青州山水，使山水也散发出诗意的芬芳。青州山水也给他们的生命以依托。那巉岩峭石，那山泉流水，那松涛鸟韵，可以安置他们的灵魂，他们的精神找到了归宿的高地。

欧阳大人山水诗中既记述了自己的行迹，更流露出作者悠然物外的隐逸情调。晚年的欧阳修有一种高逸淡远的境界，诗文创作追求隐士生涯和审美情绪。

欧阳修对政务删繁就简，用大量时间赋诗写文。他在自己府衙边建了一个“山斋”——即创作室，也是静养处。欧阳修多病体倦，病情稍好，便乘舆游览山水：春看新荷出水，夏看蓼花似火，秋赏山林野趣，冬观雪沃山川。他醉意青州山水，更钟情这方水土养育的青州人。他任期届满，回到杭州西子湖畔，谁知天不假年，一年后便撒手西归。青州人怀念他，建三贤祠：富弼、范仲淹、欧阳修。历代仁人志士以三贤为楷模，效忠国家，造福百姓，这就是当地作家耿春元先生所说：“三拜贤臣。”

六

我在市文联小丁和司机的陪同下游览了云门山、玲珑山。秋天的山野真是一幅色彩秾丽的油画啊，无边无际展现在蓝天下，秋阳里。秋色浓如香醪。秋风习习，秋阳妩媚，天高云淡，山岚轻淡，满目山野，斑斓多彩。盘根错节的山路，是大山的筋络，条条奔腾的流水是山的血脉。峰峦云林并不险峻，但清秀蕴含着一种灵气。“千佛洞”是深达500尺的溶洞，“洞顶有一天然石隙，仰可见天光”。据说，宋太祖赵匡胤曾来过此山，顿有所悟，建文殊寺，于是这里香火日盛，远近香客纷沓而来，山径上人影绰约，络绎不绝。

云门山上题刻繁多，引人注目的除了大字“寿”，高达数丈，占据一面山坡，还有雪蓑的“神在”，为云门山第二“大字”，字径约一米，与“寿”字相邻，字迹恣意飞扬，气象宏大，笔墨奇诡，意趣深渺。历代文人来此游历，触景生情，题刻言志，留下诗词佳作。欧阳修的《留题南楼》镌刻在云门山顶，抒情委婉，表达了对青州山水的真挚情感，也表现了诗人的闲适心情。山顶有投龙壁题刻群，有诗云“地接蓬莱含海日，云开阊阓飒天风”、“山川形胜绝，海岱百千秋”等等，每块岩石，每片石壁都留下历代文人的笔迹，虽经千年风雨，字迹漫漶，但士人风骨依然。

我未游历仰天山。山上有范仲淹、赵明诚的题刻。赵明诚和李清照寄寓青州十几年，夫妇二人常相携登览云门山、玲珑山、仰天山。李清照存词四十八首，有二十多首写于青州。有一首脍炙人口的词《一剪梅》（红藕香残玉簟秋）是丈夫出知莱州，只身赴任，李清照孤零一人留在青州时写的，自然情感忧戚，愁绪丛生，况且这薄寒袭来的清秋时节。北宋灭亡，青州沦陷，李清照飘零江南。颠沛流离之艰辛，孤独无助之凄苦，所带金石、字画、古董、文物，散失殆尽，她和丈夫大半生的心血付之东流，悲痛之极，不可言状。她晚年怀念青州生活，曾写诗：“不乞隋珠与和璧，吸乞乡关新信息……欲将血汗寄山河，去洒东州一抔土。”可见女词人对故土感情之深。

仰天山是青州最高的山，山上有“仰天槽”、“摩云崮”，据说登上有腾龙起蛟的感觉。

青州是不可思议的，那些高官大吏选择青州做贬所，正说明这片土地钟灵毓秀，人文荟萃，是风水宝地。这里不属于海洋性气候，仍属于大陆气候，但它并不封闭，不内滞，胶济铁路通车后，青州走向大海更便捷了。“火车一响，黄金万两。”青州承担由冀鲁大片地域物资出海的集散，是一个陆地码头。

青州不仅是文化名城，又是英雄的城市，清“雍正九年，田文镜议置驻防将军于青州”，在这里建起一座旗城，即“八旗”的大军营，这是一座浩大而复杂的工程，动工数以万计，历时三年，耗资数十帑金，工程之浩大，头绪之纷繁，可称为青州历史上的奇迹。这座旗城实际上在旧城北部又建了一座气派雄伟、规模宏大的新城，营房、宅舍、楼阁、亭榭，逶迤蜿蜒的城墙，巍峨高大的城门，还有练兵的校场，威风凛凛的将军府，城内建筑按正黄、镶黄、正白、镶白、正红、镶红、正蓝、镶蓝八旗布局，每旗又分前后两佐，统称八旗十六佐。全城按编制设官署（衙门）五十八所，公务衙门各一所，还有学堂、匠役房、演武厅及庙宇，房舍鳞次栉比，错落有致，街衢纵横，总面积近七十五万平方米。

将军府坐落城中十字路口，府衙东西两侧高筑牌楼式辕门，东辕门上书“青齐名郡”，西辕门上书“海岱雄帮”，苍劲雄健的大字，标明青州地理位置的显赫，也炫示驻防的重要性。将军府正门飞檐斗拱，气势雄伟。房舍建筑极其精美，有地方史志记载：“五椿六兽之宫殿峙峰列吻，三梁九檀之厅堂柱栉蟠龙。窗格玲珑，一轮秋月明幽室，斗拱翻飞，两行春燕谒紫亭。壁好吞日，阁高摘星，宇栋妆彩，房室糊棚……每逢国家盛典，皇帝寿辰，春秋大祭，元旦、冬至或出征凯旋，这里便成八旗文武官员参加朝拜与庆典场所。”（引自《青州旗城》）

历史的辉煌已经黯淡。但我始终认为青州是个气势非凡的城市，它虽居内陆，却具有海洋般的胸襟；它虽是历史文化名城，却有钢筋铁骨的英武；它有山的巍峨，也有水的妩媚；它有将军武士的雄风豪气，更具有文人墨客的风雅儒气。八旗将士在第一次鸦片战争镇江保卫战中所表现的强烈爱国主义精神，血染战旗，尸横沙场的壮烈行为，可歌可泣，中华民族的血性淋漓尽致地得以展示。大宋朝十三贤臣，虽遭贬抑，来到青州并不颓废，青州的山壮其筋骨，青州的水润其精神，辽阔的中原大地开拓他们的襟怀，他们医治好心灵的创伤，又重返正义战场，或重居庙堂，或在江湖，都丰腴了他们的“先忧后乐”的精神，升华了灵魂。

我是黄昏离开这座城市的，站在月台上远眺满城烟霞，掩映高楼大厦罅隙中的古建筑，琉璃瓦上的余晖，都已洇浸在绵延无尽的黄昏中，失去了棱角分明的轮廓。南阳河的粼粼波光，水中的芦花，岸边的杨柳，柳丛中的鸟鸣，似乎还翕动着充满尊严的回忆，勾人心魄的朦胧。往事并不随风。青州人对历史的尊重，正是这城市的灵魂所在。

2015年3月

西北望长安

“西北望长安，可怜无数山”，我童年时代就读过辛稼轩的词，对他那种“栏杆拍遍”、扼腕长叹的悲愤，怎么也激发不出历史的感悟。还责怪一个南宋的臣子管人家大唐的国都长安做什么？后来才渐渐理解了这位“挥手起风雷，落笔著华章”的一代将军词人站在镇江的北固楼上，望着早已沦陷的故都汴京，山河破碎，壮志难酬，怎能不感叹唏嘘啊！而今在金钱喧哗、商海舟乱的年代，想静下心来，发点历史之幽情也是困难的。我几次去古都西安，古城墙的垛堞，大雁塔的古砖，碑林里的拓片，还有大唐的朱雀门街，街面上的莲花砖，金元殿拾级而上的巍巍殿基，大汉的灞河桥头，鹳雀台门的金铺玉户，华榱璧当的未央宫殿，及至秦咸阳的冀阙，阿房宫的廊柱，以及周京丰镐的颓垣……虽然在我心灵里荡起几缕历史的波纹，但很快又消逝了！

然而，在这个春雨霏霏的日子，我站在阳台上，望着窗外高楼耸峙、烟波荡漾的故城，读上几句唐诗宋词汉大赋，忽然感到长安是一座多么伟大的古城啊！中国历史若抹去了长安，那简直把一部二十六史删削得瘦骨嶙峋，轻薄得不屑一顾了！

长安，十三个王朝在这里建都，怎能不令人感叹这片土地的天高之恩、海阔之德啊！

一

不过，我对《西京赋》和《三都赋》中对长安极尽铺排夸饰的赞誉，心存异意，是否有些浮夸？是否存在五光十色的泡沫？我觉得那重重叠叠的宫阙里既有皇权的九天之尊，也有奸佞的险恶；锦帷翠幄里既有贵妇人的妖艳，也有腥风血雨的阴冷；碧砖青瓦朱户簪缨之内弥漫着贵胄皇戚的奢靡，也漫溢着恐怖肃杀的气氛。尽管那里有秦皇汉武唐宗，也曾住过司马相如、太史公、李白、杜甫、白居易、李长吉——代代光照千秋的政治巨人和文化巨匠。人事代谢，古今往来，江山胜迹，都成了历史的凭吊，都有一种巨大的悲剧感悟。

长安旧迹很多，细论，宫殿名气似乎最大，它不仅仅建筑恢弘壮美，而且会引出许多同人相关的故事，钩史海之沉像是不难。

阿房宫“覆压三百余里，隔离天日”，“五步一楼，十步一阁。廊腰缦回，檐牙高啄。各抱地势，钩心斗角”。杜牧的《阿房宫赋》怕是中国文人都读过的，现在仍可以在西安城西郊三桥镇之南看到阿房宫的遗址，这两千多年前宏伟富丽的辉煌壮观不仅是中国之最，怕是世界上能与之相媲美的也不多，希腊神庙、泰姬陵、吴哥窟……气势远不如阿房宫磅礴。秦始皇每年征发七十万人修建阿房宫和他的陵墓，以至“男子力耕不足饷，女子纺绩不足衣”，竭尽天下之财富，垒砌起覆压三百里的宫殿。这豪华的宫殿演绎了一幕幕悲剧和正剧。某年某月某日秦始皇突然心血来潮，一简御旨传昭天下，于是出现了两千多年之后被列入世界八大奇迹之一的兵马俑，出现了令人叹为观止的万里长城，当然也出现了流传千古的孟姜女的悲剧，出现了车同轨、衡同制的肃穆，也出现了焚书坑儒的暴虐，古老的象形文字经李斯那双白皙而绵软的手变成优美的小篆，揭天盖地、浩浩荡荡贯满华夏大地。

历代皇帝一登基首先想到的就是宫殿和坟墓，前者为生，后者为死，实际上最关心的是“住”的问题。

说也怪，浩浩荡荡的二十六史，兴亡荣枯演绎排练的只有两个舞台：一是战场，二是宫殿。战场不必细说，阔野万里，金戈铁马，驰骋杀伐，血肉迸溅，天崩地拆，那熊熊烈烈的场面无论胜负，生与死都是在

阳光下，生命与生命的撞击，那是生命力的张扬和升华。而后者宫殿，却是阴谋、陷阱、摇唇鼓舌、播弄是非、奸佞小人施展伎俩的舞台，实在看不出崇高和伟大。但是，这宫殿有时占据导演历史的中心位置，朝代的更替往往是从这里引发的。

就是那个太监赵高在阿房宫里颐指气使，指鹿为马，信口雌黄，杀死扶苏扶胡亥登上龙座；还是那个白白胖胖手无缚鸡之力的最卑鄙无耻的奴才，竟然，手指轻轻一点，隆隆奔驶的秦王朝的列车就脱了轨，一下子改变了一个王朝的命运；也是这位说话公鸭嗓门的太监，惹得陈胜、吴广号令天下，揭竿而起，义旗连天，干戈如林，接着是楚汉相争，血染华夏，尸伏千里，最后这个宫殿连同秦王朝被楚霸王一把火烧成灰烬！

汉刘邦夺得天下，初始，在咸阳残城无所可居，暂栖栎阳。一天刘邦作战归来，见城内大兴土木，宫阙壮甚，大怒，责问萧何："天下匈匈，苦战数岁，成败未可知，是何治宫室过度也？"萧何说："天子以四海为家，非壮丽无以重威。"刘邦高兴了，当然也就默许了。其实刘邦也不过装装样子，展示一下创业者的艰苦奋斗的风采。这未央宫并不亚于阿房宫，未央宫周长九千多米，台殿四十三座，占长安总面积七分之一。有史料记载："前殿东西五十丈，深十五丈，高三十五丈……以木兰为棼撩，文杏为梁柱。金铺玉户，华榱璧当，雕楹玉碣，重轩镂槛，青琐丹墀，左碱右平。黄金为璧带，间以和氏珍玉，风至，其声玲珑然而。"

当时，长安城内宫殿棋布，楼台亭榭林立，除未央宫，还有长乐宫，长乐宫又有十四殿，奢侈豪华，令人咋舌。在长乐宫内就发生过一件震撼千古的悲剧。那是高祖十年，大将军韩信叱咤风云、横扫楚霸王四十万大军，大胜而归，这时刘家江山已经定鼎，但是刘邦的夫人吕雉以韩信谋反为借口，与萧何设计，将韩信招至长乐宫，在屏风后面设下埋伏，不用吹灰之力，杀掉了这位军功赫赫的大将军。山埋伏、水埋伏，十面埋伏，却躲不过屏风后面的埋伏，韩信终于用生命祭了刘氏江山的祭坛，为古老的汉语留下了"兔死狗烹"的典故。

悲欢离合，生死歌哭，大起大伏的悲剧在宫帷中层出不迭地演出一幕又一幕。大概也是在未央宫吧，这位吕后极其刻毒，刘邦在世时，她就忌恨高祖宠爱的戚姬，刘邦驾崩，尸骨未寒，当即吩咐宫役，先把戚姬剃光头发，勒令她舂米。然后又卸下她的宫妆，穿一身赭服，接着又挖去戚夫人的两眼，用铁链锁住双脚，把她关进永巷掖庭，砍断四肢，熏聋耳朵，药哑喉咙，变成"人彘"。吕后除掉戚姬，毒死其子赵王如意，吓得惠帝不敢上朝。待惠帝驾崩，吕后便"临朝称制"，史称高后元年（前187）。吕后一上台就对初建的汉王朝大动手术，翦除刘氏根基，重用吕氏家族，有朝一日变刘氏江山为吕氏天下。先是罢了刘邦的忠臣王陵，任陈平为右丞相，审食其为左丞相，一口气又分封好些吕氏王侯，并追认她的亡父为宣王，亡兄为悼武王，又封侄儿吕台为吕王，封吕种为沛侯，吕平为扶柳侯，吕禄为胡陵侯，吕他为俞侯，吕更始为赘其侯，吕忿为吕城侯，甚至连吕后的妹妹，也受封为临光侯。一场没有刀光剑影、腥风血雨的宫廷政变在未央宫里实现了。但是仇恨和怨愤也种下了，当吕后一死，一场讨伐吕氏政权的斗争在宫廷内外展开了。陈平、周勃都是刘邦时代功盖天下的老臣，他们有位无权，对吕后专擅早已怀恨在心。他们内外联合，来了个血洗未央宫。刘章杀死了相国吕产、长乐宫卫尉吕更始，控制了首都军权，周勃又分头捕杀了吕后的党徒，接着又铲除非刘氏血统的小皇帝，推荐了刘邦的儿子代王刘恒继承大统。刘氏王朝又走向正道。吕后比起后来的武则天有天壤之别，虽然都有阴险毒辣的手腕，但一个是阴谋家，一个是政治家。武则天的胸怀比吕后宽宏得多，这是后话。

二

至汉武帝时，国力雄厚，汉武帝本有好大喜功之嗜好，他下诏建造建章宫，殿宇台阁林立，宏伟、侈靡程度远远超过未央宫。其宫殿错落参差，气度恢弘，屋瓦鳞鳞，烟波荡漾，一派富丽繁华的气魄。

长安是皇都，一代汉大赋，一部千古绝唱的《史记》，就源于斯，成就于斯。

司马相如和卓文君的爱情故事千古流传。我青年时代读司马相如的赋，感到这位才华盖世风流倜傥的才子和卓文君相恋私奔的故事，就是一部爱情的经典。他们吹竹弹丝，鼓琴弄瑟，吟诗作赋，红袖添香，秋波云鬟，烹茶兼调素琴，寻求梦境之美，那种古典的浪漫，即使现代派青年也会倾慕。我走进古城那幽幽青砖灰瓦的小巷，仿佛还能听到扫眉才子的温雅谈吐，甜柔歌哭。

那是一个细雨霏霏的日子，我顶一把雨伞，也顶着一天细雨。徜徉在古都的街巷里，雨珠在伞上跳荡，在秦砖汉瓦上跳荡，像卓文君弹奏着一曲凄清的古乐。

司马相如被传入宫，甚感惊讶，见到养狗太监杨得意问：“我在千里之外的蜀郡，皇帝陛下如何得知？”这位太监说：“那是你的《子虚赋》被皇上看到，皇上以为你是前朝人，叹道：‘朕独不能与司马相如生于同时，见他一面，实是件憾事！’当时我在皇帝身旁，说你是我老乡，现在蜀郡闲度，这样就传诏你进京。”

汉武帝是重文治而不轻武功的，爱才惜才，一见司马相如，便对这位相貌堂堂、风度翩翩的文坛巨子产生好感。二人便谈辞论赋，从《子虚赋》谈到枚乘的《七发》。这次汉武帝召他来写篇《上林赋》，同时被召的还有枚乘的儿子枚皋，文星荟萃，俊采星驰，各展才华。枚皋才华横溢，笔有神助，很快写出了《上林赋》，但汉武帝看了并不满意，由于推敲不严，文中常有累句。而司马相如决心超过枚皋，自然不敢怠慢，日思夜想，广采博引，字斟句酌，惨淡经营，一写就是几个月，连汉武帝也不耐烦了，催之，司马相如才献上《上林赋》。汉武帝看罢甚喜，赋中歌颂了大一统的中央王朝的气魄和声威，渲染了宫廷生活的豪华，迎合了年轻天子的好大喜功、志壮凌云的口味。这篇赋控引天地，错综古今，包括宇宙，总揽人物，辞章华美，文字典雅，成为千古之名篇。

这可谓汉代的“主旋律”。看来主旋律也不能一概排斥，关键不是写什么，而是怎么写。

汉大赋这种鸿篇巨制的创立，也只有在汉代这样的开放朝代，纵横恣肆地描写山河之壮丽，都邑的繁华，宫室的靡丽，祭祀的庄严，射猎的热烈，饮宴的畅快。汉武帝是个文学爱好者，而且自己也亲自作诗写赋。然而文学史并不买他的账，不过，中国历代皇帝在文学史上被称为文学家的也只有曹操父子，以及那个李后主。汉武帝想成作家，并未实现理想。江山不幸文人幸。倘若汉武帝真正成为一位作家怕倒是历史的不幸了。

对文人的重视，像汉武帝这样的一代君主是不多的。他设金马门——大概是一座很豪华的宾馆，让文士待诏于此。文士们冥思苦想，日月献纳。据班固记载，到汉成帝时，奏给皇上的赋就有一千多篇，可谓云蒸霞蔚，郁郁葱葱，成为中国文学史上一道壮观的风景。当时在长安城里就住着司马相如、东方朔、枚皋、王褒、刘向、倪宽、孔藏、董仲舒、刘德、萧望之等这一作家群体的佼佼者。试想除唐朝，哪个朝代还有如此文坛之辉煌？

司马相如一篇《长门赋》竟撼动圣心，使汉武帝被废的陈皇后重新受宠。陈皇后住在长门宫，愁闷悲思，孤独凄清，为了重新得到皇上的宠幸，不惜重金赠给当时的文豪司马相如，请他代作骚体赋向皇上表忠心，司马相如于是才思如涌，写下凄切而悲恸的《长门赋》。汉武帝看罢，大为感动，陈皇后重新回到正宫。其实陈皇后被废的原因，是因为她本人太娇骄，又没有生下儿子，失宠后被废到长门宫，立卫子夫为皇后。

这位陈皇后被打进冷宫，终日郁郁，以泪洗面，天天盼君王到来，却是一场空幻，哀婉跌宕，悲切凄苦，望眼欲穿，多少次独上兰台遥望灯火辉煌的未央宫，更是悲痛欲绝："雷殷殷而响起兮，声象君之车音"，凝神远望已经产生了错觉，错把雷声当成皇帝的御驾来临。走下兰台，回到冷宫，更觉得形单影只，孤独寂苦，看窗外明月高悬，空照孤影，弹琴变调，愁思如云，往事涌来，不禁"涕流离而纵横"。其绝望萎靡可谓令人肝胆碎裂，汉武帝也非铁石心肠，读到此，想必也会目光湿润，心潮难抑吧！《西厢记》里说"文章无用"，谁说文章无用？一篇文章挽救了一个女子的命运，这不能说不是一段佳话。

汉武帝时代长安的繁荣也达到了鼎盛。古都长安给西方诸国带来巨大的诱惑，豪商富贾不避风寒，跋山涉水来到长安，带来西域各地的葡萄、胡桃、红花、胡麻、蚕豆、大蒜、芫荽、胡萝卜、石榴、黄瓜、苜蓿，还有骏马、香料、宝石、象牙、犀角、玳瑁、火浣布（石棉布），以及珍禽异兽，以至"明珠、文甲、通犀、翠羽之珍盈于后；蒲梢、龙文、鱼目、汗血（马）

之马充于蒽门；巨象、狮子、猛犬、大雀（鸵鸟）之群食外囿。殊方异物，四面而至。”上林苑还有观象观、虎圈观、犬台宫、葡萄宫、走马观，应该说繁华至极，昌盛至隆。这样的时代，的确是产生汉大赋的时代。

三

腥风血雨送走了南北朝，送走了隋王朝的侈靡，长安在大唐三百年的历史中可谓走进中国两千多年封建史辉煌的顶巅，成了国际级大都市。

我漫步在西安街头，寻觅旧朝遗迹，让我思索踊跹的依然是女人和文人。唐朝有两个女人知名度最高，一是武则天，二是杨贵妃。

皇城又名子城，在城内东西五街和南北七街交错的街道，整齐地排列着尚书省、门下外省、中书外省、秘书省、御史台、太仆寺、鸿胪寺、鸿胪客馆、太庙、左右领军卫、左右千牛卫、左右武卫、左右卫率府等文武官署。柳宗元、刘禹锡、韩愈、白居易、元稹等人曾在这里办公，相当于现在的中央各部委办的衙署。

盛唐时，长安已是“四方珍奇，皆所积集”，商贾如云，店铺相连，有上万家胡人居住于城内。长安城酒肆饭铺的胡姬又带来异国情调，使得长安城内充满扑朔迷离的胡风。李白在《少年行》中描述道：“落花踏尽游何处，笑入胡姬酒肆中。”长安东西市都有一些资本雄厚的“货赂山积”的富商。据说，有一富豪名邹凤炽，由于背驼，人称邹骆驼。《太平广记》中记载他“尝谒见高宗，请市终南山中树”，说一树若值绢一匹，“山中树虽尽，臣绢不竭”。这富商竟向高宗皇帝夸富，可见邹凤炽家垄断了多少丝绸！

商业的繁荣，使金钱大量集中，出现了专门经营串钱绳索的商店，就在宣平坊贺知章家的对门。贺知章自称为“四明狂客”，曾任礼部侍郎、秘书监等官。这位大诗人很有眼力，且心胸豁达，他重才爱才，是他发现了李白。李白入长安前，知名度就很高，贺读了李白的《乌夜啼》、《乌栖曲》大为赞赏，称之为“天上谪仙人也”。于是李谪仙便名贯京城。贺知章，又将李白推荐给唐明皇，于是便有了李白为杨贵妃写赞美诗的故事。其实李白这两首诗都是乐府诗中很旧的题材，写男女离别相思之苦，可李白别出新意，言简意赅，博得贺知章的赏识。李白来长安的目的是求官，本来机会很好，可是他狂傲不羁，放荡纵横，人家唐明皇让你写几首诗，不过利用你的笔、你的才华，去博杨贵妃的欢愉，你可好，倒端起架子来了，又是让唐明皇的宠臣、新贵杨国忠铺纸磨墨，又是让高力士脱靴，那做派比皇上还皇上，这样的人还能做官？李白的文化人格决定了他不是当官的材料，所以在长安混了一些日子，除了喝酒就是吟诗，终日里酩酊放浪，酒助诗兴，诗借酒胆，酒诗相生，诗酒相伴。喝醉了还躺在大街上耍酒疯：“天子呼来不上船！”

李白是盛唐时代的歌者，他对帝都长安的壮伟气象曾有热情的礼赞：“紫阁连终南，青冥天倪色。凭崖望咸阳，宫阙罗北极。万井惊画出，九衢如弦直。渭水清银河，横天流不息。朝野盛文物，衣冠何翕赩。厩马散连山，军容威绝域……”对帝京庄严雄伟、富丽繁华景象的尽兴描绘，实际上也是对蒸蒸日上、人物鼎盛大唐帝国的赞美。街衢巷间，如画如绘，宫阙楼阁，连片成群，恢弘壮丽，连山上散牧的战马，也是威武强大的象征。李白在《南都行》中还赞美了帝国的商业繁荣、物阜民丰：“白水真人居，万商罗鄽阓。高楼对紫陌，甲第连青山……”一派欢乐富足的景象。

恩格斯在评论古希腊建筑时说：“古希腊建筑如灿烂的、阳光普照的白昼。”大唐帝国的宫殿楼堂，气势磅礴、高贵端庄，不也是丽日中天、盛世豪华的表征吗？那些宫殿都是木与石的飞歌狂舞，都散发着无言的、黄金般的神秘魅力。

走出东西市场，前路像是还未尽头。我素来喜欢山水园林。盛唐时曲江池是最好的去处，瓦肆勾栏，朱阁绮户，花卉环园，烟水明媚，彩幄翠帱，匝于堤岸，入夏则菰蒲葱翠，柳荫四合，碧波红渠，湛然可爱。唐代很多诗人在这里驰骋笔墨，拈花赋诗，对酒联句，倾尽才华：白居易的《早春独游曲江》、卢纶的《曲江春望》、秦韬的《曲江》、王棨的《曲江赋》。安史之乱后，曲江两岸高台楼阁被毁，曲江池污泥淤积，一片衰败景象，杜甫触景生情，写道："少陵野老吞声哭，春日潜行曲江曲。江头宫殿锁千门，细柳新蒲为谁绿。"杜甫离乱之后回到长安，来到曲江岸边，触景生情，感慨唏嘘，满腹悲怆。相传后来唐文宗读到这首诗，也颇感悲哀，立即传旨，命人清理曲江污泥，重修紫云阁、落霞亭等建筑物。

唐长安有浓厚的春游习气，每年三月三游人如织，花繁锦簇的曲江岸，"日照香尘逐马蹄，风吹浪溅几回堤"，"江头数顷杏花开，车马争先尽此来"。王公贵胄嫔妃丽人当然是锦幡彩幢，翠华摇摇。踏青游春，是唐人的风习，即使平民百姓也来游春，农家姑娘也采一朵杏花插在鬓边。"莫怪杏园憔悴去，满城多少插花人。"唐人妇女喜欢采鲜花插在发鬓上，野外的春景阑珊了，而城内却仍然满眼春色。

不过现在的曲江池已是人烟稠密，屋宇拥挤。江水池水早已干涸湮灭。没有了柳丝冉冉青莲碧荷；没有了亭阁香榭风流豪华。那些落仕弟子感怀伤时的悲叹已不再，那些怀才不遇的志士豪俊的诗赋歌吹的浪漫已不再，烟柳画桥的良宵已不再，舞池灯畔的轻歌曼舞已不再……风流总被雨打风吹去，鸡鸣狗吠，人声嘈杂的声浪已将历史淹没。

四

现在，我们再回到唐朝的宫殿里来。唐太宗在《帝京篇》中赞美皇宫和离宫“秦川雄帝宅，函谷壮皇宫。绮殿千寻起，离宫百雉馀。连薨遥接汉，飞观迥凌虚。云日隐层阙，风烟出绮疏”。唐太宗除在城内修建了太极宫、大明宫、永庆宫，以及禁苑、东苑、西苑、芙蓉宫等，还在四处郊区修建了翠微宫、玉华宫、望贤宫、华清宫、万金宫、九城宫、永善宫等消夏避暑的离宫。可谓九重宫阙，屋瓦鳞鳞，栉比鳞次，画阁凌虚构，遥瞻在九天。“露露浮元气，亭亭出瑞烟”，庞大的建筑群，峨峨岌岌，若云兴雾涌，豪华之极，宏伟之势，空前绝后。那是一部英雄的乐章，是世界建筑史上的辉煌。它以史诗般的语言，展示了盛唐时代恢弘的气魄，旺盛的精力，蓬勃的元气，汹涌澎湃的青春激情。正如现代建筑大师勒·柯布西耶称赞古希腊建筑多立克柱时的感慨一样：“在人类的作品当中，有哪些东西曾经攀登到如此高度啊！”

太极宫，是唐朝最早建筑的宫城。李渊在太极宫登基。太极宫附近有两仪殿，平时皇上在这里处理朝政。两仪殿之北又有甘露殿。甘露殿东北有凌云阁。贞观年间，唐太宗命绘画大师阎立本将长孙无忌、房玄龄、杜如晦、魏徵、李勣、尉迟敬德、程咬金等二十四位功臣像画在阁上，太宗一一撰诗赞扬，并由著名书法家褚遂良题于阁上。

还有一个女人不能忘记，那就是唐太宗的长孙皇后。长孙皇后在政治上给唐太宗极大的帮助，她孝事高祖，恭顺妃嫔，尽力弥逢，以存内助，总之是位有政治头脑的贤内助。玄武门政变时，她是发动政变的决策人之一，政变成功，她亲自慰问将士。更为可贵的是，唐太宗走上政坛后，她极力限制长孙家族人仕进，支持唐太宗重用魏徵、房玄龄等直臣，并督促唐太宗保持纳谏的作风。用今天的话说，一个成功的男人后面，必定有一个坚强伟大的女性。长孙皇后临终前还嘱咐太宗：“妾生既无益于时，今死不可厚葬。且葬者，藏也，欲人之不见。自古圣贤，皆崇俭薄，惟无道之世，大起山陵，劳费天下，为有识者笑。”唐太宗遵嘱没有大肆铺张，采取了“因山起陵”的办法，将长孙皇后葬于昭陵。

寻访大明宫的遗址，它原是永安宫扩建而成。大明宫是极其豪华庄严的宫殿，层层叠叠的宫殿大门如九重天门，迤逦打开，深邃伟丽，玉阶丹墀，气势非凡，是唐太宗后历代皇帝早朝和接见外宾的场所。有一位诗人贾至曾写过一首《早朝大明宫》：“银烛熏天紫陌长，禁城春色晓苍苍。……剑佩声随玉墀步，衣冠身惹御炉香。共沐恩波凤池上，朝朝染翰侍君王。”杜甫、岑参、王维也都曾写诗赞美过大明宫。王维诗云：“九天阊阖开宫殿，万国衣冠拜冕旒。”一代女皇武则天就是从后宫走进大明宫而登基的。

与长孙皇后恰恰相反，武则天不是贤妻良母，而是很有手腕的政治家。武则天参与执政，掌握朝政长达半个世纪之久。武则天虽女流之辈，且出身低贱，却有唐太宗之风度，多权谋，能纳谏，敢说敢干，敢作敢为，心胸宏阔，坦坦荡荡，搞阴谋就是搞阴谋，不是把阴谋当作“阳谋”来宣扬的政治骗子。她有那个时代的大度和自信。即使对撰写《讨武曌檄》的骆宾王，也未怀恨在心，当她见檄文写得慷慨激昂，有“一抔之土未干，六尺之孤安在”等句子时，甚为动容，她对臣下说：“宰相之过也。人有如此之才，而使流落不偶乎！”可见武则天非凡之胸襟。她执政时，既重用酷吏，又重用人才；既从谏如流，又敢翦除逆党；既重视发展经济，又重视科举、官吏的选拔；既重视文治，更注重武威。她训练了强大的军队，连隋文帝、隋炀帝甚至唐太宗都没征服的高丽，她派军队一举征服了。她既把国家管理得兴旺发达、纲纪肃严、井井有条，又挣破封建宗法的缰索，纳男宠。这是个性格极为复杂的女人，誉满天下，谤满天下。制定“建言十二事”，也就是发展生产，广开言路，重用人才，减轻徭赋等大政方针。她的政绩上承贞观，下启开元，巩固和发展了唐代中国的国际地位,“万国衣冠拜冕旒”。在男尊女卑封建宗法极其严酷的社会,一个女人登上政治舞台,且驾驭着这艘庞大的舰船在诡波谲涛里破浪航行,谈何容易?千秋功罪,任与评说!所以她死后,在乾陵上竖起无字碑。

写到武则天,不能不让人想起诗人宋之问,这是个无耻之徒,诗虽然写得不错,但人格卑劣,他为了攀爬,对武氏男宠二张极尽谄媚,写了许多吹捧二张的诗。宋之问有个外甥,名叫刘希夷,也是个进士,写了一首诗,宋之问非常欣赏其中一个联句:“年年岁岁花相似,岁岁年年人不同。”因诗刚写好,尚未传出,宋之问便提出这两句给他,用在他的诗中,刘希夷不同意,宋之问便命仆人用布袋装上土,压在外甥的身上,生生将刘希夷窒息而死。但宋之问的下场也很惨,唐玄宗李隆基一上台,便将他流放岭南,并赐死桂州(今桂林)。

有趣的是,唐时,人们根本没有环保意识,更没有像今天的城市建设注重绿化和绿地建设,但那时长安绿树如云,绿荫匝地,满城绿幄翠帐遮掩着重重宫殿,可谓人间仙苑。这里有诗为证:

白居易:迢迢青槐街,相去八九坊。
元　稹:落叶添薪仰古槐。
子　兰:风舞槐花落御沟。
贾　至:千条弱柳垂青琐,百啭流莺绕建章。
杨巨源:诗家清景在新春,绿柳才黄半未匀。
曹　松:玉殿朝初退,天街一看春。
　　　　南山初过雨,北阙净无尘。
　　　　夹道夭桃满,连沟御柳新。
卢　纶:九重深锁禁城秋,月过南宫渐映楼。
　　　　紫陌夜深槐露滴,碧空云尽火星流。

勤政殿，故址尚存。走进这片宫阙遗址整个盛唐在我眼前一幕幕浮现，魏徵的铮言，唐太宗的雄心壮志，武则天的宫廷政变……然而，我脑海中蓦然跳出些很不起眼的小人物，首先就是张祜诗中所描述的：“八月平时花萼楼，万方同乐奏千秋。倾城人看长竿出，一伎初成赵解愁。”

赵解愁是唐代很著名的杂技表演艺术家，善“马舞”。相传当时曾“以百匹马，盛饰分左右，施三重榻，舞《倾杯》数十曲”，这些马“衣以文绣，以金铃，饰其鬣间，杂以珠玉”。奏乐开始后，舞马“奋首鼓尾，纵横应节。又施三层板床，乘马而上，抃转如飞。或命壮士举一榻，马舞于榻上，乐工数十人立于左右前后，皆衣淡黄衫，文玉带”。

还有位歌伎姓许名永新，也叫许和子，此人音质优美，音域洪朗，声情绝佳，是那个时代最走红的大腕。每当勤政楼前举行大的庆典活动，人山人海，喧嚣不已，其他节目演出都听不清声音时，就请来许永新出台压场。她一上台，貌压群芳，声夺群星。万人引颈，屏息专注，凝神倾听，“至是广场寂寂若无一人”。其歌声使喜者闻之气勇，愁者闻之肠绝。

还有一个舞剑的公孙娘，当时号称“雄妙”，被誉为草圣的张旭看罢公孙娘的剑舞，灵感骤至，笔下走龙奔虹，时人形容其书如公孙娘舞剑。

还有个诗人名叫郑嵎，名气不大，却写过一首诗真实记述了勤政殿前千秋节的盛况：“千秋御节在八月，会同万国朝华夷。花萼楼南大合乐，八音九奏鸾来仪。都卢寻橦诚龌龊，公孙剑伎方神奇。马知舞彻下床榻，人惜曲终更羽衣。”那时候，皇上令宫女头梳骑仙髻，身着孔雀翠衣，佩七宝璎珞，为“霓裳羽衣”。曲终人散，遗落地上的珠翠可用笤帚来扫，可见场面之宏大，奢华之极致。

文学与艺术发展到如此境地，怕是五千年华夏历史唯大唐一朝。

五

兴庆宫中有一汪碧水，名九龙池，是地下水溢出汇集而成，岸上嫩竹茂密，新荷摇翠，殿台楼阁，倒映水中，如诗如画。池边细草柳枝和水中浮萍，酿就一汪浓酽的春色。风吹冉冉，覆岸离离，金堤带色，玉树影移。唐明皇常携杨贵妃到此处赏花，并亲自吹笛，让一代名演奏家李龟年演唱李白为杨贵妃写的《清平调》。

玄宗是唐朝皇帝中最富有音乐修养的人，善于吹笛，能打羯鼓，会制谱作乐，既是一个作曲家，又是一个演奏家，而且还是乐曲指挥家。他在皇家梨园里教授数百名乐工习艺，以致后世称戏班为"梨园"，将玄宗奉为梨园之祖。唐玄宗的音乐代表作便是《霓裳羽衣曲》，据说此曲是改编西凉节度使杨敬述所献西域《婆罗门曲》而成。唐玄宗对他改定的这支舞曲很满意。相传他刚得到杨贵妃时，进见之日便奏此曲以导之。杨贵妃也熟悉这一舞蹈。玄宗想起汉武帝为瘦而轻的赵飞燕修造了七宝避风台，见杨贵妃体态丰腴，便笑问："尔则任吹多少？"贵妃答道："《霓裳羽衣》一曲，可掩前古。"她又说"醉中舞霓裳羽衣曲"，玄宗大为高兴。这故事就发生在华清宫。

长安千里之外是血迸肉溅、剑戈相击的古战场，"夜听胡笳折杨柳，教人意气忆长安"。而长安城内则是雅琴颂瑟的吹音，月色轻笼，瑶席金樽，风月清景，吹竹弹丝，悠缓的舞曲里，闪过杨柳般袅娜的倩影。偎红依翠的唐明皇，和杨太真欣赏《霓裳羽衣曲》，这位"万千宠爱于一身"的贵妇人，云鬓高髻，雪肤花貌。谁知渔阳鼙鼓动起来，到头来红泪飞雨，化血为碧，马嵬驿外，一丘荒冢葬芳魂。

有人说《霓裳羽衣曲》正如《玉树后庭花》，是一曲亡国之音。几声渔阳鼙鼓，狼烟四起，烽火烛天，安禄山率大军直逼京畿。蝉鸣西风，乌啼凉月，一代盛唐，几度云烟，却入一纸编年。当年的勤政殿、兴庆宫，骊山华清宫，已被胡儿折腾得面目全非，紫苔滋蔓，绿锈凝门，冷落凄凉，衰败凋零。

唐明皇逃往西南路上，四处黄尘，栈道天险，日色黯淡，秋景凄凉，回首遥望故都长安，有家不可居，有妾不可依，玉颜不见，宫阙遥隔，怎能不老泪纵横，愁颜如云？

安史之乱之后，唐明皇回到长安，却已是物是人非，“夕殿萤飞思悄然，孤灯挑尽未成眠”。迟迟暮鼓，耿耿星河，长夜如年，更兼梧桐夜雨，怎能不黯然神伤，泪水潸然？山长水阔，天上人间，知音难觅，芳踪不见，人间面目，浮世悲欢，注定了爱情的悲剧，生命的悲剧！

西安也叫长安。长安，长安，长治久安。安全包括两个层面。一是生命财产的安全，二是精神灵魂的安全。为前者，历代统治不惜代价修城墙、外墙、内城、皇城，一道道高墙大垒，巍峨厚重，砖石相加，垛堞连连，固若金汤；为后者，则大建寺院、道观以及祭祀的祠堂。在欧洲不管城市大小都有教堂，中国历史上也是这样，西安也有很多寺院，大兴善寺、开元寺、青龙寺、法门寺、大慈恩寺、大雁塔、小雁塔，那是精神的庇护所，灵魂的安放之地。社会性就是人的本性，城市的出现，也是满足人性的需要。然而这一切都未阻挡住安禄山的金戈铁马。杨贵妃那样的绝代佳人，最后一条白绫也结束了如花的生命。

大唐二百八十年间，除末世，在整整一个盛唐时期，音乐歌舞，书法绘画，雕刻建筑，诗歌文学，宗教传播，文化教育，对外交流等，都创中国历史之最，当时与大唐交往的，包括来长安的外国使节，留学士子，僧侣商贾，计有一百七十多个国家和地区。泱泱大国，皇皇国都，盛极、大极，成为世界文明史上的一座辉煌的丰碑。

六

今年4月，我又一次来到西安。几年未见，西安发生了惊天动地的变化。满城高楼大厦，马路纵横，宽街阔衢，两旁绿树如幄，车水马龙，人头攒集，商场胪列，琳琅满目。古都再现了它气势磅礴的风度，成了大西北繁华昌隆的重都大邑、现代化的名城了。

我走在古都的街道上，目光触及之处，总幻化出千年的风景，内心碰撞着千年的遗迹，我匆匆的脚步惊醒了一个个王朝的历史。千年的遗韵激起我邈邈情思，校点历史，批注风月，纵览十三个王朝在这里粉墨登场，兴衰荣枯，没有“春风得意马蹄疾，一朝看遍长安花”的潇洒浪漫，却有“念天地之悠悠，独怆然而涕下”的感念畴昔。

在这巨大的时空里，王朝的更迭，政潮的升沉，喧嚣沸腾的历史都云飞烟灭了。风华千古的诗人，风流绝世的美女，威加四海、声震九垓的帝王将相都已销匿在岁月的苍茫中了。但那众多的宫殿遗址，琼楼玉宇、朱楼翠馆的遗迹，秦砖汉瓦，汉柏唐槐，名寺古塔，还有郊外多如繁星的陵墓，依然无声地向我叙述着昔日的繁华，昔日的恢弘和庄严，昔日的壮烈和悲哀。

历史总是呈线性发展，由无数个点连接起来。每个点横向延伸开去，才能看到相关联的广阔的生活画面。毕竟是长安啊，这里的繁华鼎盛，歌舞升平；这里的金戈铁马，呐喊嘶鸣；这里的骄奢淫逸，酒池肉林；这里的血溅簪缨，尸横朱门；这里的慷慨激昂，长吟当啸……触景生情，犹如放在档案橱落满时光尘埃的胶片，用显影液稍加冲洗，历史便鲜亮亮地展现在眼前。汉代歌舞场面的宏大，动作雄健，音容旷朗，充分展示了一种豪迈气概，雕塑的古拙粗放，浑厚凝重，简洁雄强，则体现了那个时代大气磅礴的精神；而唐王朝那种细腻、丰腴，多元文化的融合，任情适性的自由，阔大的胸襟，富丽的绘画，华美的雕塑，宏伟的建筑，旷朗的书法，欢腾酣畅的乐舞，扑朔迷离的胡风，还有那百室连歌、千筵接舞、高楼大观、金堂玉户、丝哇管语的盛世豪华，则体现了尊卑有序的儒家思想，又融合了道法自然的道家精神。

长安让我肃目凝神。登上古城墙，放牧视线，这繁华的古都，巍巍大雁塔作为古长安的标志依然在，塔檐叠涩浑然一体的小雁塔依然在，兴庆宫虽无殿庑，却已成为兴庆公园，华清宫亭台楼阁碧波清泉依然在，以及远郊存在的和湮灭的汉唐陵阙，让今人依然能读到历史的苍茫，岁月的悠远，文化的厚重。有道是文章照千古，汉赋唐诗已成为中国文化发展史上永恒的风景。不灭的是汉唐雄气，不老的是汉唐精神，不偃的是汉唐风骨，不死的是华夏民族开拓创造、卓励风发的灵魂。你看到那碑林了吗？那林林葱葱三千多块碑碣雕刻，依然闪耀震撼千古的艺术魅力，或风骨俊逸，或雄健凝重肃穆典雅，或仗剑纵舞呼风唤雨，潇洒的笔迹，绝代的精湛，依然体现着汉唐魏晋时代荦荦大端的气度。一代代大师用心血和灵肉冶炼的艺术菁华怎能不让后人五体投地顶礼膜拜呢？怎能不产生高山仰止的情感呢？我对西安的兴趣更多的是历史文化的辉煌。古城墙虽非大唐盛世的建筑，但那厚重的砖石，雄伟的墙体，长满时间的苍苔，又怎么不让人肃穆起敬呢？它仅仅是圈住了一段历史吗？站在古城墙上纵目驰骋，现代高层建筑、高科技开发区、绿树裹挟的大学城，夹杂古老的建筑丛里，使你会感到历史并未断章，华夏子孙正在谱写着新的续篇。水有源，树有根。苍天在上，古墙在旁，泱泱华夏，皇皇古都，啊，西安！

2013年3月

龟兹乐舞之源

一

我不知道为何在这片焦燥的、枯涩的地方会喷涌出这么丰沛的感情，滋生出这样绚丽的精神之花？是那跌宕的群山、奔腾的流水、狂躁的风涛，激发了音乐家的灵感、智慧的火花？莫不是越是物质匮乏、生存环境艰危的地方，越需要精神的支撑，艺术的抚慰？

西域是歌舞的故乡，龟兹是歌舞的摇篮。

我初到大西北之前，已从王洛宾的歌曲里品赏了古西域的风情。那曾唱遍全国的《达坂城的姑娘》、《半个月亮爬上来》、《在那遥远的地方》、《掀起你的盖头来》、《草原之夜》……

那迷人的歌声，动人的旋律，曾像春雨般滋润着大西北干渴的土地，给寒意潇潇的冰川雪峰，伤痍灼灼的戈壁旷漠，钢铁般冷峻的群山万壑，带来一种情人般的温馨，当然也给内地人带来一种野性的诱惑，一种风味醇厚的艺术魅力。我想，在人类遗忘的角落，总有着艺术精灵的活跃。

我曾阅读过古西域民间艺术的史料。“敕勒川，阴山下，天似穹庐，笼盖四野。天苍苍，野茫茫，风吹草低见牛羊。”这首脍炙人口的敕勒歌原是维吾尔族民歌。相传，东魏武定四年（546），高欢率十万大军围攻西魏据守的玉壁重填，想拔掉西魏设在汾水下游的这颗钉子。镇守玉壁的是西魏晋州刺史韦孝宽，率军拼命抵抗，东魏苦攻五十多天，玉壁岿然不动，东魏死亡七万多人，只好退兵。撤退途中，军中又讹传高欢被韦孝宽一箭射中，一时军中人心惶惶。高欢悲愤交加，为稳定军心，便出来与军士见面。为了激励将士们的士气，便叫敕勒族人斛律金给大家唱《敕勒歌》。斛律金在西凉乐队的伴奏下，便放声高歌，高欢也引吭和之。诗言志，歌抒怀。那苍劲悲壮、慷慨激昂的歌声，那苍茫雄浑的旋律，使三军为之动容，军心为之振奋。凭借这支歌曲激发士气，高欢重整兵马，经过十余年浴血厮杀，终于消灭了敌手，创立了基业。谁能想象，这首发自草原大地丹田的民歌有着如此神奇的力量！

这首民歌的神奇魅力，在于它通俗凝练而又内涵丰厚，音律雄浑，气韵悲壮，怎能不激起将士的雄风豪气，使得他们在广阔的舞台上叱咤风云！这首歌更动人之处还在于它的景、情、意融会得相当精美。那水草丰茂、牛羊如云的广袤大草原，那苍莽的天穹，如画如诗如梦如幻的白云下，便是游牧人的故乡，当微风掠过，绿漪翻腾，牛羊在草浪里时隐时现，莽莽草原，悠悠天地，一幅多么壮美的草原风情画，又怎能不激起将士们的壮烈情怀？北齐大军高唱着这支悲壮雄浑的旋律，策马纵驰，杀声遍野，旌旗蔽日，悲歌壮士威，蹄鼓动山河。一帧战争的画卷铺展在广袤的草原戈壁……

一方水土养一方人。一方水土也养育一种精神，一种歌。这首气势磅礴、雄劲苍凉的《敕勒歌》，只有这“天苍苍，野茫茫”的巨大空间，才使它得以翱翔飞扬。那是生命的写照。它恰恰唱出敕勒族宽广的胸怀，豪迈的性格，剽悍的风度，粗犷的气质！

直到我来到库车（古称龟兹）才知道敕勒原是我国汉漠地区的一支古老民族，古称高车，后又演变为回纥，也即今日的维吾尔族。同时我在维吾尔族民间摭拾到许多许多有关斛律金的传说：

斛律金精通音律，擅长骑射，史书记载他一看尘土就知道敌军的数量，一嗅土地即知敌军的远近，他既懂疏（敕）勒语，又通鲜卑语，还熟悉汉语，在战场骁勇善战，屡建奇功，深受高欢喜爱。高欢后来做了

皇帝，驾崩前还嘱咐，让儿子高洋重用斛律金。高洋继位后，便封斛律金为大司马，即大元帅。音乐家兼元帅，这在中国历史上是不多见的。

而今的库车，就是古代龟兹国的王都所在地。龟兹国、疏敕国等汉时均为西域大国。疏勒、敕勒都是译音，自然《敕勒歌》也是源于疏勒了。

维吾尔族的先人是酷爱音乐的。古丝绸之路上，乐声盈耳，筚篥声声，胡琴悠悠。他们或骑着骆驼，或骑着马，身背乐器，迎着浩浩风沙，一路弹琴，一路放歌，把动人的旋律撒播在戈壁荒漠。夜晚，明月当空，风平沙静，他们架起篝火，以戈壁为舞台，大山为屏障，席地而歌而舞，疲惫和困惑、苦涩和艰辛、寂寞和孤独，也随着飘逸的旋律飞逝而去，他们沉浸在艺术的浪漫里……历史上许许多多大音乐家就诞生在这片神奇的土地上。

二

我来到库车正是秋天。初秋的阳光更让人感到亲近，带着浓厚的感情色彩。这个坐落在天山南麓、塔克拉玛干大漠边缘的小城，沐浴着充沛的阳光，显得安详而坦然。秋色已染上了杨柳，但依然不失绿意。有一片叶子带着浓郁的诗意摇摇曳曳地飘弋着，像放飞的灵魂，潇洒而浪漫。溪水从胡杨林里潺潺流过，秋阳的光影在沙砾上跳跃，胡杨林围起的方格形田野有丰稔的秋禾，有绿草漫卷的浪漪。然而这一切和远处枯黄灰褐的戈壁大漠形成鲜明的反差，甚至感到不真实，令人生疑，仿佛小城单薄得像一张纸，一阵风便飘然而去。但是两千多年的沙尘暴并未吞噬小城，它依然潇洒顽强地挺立在风沙线上。

和当年弱不禁风的楼兰、米兰、尼雅古城相比，它有着如此坚毅的气质、坚强的秉性，在漫长的历史中，它欢欢乐乐，无忧无虑，成了名闻遐迩的音乐之城，歌舞之乡。它生活得达观、豪放、潇洒，不能说不是一个谜。

翻开小城的地方志，你会赫然看到一个巨大的身影从书页中走出来：他高鼻深目，相貌堂堂，身着胡服，肩背琵琶，胡髯飘逸，风流倜傥——他就是声震长安、名扬天下的龟兹大音乐家、琵琶高手苏祗婆。苏祗婆出生于一个音乐世家，自幼跟父亲学习琵琶，造诣颇深。公元568年，北周武帝宇文邕迎聘突厥公主阿史那皇后，苏祗婆率领数十人的龟兹乐团随从阿史那皇后来到中原。他们带来龟兹琵琶、竖箜篌、羯鼓等乐器，一路吹吹打打，歌舞演唱，这本是支送新娘的乐队。后来这支乐团辗转各地，在中原大地传授技艺，很快，胡乐、胡舞、胡歌，带着古西域的雄风豪气也氤氲中原大地了。

到了隋文帝杨坚建都长安，统一天下，龟兹乐舞曾风靡长安，长安大街小巷有很多西域胡人开设的酒店，胡姬压酒，胡乐当筵，很有当代的卡拉OK舞厅酒吧的韵味。酒店中侍酒的女郎云髻高耸，罗裙飞旋。她们以婉转的歌喉，优美的舞姿招待客人。她们鲜艳的服饰，纤柔的腰肢，婀娜的舞姿，灵巧的手势，流盼的眼神，动若风卷莲花，静如胡杨婷婷，仪态万千，风情万斛，可谓七彩迷目，五音乱耳。随着琵琶的节奏，羯鼓的铿锵，时而把你带入塞外戈壁大漠高山空旷苍凉的意境；时而把你带进古战场血肉迸溅、天崩地坼的杀伐声中。她们是群山的歌手，是草原的歌手。越是荒凉的地方，生命越展示出强旺和热烈的气息。

一代琵琶大师苏祇婆出现在长安酒肆饭馆，带来更大的轰动效应。他琴声和谐，演奏技巧达到炉火纯青的境界。琵琶一曲，“澄然秋潭，皎然寒月，砉然山涛，幽然谷应”，顿时天地间充满一种绚丽而热烈的音律的流变。

史载，隋文帝杨坚登基后，曾责令音律学家郑译创制新音乐。郑译和他的同事们设计几种方案，文帝都不满意。一天，愁眉苦脸的郑译徘徊街头，忽闻一曲动人的琴声从酒店传来，趋步走去，只见一位高鼻深目、相貌堂堂的西域乐师正在演奏琵琶，“听其所奏，一韵之中间有七声”（《隋书·音乐志》）：大弦嘈嘈，小弦切切，时而如大雨滂沱，铁骑突出；时而又如银瓶乍破，江心秋月。他听得如痴如醉，如梦如幻，直到曲罢，方知演奏者就是大名鼎鼎的龟兹音乐家苏祇婆，当即拜师求教。之后，郑译便在苏祇婆的指点帮助下，以龟兹乐的七调，勘正了雅乐中不够准确的七声，写成了《乐府声调》一书。新的乐制确定之后，隋文帝高兴地说：“此乐正合我的心意。”

无独有偶。还有一位被封王的琵琶高手叫曹妙达。他的祖父和父亲都是演奏琵琶的乐师。曹出身在这样的音乐世家，从小浸淫在浓郁的音乐氛围里，自然青出于蓝而胜于蓝，曹妙达的演技超然绝伦，据说，北齐文宣帝高洋就非常器重曹妙达，他常常亲自敲打羯鼓，为曹妙达伴奏，两人通宵达旦，沉醉于音乐的海洋里。后主高纬更是对曹妙达偏爱有加。那时，西域的龟兹乐、疏勒乐、高昌乐已流行于中原，且享有盛誉，云蒸霞蔚，巍巍荡荡的西域文化，一时“璀璨绚丽，光彩灼灼”。这里没有江南丝竹的缠绵悱恻，没有“杨柳岸晓风残月”的凄清冷涩，没有汉宫秋月的哀婉悲切，更没有古乐府的奇崛幽深。有的是豪放旷达的激情，行云流水的清韵和野性的穿透力，有着冰山雪峰和大漠旷野的宏伟壮阔，有着草原戈壁的雄沉，鹰鹫抖翅翱翔蓝天的苍健，狂风呼啸沙飞石走的雄劲。那旋转的肢体，那腾挪跳跃的舞步，那行云流水般的音律，那劲健而雄阔的音域，展示着力和美，张扬着生命的强悍和动感，给中原大地带来一股山野之风，一种鲜活的生命力。

曹妙达带着他的乐队出现在高纬的皇宫，曹妙达五指飞动，琴弦在他的手指下飞泻出动人的旋律，旋律回环曲折，生动各异：壮如马蹄击溅，金属碰撞，血雨潇潇，风沙漫漫；细如秋水波回，山抹微云，断塘横月，芙蓉帆影。一曲奏罢，满堂喝彩。高纬忍不住起身大叫：“弹得好，朕赐你白银千两，封你为王！”

高纬和他的叔伯高洋在历史上名声不佳，都以昏狂、淫乱、残暴而著称，却一脉相承地酷爱西域歌舞。高洋昏狂起来，和嫔妃们袒形露体，涂脂抹粉，披发胡服，狂歌醉舞，通宵达旦。而高纬则有“无愁天子”之称。他在位期间，穷奢极欲，宠信奸佞，大兴土木，营建宫殿、佛寺，致使赋敛日重，徭役日繁，人力既殚，府库空虚，吏治败坏，民不聊生。他置若罔闻，不理政事。他自己还创作一首《无愁曲》，整天和大臣、侍者在深宫演唱歌舞。

由于高氏爷们的偏爱，不但授以曹妙达高官厚禄，封王开府，和朝廷大臣并肩而坐，而且让擅长龟兹琵琶的曹妙达的妹妹曹昭仪做了后主高纬的妃子。到了隋代，文帝杨坚也非常重用曹妙达，任命他为宫廷乐队“太乐教习”。曹妙达也确实为中国音乐的发展培养了一批人才，隋代著名音乐家万宝常就是他的学生。但作为音乐家被封王的，恐怕在中国音乐史上仅他一人而已。

到了唐代，龟兹乐舞已盛行中原大地。岑参的边塞诗中描绘西域乐舞的诗篇很多：“君不闻胡笳声最悲，紫髯绿眼胡人吹”，“琵琶长笛曲相和，羌儿胡雏齐唱歌”，“凉州七里十万家，胡人半解弹琵琶”。他被西域乐舞陶醉了，且看他对胡旋舞描写得何等出神入化：

美人舞如莲花旋，世人有眼应未见。
高堂满地红氍毹，试舞一曲天下无。
……
回裾转袖若飞雪，左鋋右鋋生旋风。
琵琶横笛和未匝，花门山头黄云合。
忽作出塞入塞声，白草胡沙寒飒飒。
翻身入破如有神，前见后见回回新。
……

这首诗记述的是田使君美人跳“胡旋舞”的情景。

岑参四十岁时再度赴边，在新疆生活了三年，曾任安西即今库车节度判官，可见他对龟兹乐舞非常熟悉。有一年初冬，大雪纷飞，岑参在轮台（今乌鲁木齐一带）的军营里设宴为他的朋友武判官归京送行，在宴会上奏起胡乐，跳起胡舞。胡笳、琵琶、羌笛，雄浑激越，几位少数民族将领也脱去战袍，跳起胡旋舞，他们舞姿刚健，腾挪跳跃，豪气风发，势如蛟龙翻腾，使观者眼花缭乱，目不暇接。岑参颇有感触，回想和武判官相处的日子里，饮酒、唱歌、跳舞，而今一别，何时相见，命运沉浮，人生况味，不觉眷恋之情油然而生，写下千古绝唱《白雪歌送武判官归京》。“中军置酒饮归客，胡琴琵琶与羌笛”，“轮台东门送君去，去时雪满天山路。山回路转不见君，雪上空留马行处。”岑参虽为壮士，面对急管繁弦的场面，也会怦然心动，鼻酸眼湿，产生“总是关山旧别情”。

至盛唐时期，古丝绸之路上，骆驼铃声不断，商贾相望，这条交通要道空前繁忙。自然，地处丝绸之路南北两道要冲的龟兹，接受东西文化更加丰沛。音乐歌舞是人类情感的喷涌。开放性和多元性的文化正如酵母一样，催孕着音乐和歌舞的繁荣。据史料介绍：龟兹乐器、乐律都与西方的乐器有关，竖箜篌、琵琶、五弦、横笛、筚篥、都昙鼓、毛员鼓、羯鼓、铜钹等，大多传自波斯、印度和埃及。琵琶是诸乐器中的主要乐器，这一点与天竺乐有七种乐器完全相同，龟兹乐律也源于印度的北宗音乐。

大唐时代，中原音乐歌舞具有华贵、平和、敦厚的特色，而以龟兹乐舞为代表的西域歌舞如滔滔江流涌进中原，那种热情、高亢、欢快、富有野性的雄健和奔放给中原乐风带来巨大的影响和强烈的冲击。唐代的龟兹不仅以龟兹乐影响中原，而且被内地人视为外来文化的集散地。

白居易有关外来文化的诗句极多，如“法曲法曲合夷歌，夷声邪乱华声和”，“立部伎，鼓笛喧；舞双剑，跳七丸；袅巨索，掉长竿”，“胡旋女，出康居，徒劳东来万里余。中原自有胡旋者，斗妙争能尔不如”，“假面胡人假狮子，刻木为头丝作尾……如从流沙来万里，紫髯深目两胡儿”等等，这些诗句惟妙惟肖地反映了唐代长安城内的胡风，反映了那个充满开放气度的历史潮流，同时也折射出西域歌舞盛大的景况。

古代龟兹乐舞善于把鼓乐和舞蹈融为一体，边唱边舞，舞姿灵巧轻盈，歌曲婉转悠扬，节奏明快，情绪热烈，即使现在你观赏民间表演的“库车赛乃姆”歌舞，当你看到姑娘们脖颈的左右扭动、眼神的闪动顾盼、臂腕的柔软动作、手指的响亮弹击、大幅度的扭腰出胯、小碎步的双脚平移，这些精美绝伦的舞蹈动作，便不能不引起你对古代龟兹舞的联想，那热烈的场面，饱满的情绪，丰富的舞姿，华丽的服饰，多种乐器的合奏，展现了他们喧嚣的精神世界。

文化是社会的一面镜子，只有开放的胸襟，繁荣昌盛的物质社会，方可有丰美璀璨的文化鲜葩。

三

风月如川，湍湍而去，激起的漩涡和浪花浪漪迭迭，生了又灭，灭了又生。但有一朵鲜葩永远开放在风沙弥漫的西域大地，岁月的冰霜和历史的风雨，并没有使它凋零、枯萎，它依然清丽柔美，刚健俊倩，风采绚丽，丰姿绰约。它抚慰着人世的艰辛，熨平人们心灵的褶皱，使寂寞的南疆大地有了不死的灵魂，使孤独的天山和空旷的大漠有了知音。

这是灵魂的淬火，生命的洗礼，精神的涅槃。沉郁的脉管有了激情的奔涌，枯涩的心灵有了甘泉的滋润。那歌舞又如一杯酽酽的香醇美醪，浓烈得令人陶醉，又点燃了人们生活的希望，奋搏的勇气，激起他们前进的力量。

我漫步库车小城，继续翻阅着小城的历史，想寻觅龟兹乐舞的源头。

龟兹地处塔克拉玛干沙漠边缘，周围以天山、帕米尔高原、昆仑山做屏障，形成一个天然严密的封闭系统。无垠的沙漠瀚海又把它包围，使它与外界系统充满险道畏途，在如此封闭的地理环境和恶劣的自然条件下，龟兹这个沙漠王国，为什么成了歌舞之乡呢？

库车当地人告诉我，龟兹乐产生于拜城的千泪泉。说是古代龟兹国王的女儿进山打猎，遇见了英俊勇武的青年，一见钟情。青年向国王求亲，国王要求青年三年内打出一千个石窟。青年在打出九百九十九个石窟后累死了，公主在山中哭泣，化为终年滴水的山泉，形成克孜尔千佛洞前的千泪泉，长年不息，给茫茫戈壁带来生命与活力。这故事在古印度、波斯、阿拉伯帝国中并不少见，这也正是他们处于荒漠缺水的国民心态的反映。

库车人还说，他们民族历史上最伟大的音乐家苏祇婆正是在千泪泉边，因流水滴入深邃的山谷，发出鸣响，从而激发了创作的灵感。传说毕竟是传说。但有一点，我深信不疑：古代的印度人、埃及人、巴比伦人、波斯人、希腊人、塞人……不断地向中国西域输入各自的文化，而中国内地的文化，也不断地通过丝绸之路输送到龟兹，多种文化相撞，必然产生天才的艺术家。

在库车流传最广的是汉解忧公主的故事。解忧公主是汉宣帝的女儿，为了联合乌孙王，抗击匈奴，远嫁乌孙。解忧公主与乌孙王翁归靡结婚后，生一女，名叫弟史，长得端庄秀丽，举止优雅，颇有大家闺秀风度，聪明伶俐，自幼便跟母亲学习诗书礼仪和音乐，琵琶弹得很好，同时对女外交家冯嫽十分佩服，常常模仿她的言谈举止，佩服她精明干练的外交家风度。

一次，冯嫽带她出访龟兹国，龟兹年轻的国王绛宾欣喜若狂。他早就得悉乌孙国有位非常美丽的公主，果然名不虚传。看她蜂腰柳眉，口如樱桃，目如双星，齿如皓贝，谈吐温雅，一颦一笑，落落大方，顿生爱慕之情。这位国王绛宾也是一位音乐大师，他演奏了一组自己创作的乐曲，便彬彬有礼地邀请弟史弹奏琵琶。弟史纤纤细指在琵琶四根弦上弹动，缓如白云流曳，急如狂风骤雨，细如游丝渺渺。一曲下来，惊得满座喝彩。弟史演罢，绛宾又邀共舞，弟史举止大方，风度翩翩，摇曳如风摆杨柳，体态轻盈如剪雨紫燕，扬眉、转目，楚楚动人，旋转的裙裾如风卷雪飘。她两颊绯红，香汗淋漓，如花缀露，一片迷人的风韵。

绛宾更加倾慕，表示向弟史求婚，并请冯嫽帮助。后来解忧公主答应了女儿的婚事。弟史嫁到龟兹，龟兹举国欢腾，国王举行了隆重的婚礼。弟史做了皇后，和国王绛宾，以礼治国，后来弟史又亲自掌握国家的乐舞艺术的发展。于是，龟兹成了举世闻名的歌舞之乡。

如今，龟兹古城只留下方形三面墙基，往日的繁华已荡然无存，不见佛寺香火，不闻商旅驼铃，那辽远的暮鼓晨钟，筚篥箜篌之声，也随着岁月的流逝而成为历史，但神奇的密码仍藏匿在龟兹的档案中……

那天，我乘着塔里木石油天然气开发公司的车子去天山深处寻觅千泪泉遗址。但走进天山，已是暮色苍茫时分，群山巍峨，如屏如帐。我们踯躅于山脚下，并未攀缘山岩，只是寻找那一线山泉。但我想象得出，那山泉水源于天山的冰山雪峰。水一定是清冽甘甜，涌涌不绝的浪花，像晶莹的音符，汇成一曲音质优美的旋律。在这焦渴的岩石和干燥的戈壁旷漠面前，有这一汪甘泉，那是造化的恩赐，是大自然的诗，是天国的乐章。

我虽然没有看到千泪泉，但我的心灵却已受到那叮叮泉水的滋润。

再回到库车时已是灯火烂漫时分了。古城故事多。夜的库车小城到处浮动着古老文化的幽香，到处开放着古老歌舞不败的花朵。在街头我看到一伙维族老少正席地而坐，手持羯鼓，怀抱琵琶，乐声盈耳。一群衣着鲜艳的少女，头戴维吾尔族小帽、留着胡髭的小伙子，还有一些粗手大脚的汉子，正在跳库车“赛乃姆舞”。他们席天幕地，无拘无束，旋转的肢体，像狂风摇撼的树林，像大海卷起的涛谷浪峰，像群山逶迤蜿蜒的态势，展着自然的美，生命和力的美。他们袷袢的皱褶里灌满沙子，头发里也灌满沙子，没有修饰打扮，一切朴素得像泥土，像生活。他们并不是舞台上的舞者，而是为观众的喝彩而舞。周围没有观众，远处只有天山和大漠，只有天上的星星和月亮。他们是向天空和大地倾泻自己欢乐和爱。我想，这不是在歌在舞，而是一种古老的习俗，是一代代遗传下来的生命的密码，是一种原始的生命力的张扬和喷涌。千百年来，他们就是在这寂天漠地中一代代欢欢乐乐地将生命延续下来。这歌舞本身就是一种生命意识或生存意识的展现。也许有了它，这片贫瘠而枯涩的土地才有了不死的灵魂，不熄的生命之火焰。

琴声伴着歌声，鼓点伴着舞步。耳闻目睹这欢腾热烈古朴而纯情的歌舞场面，我不禁想起古希腊哲人毕达哥拉斯对音乐的研究，他指出：用音乐、用某些旋律和节奏可以教育人。用音乐，用某些旋律、节奏可以治疗人的脾气和情欲，并恢复内心能力和谐。

这个酷爱音乐歌舞的民族，视音乐歌舞为生命，凭着舞蹈和旋律赋予心灵坚韧的生活信念，顽强的生存意识，在这风沙酷厉、荒凉贫瘠的远天远地，一代代繁衍、发展，开拓、进取。“饭养命，歌养心。”他们欢欢乐乐地送走苦难，送走死亡，送走岁月，送走历史，从远古走到现代，从今天走向未来。

热烈的氛围，像风掠过湖面，漾起层层波澜，溅起簇簇浪花。他们的舞姿多么优美，他们的歌声多么动人！

我想，这歌与舞是一种天籁。它是不需要舞台的。歌舞是献给群山、草原、江河、戈壁和旷野的，是它们孕育了这民间的乐舞，把歌声献给它们，就像儿女向父母奉献一片孝心。大山有耳朵和眼睛吗？江河湖泊、戈壁旷漠有耳朵和眼睛吗？花、草、树有耳朵和眼睛吗？有的，只有它们听得懂这歌声，看得懂这舞姿。这种心语，只有它们理解。

一切宗教、文化和艺术都是大地的产儿。龟兹乐舞正是这方土地培育的精神之花。

2001年10月

解读凉州

一

离开兰州，我乘上汽车，直奔武威——古称凉州的边塞名城。时值阳春四月，几天前我离开故城济南时已是春色酽酽、绿意沸腾了，而这里却是一脸的边塞相：肃穆和苍凉。左边是霸气粗豪的祁连山，白雪冠顶，渗透出一缕缕凛凛寒气；右边是雄浑苍莽的龙首山，呈现出一抹冷漠的灰黄。看不见山泉流水，听不见莺歌燕语，路边新栽的杨柳似乎还未从冬眠中醒来，光秃秃的枝条摇曳在干燥的旱风中。稀稀落落的村庄里偶尔传来一两声鸡鸣犬吠，传递出一缕生命的气息，天地间一片旷达的静寂，一片枯涩的静寂。

汽车穿行在河西走廊里，像穿行在时间的隧道里，历史的密码从四面八方蹦跳出来，雪花般地扑落在大脑的屏幕上：边墙塞障，大漠孤烟，古道驼铃，石窟塔影；耳边不时响起羌笛的哀怨，筚篥的呜咽，胡笳的悲鸣……似乎卫青、李广的战马刚刚从这里踏踏驰过，大唐王朝的边塞诗人就在我们前边，那飘动的衣袂依稀入目……

凉州词、塞下曲、陇头吟、阳关三叠在我的记忆中还未温习一遍，眼前的走廊忽然变得开阔，转眼间不见了龙首山，祁连山也退避三舍，在白云下缥缥缈缈，躲躲闪闪。视野里出现一座城郭，人们说，前面就是武威了。

啊，武威，一片孤城万仞山。王之涣没有说谎！

对古凉州我心仪已久，曾引起我多少缤纷缭乱的遐想，那是汉唐边塞诗留给我的意象。汉唐时代多少诗人钟情凉州，写下了辉映千古的凉州词，那是中国文化流韵中一道壮丽的景观。秦、汉、南北朝、隋唐，以至宋明，历经两千多年，这片被风沙裹挟和烈日燃烧的赭褐色的土地上，总是烽火狼烟，干戈如林，战争的剧目频频上演，连绵不绝。

凉州是古代羌人息居之地。羌，就是“西方的牧羊人”。羌人以游牧为业，逐水草而居。华夏族一个部落的酋长就姓姜。姜、羌，文字上同根同源，也就是说，炎帝部落很可能就是东迁的羌人。

秦汉之际，匈奴在中国北方崛起，他们击败了东胡，又驱逐了月氏人，河西走廊的羌地也受到了侵略，祁连山下丰美的牧场成了匈奴人纵横驰骋的天地。剽悍、骁勇、“善骑射”的匈奴人不断南下侵犯汉境。从汉高祖刘邦到汉景帝，几代皇帝，因汉业初创，数十年间没有力量与匈奴抗衡，只好采取和亲政策，以缓和边境危急。但匈奴贵族贪得无厌，得陇望蜀，不时骚扰汉廷。到了汉武帝时，这位气宇宏瞻，有囊括四海之志的一代霸主，决心要解决河西走廊问题，要同匈奴决一雌雄。

汉武帝要开疆拓土，疏通丝绸之路，连续派卫青、霍去病、李广率军出击河西走廊。骠骑将军霍去病，首战首捷，一举击垮了匈奴休屠王，占领了河西走廊的东端，并获得了匈奴的祭天金人。武帝陈列于甘泉宫，以示武功，为了纪念这场战争的胜利，命名此战场为武威，炫耀汉王朝的军威和武功。

由于连续对匈奴人用兵，匈奴屡遭失败，不得不远走他乡，河西走廊完全被西汉王朝控制。到了元鼎二年（前115），汉武帝在河西走廊开设郡县——即置武威、酒泉、张掖、敦煌郡，后又设金城（兰州）郡，被称为河西五郡，其行政机构和内地完全一样。武威郡即凉州刺史的治所，这样，武威便有了凉州的别称。

到了唐朝初年，由于隋末天下大乱，河西走廊被匈奴人的后裔突厥和吐蕃族、吐谷浑割据。唐高祖李渊统一天下后，深感凉州地理位置的重要，特别任命善于征战的儿子李世民为凉州总管。但李世民并未就任凉州，李渊就派了黄门侍郎杨恭仁为安抚河西的大使，并专任凉州总管。

从建国到以后的一百多年中，唐王朝与西北少数民族发生了多次战争，而战争大都是以凉州为根据地而进行的，也就是说凉州是当年的前线总指挥部。《资治通鉴》载，唐开元仅二十九年，在这里就进行了二十四次大的战役。整整一个唐朝，在丝绸之路上进行了上百次的大战役，前后三百年，前仆后继，为开拓这条人类文化的运河、中西友谊之路，所付出的代价，真是血流成河，尸堆成山。贞观余烈，在唐朝国力极度强盛时，西域诸国与大唐的关系进入了政治、经济、文化艺术水乳相溶的阶段，凉州作为河西走廊的桥头堡，自然也达到了繁华鼎盛时期。

凉州在大唐时代的知名度极高，仅次于都城长安。凉州词、凉州乐、凉州伎舞，风靡全国。王建有诗云："城头山鸡鸣角角，洛阳家家学胡乐。"这里胡乐指的就是凉州乐。温子升描述当时凉州的繁华景象："车马相交错，歌吹日纵横"；而岑参也激情洋溢地写道："凉州七里十万家，胡人半解弹琵琶。"可见盛唐时期，这西北边塞重镇歌吹喧天，文化葱茏绚丽的画面。

二

这就是古凉州吗？这就是王维"百尺烽头望虏尘"的凉州吗？这就是岑参"胡人半解弹琵琶"的凉州吗？这就是"车马相交错，歌吹日纵横"的凉州吗？不闻边声鼙鼓动地声，不见假面胡人假狮子，哥舒翰的大军安在哉？高仙芝的营帐安在哉？那跑雪踏沙的胡马呢？那荷戟执戈的戍卒呢？我还没有来得及从唐诗的韵里醒来，眼前扑面而来的是成群的高楼，是宽阔的街衢，是穿梭的汽车，是蠕动的人群，是喧嚣的市廛，嘈杂的声浪。这一切都淹没了边塞诗的古韵。

我千里迢迢来到河西走廊，想撫拾古典的浪漫，苍茫的诗情，寻觅风华葱茏盛唐诗人飘零的身影，一切都不在了，一个现代化的小城，以鲜活的、富有生机的倩丽和繁华呈现在我的眼前。

我走在古凉州的大街小巷，似梦似幻，我触摸现实，回望历史，眼前总幻化出汉唐时代边塞古城的风貌。啊，你看，从那酒肆里，从那曲曲小巷里，从秦砖汉瓦垒砌的小院里，走出一个个宽衣长袖、峨冠博带的士子。他们步履或潇洒，或蹒跚，或稳健，或轻捷，边风吹拂着他们的蓄发，秋阳在石板路上投下长长的身影……

啊，那不是高适吗？他显得苍老，才五十出头呀，两鬓染霜，满脸是被风沙揉皱的纵横，双眼溢满忧愁和悁悒，腿脚也显得蹒跚，眉额攒聚。他在想什么呢？是咀嚼新酝酿的绝句，还是因边声风紧而为将帅哥舒翰思忖作战方略？

啊，路边酒肆里传来琵琶声声，丝弦嘈嘈。一位风度翩翩、眉目英俊的年轻人掀开门帘走出来，他瘦削的脸颊被冷酒烧得一片赤红，肩上一把长剑，口袋里还露出被揉搓得缺边少角的半卷诗书，他是岑参吧？两度出塞，戎马倥偬之际，烽火狼烟之中，使他跻身于边塞诗人的行列。打开全唐诗，没了岑参，边塞诗会出现缺行断垅，不成气候。

那是王维，还是王之涣？王维我认识，他既是诗人又是画家，被世人称之“诗佛”。诗仙李白，诗圣杜甫，再加上这个诗佛，使全唐诗奇峰突兀逶迤跌宕。他老先生也隔三岔五地写几首边塞诗，一不小心弄出几首千古绝唱。还有王之焕和高适、王昌龄三个“铁哥们”上演了一出“亭上画壁”的故事，成了诗坛千古美谈。王之焕显得颓丧，没有戴唐士子帽，一头花白蓄发被风撩得零乱，虽人到中年，仍富有狂傲不羁、放浪形骸的诗人风度……

后面还有王翰、李欣、李益，他们的相貌还有点陌生，但名字早已熟悉，都是盛唐名冠华夏、声播九垓的“星”级诗人。他们都来凉州干什么？举行笔会，还是诗人论坛？

我知道，凡是文化名城，总是和文人分不开的，街巷里总是要飘曳着文化人的衣袂。这些诗人为何都患有凉州情结？也许有了凉州，边塞诗才得以崛起，边塞诗的崛起，又为诗化的大唐帝国耸起一座巍峨的高峰。全唐诗有一千八百首边塞诗，而边塞诗又有一百多首以冠有“凉州词”，或以凉州为背景的诗。许多诗人并未来过凉州，凭着浪漫主义的想象，也写了不少凉州词，抒发一腔忧国忧民的爱国情怀，成了千古绝唱。王之焕的“黄河远上白云间”，王翰的“葡萄美酒夜光杯”，李益的“只将诗思入凉州”……每当我吟诵这些诗篇时，总感到有一股肃杀悲怆的意蕴从字句间丝丝缕缕地冒出来，直透肺腑。

人类社会的发展史上，剑与诗，骷髅与鲜花，狂啸与低吟，铁血烈火与歌舞伎乐，总是在战争与和平两条并行的线上交替弹奏，构成一曲雄浑壮烈的乐章，一曲永恒的乐章。

在凉州活动时间最长的是高适和岑参。唐代是恢弘壮阔的大时代，姹紫嫣红的文化景观处处闪烁着诗化的光芒。那个时代，吟诗成了时髦。考官要作诗，交友要作诗，甚至求偶也要作诗。长安曲江池，当年是很风流的地方。那里既是落第士子借酒浇愁、发泄牢骚的地方，也是贵族以文才择婿的重要场所。我想高适也许曾在曲江池畔饮酒浇愁感时伤怀过吧！

高适二十岁时在长安求仕不遇，到了天宝八年，经人举荐混了个县尉。县尉是县令的属官，官阶从九品下，是官吏中最低的一级，相当于现在的副科级或股级芥豆小官。他曾作诗道：“拜迎长官心欲碎，鞭挞黎庶令人悲。”他毅然辞职，投奔河西节度使哥舒翰幕府做掌书记，驻守凉州。后来安禄山叛乱，哥舒翰大军开往潼关。潼关失守，哥舒翰被俘。高适在乱军中逃出。这时唐玄宗也出逃巴蜀。高适追寻太子李亨到了灵武。

凉州虽然没有夕阳箫鼓曲院风荷，没有烟雨霏霏晓风残月，没有江南的杏花春雨烟柳画舫，但这里边风浩浩，大漠茫茫，山岭峻拔，戈壁旷大，他在这里度过一段充满审美体验的浪漫人生。

高适在《陪窦侍御灵云南亭宴，诗得雷字》中对凉州山川风物地理形貌有过动人的描述，诗的序言如是说——

> 凉州近胡，高下其池亭。盖以耀蕃落也。……军中无事，君子饮食宴乐，宜哉。白简在边，清秋多兴，况水具舟楫，山兼亭台，始临泛而写烦，俄登步以寄傲，丝桐徐奏，林木更爽，觞蒲萄以递欢，指兰芷而可掇。胡天一望，云物苍然，雨潇潇而牧马声断，风袅袅而边歌几处，又足悲矣。……

这是一幅天高地阔、秋色悲戚的边塞画卷！

高适写这首诗时是天宝十三载，也就是公元754年，那时高适已年逾半百，生命的秋天已如寒霜降临。回首大半生，命运多舛，仕途蹇涩，书剑飘零，功名未遂。他和岑参一样，都有热衷功名的世俗追求，又有恃才傲物、狂放不羁的独立人格，面对这胡天塞地的凄楚秋风，飘零的黄尘落叶，羁愁别恨能不黯然生悲？“一樽易致葡萄酒，万里难逢鹳雀楼”（陆游诗），和友人郊野宴乐，借酒浇愁，洗涤尘烦，感叹相聚不易，相会佳期难卜：“河汉徒相望，嘉期安在哉？”

我来寻觅高适宴乐的灵云池。武威的朋友带我到郊外踏青。往事越千年，人非物也非。灵云池已不再，南亭已不再，萧萧牧马已不再，唯有祁连山还耸立着，耸立着巍峨，耸立着雄浑，耸立着千年不变的苍莽。而峡谷里有一泓碧波，云影山影树影，倒映在水中，水光潋滟，烟波澹澹，偶有水鸟掠过，撒下一串啾啾鸣韵，给这荒凉的大山增添一抹灵性和缥缈的温馨。朋友告诉我，这是上个世纪60年代修建的一座水库，库水源自祁连山冰雪的消融。

我站在湖边远望，颇感到“檐外长天尽，樽前独鸟来”的诗情画意。高适和朋友们在这里举觞醉酒时正是秋天。望天地鸿蒙，六合八荒，阳光薄金，秋风薄寒，心境自然会变得凄然，怆然！

岑参是和高适齐名的边塞诗人。他比高适小十三岁，而且两次来过凉州。洋洋大观的边塞诗有了岑参便平地又拔起一座高峰。

岑参对河西走廊和古西域有着更多的生命体验。他曾于天宝八载在安西节度使高仙芝幕中掌书记，驻在武威。四年之后，也就是天宝十二载，岑参第二次从戎，这时正是封常青任安西节度使，他也曾住过武威。

我在武威的街巷里寻寻觅觅，但寻不到高适住过的营帐，找不到岑参醉饮的酒楼茶肆，一切都被现代生活的烟尘遮住了，物换星移，一个繁华喧嚣的边塞古城已湮没在岁月的苍茫中了。

无独有偶，岑参也是二十岁时到长安求仕不遇，只好另辟蹊径，投笔从戎，仗剑出塞。“琵琶一曲肠堪断，风萧萧兮夜漫漫”，“一生大笑能几回，斗酒相逢须醉倒”。这是岑参第二次到西北边疆、由临洮赴北庭，途经凉州，重逢节度使幕府的朋友而写下的诗句。也是个秋风裹寒、瘦月清霜的夜晚，在街上某一个小酒馆里，老友相聚，泪眼相望，冷饮边秋，醉酹寒月，豪气中不乏苍凉，欢乐中更添忧伤。

弯弯月出挂城头，城头月出照凉州。
凉州七里十万家，胡人半解弹琵琶。
琵琶一曲肠堪断，风萧萧兮夜漫漫。
河西幕中多故人，故人别来三五春。

花门楼前见秋草，岂能贫贱相看老。

一生大笑能几回，斗酒相逢须醉倒。

岑参这首《凉州馆中与诸判官夜集》，写出了凉州的繁华，胡人云集、琵琶声喧的景象，又道出书剑飘零的诗人的悲苦心情。在前线与老友相会，感情极为复杂，热酒冷梦，吟诵如潮，不是江南才子的浅斟低吟，而是军旅诗人的狂饮浪醉。也只有边塞重邑凉州，户外战马嘶鸣，风沙萧萧，边月凄清，边秋肃杀的大境界，大氛围，才能酿就这一缕豪迈悲壮的诗情！岑参在另一首诗中咏叹："词赋满书囊，胡为在战场"，满腹诗书，一腔经天纬地的凌云之志，在京都却不能施展，只能从戎军旅。这牢骚也透出岑参的心中块垒。

记不得，在哪本科幻小说里读过这样的情节，说当一个人乘坐超光速的运载工具，便可以追上历史的脚步，看到近代、古代，甚至远古人类活动的画面，像看连环画似的，一页页翻阅，秦汉唐宋元明清都历历在目。可惜，现代科学还未发明制造出这种超光速的运载工具，自然我也无法追寻远逝的历史，更难寻觅远去的边塞诗人。

三

说起凉州，不能不提到王维。王维是一个重量级的边塞诗人。他的命运和高适、岑参都有相同之处，多舛和蹇涩。王维出塞时间比高适、岑参都早。在开元二十五年（737），王维奉命出任凉州河西节度使判官。他在凉州也住了两年，开元二十七年回到长安。

当时是崔希逸将军任河西节度使。唐初，唐王朝和吐蕃和好，边境安宁。但不久，唐玄宗听信谗言，令崔希逸率兵出击吐蕃，于是双方失和，战争的荫翳又骤然笼罩在河西走廊。那时王摩诘任监察御史，唐玄宗便派他去崔的幕府任判官。此时凉州已处在战争的前沿，“凉州城外行人少，百尺烽头望虏尘”。路断人稀，站在百尺高的烽火台上就能望见滚滚虏尘。

王维多才多艺，他不仅是个诗人，也是个画家。他的诗画名盛天宝、开元年间。他前期生活积极仕进，后期消极隐退，张九龄罢相，李林甫上台，安史之乱中被迫当了伪官，使其对政治失去了热情，而趋向于其早年受熏染的佛门，他买下了风光清幽的辋川别墅，于政务之余，闲住在终南山中参禅修化。

我在武威还摭拾到一段民间传说：“王维画石”的故事。

唐玄宗时，凤翔（今陕西宝鸡）封有岐王。一天岐王听说大诗人、大画家西出长安，大概是奔赴凉州就任判官，路过凤翔。岐王盛情邀王维作画题诗。王维欣然答应，面对备好的纸墨，沉思片刻，一挥而就，画出南山怪石一幅。墨迹虚实相宜，气度非凡。岐王看画，高兴至极，赞不绝口，令下人悬挂中堂。谁知一日，忽然狂风暴雨，雷鸣电闪。宫侍向窗外一看，阳光灿烂，风烟俱净，而室内何来风雨？吓得人躲的躲，藏的藏，乱作一团。狂风暴雨过后，众人一看，室内一切毫无损伤，唯有墙上那幅“石画”，不翼而飞。岐王命宫中文臣武将内查外找，皆无踪影。

事过百年，到了唐宪宗时，一日，忽然有大臣禀报，说高丽王派使节送来一件重要文物。宪宗令高丽使臣进宫。只见使臣抬着一架红漆木箱，众人打开，原来箱里装着一块石头，众人大惑。再看高丽国王的信翰，说是，某年某月某日，雷雨交加，天降一块大石头，上有贵国诗人王维的题诗印章，如今我们双方已是友好邻邦，愿“完璧归赵”。唐宪宗细细观察，果然有王维的题诗印章刻于石上，和过去保存的王维的画稿一比较：手迹印章一模一样。

传奇是有点传奇。王维的诗和画在中国文化艺术发展史上确实独标高格，影响了一代诗歌和绘画的创作。

还有个诗人王之涣，此人留下的诗并不多，全唐诗中仅有六首。诗不在多而贵于精。这六首并不影响他成为杰出的诗人而横陈在唐朝诗歌发展史上。而这六首诗中的《凉州词》、《登鹳雀楼》又成为传世之作，风流千古。比起乾隆爷的万首诗，可谓“一句顶一万句”。艺术承认的是创新，而不是数量的多寡，更不受官位和权势所左右。

王之涣和王维、高适、岑参略有不同，他没有戍边的经历，但凭着一首《凉州词》而成为唐初卓尔不群的边塞诗人。

王之涣是山西太原人，曾做过小小县尉。他性格豪放，又不拘小节，你想在那个君君臣臣的封建专制的社会里能有多大出息？中国古代官场文化讲究的是虚伪、阿谀、中庸、仰人鼻息、唯上是从，性情放达的文人单凭他孤傲的文化人格，也是不会受到重用的。尽管你学富五车，才高八斗，诗满书囊！性格已先天性地决定了王之涣的仕途坎坷。

王之涣做县尉时曾有“文安放粮”一案。那是他到河北文安县的第三个年头，文安闹起天灾，旱魃、洪魔、虫祸，联翩而至。秋天，颗粒无收，文安百姓已是家家断粮，户户断炊了。他连写了几份奏章，要求皇上开仓放粮，但是半年过去，泥牛入海，毫无音讯。王之涣愁眉不展，夜不能寐。一天，他闷闷不乐到街上散步，来到一家小酒店，想借酒浇愁。谁知刚刚坐下来，进来一老一少，老者六十多岁，少者是个七八岁的小女孩，饿得面黄肌瘦，两只大眼睛怯怯地望着陌生的一切。她牵着爷爷的衣襟，躲在身后。这时酒保走来大声驱赶。王之涣制止酒保，并命他：“再加两个菜，拿几张饼来！”老人热泪盈眶，述说他们是河东人氏，家乡闹灾，儿子媳妇已饿死，自己便带着九岁的孙女来讨饭，说着便急忙跪下：“客爷，你行行好吧，收下这孩子，她会烧火做饭，打水扫地……客爷，孩子跟着我也是饿死，就让她跟着你逃条活路吧！”王之涣见孩子可怜，便收留了。

回到县衙，越想越难受，怎么办？灾情越来越严重，死人越来越多，等圣旨，至今杳无音讯；不等圣旨，私开官仓，要犯杀头之罪呀！王之涣辗转一宿，难以入眠，最后下决心，开仓赈灾！老百姓得救了。消息传到朝廷，皇上大怒，立即命钦差到文安捉拿王之涣。幸亏有在朝做官的好友保奏才免遭死罪。随后，王之涣弃官，浪游四方，并结识了大诗人李白、杜甫；他西游长安又结识了岑参、储光羲等人。

王之涣何时来过凉州，史书上没有记载，但那首流传千古的《凉州词》（黄河远上白云间）描写的却是古凉州一带旷阔凄凉的景色。

我想，那是一个天高气爽的秋天的早晨，王之涣登上凉州郊外某一座山包上，举目远眺，黄河仿佛从白云间奔流而来，而身边是一片孤独的边塞小城，背依耸立千仞的祁连山。在这胡天塞地、人烟旷稀的地方，那有什么春色可言？戍边的将士啊，你们不要吹奏羌笛，怨恨杨柳不绿边塞，春风是不会吹度玉门关的！这悲怆的诗句，渗透着怨恨，渗透着凄凉，也展示了塞外苍凉宏阔的画卷！

孤城一片，苍山万仞，悠悠白云，黄河远去。这里一切都是死亡般的沉寂，是大自然的静默。这是一种大境界，大风景。大象无言，大音希声。这首《凉州词》喊出了负戈戍边、开边立业千万将士的心声！

王翰、李欣、李益，他们有的来过凉州，有的并未来过，却借凉州这个“酒杯”，来浇自己心中忧国忧民的块垒。他们或浅酌低唱，或狂吟浪醉，烈酒冷梦，感念畴昔。性格放达、粗犷豪放的王翰，极喜乐饮，常常喝得酩酊大醉。他来未来过凉州，无稽可查，但那首“葡萄美酒夜光杯”，悲怆凄凉，直透肺腑，也只有他放浪江湖的豪气，才写出这震撼千古的绝唱！

李益祖籍是凉州人，但他出生在河北，一生未回过浸润着祖辈血汗、埋葬着先人骨殖的故土。他才华横溢，二十一岁中进士，可出仕二十载，没有升迁，一直在渭北节度使臧希让幕府中，身居微职。他深感仕途失意，毅然弃职浪游，足迹遍及幽燕、河溯边塞。他写了许多边塞诗，被乐工谱之管弦，传入宫廷中歌唱。后来宪宗闻李益诗名，便于元和元年从河北召李益回长安，随即入朝为秘书少监、集贤殿学士。李益又“狂妄”起来，自恃有诗才，言行失检，授人以柄，结果让人打了小报告，被朝廷降了职。他看到官场险恶，宦海诡谲，干脆把乌纱帽一掷，退出这片肮脏的是非之地，做他的诗人去了。他虽未回过故土，却对凉州寄予无限的乡愁乡思。“腰悬锦带佩吴钩，走马曾防玉塞秋。莫笑关西将家子，只将诗思入凉州。”

凉州是人文荟萃之地。千百年来，凉州曾负载过边塞诗人的生命和卓越才华，曾负载过中国文化史上一段流韵千古的壮丽景观——凉州词。高适、王之焕、王维、岑参、李益、李欣……他们的诗章具有丰富的想象力和情感色彩，成为超越时空的绝唱，诗人们以凝重的历史感和指点江山的风采，为凉州在唐诗中留下了不可磨灭的形象。

四

高楼、绿树、宽街、阔路，尽管现代化的脚步喧嚣而热烈，但边塞古城仍保留着一角静谧和肃穆，展示着这片土地的厚重和沉淀了的历史苍凉感。青砖斑驳的鸠摩罗什古塔，古色古香的城门钟楼，出土铜奔马的擂台，气宇轩昂古树千章的孔庙，还有稀世珍宝的西夏碑，依然向人们昭示着：灿烂的文化依然在，丰隆的历史依然在，古道驼铃商贾络绎的繁华依然在。虽越千年，这边塞古城依然闪烁着历史的幽玄；凉州词依然闪烁在中国文化星光浩瀚的苍穹。

词，是音乐文学。凉州词是为凉州乐而写。而今，凉州词依在，凉州乐却已失传。

凉州乐曲曾风靡天下，这是东西文化交流绽开的鲜葩。那时这个丝路要塞，这片干渴焦苦的土地曾接纳几番东风西雨。凉州乐曲是西域龟兹乐曲和中原乐曲结合而形成的一种独特风味的乐曲，其浓郁的地域特色，富有野性的激越情调，苍凉雄浑的旋律，为唐代乐坛吹进一股新鲜的山野之风。《隋书·音乐志》记载“大业中，炀帝乃定清乐，西凉……以为九部乐。西凉者，起苻氏之末，吕光、沮渠蒙逊等据有凉州，变龟兹声为之，号秦汉伎……至魏、周之际，遂谓之国伎。西凉伎，即乐曲名。”也就是说，早在隋朝之前，东晋十六国时的吕光、沮渠蒙逊占据凉州时，把龟兹乐加以改造而形成凉州乐。

凉州是多民族杂居的地方。维吾尔族的先人回纥，蒙古族的先人突厥，藏族的先人吐蕃，还有吐谷浑人，这些少数民族的音乐歌舞像一条条河流从四面八方涌流而来，它们携带着大漠戈壁的雄旷，挟着雪域高原的清冽，裹着大草原的苍莽，还有中原大地的凝重，汇聚在凉州这片赭褐色的土地上，能不搅起汹涌澎湃的情感波涛，激起撼人心旌的漩涡吗？它们鲜活的生命色彩和浓郁的地域特色，交融渗透化合，孕育出凉州歌曲舞蹈的瑰丽音乐之花——凉州文化。

到了唐代，凉州已发展成为一个繁华的边陲大邑。唐人小说《集异记》中讲述过一个故事：有一年正月十五，唐明皇在上阳宫张灯结彩，喜庆灯节。唐明皇看到满宫灯火辉煌，宫灯缤纷花样新颖、别致，甚感欣慰。这时有个道士感慨道：今年的灯节除了凉州，天下没有比长安盛大红火了。唐明皇问道：你到过凉州吗？道士说：我刚从凉州回来。玄宗惊异，又问道：我想到凉州看看行吗？道士说：可以。你闭上眼睛，一会儿就腾空到了凉州。玄宗果然看到“千条银烛，十里香尘，红楼迤逦以如昼，清夜荧煌而似春”的繁华景象。这固然有点荒诞离奇，很有点魔幻小说味，但也说明盛唐时代，凉州的确是一个繁华的边城。元稹有诗云：“吾闻昔日西凉州，人烟扑地桑柘稠。葡萄酒熟恣行乐，红艳青旗朱粉楼。”可见大唐盛世，这里“土沃物繁，人富具地”。

音乐是一个民族情感的流泻，是一个时代精神的张扬，是审美意蕴和想象力的标志。一个没有自己特色的诗歌乐舞的民族，是灵魂苍白、精神枯萎、情感干瘪的民族。古希腊把诗歌乐舞交给女神缪斯掌握，也就是把人类的智慧、灵魂交给了伟大的女神。

凉州，这个荒僻、苦焦的祁连山脚下的边塞小城，竟然是诗的城，歌的城，舞的城，莫不是越荒凉、环境艰苦的地方，越需要瑰丽、旖旎的诗歌乐舞来滋润干渴的精神旷野？《旧唐书·音乐志》里说："自周隋以来，管弦杂曲将数百，多用《西凉乐》；鼓舞曲多用《龟兹乐》。"唐时宫廷里流传着《霓裳羽衣曲》，也就是《霓裳羽衣舞》，据说，原是开元年间河西节度使杨敬述所献。后来经过玄宗润色并制歌词。那细腻、婀娜、优雅、轻柔的舞姿，那些"云髻峨峨，修眉联娟，丹唇外朗，皓齿内鲜"的舞女歌伎，其形态"翩若惊鸿，宛如游龙。荣曜秋菊，华茂春松。仿佛兮轻云之蔽月，飘摇兮若流风之回雪"。可谓动人心魂，摇人心旌；那舒曼、轻盈、富丽华瞻的乐曲，又让多少人回气荡肠，如梦如幻！

李频有诗云："闻君一曲古凉州，惊起黄云塞上愁。秦女树前花正发，北风吹落满城秋。"凉州曲调苍凉、悲哀、深沉、婉转、动人。所以《隋书·音乐志》评价"掩抑摧藏，哀音断绝"。

唐代的"九部乐"中"西凉伎"是北魏太武帝平定河西一带时所得。这雄浑健美的西凉伎，糅合了汉、羌、月氏、羯、鲜卑、匈奴诸多民族的文化因子，到了隋唐时期发展成型，成为一部大型歌舞。在节日庆典、祭祀或皇上祝寿时演出，乐队庞大，衣着华丽，阵容雄壮，气魄宏伟。那是一个大时代精神的象征，是一个民族意志强旺、意气昂扬、情感澎湃的喷发，是一个风雷激荡的民族魂的展示。

据资料载：其乐队设编钟、编磬、弹筝、掐筝、卧箜篌、竖箜篌、琵琶、五弦、笙、箫、筚篥、小筚篥、笛、横笛、腰鼓、斋鼓、檐鼓、铜钹、贝等乐器组成，是多种乐器的交响曲、协奏曲，是多民族的大合唱。演奏时繁弦急响，雄风浩荡，展示了盛唐时代壮美雄阔的气魄和气吞八荒的大唐胸襟；给人一种征服一切，战胜一切，所向披靡的英雄气概和凛然难犯的浩然正气。

现在流行于全国各地的狮子舞，据说脱胎于“西凉伎”。这是一种民间舞伎，粗犷、豪放、通俗、活泼的风格，尤受百姓群众的喜闻乐见。白居易有诗赞曰：“西凉伎，西凉伎，假面胡人假狮子，刻木为首丝作尾，金镀眼睛银帖齿。奋迅毛衣摆双耳，如从流沙来万里。紫髯深目两胡儿，鼓舞跳梁前致辞。”这短短几句，把西凉伎从角色、内容到狮鬣飘扬的形态、装饰写得入木三分，栩栩如生。这种恣肆汪洋、海立云垂的气韵，也流泻出盛唐时代的欢忭之情。

五

那是一个月色融融的春夜，边塞的月亮又大又圆又富有质感，清凛凛的月光照耀着边城和山野。“凉州三月半，犹未脱寒衣。”但毕竟是暮春时节了，料峭的夜风里夹杂着泥土的清香和树木花草萌发的气息。春夜的武威，灯火辉煌，市声喧嚣。我漫步街巷，一片片商店、酒肆、咖啡馆、网吧、舞厅，人影飘动，熙熙攘攘。流行歌曲在大街小巷横冲直撞，却不闻胡人的琵琶羌笛；舞厅里传来探戈、伦巴强烈明快的节奏，却不见凉州乐伎婀娜优雅的舞姿，没有凉州曲的悲怨苍凉，没有凉州词的雄沉宏阔，更没有“此时秋月满关山，何处关山无此曲”的场景。一切远去了。那些在酒肆茶楼狂吟浪饮的诗人，只留下几首凉州词，便悄然地消逝在历史的幕后，大唐帝国的盛世遗风连点踪影都难寻觅，因为这里不再是边塞重镇了。造物主早把一段盛世的历史撕下来深深地埋葬在时间的泥土里，很难萌发出新的故事，新的传奇。葡萄美酒依然醉人，但酒醒处，却不闻肃杀的秋天和动地的鼙鼓；边塞的雄风、古战场的豪情已随着夜气浸入灯红酒绿里，也难怪，那商店门外张贴的广告，是时髦性感的女郎。只是千年的古月依然照耀着这穿越了风雨千年的古城。

我走向郊野。旷野上是千里沉寂，千里沉默。高邈深邃的夜空，一天晶莹闪烁的星斗，裹着寂寞裹着孤独的祁连山，依然呈现出狂飚卷澜般的雄姿，庄严、沉郁、凛然，绵延千里，每一座山峰都高贵地矗立着，平静而肃穆，从容而大度。我边走边默吟着王之涣、王维、高适、岑参的边塞诗，我只觉得一股哀婉悲怆的情绪弥漫在胸中。岁月匆匆，历史匆匆。一种失落感萦绕在心头。失落了什么呢？汉唐的雄风浩荡？拓边扩土的霸业？辟地有德的将帅，甲胄有劳的士卒？金戈铁马、尸陈荒野的悲壮，刀光剑影铸就的历史辉煌？抑或是那种充塞天地之间的至大至刚的浩然正气？天籁的恢弘，物语的奥妙，使我的脑海忽然飘忽起一缕禅意：生命的轮回，历史的轮回，人生的轮回，似乎这是一种宿命，是一个千古之谜。是人类撼动了历史？还是历史推动了人类社会发展的脚步？

望着月光下的巍巍祁连山，望着远处隐隐的长城、烽燧、垛堞，还有身后的边城，我肃然起敬。感谢武威，感谢古凉州，我应该脱帽叩首。是凉州这个伟大的支撑点，支撑着汉唐历史的一页苍穹，支撑起中华民族一个辉煌的时代，中华民族数千年的文明史、文化发展史，有谁能像你一样既具有镞矢如雨、战马长啸的战争画卷，又具有汹涌的诗情、滂沛的乐章？

2001年6月

杭州的柔和与坚硬

一

湿湿的阳光，湿湿的风，细心地调和着这座城市的情绪，不浮不躁，不叱咤、不纵横，连空气里都弥漫着一种温馨、平和、淡定的元素。山绿得滴翠，水绿得流碧，山的刚强，水的温柔，山的肃穆，水的缱绻，构成一种美的和谐。

一走进杭州我就感到眼花缭乱，幻觉丛生，那水光潋滟，那山色的空蒙，那春花秋月，那春柳夏荷，是抄袭了唐诗宋词，还是唐诗宋词临摹了它的神韵？一切都那么陌生，又那么熟谙，连钱塘江的大潮都不知是源自柳永的词意，还是发自苏东坡的诗韵？

杭州是一座多才多艺的城市。

杭州是一座多姿多彩的城市。

鲁迅不喜欢杭州，他说杭州是个阴柔的城市，并规劝郁达夫不要迁居杭州。鲁迅的观点有正确的一面。的确，杭州弥漫着粉黛之气，阴柔之气。“波渺渺，柳依依，孤村芳草远，斜日杏花飞”，一派南国水乡的旖旎风光。那里市列珠玑，户盈罗绮；那里三秋桂子，十里荷香；那里烟雨霏霏，水蜿蜒，山隐约，谁能不陶醉沉溺于天堂圣境里？

“山色空蒙雨亦奇”，这简直是杭州的土特产，是江南独特的景观。下雨了，或春雨潇潇，或秋雨霏霏，山、湖、树木、房屋，都罩进一片烟雨中，若隐若现的雨纱，更增添了杭州的灵气、仙气、女性的娇气，空气里似乎飘荡着千年积淀的爱和美丽。

我再次造访这个南国名城，正是秋天下雨的日子，连绵秋雨迷迷蒙蒙浸润着城市，天潮潮，地湿湿，天上飘着雨丝，地上淌着溪流。雨丝斜斜地飘，斜斜地飞，如帘如幕，如梦如幻般的空灵迷离。到西湖看看，在这烟雨里荡舟泛湖，那简直是一种行为艺术或是一种艺术审美，人在画屏中，舟行幻景里。沿着苏堤、白堤走一走，杨柳堆烟，湖水泛碧，静得不起波皱，雍容平和，宛如处子，山如青黛水如绸。

湖是静水一潭，江是奔腾一川。江河的生命有方向感，有精神向度，有追求的目的；湖则失去了方向感，也缺乏精神追求。她囿于一方，静是静了，却丧失了生命的奔腾之势、生命力之张扬。

西湖是山水的尤物，而桂花又是杭州的芳魂，那浓郁清新的桂花香飘满湖面，弥漫在大街小巷，整个杭州都在诗风词韵中，飞扬着自己的灵感。望着烟雨中的湖水，雨霭朦胧，云雾朦胧，一只只画舫在烟波里款款地游弋而来，船上不时传来女子银铃般的笑声，恍惚间，我看见湖桥上走来一对衣袂飘飘的男女，顶着一把油纸伞，碎步蹒跚，那是许仙和白娘子吗？袅袅的身影，出现在袅袅的柳浪中，隐隐传来柔婉的唱腔……那油纸伞下承载着永久的承诺。痴情的湖水不会因爱的真诚热烈而干枯，高高的雷峰塔却因强烈的“爱震”而倒塌。白素贞能否与她日夜思念的郎君终成眷属？而今雷峰塔的重建，是否再次摧残爱的幼芽？烟雨中的山，烟雨中的塔，动人传奇，美丽的爱情故事，依然感动着一代代后人。

二

我漫步在苏堤上，湖水轻轻地叩击着岸石，发出燕喃莺语般的声音。堤上植满杨柳，柳丝亭亭拂拂，依依冉冉，如爆如帘，如喷泉，堆绿生烟。西湖的春天给人欣慰的温暖，夏天给人一袭清凉，秋天送去一片萧条，但不伤感。走在堤上，我眼前总是幻出一个少女的身影，长裙曳地，发髻高耸，佩环叮当，衣襟窸窣，袅袅走来，那不是苏小小吗？大凡性格阴柔的城市总是绵绵不绝地飞扬着爱的烟花。

苏小小是南朝的名妹佳丽，南国一颗红豆，让千百文人墨客夜不能寐，辗转难眠化为一首首相思的绝唱。她有一首诗，千百年来传诵不衰：

妾乘油壁车，郎骑青骢马。
何处结同心，西陵松柏下。

苏小小风流美惠，国姿天色，倾倒天下男子，十五岁艳名远播，十七岁遇情郎，爱恨离愁未成眷属，十九岁正是如花年华，玉殒香断，只留下芳魂一缕，伴随着青山绿水。苏小小性情柔中有刚，不愿嫁给达官贵人，甘愿流落秦楼楚馆，成为大众情人。

苏小小和阮郁有过一段情缘，西湖的杨柳一抹春色，“春林花多媚，春鸟意多哀。春风复多情，吹我罗裳开”。但是繁华如梦，烟花易散，两个人并未走向婚姻的殿堂。一株临水摇曳的水仙，只能用清香弹奏一曲千古词韵。

唐朝的诗人杜牧、刘禹锡，路过苏小小的墓都诗兴大发，写下动人的诗章。苏小小是人是仙还是妖，都不重要，但留下一个少女追求自由展示个性的形象。她有山水之灵性，天地之造化，是文人雅士的一个梦，是水中月，是镜中花，一个美丽的传说，是美的礼赞。她不愿囿于富贵之家，做一只金丝鸟，囚在金丝笼里，她向往自由，愿放逐在大自然山水之中。她是一个精灵。“人之相如，贵乎知心，岂在财貌？何况我爱西湖水，假如我身入室屋，岂不从此坐井观天！”苏小小以歌妓为生，终日与文人雅士诗酒唱和，看破了红尘，抛弃了世俗，一只自由的金丝雀在青山绿水中飞来飞去，她的歌声使白云停留，使湖中的鱼儿浮上静听。她高洁高傲的人格使才华盖世的男人彩云追月般缠绵在她身边。她死后，芳魂不散，缭绕在杭州山水云气间。

这芳魂竟然穿越数百年，来到大宋朝，司马光的从孙司马才仲曾做梦梦见苏小小。苏小小在他帐前唱一首歌：

妾本钱塘江上住，花开花落，不管流年度。燕子衔将春色去，纱窗几阵黄梅雨。

斜插犀梳云半吐，檀板轻敲，唱彻黄金缕。望断行云无觅处，梦回明月生南浦。

这纯粹是荒诞的故事，是司马才仲写的一首相思词，哪里是苏小小的歌音？你看西湖的才女一直波荡到宋朝文人的梦中，真是人间尤物。

这梦长长的，你无法唤醒梦中人。

杭州的柔婉更多地表现在文人墨客的诗文上。

白居易出任杭州刺使正是唐宪宗元和十五年夏（820），宪宗驾崩，穆宗登基之际，朝野紊乱，朋党纷争，互相倾轧，穆宗皇帝又不是励精图治的角色，穆宗实际上是宦官拥立的皇帝。他荒淫放荡，沉溺于酒色，不管朝政，朝廷更加昏暗。官僚们互相倾轧，一般朝士各有攀缘，白居易不愿意卷入矛盾的漩涡，主动提出外放，皇上任他为杭州刺史。

白居易在杭州时也的确为民办过一些好事实事，譬如李泌任郡守时开凿的六井，后因年久失修，皆堵塞失用。白居易为解决百姓饮水问题，加以疏通淘浚。白居易生性风流，任期期间偎红依翠，带着歌妓舞女泛舟西湖，五天五夜不归，放荡之极，世所罕见。他游山玩水，参禅、学道、饮酒、征歌、逐色，写了大量的艳诗，淫言媟语，再也看不到中青年时期那些关心民瘼、针砭时弊、忧国忧民的讽喻诗了。他变得颓废、消极，只求享乐，他在杭州写过一些脍炙人口的诗，如《钱塘湖春行》：

孤山寺北贾亭西，水面初平云脚低。
几处早莺争暖树，谁家新燕啄春泥。
乱花渐欲迷人眼，浅草才能没马蹄。
最爱湖东行不足，绿杨阴里白沙堤。

那是早春时节，春水新涨，杨柳泛绿，在山色空蒙、水光潋滟中，早莺新燕飞来飞去，莺声呖呖，燕语喃喃，唤醒万物从沉睡中苏醒过来，乱花迷眼，春草萋萋，一片生意盎然。孤山在后湖与外湖之间，峰峦耸立，上有孤山寺，也是游览胜地。

白居易在杭州任职三年，写了大量吟咏杭州山水的诗词，他有一首《忆江南》词，可谓传之千古的绝唱："江南忆，最忆是杭州。山寺月中寻桂子，郡亭枕上看潮头。何日更重游！"

其实白居易诗中写的白沙堤和现在流行的白堤是两回事，在白居易未任杭州刺史前就有白沙堤，人们为纪念白居易将白沙堤改名为"白公堤"，巧在都有个白字，很自然，白堤便流传开来。

杭州给白居易留下难忘的记忆，一山一水，一草一木，为官三年，一朝离去，心中充满无限恋情："处处回头尽堪恋，就中难别是湖边"，"未能抛得杭州去，一半勾留是此湖。"

唐朝杰出的女诗人李冶是与杜甫同时代人，她存诗十八首，刘长卿却称之为"女中诗豪"，李冶诗《明月夜留别》意境开阔，情采飞扬：

离人无语月无声，明月有光人有情。

别后相思人似月，云间水上到层城。

李冶是浙江人，我想这首诗很可能在杭州写的，是写西湖之月的，明朗而朦胧，辽阔亦深远。也许西子湖的三潭月，平湖秋月，激发了诗人的灵感，诸多情愫涌满心头，不吐不快。月夜清宵，往往是佳人们相会的良辰美景，也是怨妇思君的绝佳之时。当然也是少女怀春之际。天上明月，地上佳丽，春宵一刻，明日将天各一方，能不悲伤，思绪绵绵？人生自古伤离别……

我想，那天夜晚，少女李冶和情人泛舟西子湖。月华如水，凉风习习，水光月色，湖波浩渺，湖天空阔，一种梦幻的美，一种扑朔迷离的美。李冶望明月而生情，写下这首小诗，是很自然的了。

三

得山水之趣味者，白乐天之后便是苏东坡。苏东坡曾两次来杭州任职，一次是杭州通判，即副市长兼法院院长；一次是知州，就是杭州一把手，前后六年。杭州山水赋予了苏东坡不少诗文，更有趣的是，他在这里结识了与湖山并秀的王朝云，成为他人生最后的伴侣。朝云，钱塘人。苏东坡是在一次宴会上认识朝云的，朝云时年十二岁。十二岁的小姑娘，天资美丽，聪明伶俐，能歌善舞，又擅琵琶，颇受苏大学士喜欢，便将朝云赎身脱离官籍，收为家中侍女。苏东坡原配夫人王弗早逝，后夫人王闰之是王弗的堂妹，对朝云也颇喜爱。苏东坡便让朝云姓王，随夫人姓。王闰之也天不假年，苏东坡被贬惠州后，便命归西天。朝云自然成为苏东坡的侍妾，苏东坡也爱朝云，写下好几首诗词歌咏朝云："琵琶绝艺，年纪都来十一二。拨弄幺弦，未解将心指下传。”

苏东坡在杭州任知州时，不携名妓即名僧。潇洒放荡，度过他仕途中最动人的岁月。杭州山温水暖，林木葱郁，湖光山色，一片锦绣。苏东坡非常热爱杭州山水之美。这里一石一木，一花一草，常激发他的灵感。他诗潮澎湃，赋诗填词，倾泻对大自然的情愫。他的诗思弥漫在山野江湖之间，泼洒在林木葳蕤花草繁华之中。苏东坡常常放足杭州城外，古刹名寺，古墓碑亭，芳林野水，都是游乐之地。杭州山水之美令他无比惊叹，三年间他几乎游遍了杭州山山水水，名胜古迹。他大发感慨。甚至想到死后愿葬杭州："平生所乐在吴会，老死欲葬杭与苏。”杭州、苏州都是如诗如画的人间天堂。苏东坡对西湖的感情更笃，常到湖中“望湖楼”上宴饮。西湖岸柳依依，笼烟堆翠，湖面上波光浩渺，阳光朗照，点金飞银，更是风光醉人。熙宁五年（1072）六月二十七日，苏东坡和几个朋友在湖楼相聚，一边饮酒，一边观赏风景。忽然狂风大作，乌云磅礴，大雨如注。南国的天气就是这样，霎儿风，霎儿雨，霎儿晴。瞬间风停雨息，一片残荷零乱。苏东坡诗情大发，一连写了五首诗，描述了西湖夏日雷雨的景象。“黑云翻墨未遮山，白雨跳珠乱入船。卷地风来忽吹散，望湖楼下水如天。”这首诗并非苏东坡诗的代表作，却道出苏东坡对西湖的爱。

苏东坡常带随从，从西湖出发，沿北岸到灵隐寺、天竺顶；或由南岸出发到葛岭，在虎跑泉品赏名泉沏的名茶。西湖和城郊有寺院三百六十多处，他的衣摆和袈裟飘动在一起，他的笑声常回荡在禅房里。他和高僧大师谈经论佛，滔滔不绝，口角生风；有时又出现在乡野酒肆，和樵夫闲话桑麻，陶醉于山水之乐，沉溺在自然之美感。游累了便在寺院里竹躺椅上呼呼大睡，鼾声如雷，声震屋瓦。传说，小和尚见他背上有七颗痣，排列有序，像北斗七星一样，颇感惊奇。老和尚说，苏东坡是天上星象下凡，在人间暂时作客。苏东坡在杭州留下多少诗文我未统计，但我知道他离开杭州写过一首诗，给后继任者晁端彦介绍游历杭州应该注意的事项，实际上是一篇导游词，很长，我只引录前四句：

西湖天下景，游者无愚贤。
深浅随所得，谁能识其全。

下面逐一介绍名胜古迹，游览景点。

虎跑泉位于西湖南隅白鹤峰下，泉水甘洌醇厚，与龙井茶并称西湖“双绝”。苏轼在病中也不忘虎跑泉，有诗云：“道人不惜阶前水，借与匏樽自在尝。”

锦山秀水的杭州给诗人无限的灵感和慰藉，而苏轼又为杭州人民做了许多好事，留下丰厚的政绩，将杭州喻为苏轼的第二故乡并不为过。

杭州由唐宋两大诗人白居易、苏东坡出任刺史和太守而闻名天下。这是杭州的福分，而后者两次杭州任职，更添了杭州的知名度。“上有天堂，下有苏杭”，不仅是指山川秀美，风光妖娆，更令人歆羡的是人文历史的深厚，诗词歌赋的丰赡。潮起潮落，载沉载浮。杭州确实是文人墨客歌舞升平之地，才子佳人流连风月之场，西湖畔有梅妻鹤子的林和靖的孤山，有镇压白娘子的雷峰塔，雷峰塔上看落日夕照也是一大景观。苏堤春晓，平湖秋月，柳浪闻莺，断桥残雪，南屏晚钟，曲院风荷，三潭印月，还有湖畔桂树香樟，风帘翠幕。树上栖一只鸟，载一朵云，或垂下一片蔼蔼清荫，都是诗画的集锦。

这里吴越娇娃，南国佳丽，个个花容月貌，人人妖娆，杨柳舞风一样的柔情绰态，隔花莺啼娇滴滴的话语……怎不使那多情公子、文人雅士流连缠绵。

我从来不相信文人编排的什么八景、十六景，甚至四十八景，这是文人的无聊之作，鲁迅也很反感，说是硬凑数。俗话说看景不如听景，听景是经过文人墨客艺术加工的景观，带有主观审美色彩。

杭州的确是一个美丽的城市，山婉约，水明艳，歌台舞榭，亭园曲槛，勾栏教坊，酒肆店铺，应有尽有。南宋时期，杭州达到鼎盛时期。整个杭州成为一个大花园、大都会、大舞台。可谓家家灯火，户户管弦。有位诗人林升写道："山外青山楼外楼，西湖歌舞几时休？暖风熏得游人醉，直把杭州当汴州。"

风烛残年的南宋王朝在西子湖畔，柳浪丛中歌舞升平，风流慷慨地苟且偷生。壮士的长啸，猛将的高歌疾呼，在社稷危亡国运衰祚中，怎能惊醒满朝朱紫的梦呓？又怎能震撼一颗颗麻木的灵魂？岳武穆的那热血，那激情，那惊世之作，能乱了西湖舞步？能止断声声弦歌？

杭州是以西湖为主体的城市，漾漾湖水飘逸着灵气和怡人的女人味。南宋迁都，更注入汴京文人墨客的文弱柔腻基因。那风中烟柳，那映日荷花，那清馨月色，那画舫兰舟，都有一种脂粉气、女人情。名媛才女、名姝佳丽，个个兰心慧质，舞低杨柳楼心月，歌尽桃花扇底风。鲁迅奉劝郁达夫不要居留此处，担心郁达夫会沉迷在花柳丛中，醉倒娼楼妓馆，染上西湖的烟水气，写不出气势恢弘、阳刚雄健的诗文。鲁迅的意见，颇具一定道理。这里的风太柔，这里的水太软，千百年来孕育的越人软语呢喃。这里的园林只适合散心，没有谁闻鸡起舞，横戈执戟，抚剑长啸。吟咏西湖的诗人太多了，唐朝的不说，宋朝的柳永、林和靖、王安石、苏东坡、周邦彦等等，连大名鼎鼎的欧阳修晚年也栖居于此，他的《六一词》大都是在杭州作，作品多为男女恋情，儿女私情，甚至床笫之欢的淫诗艳词。"残春一夜狂风雨，断送红飞花落树。人心花意待留春，春色无情容易去"。（《玉楼春》）"别来已隔千山翠，望断危楼斜日坠。关心只为牡丹红，一片春愁来梦里。"这里红残花落，斜日栏杆，春光易逝，春梦闲愁，看似吟咏自然，实则情有所寄。最有代表性的是歌咏西湖风光的《采桑子》十首："谁知闲凭阑干处，芳草斜晖。水远烟微。一点沧州白鹭飞。"格调清新，语言精美，是写西湖山水的上乘之作。多少诗人钟情西湖，诗词歌赋写遍了杭州的山山水水。不知是这山这水启悟了诗人的灵感，还是诗人赋予了杭州山水的诗性。

北宋时期，由于王朝重文轻武的国策，使得整个国家变得温婉低靡，骨骼软弱，毫无阳刚之气，文人墨客，把艳词丽句揉搓得醉人迷人，把笔墨调润得柔和、衰弱、哀婉，常以艺术题材竹、石、梅、兰、水仙、藤萝抒写情怀，诗词创作追求绵丽蕴蓄，缠绵悱恻，婉约、脂粉气很浓。宋朝一开头就是一个亡国之君的悲情抒怀，整个宋王朝都笼罩在一片凄婉的氛围中。文学艺术是时代精神的折射，也是诗人艺术家心灵之光的映照，其审美取向不是朝着粗犷、豪放而是向着文秀、雅致方向发展，温柔细腻、典雅含蓄，以此陶冶人们的性情，哪能是北方游牧民族金戈铁马、雄悍强健的对手？

到了南宋，文人的精神追求更是趋向残缺美、含蓄美，精致化、世俗化、内敛、收缩、雅致、低婉，一派夕阳西下、残山剩水的苍凉。虽有辛弃疾、陆放翁的披肝沥胆、折金裂石之声，却也淹没在斜阳正在烟柳断肠处的靡靡之音中了。

四

江南是个蕴藉深厚的词，它身后是大片的水光潋滟，是潺潺湲湲的流水，是热热闹闹的杏花，是霏霏潇潇的春雨，是泛着青光的小镇石板路，是记忆，是想象，是唐诗的幽香，是宋词的风情，是苦涩的爱情，是温柔的吴侬软语，是缠绵逶迤的藤萝和桂花的馥香，是香樟树的气息，是菰蒲的摇曳、水藻的袅娜，江南处处铺满米氏的水墨山水……

我在杭州寻寻觅觅，在历史深处打捞没有被风化、软化的残章断简，温柔的杭州仍然有豪气和浩然之气，且不说越王勾践卧薪尝胆图新励志的故事早已化为这座城市的基因。走进逶迤跌宕林木葱郁的山中，会摭拾到越王铸剑的故事。樵夫渔夫，山野之人在大山深处升起炭火，炯炯的目光盯着炉中的铁锭化为寒光闪闪复仇的利剑。一股阳刚之气仍蒸腾在山水间。

春秋时著名的铸剑大师欧冶子，他不仅懂得镶嵌技术，且能用金、银、锡等混合，熔加外镀防止剑生锈。他为越王铸了五柄宝剑：湛卢、巨阙、胜邪、鱼肠、纯钧。剑戟铿锵，使一个行将倾圮的王朝，焕发生机，置敌人于死地。

北宋王朝的覆灭并没有引起南宋小王朝的历史反思，南宋并没有接受历史的血腥教训，主战派与主和派仍是南宋王朝激荡、撞击的主题。阴柔与刚强，诗情与战火，豪迈与低婉，仍然是山水自然之美与“还我山河”的对峙和争斗。主和派一味的屈辱求和，向金国纳贡赔款，也就是用金钱买平安。对金朝来使宣读文本，宋高宗赵构必须匍匐在地，以儿臣的姿态来接受诏书。南宋抗金的四大名臣都惨死在巨奸大恶秦桧手下：功高盖世的岳飞，屡遭贬谪的李光，在开封保卫战中屡建战功的李纲，为反对议和绝食而死的赵鼎。

岳飞率领岳家军转战南北，与金军交兵屡战屡胜，敌人闻风丧胆，连金兵元帅兀术都发出了“撼山易，撼岳家军难”的感叹。绍兴十一年（1141），岳家军大破朱仙镇，收复中原在望，但以宋高宗赵构、奸相秦桧为首的投降派，却连发十二道金牌，将其召回，并解除兵权，同年又以“莫须有”的罪名逮捕入“大理寺狱”。于是出现一出惨不忍睹的悲剧：赵构派大力士进入大牢，佯称让岳飞洗澡，骗至刑房。大力士用铁锤猛击岳飞两肋，肋骨断裂，五内俱裂，岳飞口吐鲜血而死。岳飞刑前已写下“天日昭昭，天日昭昭”八个大字，卒年三十九岁。二十年后，孝宗即位，为其昭雪，赐谥武穆，宁宗时封为鄂王，理宗时改谥忠武。

岳飞墓在杭州栖霞岭。

有了岳飞墓杭州便增添了一份骨气。

岳飞不仅是武将、元帅，还是一位诗人、书法家，可惜诗词存世不多，且都是气壮山河爱国词章。千古流传的名篇《满江红》，可以看到岳飞对敌寇的无比痛恨，对国耻的悲愤，对恢复中原故土的坚定信念，大有“不破楼兰终不还”之势。一个忠心耿耿、气贯日月的民族英雄形象卓然而立。后世诗论家大加称赞：“何等气概！何等志向！千载下读之，凛凛然有生气焉。”

襄阳大捷后，百姓欢欣鼓舞，岳飞也想趁此良机，乘胜长驱直入，收复更多失地，这时朝廷却召岳飞班师回朝，岳飞心怀悲愤，当时驻军武昌，岳飞登上黄鹤楼，触景生情，写下《满江红·登黄鹤楼有感》：

> 遥望中原，荒烟处，许多城郭。想当年，花遮柳护，凤楼龙阁。万岁山前珠翠绕，蓬壶殿里笙歌作。到而今、铁骑满郊畿，风尘恶。
>
> 兵安在？膏锋锷。民安在？填沟壑。叹江山如故，千村寥落。何日请缨提锐旅，一鞭直渡清河洛。却归来，再续汉阳游，骑黄鹤。

岳飞站在黄鹤楼上，凭栏遥望，故国山河一片破碎，中原满目荒芜，激愤之情油然升起，恨不得挥师北上，歼灭胡虏，收复中原，统一大江南北。

其实在杭州南宋小朝廷，像岳飞这样耿耿精忠的人物很多，诗人胡铨便是抗战派的一面旗帜。胡铨是个刚直果敢的人，坚持抗战主张，每次见到皇上必谈恢复中原之大事。有人劝他和大多数人保持一致，那意思是朝廷大多数是主和，你何必主战？胡铨激昂慷慨，“只有断头将军，无投降将军！”

胡铨曾指名道姓地揭发投降集团的首要分子秦桧、王伦、孙近三人的滔天罪行，并毅然表示“义不与桧等共戴天。区区之心，愿斩三人头，竿之藁街”，并主张“羁留虏使，责以无礼，徐兴问罪之师”，否则，“臣有赴东海而死耳，宁能处小朝廷求活耶！”胡铨疾恶如仇的高风亮节，大义凛然的骨气，惊星憾月，感天动地，那种置生死于度外的忘我境界，飞如同征战沙场、马革裹尸的将军，至今读来仍令人肃然起敬！

胡铨还写了大量诗词，表达抗金、誓扫胡尘的豪情壮志。胡铨得罪于秦桧卖国集团，被贬被谪。胡铨被贬途中，来到长江岸边，押送他的兵丁突然抽出利剑，想一剑结果他的性命。胡铨大义凛然、视死如归的英雄气概反而震慑了兵丁的歹念，使之不敢轻举妄动。

那时活跃在杭州的文人墨客，也以诗词做武器，投入反求和、主抗战的斗争中。张孝祥、张元干等人对高宗赵构信奸佞、杀岳飞、订和议极度不满，发出：“天意从来高难问，况人情易老悲难诉”的感叹。1141年张孝祥得悉高宗赵构杀害岳飞，并签订《绍兴和议》，悲愤之极写下著名词章《六州歌头》：“闻道中原遗老，常南望，羽葆霓旌。使行人至此，忠愤气填膺，有泪如倾。”张孝祥虽没有仰天长啸，却发出“幽咽之声”，也是很沉痛的。一次次收复失地、重振宋王朝的大好时机都葬送在投降派手中，付之东流，能不激起抗金将士、爱国诗人的悲愤和怨怒？爱国志士请缨无路，报国无门，中原父老“南望”王师之急切心情，怎能不使诗人们“忠愤气填膺”！

谁言杭州山暖水温，一派阴柔绵软？杭州的刚烈，杭州的悲壮，杭州的复仇烈焰曾燃烧每寸江河，每片山林。杭州曾停泊过一个屈辱的小王朝，但杭州没有媚骨，却有披肝沥胆的情怀；杭州曾弥漫过低靡、幽婉、醉生梦死的雾霭，但也有烈日当空、凌云之气、“雪洗虏尘静，风约楚云留”、湖海生豪气的氛围；也有过“剪烛看吴钩”、“醉里挑灯看剑”的悲肃，以及怨深仇重的沉郁情绪。

这是支撑城市的钢铁骨架。

五

我漫步在西湖三台山麓，这里风景秀丽，林木蓊郁，满山流光溢彩，那浓绿的叶子，厚墩墩的，密密的。阳光的脚步比猫步还轻，跌进树丛里被摔得粉碎，满地是一片片大大小小的菱形、圆形、方形、多边形的光斑，泄露了上天的秘密。

山径蜿蜒，游人很少，风吹来林涛澎湃作江河之声，这是大山深处孤独的歌唱。这里安葬着明朝一位政治家、军事家于谦的灵魂。祠堂那尊高大的塑像，伟岸、肃穆，目光深邃，正气凛然，使人望一眼竟感到自己形秽藐小。

于谦是钱塘人，生于斯，长于斯，终老于斯。他的一生大起大落，使明王朝的历史充满悲剧性。于谦少年壮志，青年仕进，勤政廉洁，保卫京师，永垂青史的高风亮节和悲壮人生不是给杭州抹上一道血性的色彩吗？

走进于谦祠，石碑牌坊有一副楹联，上书：“血不曾冷，风孰与高”。另一副楹联更说明杭州既有花明草绿的阴柔，更有惊涛裂岸的阳刚：“赖有岳于两少保，人间始觉西湖重。”岳飞三十九岁的人生官至少保、枢密副使。无独有偶，于谦亦官至太子少保兼兵部尚书，二位少保皆功高盖天，而又含冤被害，且归葬于山明水秀的西子湖畔。谁说西子湖只漾起鱼鳞般细纹？谁说湖畔杨柳只会随风依依？“湖海平生豪气”，依然荡漾这山水间，关塞如今风景依然展示世人面前。这里也曾有“骇浪与天浮”的壮烈。

“千锤万凿出深山，烈火焚烧只等闲。粉身碎骨全不怕，要留清白在人间！”这是何等高洁的情操，何等光明磊落的人格！

西子湖畔有了岳王墓、于谦祠，那些莺歌燕舞烟花的浪漫，只是疏烟薄雾的缭绕，而发自大地丹田，源于湖山肺腑的依然是浩然之气！

在“土木之变”时，满朝朱紫惶惶如热锅上的蚂蚁，皇戚贵胄哪个不失魂落魄，要举室南迁。于谦一柱撑天，挽狂澜于激流，组织京城兵民，指挥大军抗击瓦剌匪兵的进军，在血与火中保卫了京城，并沉着大度地安排朝事，推出新皇，这是定海之针，天下以免大乱。

但于谦并无善终，当瓦剌释放英宗回到京师，英宗不仅不感激于谦的大勇大烈，守住了朱家江山，反而以谋逆之罪，将于谦杀害，这简直是惊天奇冤！

于谦祠多次毁于战火、地震，杭州人不会忘记于谦，毁了修，修了毁，毁了再修，这是西湖之魂，是城市之魂！

“江山自雄丽，风露与高寒。”“幽壑鱼龙悲啸……海气夜漫漫。”张孝祥写在抗金前线镇江的词《水调歌头》，其词意移用到杭州亦很恰切。

阴柔与阳刚，轻薄与浑厚，清风与海气，婉约与豪放，浑然一体铸成杭州多元性格。

大宋朝从亡国之君李煜的悲戚低吟开始，到无名氏的咏雨词，实际上也是一首衰词，“破我一床蝴蝶梦，输他双枕鸳鸯睡”为止，结束了一个王朝辉煌与荏弱、光荣与屈辱。梦醒后，已是山河破碎，“一川风月谁为主”了。

六

杭州左江右湖，又面临东海，不仅有西湖之柔美，还有钱塘江之壮美，东海大潮惊涛拍岸之苍莽美。

钱塘江在这里流向大海，这是南国的一条著名的江河，上游是郁达夫赞美的富春江，富春江的上游是新安江。新安江发源于皖南的群山万岭中，一路穿山越岭，奔腾而至杭州。

杭州处处流翠泻绿，草木葱茏繁茂，叶片肥厚，色相饱满。远山近岭湿雾氤氲，气象翻腾，形势浩荡。

杭州人很懂得生活，也会生活，家家窗台上摆着造型千姿百态的花盆，花盆里是南国常见的花卉，那花有的温柔雅致，像一首首小令，但大多数花开得恣肆放荡，花瓣挺翘，显现一种傲气，一团团，一簇簇，红黄紫白，满枝颤巍巍，水珠盈盈。

杭州最壮观的莫过钱塘潮。苏东坡有诗云："八月十八潮，壮观天下无。"这算不上诗，只是句大实话，缺乏诗意和想象力，若不是出自苏东坡之口，怎能流传至今？

钱塘潮一扫杭州锦山秀水的阴柔婉约之气、粉黛之气，使天地间充满至刚至烈至强至大的雄气、豪气、苍莽之气。

那是怎样的一幅景象啊！

海苏醒过来，它要翻身了。远处在海天连接的地方，隐隐约约看到一道黑线缓缓移动着。这时太阳已沉沉西斜，残照里，那黑线似乎变成了一条横亘天地的巨龙，御风破浪，滚滚而来，哪里是移动？是奔驰！夹雷裹电，轰鸣着、吼叫着、呐喊着，天地间灌满大海沉郁的啸声。近了，近了，那海浪直立起来，雄气浩荡，一堵奔驰的水墙，一道巨浪筑起的万里长城向岸边奔来，大地撼动，群山颤栗。潮水传来壮阔、令人惊恐的海天共鸣。越来越近，越来越响，潮水终于撞到海坝，越过高高的海坝，瀑布般的海水倾泼下来了！暮色降临，那潮水更是疯狂，更加恣肆，潮水拍打着堤坝，那摧枯拉朽、惊星撼月之雄势，那吞蚀一切，消灭一切之狂妄，人在它面前，显得多么渺小，多么卑微啊！

面临大海，耳闻目睹这壮观的海潮，这响彻寰宇的澎湃之声，回望灯火万家的南国之城，谁言杭州柔弱无骨？谁说杭州只是满城粉黛，一湖莺声燕语？谁说这个城市只有烟花万点？杭州的浩气、杭州的刚烈、杭州的雄健之风，依然弥漫在天地间！

这是一个英雄的城市！

大海呼啸着、奔腾着，带着凌厉强悍的北方气息钙化了南国名城。

我乘着月色又回到西湖岸畔下榻的宾馆，晚上睡不着，辗转在席梦思床上，只觉得杭州也像一张席梦思，温柔中有钢铁的弹性，钢铁的硬度、力度。

2014年12月

苏州夕阳又西斜

一

烟雨四月天，我来叩访苏州，简直像一头扎进一幅水墨滃然的山水画中。这是第几次来苏州？早在上世纪80年代初我来到过苏州，那流水、那小桥，那粉墙黛瓦的屋舍，那古樟老藤，那窄窄的小巷，给我留下镌刻在心的印象。后来又两次去苏州，彼时，苏州高楼多了，街道宽了，大运河御用码头修葺得漂亮气派了，但小桥还是那时的小桥，流水还似那时的流水，寒山寺的钟声还是那样悠扬、清古，夜泊的小船不见了，只闻涛声依旧，一首流行歌曲却风行华夏大地："带走一盏渔火，让它温暖我的双眼；留下一段真情，让它停泊在枫桥边……"诗意的苏州，古典的苏州，历经沧桑的苏州，依然散发着浓浓的唐诗味、宋词味、昆曲味。走进那幽长幽长的小巷，再撑一把油纸伞，顶着满天的霏霏潇潇的冷雨，你会疑惑走进唐朝、宋朝，迷失在梦里、幻里？

第一次去苏州，首选的景点当然是寒山寺，我是在唐诗里结识这座名刹古寺的。张继的一首诗，成了"千古不朽的失眠"，正因为这位落魄士子的失眠，这古刹才名扬天下，为苏州这座江南古城添了如许诗意。寒山寺门前，古运河蜿蜒而去，河上几座石砌的拱桥，彩虹般的动人，岸边古樟旧桐，老柳新杨，把河岸涂抹得绿意腾腾。寒山寺门口的桥就是枫桥，而对面的山叫孤山，又名愁眠山。这些物象、具象构成了张继的诗的元素。这是一幅情味隽永、幽静诱人的江南水乡的风景画。当霜月满天、寒意料峭的夜阑时，科考落榜的士子张继失眠，走出船舱，站在甲板上，怎能不诗潮涌动，怨悱丛生？那是凄清的秋夜，残月西沉，万籁俱寂，幽暗的河水闪烁着天上的星光月辉，天空是一片灰蒙蒙的光影，栖在枫树上的乌鸦像是受了什么惊，发出几声啼鸣。月落乌啼，霜天寒夜，江枫渔火，孤舟羁旅，又传来夜半寒山寺的钟声——这本身就构成一首悱恻诗的物象。这首诗的意境达到典型化至高地步，后人以此题写诗句，但无人企及。

我想象得出，那时寒山寺虽然香火很盛，但寺庙破旧，斑驳的墙壁，长满厚厚的苔藓，一地衰败的枯叶，寒山和尚袈裟破旧，面容清癯，眉目疏朗，长髯隆鼻，一副谦和模样。张继这次“夜泊”之前准来过寒山寺，说不定还见过寒山、拾得二位释家大师！

这诗意的物象，都散发着彻骨的孤寒，再加上夜半钟声，也渗透着宗教的清音，一种古雅庄严意绪便荡漾其中了。

张继存诗不多，《唐诗鉴赏辞典》中选其一首。怪哉，许多诗人只有一首诗便传之千古，张若虚的《春江花月夜》，王翰的《凉州词》，崔护的《题都城南庄》，王湾的《次北固山下》，徐凝的《忆扬州》，都以千古绝唱奏响在文学史上。看来诗不在多，而贵乎精。还有一个妓女——武昌妓的诗《续韦蟾句》，也赫然选进历代唐诗选本里。诗是生命的感悟，心灵的震颤，是天籁，“诗意本天成，妙手偶得之”。

苏州老辈子是吴国国都，春秋战国时代吴王夫差和越王勾践，在这里导演了一场腥风血雨、剑戈铿锵的战争，而西施在这场历史巨幕中扮演了一个极其重要的角色，范蠡又是推手，使得越王勾践最终灭吴，拿去吴王夫差的王冠，苏州从此再也没有扮演过王都的角色。但近代以来，苏州的地理位置使它成为南京与上海间重要棋子。或者说，它一肩挑着上海、南京两大都市。上海洋里洋气、霸道、纵横无忌，南京则是端庄肃穆、谨言慎行。你能一眼看透上海，但你难一眼看透南京。上海咄咄逼人，南京浑厚蕴藉，神龙见首不见尾。苏州小巧玲珑，小家碧玉。姑苏的斜阳使她温馨而温存，缠绵且悱恻。

二

苏州功底远比上海深得多，两千五百年的古都什么没见过？什么事没经历过？且不说春秋战国烽火烛天的岁月，就是唐、宋两大王朝，该江南名城已是人间天堂了。上海呢，唐时是荒凉的海滩，直到宋朝才出现一座荒凉的小渔村，用海草搭建的小茅屋，屋外竹竿上搭着渔网。一张破旧的芦席上晒着鱼干儿，几个衣服褴褛的渔人忙活着……早它几百年，刘禹锡就知苏州，堂堂的大诗人任苏州一把手，苏州的文化能不丰厚吗？

苏州是江南的经典。江南是个湿淋淋的词。幽长而逼仄的小巷，如虹的小桥，浮屠寺院、园林曲槛、木雕刺绣、卵石街道，娇小秀气的美女……白居易的山塘，唐伯虎的桃花坞，在这里尽显旖旎、婉约，素雅、浪漫，云情至美，风物至胜，水影花香，山光树色，轿从门前进，船在家中过，撑篙的汉子，浣衣的女人，更是风景里的人物。如诗如梦，真是《红楼梦》中所云："一等宝贵风流之地。"

那雨很柔，很清馨，绿了杨柳，清了湖水，揉蓝了山峰，洗净了砂石小径。那堆雪的梨花，铺金的菜花，灿烂了山野，妩媚了城池，真是"春光如酒"。

"江南好，风景旧曾谙，日出江花红胜火，春来江水绿如蓝，能不忆江南？"我走进深深小巷，寻觅唐宋诗人的踪迹。

韦应物出生于唐玄宗开元二十五年（737），那正是盛世之年，大唐帝国的诗章葱茏华茂时期，一个诗化的时代，诗星璀璨，光耀九州。他出生之年，孟浩然四十七岁，王维、李白同庚，年方三十七岁，杜甫二十六岁，青年诗人岑参二十三岁，元结十九岁，尚为"小荷才露尖尖角"的萌动状态，这是唐代诗坛上的黄金时代。

韦应物出身宰相之后，关中望族，世代簪缨，唐朝三百年一门出了十四位宰相，可谓势炎熏天。

韦应物——人称韦苏州，他知苏州是唐德宗贞元四年（788）九月以后。他来到苏州，江南山水，风光秀丽，于是兴奋地写诗道：“始见吴都大，十里郁苍苍。山川表明丽，湖海吞大荒。”

按照当时惯例，因苏州管辖州数较多，最多共计十州，一般派往苏州任刺史的往往是节度使，或观察使。江南诸州，苏州最为大，不像一般的州，是江南最富最大的州，是朝廷的粮仓，韦应物任苏州刺史是受重用的。

韦应物任苏州刺史期间，经常交往一些诗人、作家，往来频繁，常举行“热烈、隆重、朴素、高雅的作家宴会”。

顾况、孟郊都是他交往很密的诗友，诗筹酒侣，以至无迹失态，“神欢体自轻，意欲凌风翔”，那种欢忭之情，兴奋至致，是何等愉悦啊！后来，白居易做苏州刺史时，也对韦应物表现了“歆慕与尊敬”。韦应物本是个纨绔子弟，花花公子出身，但一当上官，便痛改前非，一本正经。他与诗僧也有交往，据说有一位姓谢的诗僧，是南北朝诗人谢灵运的后人，他二人常常泛舟游览湖光山色中，品茗赋诗，吟山咏水。韦应物对这位大诗人的后人非常仰慕，竟然受这位诗僧诗风影响。有诗为证：“茂苑文华地，流水古僧居。何当一游咏，倚阁吟踌躇。”这位诗僧离开苏州，到湖州做主持，韦应物又去湖州拜访。

此外，韦应物还结交了丘丹、秦系、章八元、崔峒等诗人。他厌倦官场庸俗的迎迓，灯红酒绿的宴会，虚伪的周旋，这些甚至让他感到烦闷、痛苦，一天官场生涯结束，夜间常常失眠。他的许多诗是夜间写成的：“空山松子落，幽人应未眠”，“幽涧人夜汲，深林鸟长啼”，“夜半鸟惊栖，窗间人独宿”。

韦应物晚年诗作中很少有歌舞声色的描写，这一点与白居易恰恰相反。四十岁以前的白居易，以讽喻诗闻名诗坛，大胆抨击社会的黑暗，鞭笞权贵的蛮横，关注民瘼，而到了晚年却沉溺声色，追逐安逸、颓废、奢靡的生活。

韦应物是名副其实的清官，这不仅在《答故人见谕》诗中有反映："常负交亲责，且为一官累。况本濩落人，归无置锥地。"当了三年苏州刺史，罢官交印后，居然没有旅费，长安有家归不得，只好在苏州城外一个偏僻的永定寺寄居下来，这可是大唐诗人的"奇事"。

四十二年后，又一位大诗人刘禹锡来苏州任刺史，这已是中晚唐时期，大唐已夕阳西下。

刘禹锡实际上出生在苏州，是伴着寒山寺的晨钟暮鼓、大运河的涛声浪韵长大的。刘禹锡祖上是匈奴人，后来随着魏文帝拓跋宏迁徙洛阳，后来又移居苏州嘉兴。

上海是喝咖啡、跳迪斯科的世界，苏州是摇着蒲扇子品茶、听昆曲的世俗社会；上海是花花公子、摩登女郎的十里洋场，苏州是潇湘女子、绣幌佳人幻境之地。一个张扬，一个内敛，一个热辣奔放，一个内秀矜持。太和五年（831）十月，唐文宗派刘禹锡赴任苏州刺史。刘禹锡初到苏州和韦应物大不相同，苏州正发大水，一片汪洋，庄稼、村舍、道路全淹没汪洋之中。"饥寒殒外，相枕于野。"刘禹锡因参与王叔文改革，得罪了朝野权贵，被贬逐京城。当时朝廷牛、李两党斗争激烈，他虽未介入两党争斗之中，但他与裴度关系较好，而受到牛党排挤。

刘禹锡到任后，风尘未抖落，便深入民间，走村串乡，划一条小船，到重灾区，访询疾苦，了解灾情，并奏请皇上，开仓赈饥，宣布黜免赋税、徭役。这两条措施，使得灾民人心安定，他带领灾民自救，挖沟开渠，排灌积水，抢种晚秋作物，将水灾损失降到最低点。刘禹锡并亲自跳到泥水里和灾民一起挥锨挖沟，使苏州人感动不已。很快生产得到恢复和发展，刘禹锡博得苏州百姓的爱戴。

其实，刘禹锡不甘心当一介文人，志在政治上有一番作为，但他奋斗一生，未骋素志，很是痛苦。仕途的风狂雨骤，命运的多舛蹇涩，在长期的挫折中，更磨砺了他坚毅顽强的气质。

白居易任苏州刺史是唐敬宗宝历元年（825）三月，那时白居易还有“秉国权，治天下”的宏志，他提出一套全面的政治改革策略，同样受到当权者的排挤，一直得不到中央政权的要职，在苏州任职三年，倒也兢兢业业为百姓办了实事。他也游山玩水，参禅、学道、饮酒、逐色、沉溺秦楼楚馆，想尽一切方法来平息内心的痛苦，麻木儿根醒着的神经。但来去匆匆，短短三年，也很难改变一个地区的面貌，作出重大政绩。苏州刺史以后白居易已步入人生的秋天，他的人生观发生了巨大的裂变，乐天知命，颓唐消极，诗酒奢靡追逐声色，追求安逸享乐，他的讽喻诗换成闲适、感伤的情调，而且大量的诗作是艳诗、淫诗，他的诗自此以后，丧失了战斗性和光芒。

苏州是诗城。唐朝的三大诗人，在此地任职，更添了苏州诗城的光彩。

三

苏州进入17世纪已是以画城而名闻天下。苏州画坛上的四大天王：沈周、唐伯虎、文徵明、祝允明，还有仇英、魏之璜、文嘉、李士达、王之千、江叔烈，都是名噪一时的画家，有山有水、有诗有画，这便是风光旖旎、风景佳丽之地。

苏州从元代开始，便成了江南士大夫文人画家荟萃之地。那曲曲小巷，那湖畔桥头，常常走动着青衫飘逸、面目清癯的画家。他们大都是在仕途上不得志，或者根本没法进入官场的士子，不得已玩起诗书琴画这些雕虫小技，以展示自己的风雅。

范玑在《过云庐画论》中说："灵秀荟萃，偏于东南，自古为然，国初六家，三龠州两虞山，恽也近在毗陵，明之文（徵明）、沈（周）、唐（寅）、仇（英），则近在吴郡，元之黄（公望）、王（蒙）、倪（瓒）、吴（镇），居近邻境。何为盛必一时，盖同时同地，声气相通，不叹无才旷之和，而他山之助，故名瑧其板，从风者又悉依正轨，名乎云燕，虽有魔外，遁迹无遗。"

沈周长于山水，他刻苦学习宋诸家诸如董其昌、巨源、米芾，下功夫最多的是元四家。我读沈周的画，只见崇山峻岭，层层高叠，虚实相宜，黑白对比，画面密而不塞，雄伟而又灵活，一种寥廓的意气、豪气扑面而来。山苍苍，树莽莽，笔力苍健、凝重，充满山野粗犷的生命力，野性的生命力。

文徵明和唐伯虎同庚，唐伯虎贫病交加，五十三岁去世，文徵明一口气活了八十九岁，可谓长寿之人。明代中叶，苏州经济更加繁荣，成为江南丝织和棉纺中心，江南丝绸大多来自苏州，苏州刺绣甲天下，绘画业不仅是艺术的新产品，也成了商品。苏州人喜欢静、雅、闲、逸，喜欢读书，喜欢字画，家家屋舍无字不文，无画不雅。那些富贾豪商，多为附庸风雅。

唐伯虎的画，文雅秀逸，山水、秀女、花草，骨力薄又渗入了文人画的气韵，达到了"清逸秀美"的至境、绝境。

唐伯虎青年时期遭到科考冤案，绝了仕途之念，一头扎进艺术天国里，纵情翰墨，驰骋山水。他离家远游，行迹很宽，先是乘船由苏州至无锡，至扬州，一叶小舟，一把雨伞，一只蓝印花包袱包着几件简单行装，浪游江湖。湖南的南岳，江西的匡庐，浙江的天台，福建的武夷山，杭州的钱塘江海潮，洞庭湖的碧波，南国的名山胜水，风景绝佳之地，都留下他的履痕。那飘逸的云水，雨打篷船的天籁之韵，那荒刹古寺的破败，南国园林的梅影月色，春天的绮丽、华滋，秋景的荒寒幽寂，都使人的灵魂得到沐浴，澡雪精神，情致陶冶，大自然是诊疗精神创伤的良药！镜花水月般的功名，系囚罹狱的屈辱，都已忘却。得意时，恣肆畅饮，杯觥交错，长啸短吟，乘着酒兴，泼墨山水，追求超凡脱俗的艺术真谛和精神。“笔墨与物象并美，神思与意境相融”，他笔下秋江独钓，松下对弈，云岭横陈，竹风柳烟，画面总是洋溢着典型的人文气息和疏淡的山野情趣。那氤氲的水色是诗，空蒙的山光是诗，匠心独运而留下的空白也是诗；诗是情感的火焰，诗是才气灵气的闪电，诗是流动的音乐，诗是浓缩的画卷。

人生是个奇怪的命题，谁也寻求不到它的答案，但上帝是公允的，既然命运堵住一道墙，它必然会给你打开一扇窗。唐伯虎浪游归来，画艺大长，在山水中自然化解心中郁闷，在模山范水中画出挺拔秀媚的山水画卷。在古刹名寺中，他临摹菩萨塑像，自成一格；画仕女图笔法娴熟，线条柔和、秀润、细腻、流丽，风格雅逸、清秀，颇受人喜爱。唐伯虎才华横溢，也绯闻满天，自称“江南第一风流才子”，在南国驰怀山水时自镌此章，每到一处他便泼墨挥洒，一幅山水小品活脱脱地跃然纸上，他总钤上这枚“江南第一风流才子”的印鉴。既是才子，又是风流，这本身就是极有诱惑力的广告。他的画很快敲开了市场经济的大门，他上街摆摊卖画，并作诗：“不炼金丹不坐禅，不为商贾不耕田。闲来写就青山卖，不使人间造孽钱。”

栉风沐雨的阅历，散怀山水的人生体验，开拓了他的视野，也升华了他的艺术境界，成熟了他的艺术风格。我曾阅读过唐伯虎许多山水画、仕女图，有一幅为《看泉听风图轴》，那是用长线条画的山，山势方折，以斧辟皴，单层刷染，表现出坚硬的石质，近处的树木，高出半岭，皆夹叶，敷以淡彩，远处的树木用墨点叶，枝头倾斜，作风吹状，山道由山脚沿山涧而上。二高士坐石上，正陶醉山水之间。泉水从山涧蜿蜒下泻，淙淙似闻水声。画面明快、滋润、挺拔、秀媚。唐伯虎和宋朝的苏东坡有许多共同点，诗书画全才，且都有牢狱之灾，一生不携名妓即名僧，出入勾栏瓦肆，遍访名刹古寺和名僧法师高谈阔论，过着一种诗意哲学化的人生。有了佛道经论，使他处世清醒，在醉眼蒙眬中保持一分理性，在穷困潦倒时也能诗情澎湃，才情四溅。他一生不会弃绝青山、绿水、美酒、美女，他把诗、书、画、酒、女人搅和在一起，塑造自我浪漫、风流、萧散的生命。

迷花好酒，江南才子，群体部落，吴中四子，名扬遐迩，17世纪的苏州简直是缩小版欧洲的文艺复兴。

我穿行在古香古色的苏州小巷，寻觅文徵明、祝允明、唐寅、仇英的踪迹、身影。我似梦似幻，总感到那粉墙黛瓦、小巧玲珑的宅院，说不定推开哪家黑漆宅门，会出来一位头戴士子帽、身着青灰长衫的儒雅士子，衣服上沾着墨渍，清癯的脸庞带有微笑，一口地道的吴言侬语，满身散发着书卷气、翰墨香，招呼我进屋，香茗袅袅，话语滔滔，那是文徵明吗？文徵明着实已显苍老，苍白的胡须，苍白的头发，清瘦的脸庞，一双倦意但不失睿智的眼睛，顿然有一种清秀雅逸之气迎面扑来。我们寒暄一番，我问桃花庵在何处？他送我出门，用手指着，穿过小巷，往北走到大街西头，往右一拐，看见几间茅屋，便是。我叩访桃花庵，庵主唐伯虎趿拉着鞋，踉踉跄跄走出来，这位风流才子，狂放不羁，口里嘟嘟囔囔地吟道："雨打梨花深闭门，辜负青春，虚负青春。赏心乐事共谁论，花下销魂，月下销魂。愁聚眉峰尽日颦，千点啼痕，万点啼痕。晓看天色暮看云，行也思君，坐也思君。"

中国传统画分为三大类：士人画、宫廷画、民间画。唐伯虎的画属于士人画，行笔清丽，构图缜密，所画山水、花鸟、亭榭、楼台，特别精致。但明中叶封建专制不仅文字狱盛行，有画家因对失旨而坐法，有因谗言而丧命，也有画不称圣意而赐死弃市者。也就是说，连题材也受限制，封建专制的桎梏禁锢着画家的思维，束缚与压抑使宫廷画出现一种复古、临摹古典的风气，毫无创造力，更缺乏艺术性。而唐伯虎不受宫廷画风的制约，浪漫而潇洒，细腻而生动，充满生命的元气，即使画园林亭榭也是“轩盈高爽，窗户偏邻虚，纳千顷之汪洋，收四时之烂漫”，展现一种深沉气动的活力。

士人画就是文人画，即诗人画。画家需要大自然滋润心灵，以造化为恩师、画意与诗意相结合，诗中有画、画中有诗，诗情画意相融相洽，诗人胸中的云烟丘壑化为纸上的水墨滃然。中国画的本身就含有诗的灵魂。

四

高楼大厦、地铁、互联网、超市、流行歌曲，并未遮蔽我们对古城的记忆，苏州是诗城、画城，还是戏曲之城，且不说名扬四海的评弹，更有一枝独秀的昆曲。昆曲是百戏之祖，是戏曲的活化石。2001年5月18日昆曲被联合国教科文组织命名为“人类口述和非物质遗产代表作”。昆曲具有很高的文学性，高雅、清古、恬淡、温婉，富有难以形容的人文之美。昆曲角色不论青衣、花旦、小生、老旦衣着那么整洁、熨帖，连褶痕都清清楚楚，方方正正。至于唱腔、道白，字正腔圆，音质优美、典雅，为历代知识分子所喜爱。因为它过于风雅，曲高和寡，从18世纪起就开始没落，一度频于失传，是俞平伯、张允和等人努力发掘、整理，昆曲才流播于世；传播开来。

昆曲最富有魅力的代表作《牡丹亭》，四百年来久演不衰，成为传统剧目。《牡丹亭》把昆曲之美推向极致。那种纡徐绵渺，委婉流丽，真正达到巅峰，其色彩纷呈，华美炫目，令人叹为观止。

《牡丹亭》是中国式魔幻主义戏曲。十六岁的豆蔻年华少女杜丽娘，带着怀春的梦想、青春的慵倦，在一个丽日明媚的春日，由丫鬟陪伴来到后花园游玩——这是牡丹亭的经典章节“惊梦”——开始了爱的梦幻曲。园子里不仅弥漫着花的馨香，草木的青苍，还弥漫着一种若隐若现游丝般如梦如幻的“少女怀春”的气息。杜丽娘头戴帽子，身披斗篷，娇莺欲语，闷愁无端，款款登场，一种被压抑的感觉，在舒缓的曲调里，显得那么婀娜多姿，像风摆弱柳，像雨打翠竹，袅娜的身段与缠绵的曲腔那么契合，熨帖入微，把昆曲美学推向更高一层抒情化境界。

> 原来姹紫嫣红开遍，似这般都付与断井颓垣。良辰美景奈何天，赏心乐事谁家院！朝飞暮卷，云霞翠轩。雨丝风片，烟波画船——锦屏人忒看的这韶光贱！

诗化之美，音乐之美，高度融合，构成美的盛宴。有人说，没有较高的文学修养和审美意识，很难欣赏。它的高雅，决定了它不仅仅是一门艺术，而是一种学养的象征。这是文人戏。有了文人画，又有了文人戏，苏州便弥漫着绮丽之风，文学气息更浓了。

杜丽娘小姐游园累了，倚在牡丹亭“美人靠”小憩，睡着了，做起梦，在梦中遇见一位小生，柳秀才，柳秀才抱起杜小姐在牡丹亭畔，芍药阑边，两情拥合，千般爱惜，万般温存，共成云雨之欢。但醒来，却是南柯一梦。从此后杜丽娘小姐便患上了相思病，郁郁寡欢，太守夫妇求医罔效，问佛无灵，谁知杜小姐病情日愈加重，不久便病危去世。临终嘱咐母亲，她死后要葬在那棵老梅树下。太守任期已满，匆匆离开府衙，新任太守上任。这新太守有一公子姓柳名梦梅，游园拣到一幅美人图，花容月貌，有沉鱼落雁之美，柳公子越看越喜欢，将美人图挂进室内。夜里常有美女合欢，女子告诉他，她已死去一年，埋在后花园老梅树下。柳梦梅告诉父亲，柳知府急唤人去梅树下掘开，果见棺木，打开见一女子，俨然如活一般，便命烧还魂汤。这女子三魂再到，七魄重生，立身起来，唉呀，一位绝代佳人，貌比西施，沉醉如杨贵妃。于是柳家大摆宴席，柳梦梅和杜丽娘合卺结缡，剧情在有情人终成眷属一片欢乐声中，渐渐拉上帷幕。

这真是一出好戏，汤显祖匠心独运，写下千古经典爱情诗剧。我走进拙政园，游览尚园、网师园，总觉得像走进杜丽娘的后花园。后花园在那个时代正是男女幽会、私订终身之地。这些花园还保留着明清风格，古木参天，老藤缠绕，芍药、牡丹、玫瑰、幽兰，花香芳菲，假山真水，水榭楼台，幽径、石桥，清澈明净的池塘，潺湲流淌的泉水，风景旖旎，柔情婉约，浪漫、典雅、至情、至美，水影花香，如诗如梦。

我徜徉在花木扶疏的幽幽小径上，眼前总是幻出杜丽娘、柳梦梅的身影来。园林管理处特意播放昆曲《牡丹亭》，那飘逸的乐曲，伊伊呀呀的唱腔，如流水般那般风雅，那般优美，撩人春色，一湾流水，鸟鸣莺啭，我仿佛走进梦里幻里，不知是清？是明？才子佳人的爱之经典，那旋律萦绕在林木间，山泉流水伴奏，莺歌燕舞，烟花四月，春光灿烂的季节，是那么清丽、明朗……那甜蜜的爱情，梦中的追求，浪漫的情节，心灵的飞动，奇人奇文，怪怪奇奇，莫可名状。

昆曲悠扬、婉转、雅致，非常适合表现才子佳人的爱情剧，小生、小旦、丫鬟、舞台、水袖、长衫、士子帽，环佩叮当，细步蹁跹，那身姿，那歌喉，春香清丽、优雅，杜丽娘死而复生与柳梦梅团圆爱情，与其说是一部充满浪漫主义色彩的剧作，不如说是中国式的魔幻主义："不知所起，一径而深。"生者可以死，死者可以生，完全打破了阴阳两界，故事的人物穿越生死之间、瞑灭之际。

绮丽典雅的片段"惊梦"、"寻梦"中诗般的语言，不仅文人喜欢，那些江湖渔夫、山野草民也喜闻乐见。在这里俗和雅极其和谐地统一在优美的曲腔中。一方水土养一方人，一方山水也养一方文化。

五

我在苏州游览数日，深感到苏州历史悠久，文化丰厚，唐诗、宋词、元曲、明小说状写的景象风物虽遭到现代建筑的遮蔽，但在隙缝间还未完全消失，水巷小桥，浮屠寺院，园亭曲槛，还残留着昔日的风韵。但寻觅旧踪，重睹烟景，怕是不易，白居易的山塘已茫然，唐伯虎的桃花坞已无桃花千树，满园荒草萋萋，黄土叠壁，茅草覆顶的桃庵，已成青砖黛瓦的市井人家。

我在小城里闲逛，这里河道如织，石桥纵横，小巷的房屋基本上是明清时期的，梁柱、门窗上的木雕、石雕，工艺精湛，只是上面的繁体字已漫漶模糊。朝云暮雨，风丝雪片，能不沧桑，能不苍老吗？巷陌人家祖祖辈辈生活在小巷里，并不觉察时光流逝、岁月更迭留下什么印痕。

墨黑的瓦片，鱼鳞般覆盖屋顶，瓦缝里的檐草黄了又绿，绿了又黄，颜色的重复变幻，只留下历史的厚重感。

夕阳的余晖照着张继的运粮河，碎锦散绮，顺水一路流去，游弋的鸭子羽毛都变得五彩斑斓。艳艳的光晕染上船尾，染上飞檐，如梦如幻，仿佛走进另一个世纪。这是苏州城的表情、心态，真是天生丽质的俏人儿，衣着朴素，也懒得打扮，如出水芙蓉，不着一锦，尽得风流。

夕阳的表情特别暧昧，缓缓向苏州河落去，落入那一片青葱茂密樟树林里。暮色降临这座城市，刹那间，满城灯光亮起，红、黄、绿的霓虹灯，色彩斑斓，把苏州城装扮得璀璨迷人。

2014年10月

月满扬州

一

我第一次去扬州，是烟花三月，那是上世纪90年代中期，去参加在扬州召开的中国散文笔会，我们游览了扬州名胜，瘦西湖给我留下了很深的印象。这里的城池河流，山川园林，寺观庙坛，市肆文物，风物掌故，诗词楹联，建筑营造，风流雅士，行状轶事，构成这座江南名城缤纷芜杂的社会画卷。这里饱含着历史的精华和糟粕、文化的高雅和低俗，“上之贤士大夫流风余韵，下之琐细猥亵之事”，俯仰皆是。

文章太守、文人雅士的游宴、咏唱与风靡一时的高头文章，他们豪宴排场，浪迹楼馆，流连声色，声歌隐隐，琴瑟潺潺，一片诗天画地，淫逸之风，奢靡之胜，领甲天下。秦楼楚馆，勾栏瓦肆，艳帜高扬，扬州是个销金窟，又是商贾博弈的大赌场。当年李白曾经“腰缠十万贯，骑鹤下扬州”，杜牧曾有“十年一觉扬州梦，赢得青楼薄幸名”的感悟。

扬州早在大唐帝国时代已是富甲天下、繁华昌隆的名都大邑了。到了宋代，更是鲜花着锦，豪富巨商，如蚁云集，南来北往的客旅，高官大吏，贩夫走卒，文人墨客，僧侣道士，趋之若鹜。这里水则洋洋，山则峨峨，绿草满堤，新荷有花，烟波楼榭，入夜则满城灯火，平山堂侧，瘦西湖畔，更是游人如织。这里的字画、古玩、金石、碑帖、衣料、服装、首饰作坊、漆器玉雕、盆景园艺、印刷雕版，都曾领天下潮流。

到了大清朝乾隆盛世，乾隆皇帝五下江南，驻跸扬州，把个扬州的富华奢靡推向极致，地方官员倾其所有，迎迓接驾，诚惶诚恐，不敢怠慢，且攀比竞赛，时有诗云：“三汊河干筑帝家，金钱滥用比泥沙。”康熙六次出巡江南，曹寅接驾四次，驻跸江宁织造府中，真创造了扬州千年之最。

现今我又来到扬州，已是第三次了，人非物亦非，满城的高楼大厦，满街的车流人浪，满世界的喧嚣芜杂，一片金钱喧哗之声。瘦西湖新栽杨柳，平山堂侧依然琼花璀璨，但游客人山人海，骚动和喧哗，繁华与芜杂，使这个城市不堪胜负。我满头大汗，挤在人群中像游鱼一样，下意识地随波逐流。扬州名胜高桥甃石，迎恩河，碧天观、小秦淮、杏花村、二十四桥，这些名胜古迹，有的还残存遗址，有的只留下一个空空的符号。哪里还有“春风十里扬州路”？何处寻觅“楼台十里莺声满，风月千家笛韵浓？”空留二十四桥明月夜，又何处寻找那吹箫的玉人呢？瘦西湖畔，绿草芊芊，杨柳依依，却少了诗意，少了“岸岸楼台开昼锦，船船弦索曳歌珠”的诗情，我不免有些惘然若失的惆怅。扬州是文化积淀十分深厚的江南名城，少了古典，少了诗情画意，已变成很时髦、现代气息很浓郁的繁华都市了。

我怀念古典的扬州。

二

扬州是月光之城，古往今来，多少诗人都赞美扬州的融融月色，而杜牧则放歌“青山隐隐水迢迢，秋尽江南草未凋。二十四桥明月夜，玉人何处教吹箫？”有人说，二十四桥是概数，实际上扬州可数的桥远非二十四座。也有的说，瘦西湖要转弯的地方，隐匿在丘陵间有一座小桥，很小的，名字就叫二十四桥。隋炀帝曾于月夜里，同二十四位宫女来此吹箫赏月。那是多么美丽的秋之月华，月亮浮在空中，清凛凛的月光飞霜飘霰般洒落下来，树木、花草、湖水、山影，一片银银的闪烁。玉人们手持八孔长箫竖吹，音色圆润、轻柔、幽雅，曲调悠远缠绵，音质清丽低婉，和这迷离的月光那般融洽，寄托着吹箫人静远的遐思，丰富细腻的情感，有一种返璞归真的美，一种情绪安宁、思想升华的流畅之美。隋炀帝斜倚龙御椅上，左右侍女太监侍候着，陶醉其中，如梦如幻，柔和的夜风像飘逸的丝绸，水声潺湲，如同玉磬琤玐。月夜吹箫，本身就富有诗意，何况是身姿袅娜的玉人呢？

杜牧写的是秋夜，夜凉如水，夜风薄寒，气氛有些凄楚。

月，是中国文人骚客作诗填词惯用的具象，又是寄托情思的意象。这是诗人的月亮情绪，月亮澄澈而不眩目，宁馨而不岑寂。历代文人墨客吟咏明月的诗词歌赋，多如繁星，秦风汉韵，唐魂宋魄，都融进如绢如练的月光里了。你弄不清是这些诗词化为月光的清辉，还是月亮的魂魄融注了这些诗词。月亮清丽圣洁的风雅，飘逸脱尘的气韵，晶莹剔透的品质，慰藉了多少悲苦幽怨的心灵和孤寂飘零的生涯？

初唐诗人张若虚一生只留下两首诗，却因一首《春江花月夜》成为"孤篇横绝，竟为大家"，被后人誉为"诗中之诗"、"诗的峰巅"。一诗盖全唐，春江花月夜，就是写给扬州的，那么凄婉动人，那么清丽优美，是月的赞美诗，是一篇横亘文学史上的"月赋"。

张若虚虽诗盖全唐，但《唐书》并未有他的传略，只是在《贺知章传》中提到此人。他是扬州人，曾在山东兖州做过"兵曹"，中宗神龙年间，与贺知章、贺朝、万齐融、包融、邢巨诸人一并驰名京都，连生卒年月都无稽可考。他另一首五言《代答闺梦还》，抒写闺中少妇春思之情，语言绮丽，但题材陈旧，并未脱尽齐、梁诗的脂粉气息，其实古乐府"吴声歌"，就有"春江花月夜"，是陈隋以来的宫体诗。宫体诗大都是写景兼写艳情。张若虚改五言为七言，变短章为长歌，且净化、淡化，升华为美而不艳，呈现出一幅春江花月夜的神奇图画，笼罩着一层空明迷幻的色调，创造了一个美丽幽邃、澄清渺远的迷人意境。诗中也流露出感伤和人生短暂的悲怨情绪，但更多是对自然美景、青春爱情的期待和向往，是美的颂歌，是对超越时空的歌咏，有一种横绝的宇宙意识。诗是时代精神的折射，张若虚生活的时代是大唐帝国正如一轮朝阳，蓬勃向上的时代。草木生辉，春光如许。诗人对青春、爱情、人生富有哲理的探索，对大自然的美景如痴如醉的热情追求，对宇宙意识即超越永恒观念的领悟，是盛唐诗人独具的精神体现。

张诗运笔轻灵隽永，清逸秀润，给人之若有若无、似真似幻的感觉："滟滟随波千万里，何处春江无月明？……江天一色无纤尘，皎皎空中孤月轮……"这种清空的境界，对李白的"今人不见古时月，今月曾经照古人。古人今人若流水，共看明月皆如此"，以及苏东坡的"把酒问青天，不知天上宫阙，今夕是何年？"都有直接影响，甚至有一定的渊源关系。

我完全想象得出一千二百多年前，张若虚在春意融融的夜晚，独步江岸，江流婉转，一种潋艳、寥廓、宁静、神奇的境界。一轮明月像冰轮似的冉冉独步青天，月光披覆下莹莹的光波流传着，江面如撒满银箔，闪闪烁烁，江涛潋滟。白天的喧嚣一下子静寂下来，慢慢的，那轮圆月升至江天，清光四射，天地纤尘滤净，一片空明，从蜀冈花林到瘦西湖的垂柳，从游弋的客舟到闺人的绮窗香阁，夜归的渔人，一桨击破了明月，碎成千片万片，惊醒梦呓的栖鸟，倏忽从茫茫柳丛中飞起……这是一种多么寥廓、宁静、神奇的境界啊！

月光月姿月影月情月意，惝恍迷离，恣意交织，直教人心醉神迷。

到了晚唐，有个不大出名的诗人徐凝却爱屋及乌，一笔把天下三分之二的月光批给扬州，这有点太偏爱了。"天下三分明月夜，二分无赖是扬州。"徐凝这首诗是写给妓女萧娘、桃叶的，他怀念二位妓女，离别时的泪眼、愁眉，哀伤的心情，都化为无限的惆怅，而今明月在天，又是照人的离别之月，怎么不引起诗人的伤感？割不断的相思，冲不淡的离愁，真是"剪不断，理还乱"，偏偏又遇到这曾照出人泪的月光，真是愁上添愁！

扬州是风月之地，青楼娼馆，勾栏瓦肆，曾经羁留多少文人墨客的脚步，软榻香巢里曾几度出现他们摇曳的身影，灯红酒绿的筵宴上哪个诗人不尽倾天才，极显风雅？徐凝爱扬州，把天下的月色慷慨馈赠三分之二予扬州。

其实，这是诗人的一厢情愿。月光普照遍及人寰，天恩普施，不会偏向一隅的。而扬州的魅力也非仅在月色，无赖二分是扬州，这是把扬州的月色写到出神入化的程度了。

徐凝同时代的大诗人杜牧，有着深厚的扬州情结，公元838年杜牧曾在扬州牛僧孺帐下，做幕僚十年，这个才华横溢浪荡公子式的诗人暮进秦楼，朝出楚馆，采花折柳，嫖娼宿妓，借青楼一案，驰骋翰墨，写了大量艳诗、情诗，超乎出吟风弄月、喝雉呼卢的境界。他在扬州写了许多风流千古的绝唱："娉娉袅袅十三余，豆蔻梢头二月初。春风十里扬州路，卷上珠帘总不如。""多情却似总无情，唯觉樽前笑不成。蜡烛有心还惜别，替人垂泪到天明。"这些诗都是写给妓女的，还有《宫妇》、《叹花》等等，都写得风流蕴藉，情真意切，情韵缠绵。

他的名篇佳作如《寄扬州韩绰判官》，也是写扬州月的，是离开扬州后写的。杜牧到任三年后调离扬州，赴京任监察御史，回忆流落江南十多年的生活，他颇有感慨，"厌江南之寂寞，思扬州之欢娱"，情切而辞不露。这是写给友人韩绰判官的，诗中写道，时令虽到深秋，江南依然山清水秀，草木绿意葱葱，而扬州更是热闹繁华，没有晚秋的萧条冷落。诗人又想起扬州的月色，那么姣好、美丽，一轮澄澈清丽的月光，笼罩下来，山朦胧，水朦胧，鸟朦胧，瘦西湖畔的杨柳，二十四桥边花草，还有月下美女竖吹洞箫，幽怨低婉的乐曲在月空中飘荡。山水映辉，草木着色，月色溶溶，花荫寂寂，景约幽雅，箫声动人，这是一幅多么清丽俊爽的画卷……

这景象使人想起谢庄的《月赋》:“白露暖空,素月流天。沉吟齐章,殷勤陈篇”,“菊散芳于山椒,雁流哀于江濑。升清质之悠悠,降澄辉之蔼蔼”。一片空灵秀美的月色里,隐隐传来歌女动人的歌声:

美人迈兮音尘阙,隔千里兮共明月。
临风叹兮将焉歇,川路长兮不可越。

在秋声萧瑟的夜晚,望夜空一轮明月,怎能不浸染惆怅与孤凄之情?二十四桥明月夜,玉人临风吹箫,“诉皓月而长歌”,其声能不凄婉悲哀?

三

扬州不仅自然山水优美,而且富甲天下,吸引着许多文人雅士光顾扬州。李白的好友孟浩然从武昌去扬州,李白送行,高歌一曲:“故人西辞黄鹤楼,烟花三月下扬州。孤帆远影碧空尽,唯见长江天际流。”扬州是烟花之地,繁荣富丽,是整个东南地区的都会,时值开元盛世,太平而繁荣,好友即将乘舟东去,而在这烟花三月,春意最浓的时候,李白又是爱游览的人,浪漫主义的诗才,能不淋漓尽致地发挥?对扬州更有向往,所以才有“腰缠十万贯,骑鹤下扬州”。扬州是销金窟,李白在扬州只不过一年,便挥霍三十万贯金钱,青楼买唱,楚馆逐色,极尽奢靡。南京洪迈在《客斋随笔》这样记载:“唐世盐铁转运在扬州,尽斡利权,判官多至数十人,商贾如织。故谚称‘扬一益二’。谓下之盛,扬为一而益次之也。”益指成都,这就是说,天府之国的成都比起扬州还稍逊风骚呢!

扬州的夜生活更是一片繁华,红灯闪烁,笙歌不辍,人影散乱,士女争妍，真不知天上人间。

扬州妓女如云，勾栏瓦肆，秦楼楚馆，联翩覆叠，红灯映街巷。更有一景是画舫，秦淮妓馆常买棹湖——也叫妓舟。每逢湖上市会之日——犹如陆上集市，一片乱舟，满湖莺啼燕语，再加笙歌琴弦，茶馆、酒肆、菜市、杂货皆在船上交易，而此时最吸引人的莫过于那些妓舟，成排结队，鱼贯而游，船上罗帏翠幕，绸叠围绕，真可谓，“岸岸楼台开昼锦，船船弦索曳歌珠”。妓舟云集，交辉焕采，穿梭游弋，征歌选色，弄风吟月，既炫耀了扬州的繁华，又展示了扬州的悠闲。

瘦西湖岸畔多高柳。《扬州府志》上说：“隋开邗沟入江，旁筑御河，树以扬州，今谓之隋堤。”隋炀帝驻跸在扬州时曾亲自种植柳树，随后大臣、百姓遍插柳树，隋炀帝命名“杨柳”。欧阳修筑平山堂，堂前堂后尽是杨柳，并写下著名的词《鹊踏枝》：“撩乱春愁如柳絮，悠悠梦里无寻处！”我想这首词应该是在扬州写的，春将暮，花在残，寒食佳节，燕子飞舞，无一不是离情别趣。“香车系在谁家树？”这实际上是写一个痴情的少妇，期盼远方的郎君归来的怨艾心声。欧阳修还有一首词写道：“月上柳梢头，人约黄昏后”这样清澈婉丽的词句移在扬州，最恰切不过了。只有扬州的山、水、树，才会激发诗人如此的灵感和情愫。

清朝一位名气不大的文人罗士珏曾在《题画舫录》写道：

展卷重看廿四桥，二分明月玉人箫。
请君莫话扬州路，话到三生梦已消。

唐宋时期，扬州的夜晚是多么繁华、热闹！二十四桥明月夜是销魂之夜，华灯初上，月华灯火相映辉，湖光柳色相濡染，一派融融春色。树影月光融进水里，浮动摇曳，那树影也被溶化了。徐凝将天下三分之二的明月赋予扬州，并不过分。“江山如画，望中烟树历历。”

苏轼五十七岁时曾任扬州太守，时间短暂，他还未来得及做出一些政绩，就被召回京城。他留给扬州一首词，飞扬的神采，欢乐的情绪仍透露纸背：

墨云拖雨过西楼。水东流，晚烟收。柳外残阳，回照动帘钩。今夜巫山真个好，花未落，酒新篘。

美人微笑转星眸。月花羞，捧金瓯。歌扇萦风，吹散一春愁。试问江南诸伴侣，谁似我，醉扬州。

实际上，这首词是写给扬州一位歌伎的，词中赞美了美女娇羞的面容，袅娜的身影，她用衣袖或团扇半遮秀靥，像彩云半遮明月。多少意象，多少情态，一个明眸皓齿，巧笑顾盼，面如朗月，翩若惊鸿的少女形象活脱脱地展现在我们面前。

“楼台十里莺声满，风月千家笛韵浓。”诗词歌赋，声色画图，裹满扬州，处处是腐朽的繁华，处处是奢靡的颓废，楼台阁榭，满是风流胜事。

扬州历代是风流渊薮，繁华“娼盛”，似乎有难以割舍的联系。这里的朱华碧叶，水天相映，绿柳两岸，鞭藻十里；这里野桃散落，芦荻萧萧，孤蒲接畛，蓼花灼灼；这里家家门挂藤萝，户户墙封薜荔，经声梵曲，暮鼓晨钟；这里风流才士，文章宿老，极展才华，傅其丽藻。扬州真是风流蕴藉、风华璀璨的城市。

我翻阅着扬州的史料、地方志，我想象出唐、宋时期斑驳陆离的生活画卷，那河流，那山岳，古刹名寺，高杨大柳，屋舍园林，食货人才，石桥雨轩，戏曲歌舞，诗书琴画，歌女娼妓，文人雅士，还有碑碣，池塘古树，沟渠湲流，这一切都渐渐幻出一个美女的形象，细长的眉毛，明澈的眼睛，樱桃小口，丰满的乳房，曲曲小巷是否她或曲或伸的手臂？

那池塘、湖泊也许是她浑圆的臀部……走进扬州，令每个男人都销魂荡魄……在微不足道的细节里，在历史的皱褶里，在时光深处，都有完美主义的存在。

四

浮华往往滋生腐败，腐败又会导致亡国，这仿佛是历史的规律。北宋时期是扬州繁华鼎盛的时期，也是奢靡腐烂的时期，宋徽宗沉溺于诗书琴画之中，迷恋于犬马声色里，结果江山断送，父子二人被掳北国，最终魂断他国异乡。扬州由盛而衰，由繁华走向萧条，一个好端端的江南文化名城，沦为残山剩水，扬州妩媚的月夜也变得风凄云暗，林木萧索，满城一片苍凉了。

建炎三年（1129）金兵初犯扬州，其后，宋绍兴三十一年（1161），宋隆兴二年（1164），又连连进犯扬州，一次次劫难，一次次兵燹，扬州繁华荡然无存，已是满目荒凉了。南宋诗人姜夔（字白石）于宋淳熙三年（1176）冬过扬州，看到江淮名城，当年的佳丽之地，已变得面目全非，到处是残垣断壁，废墟累累，废池枯木，昔日的水榭楼台，已是荒草漫阶。欧阳修的平山堂已倒塌，化为一片废垒，瘦西湖畔的琼花已凋零，连春风杨柳十里扬州路，也已树死路断，只见池塘里芦苇丛生，冬天一片干枯的芦花，如雪飞扬，水寒风冷，戎角悲吟，诗人怎能不生黍离之悲、亡国之恨？姜白石是位才华横溢的诗人，一生不仕，但他的诗词篇篇是精品，在宋朝文学史上占有崇高的地位。诗人见扬州已成为边陲之地，怎能掩饰一腔悲愤，自创词牌，写下一首《扬州慢》：

淮左名都，竹西佳处，解鞍少驻初程。过春风十里，尽荠麦青青，自胡马窥江去后，废池乔木，犹厌言兵。渐黄昏，清角吹寒，都在空城。

杜郎俊赏，算而今重到须惊。纵豆蔻词工，青楼梦好，难赋深情。二十四桥仍在，波心荡，冷月无声。念桥边红药，年年知为谁生。

四顾萧索，触目伤怀，诗人能不怆然泪下？二十四桥犹在，桥边的芍药花虽美，谁来欣赏？那桥上吹箫玉人今何在？一轮冷月依然在，却空照苍凉寂寥的废池乔木，当年的竹西路，歌舞不辍，曾是珠帘翠幕，烟柳画桥的繁华，今日却是弦管不闻，人烟稀少，清角吹寒，愁满空城！姜白石的词存世八十四首，他的词几乎每首都有小序，鲜明地注释写词的地点、时间、缘由，这些词大多数怀古伤今，怀一腔北伐之志，收复中原之愿。这首词也有小序，淳熙丙申冬天，他过扬州“入其城，则四顾萧条，寒水自碧。暮色渐起，戍角悲吟。予怀怆然，感慨今昔，因自度此曲”。他尊崇晚唐诗人杜牧，时有把杜牧的诗句化为词章，他又喜欢本朝词家辛弃疾，疏荡笔墨，声情激越，一腔忧国忧民郁垒，看大好江山沦为敌手而愤慨，对误国权臣作了无情的批判。这首词里，下片则借杜牧诗意，伤今忆昔，二十四桥明月夜，那优美令人销魂的月色，今日却是千山月冷，清角吹寒，凄苦不堪！

五

我坐在宾馆窗前品茗，窗外便是人浪车流，喧嚣的街道，室内倒也清静。坐在洁净而幽雅的茶馆里，电脑正播放着理查德·克莱德曼的钢琴曲《秋日私语》、《海边的祈祷》，我品味江南名茶，欣赏轻音乐的温柔闲适，落地窗外成片的楼群，奔驰的车辆，人行道上是匆匆走过的年青人群，脸上是一色的紧张，写满追求成功的急切、焦虑。

我一边饮茶，一边观赏窗外的风景，这街道千年前也许飘过杜牧潇洒的身影，也许走过李白醉酒后趔趄的脚步，而今高大巍峨的写字楼，千百年前可是青楼妓馆旧址？欧阳修老师的学生苏大胡子也曾有扬州情结，他在扬州买得一“瘦马”，嫌其瘦小，其貌不扬，有些后悔，想找鸨母换匹貌美、聪明伶俐的“骏马”，那“瘦马”性刚烈，感到莫大耻辱，一头撞死在身边的石柱上。苏大胡子惊呆了，不知所措，打消念头，匆匆离开扬州。

这城市还留下重重叠叠明清文人雅士的履痕，扬州八怪的字画不时出现老户人家的中堂里，虽然纸色发黄，但墨迹清晰，金农的《菩提苦佛》，郑板桥的竹和乱石铺街的字，汪士慎的梅，高凤翰的《怪石图》，华喦的《万壑松风》，李鱓的清丽水仙，依然散发着幽香。八怪的怪异风格，叛逆者的行为，开创者的风气，曾装点了这座城市，而张若虚的月光，杜牧的月色，徐凝的月夜，也添彩了一个时代的生活。

岁月渐行渐远，时光模糊了，时间和空间都凝聚在扬州博物馆的墙壁上、玻璃橱柜里，那是一个个时代的倒影。

白天，我曾在一个建筑工地上逗留，那挖掘机锋利的钢铁牙齿正挖掘楼房的地基。土层一层一种颜色，灰色、黄色、黑色，还有青色，那莫不是时代的印痕？挖出的土里竟然有铁器、陶器的残片，象牙、骨器、玉器的碎片，砚台、胭脂盒，还有破碎的唐三彩，生锈的古钱币，破砖烂瓦中间还有断碑残碣……那是一层层文化，一层层时代的记忆，是一段散落在时间场的盘根错节、野花般的遗物。我觉得这些文化的碎片，都是有灵性的，带着历史的体温，洋溢着那个时代的感情，传递着古人生命的气息，它们始终活着，血脉相通，依稀可闻生命的跫音，这是城市的根！

晚上，我睡不着，起身走出宾馆，不远处便是瘦西湖，我想领略一番扬州月，这美丽的月光之城，想必是令人销魂荡魄的吧！

正是七月之夜，月亮高挂碧天，清辉流泻，一片空蒙，暑热散去，湖水生凉，夜风吹来，微波粼粼，摇曳生辉，月光、星光、灯光浑染一体，展示这座城市的诗情画意。湖畔杨柳黑黝黝的，像木刻画般的清晰。我想一千年前，杜牧、张若虚、李白、徐凝也曾在这月色中散步吧？月光下的江水、沙滩、天空、原野、柳树、花丛、飞霜、扁舟、高楼、镜台、归雁，潜跃的鱼，栖息的鸟，这一切在诗人眼里，展现出充分的人情美、生活美的画卷。徐凝偏爱扬州，狂妄地、不由分说把天下三分之二的月光赠送给扬州了。月亮答应了吗？冷月无语，依然光照大地。

2014年9月

孤独者的绝唱

——叩访青云谱

一

南昌是一座风景秀丽的南国名城，城外青山雄翠，城内湖泊斑驳，赣江如同一匹绿绸绕城飘逸，湖在城中，城在湖中，而驰名遐迩的滕王阁又临江而筑。唐初才子王勃一记使南昌啸傲天下，风流千古。滕王阁毁弃二十九次，重建二十九次，这足以说明，滕王阁对南昌的意义。

我来南昌本想“会见”王勃，同他谈诗论文，聆听他一番教诲，谁知这里游人如蚁，拥挤不堪，连上下楼梯都极其艰难，我被拥上最高层，匆匆照了张像，便逃难般地离开这“繁华”之地。到哪里去呢？南昌是英雄的城，金戈铁马，腥风血雨，历史留下的诗意不多，到哪里寻觅一缕缠绵的诗情，犹豫间，人们告诉我，青云谱是一去处。

啊，我蓦然想起，余秋雨写过青云谱，我再来涂鸦，岂不有拾人牙慧之嫌？有朋友告诉我：文章各有各的路数，况乎还有许多同题作文呢？李白写过月，难道苏东坡就不能写月吗？这么一想，确实有必要去“拜访”八大山人老先生。

青云谱原来是一座公园，位于南昌东郊。这里十分清静，几乎不见人影，半湖碧波，满目香樟、枫杨、垂柳，浓郁重重，绿意幽幽，甬道两旁是夹竹桃，正是盛花期，红白花朵团团簇簇。百无聊赖的蝴蝶，轻浮地飞来飞去，几只大白鹅在湖水里悠闲地游弋，芦苇丛中传来啾啾鸟鸣。

这里和滕王阁的喧嚣简直有天壤之别。也好，八大山人非常喜欢寂寞和清静。这会儿怕是正在聚精会神伏案作画，笔下该是孤山野水，一鸟独占枝头吧？按照指示牌，我寻找“八大山人纪念馆”。门敞开，没有一个游客干扰他，老先生正作壁上观，静静地伏案创作。寂寞青云谱，苍凉青云谱，孤独青云谱。八大山人一生都在寂寞和孤独中度过，在贫穷和饥饿煎熬中，守望着精神的田野。他没有灯红酒绿的热闹，没有歌舞蹁跹的欢快，在幽静、幽暗中，在聚光灯照不到的一隅，度过苦难的一生。

二

众所周知，八大山人姓朱，名耷，明宗室朱元璋第十七子宁献王朱权的后裔。明末，应举中秀才，十九岁（1644）明亡，遂奉母携弟避难南昌之西一个小山村。顺治五年（1648），落发为僧，后又为道士，入青云谱道院，为自己起许多法名、道号，其中有朱月朗、良月，月朗不是“明”吗？显然这些道号是对故国的眷恋，是对大明朝的怀念。但他作画时从不署这法名、道号，只署“八大山人”。这意思是：山人为高僧，尝持《八大圆觉经》。也有人解释：“八大者四方四隅，皆我为大，而无大我也”。又说“余每见山人书画款题‘八大’二字，必连缀其画，‘山人’二字亦然。类哭之笑之，意益有正焉。”（见陈鼎《八大山人传》）他一生佯狂装疯，借酒浇愁，时而仰天大笑，时而放声痛哭，长啸短吟，舞笔泼墨，国破之痛，家亡之苦，一腔忧愤随之倾泻而出。

八大山人生于末世，他的童年和少年正值国事蜩螗，大明王朝已是落日黄昏。他长于兵荒马乱腥风血雨的动荡年代，刚成年时，正值社稷倾覆，江山易主，一代皇胄贵裔沦为亡国奴。他和母亲隐名埋姓，躲避清军的追捕，惶惶不可终日。原来的锦衣华服、钟鸣鼎食之家，书香氤氲、墨香缭绕的瓒璎之族，已落魄到绳床瓦灶、三餐难继的不堪境地。

八大山人的祖父和父亲都是诗人、艺术家，能诗能画，家庭的熏陶，个人的禀赋，使他“八岁能诗，善书法，工篆刻，尤精绘事”。

人是环境的产物。朝代的更迭，生活的巨大落差，改变了他的性格，一个天真聪慧的少年顿时变得孤独、孤清、悁悒，神色默然，目含忧愤，嘴巴闭得紧紧的，一副冷漠的面孔。他不满现实，更不会背叛家族、效命新的王朝，只能躲进生活最幽暗的一角，倾心翰墨，泪洒素盏，洁白的宣纸上经常出现残山剩水，枯树老藤，残阳夕照，荒村野水，孤鸟枝头，哀鸣啾啾。

我想象得出，那秋风萧瑟的黄昏，或朔风凛冽雪花狂舞的冬夜，一豆灯火，叠印出瘦削的身影，墨随笔舞，情融笔端，一腔愤懑，满腹孤傲之气，倾泻在画面上。一介前朝的书生怎一个“愁”字了得？山水苍茫，人生苍茫，命运苍茫，对故国的思念，对家世的感怀，“横涂竖抹千千幅，墨点无多泪点多”（郑板桥语），那是一种多么凄楚悲凉的情怀啊！

八大山人大半生就是在亦哭亦笑中度过的。他哭得凄惨，笑得更加悲哀，是一种比哭更难堪的笑。他面前一片苍茫凄楚、荒芜寂寞的境界。

我对中国画没有什么研究，但喜欢阅读，尤其是在寂静的夜晚，或雨雪天气，打开名家水墨画册，一页页地认真阅览，仿佛走进一种寥廓丰富的大千世界。那墨色的枯润浓淡，点线的粗疏细长，一幅幅惟妙惟肖神态仙姿的山水风景，或雄浑苍茫，或清秀细腻，或风格醇厚、萧条疏散、气韵高迈，或闲静雅逸，流露一种淡定禅意的境界……他们把艺术看成一种单纯的笔墨表现，把笔墨气韵的追求看成是艺术修养的最高境界。

展室的门敞开着，西斜的阳光穿过木格窗棂射进来，室内明亮而空廓，没有一个游客，倒有一两只大土蜂在屋里嗡嗡地飞来飞去，更渲染出展室的寂寞。满壁是八大山人的山水画、花鸟画、书法篆刻以及历代画论家的评论文字。八大山人的手迹画稿虽是复制品，但其气韵神采完全可以乱真。它们悬挂在墙壁上，是悬挂在时间之上，是悬浮在漫长的历史之中。你和它们相逢，就像和一个朝代相逢，和一段苦难的人生、苦难的历史相逢。我觉得这是一种“暗物质”，是一种精神的物质。

一幅幅水墨丹青，枯树老藤，落日晚照，孤鸟枝头，荒水野渡，风竹残荷……这哪里是水墨画卷，分明是一个孤苦的前朝遗子悲凄命运的细微迹象和种种经历，是一个苦命画家的思想灵魂极其微弱的闪光，通过这细节可联想整体的形象。谁看了心里不由得大哭一场，但又似有一种解脱和超然，那种强忍的感情是很折磨人的。

八大山人在南昌经历了流落街头的漂泊期，他举目无亲，穷困潦倒，似疯似癫，“独身徜徉市肆间，戴布帽，曳长衫”，履穿草鞋，郁郁踽行，市井小儿观之笑骂，或往其身上投掷泥巴、石子，追逐、嬉戏。八大山人的生活可以想象。

晚上八大山人回到青云谱道观，借一豆孱弱的灯光，纵横翰墨，如疯如痴般地将一腔愤懑和郁垒倾泻而出。只有智慧的光才能照亮生活，他要这股气不败在生活上，要倾泻在艺术上。他的山水画、花鸟画最突出的特点，就是孤独、孤愤、孤清。他和这些孤鸟、孤鸡、孤树、孤独的菡萏、孤独的小花、孤独的小舟对话。那些孤鸟、孤树、孤花，是有灵性的，有血肉情感的。它们用无声的语言，温存的语言，抚慰一颗伤痕累累的画魂。鸟解语，花解语，一花一草一鸟皆朋友。他与它们共同创造生存的空间，他已忘却窗外那个凄风苦雨的世界，这是充满哲学和诗意的人生。

三

阅览八大山人的画展，我发觉他的绘画艺术中，成就最卓著者为花鸟画。题材极广，他笔下出现花卉、蔬果、虫蝶、鱼虾、畜兽、禽鸟等数十种。八大山人既汲取古代画家的营养，又有自己的创造，不囿古人，挣脱古人的羁绊，开拓自己的天地，创造独特的花鸟画意境，缘物寄情，赋花鸟以精神。画家都有自己的思想，自己的审美意味，自己的美学追求。艺术个性往往是画家个性的外在反映，思想、情感、意趣、心绪都渗透溶解在那点线之中。八大山人的花鸟画意境清奇幽冷，构图和用笔极简，巨大的留白中只有一棵孤独的草，长长的草茎亭亭地直指蓝天，草茎上有一只孤独的鸟，寒风乍起羽毛，能听到鸟的哀鸣，一种孤凄楚楚的可怜状，又渗透着独立寒秋傲视天地的孤介情操。画如其人。他写生花鸟，点染数笔，精神毕具。即使画巨幅，也不过花朵几片，萧条冷落，给人不是繁华、热烈，而是凄寒的意境。他人生里没有欢乐，他的绘画作品更无繁荣和生机勃勃的气象。

他画树，不是畸曲仄倒，就是老干枯枝，一副饱经风霜历尽沧桑的疲惫感、憔悴感，苍老的形象，给人以颓败的绝望之感。后人说，他画山水、竹木、花鸟，笔墨简洁、凝练、苍劲、冷峭、灵奇，寄托不肯妥协不甘屈辱的感情和顽强的生命力，画上的题诗多含隐晦、冷嘲热讽之意。署款“八大山人”，字很古怪，似笑之似哭之，比哭之笑之都难堪，都凄然。试想故国不在，家乡何处？生不如死，死又奈何？终日踯躅寺庙道观，和泥胎雕塑相处，僧道不语，泥胎无言，清冷的环境，清苦的日子，只得将诗心画意来展示。

八大山人的画作，并不一味地抒发自己孤凄寂苦的情感，也有冷眼观世的孤傲精神。他有一幅《墨荷图》便是这傲勃于世情绪的反映。画面荷梗清劲挺拔，长短参差，荷叶纵放舒展，繁缛密集，交错有致，脉络清新，浓淡相映，而一支孤独的荷花傲然挺立，奔放怒绽，清秀明媚。画的右隅，山石耸立，苔痕点点，山石之下，水波潋滟，萍藻浮动。整幅画墨色淋漓，蓊郁恣媚，给人一种行云流水生机勃勃的感觉。有人说，这是他怀念大明王朝的富贵繁华。其实八大山人虽生于贵胄，但已处于末世，明王朝乱云飞渡，烽火烛天，李闯王已搅得大明帝国支离破碎，明王朝大厦倾圮已进入倒计时，他何有“繁华盛世”之体验？

给我留下印象最深是一幅《鱼图》，是写意画，又是写真，鱼体肥硕，鳍、尾形象逼真、自然。尾不翘，鳍不张，浑身鳞片安详地排列着。只是那鱼眼令人瞠目：眼圈似浓墨勾画，上方绘一浓圆点，以示眼珠，呈现出“白眼向上”之状，既生动传神，又寓意深刻。世人有“画龙点睛”之说，八大山人却有“画鱼点睛”之术。那鱼眼里闪射着凄婉而孤独、卑视且高傲的冷笑。一个贵胄飘零子弟的傲岸心态，跃然纸上，表现出不肯妥协不甘屈辱的感情和顽强的生命力。

八大山人在他画页上的题诗更是孤傲不世，多冷嘲热讽，含沙射影，透出他胸中愤怒悲怆的情感。他的花鸟画比他的山水画更富有思想意义。他画梅，疏枝劲干，高逸之致，傲骨凛然，不仅表现出他贵胄的清高，更表现他前朝遗少藐视当今世界的孤傲，同时也流露出他道士仙人、高僧法师的那种萧散情怀和仙风道骨的雅致。

八大山人从不为清廷权贵画一石一鸟。五十三岁那年，清临川县令胡亦堂听说他的画名，便宴请他到临川官会做客。他十分郁愤，来到官会便装疯癫，撕裂僧服；胡县令宴请他，他拒不入座。对统治者的愤懑，大气磅礴，震撼人心。他亲手书写“净明真觉”，悬挂门楣，并在方丈堂书写对联“谈吐趣中皆合道，文词妙处不离禅”，一再展示他倔强傲岸的性格。八大山人有古贤伯夷、叔齐以身殉道的典范，伯夷、叔齐不食周粟，饿死首阳山，八大山人食清粟而不为清朝做事，一样千古流芳。何也？固然八大山人以画艺名噪四海，更重要的是知识分子的气节和人格。伯夷、叔齐生前并无什么伟业受人尊重，只是自己的意见没有被周武王接纳，而采取了与周朝不合作的态度，这是他们执拗的性格和独立意识酿成的苦果。而八大山人令人动容的是国破家亡之恨，是骨子里的抗争，是命运的叛逆。

八大山人被联合国教科文组织评为“中国古代十大文化名人”。

四

文章写到这里，我不禁想起与八大山人同宗同源的兄弟苦瓜和尚石涛。石涛比八大山人小十六岁，按辈分八大山人应是其叔辈。石涛是明藩靖江王朱守谦十世孙，其父被南明王朝叛臣所害，自幼失怙。朝代更迭，江山易主，小小年纪的石涛便隐姓埋名，落发为僧，躲进社会最幽暗的一角，苟且活命，他的法名原济，字石涛，又号苦瓜和尚。他身世飘零，苦难重重，如同八大山人，早年旅居安徽敬亭山，晚年定居扬州。

石涛不同于八大山人，他自号苦瓜和尚，却“安贫守道”，乐于做清朝的降臣，在南京、扬州，他两次见到南巡的康熙皇帝。大明王朝的后裔面对死敌、异族统治者，却行三拜九叩之大礼，甘当顺民，更有甚者，他还去北京住过一段时间，结交了清朝的权贵辅国将军博尔，他名为和尚，却长就一身媚骨，伏首贴身，甘做顺民，这一点儿终身受到正直文人的睥睨。石涛和八大山人一样，擅长于绘画山水、花果、兰竹，特别是山水、兰竹最负盛名。他主张“搜尽奇峰打草稿”，深得元代画家倪瓒、董其昌意趣，反对泥古、囿古，提倡创新，外师造化，形成自己风神独具、变化万千、新奇多姿的新画风。同样画荷，八大山人的孤傲，茕茕孑立，高迈清俊，到了石涛笔下，则迥然不同，虽然荷茎错落秀拔，茎直亭亭，但荷叶叠叠，舒展有致。荷花或竞相开放，或含苞而立，相互映衬，绰约多姿，妩媚雅逸，野趣盎然。那是画家心态的流露，精神世界的表现。"苦瓜和尚"心灵并不那么苦，至少不像八大山人那样孤寂清苦。我想这和他们的人生经历和生命记忆有差别相关，明朝灭亡那年（1644）石涛才两岁，明王朝的福泽还未来得及辐射到他身上，严格地说他是清王朝的子民，所以他没有家破国亡的切身悲痛，而八大山人已满十八岁，成年了，是真真实实的前朝遗民了。石涛晚年居住的扬州，当年曾遭"清军屠城十日"，他却只能从老人茶余饭后的谈论中得悉一星半点。家族的衰败，清军的残暴，在他年幼的心灵里仍是一片空白。他睁眼看世界时，满街已是长辫子、马蹄袖的大清王朝的子民。而年长一些的八大山人的境遇却不同，明月已不在，清风却绕膝。衰草孤鸟，八大山人的画幅上常常出现一座孤峰，无草无树，一峰傲立，直薄云天。孤峰是禅宗的意象，"独坐孤峰顶，常伴白云闲"，是禅门的重要境界。孤峰又是艺术家孤介情怀的再现，是诗人和艺术家特别喜欢的具象。

八大山人的孤独意识，不仅是这位皇胄飘零子弟悲戚情感的流露，更展示作者强烈的自尊思想和鄙视尘世的凛然的生命尊严。

这种孤独还有强烈的张力，这是八大山人创作的心态，也是他艺术创作的形式，他把孤独作为生命展示的一种过程。可怜兮兮的命运，他已经视为淡淡流水，渺渺行云，平静而自然。

我在展室里流连徘徊，眼前总幻出一种意象：一块巨石下有一株小花，轻柔芊绵——这是极不和谐的现象。但小花不因环境的恶劣而惶恐、畏惧，它依然自由自在开放，从容自在地展蕊舒瓣，无言地绽放着生命的张力和强健。生命自有存在的理由，一朵小花也有存在的因缘，这是一个圆融的世界，外界的风刀霜剑凄风苦雨是可以超越的，而花开花落自由生命的因缘所决定。所谓沧海横流，方显英雄本色，一个人可以向世界挑战，一豆灯火可以向弥天暗夜抗争，更炫耀着生命高贵、生命意志的强化。

大明朝灭亡了。

大明朝之魂，还在这个世界飘荡游弋。

他的山水草木，花香鸟语，多妩媚泼辣，运笔灵活，画意清新，表现出山河阴晴明灭、烟云变幻、寒暑交替的虚虚实实、千姿百态，形成他独特多样化的风格。

八大山人，高标独立，脱凡超俗，独守贞正，就其人格而言，一直得到后世文人的首肯，为世人称赞，他那种"独立大雄峰"的精神，对孤鸟盘空、孤峰突起、冷月孤悬等意境如此偏爱，正是源于他心中隐藏的"孤"的精神。

同样，八大山人的山水画，也放肆着他不满现实的独立不倚的孤傲个性，形成一种豪迈雄健的笔墨，旨在抒发强烈的身世之感。生命就是一趟独立的旅行。他无可救赎，无枝可依，只有艺术收养他。八大山人笔下的山水都表现了"零碎山河颠倒树，不成图画更伤心"的情怀。他创造的山水形象既不修润简洁，温静娴雅，更无山川清丽、林木蓊郁的生机，而是一片苍茫、凄楚、残山剩水的苍凉。他在一幅《孤鸟图》题诗云："绿荫重重鸟间关，野鸟花香窗雨残。天谴浮云都散尽，教人一路看青山。"他的世界是悲惨的。

我徘徊在纪念馆里，只觉得四面化为回音壁，从那画幅里隐隐传来历史的回声，低沉、喑哑、悲戚，那是孤独者的灵魂在歌唱。

时代造就一代艺术大师。

命运铸成一尊叛逆者的雕像。

他长寿八十岁，一身骨气仍然属于大明王朝。

五

最后我谈谈关于八大山人的名字。朱耷的名号特别多，中年时期常用“雪衲”、“纯汉”、“法堀”、“灌园长老”、“枯佛巢”、“净士人”、“雪个”、“耕”、“个山”、“掣颠”、“驴汉”、“驴屋驴”、“人屋”、“主闲”等号；晚年，常用八大山人，以前名号均废而不用。学者们研究，八大山人为何用“驴”作号，这个俗丑的字怎能和他联系起来。有人说，朱耷的两个耳朵特别大，因自嘲是一头“驴”、“大耳朵驴”、“驴汉”、“驴书”、“驴屋驴”，这不禁使我想起建安时期的大诗人王粲学驴叫的故事。王粲在刘表手下不得志，怀才不遇，便学驴叫，宁鸣而死，不默而生。在旷野，在庭院，高一声低一声学驴叫的长鸣，那是向世界发出的警告。朱耷以“驴”作号仅仅是因为耳大吗？我想，他是郁闷悲哀的心情借驴鸣而倾泻。他如驴鸣般的长啸是通过书画的艺术形式而响彻于世。

一头愤世嫉俗的犟驴。

读读这些文化名人的诗词歌赋，欣赏这些艺术家的绘画，聆听这些音乐家的乐曲，不仅仅是美学的享受，更熔铸了深刻的文化内涵。这是城市的精神，是城市历史画龙点睛的一笔。有了他们，这座城市精神就会熠熠发光，辐射久远，生活就会充满情爱和诗意。

青云谱道观的庭院里有八大山人的坟墓，青砖垒砌成护栏，坟草披离，茂密葳蕤，坟周围四角有四棵巨大樟树，树躯有双人合抱，像四大金刚守护着一颗傲然不屈的画魂。有一只鸟飞来落在树枝上，那鸟是杜鹃，咕咕地鸣叫着。我又联想到杜宇之魂化为杜鹃鸟的故事，这是悲情的鸟，其叫声也是悲戚的。

离开青云谱时，我忽然想起贝多芬写给李希诺夫斯基（李希诺夫斯基是伯爵，曾资助过贝多芬）的信，只有一行乐谱，歌词只有反复的两个字，这是举世罕见的乐典：孤独，孤独，孤独。

八大山人是一个孤独者，与他对峙的是一个时代，一整个王朝。他的思想和行为与这个时代及王朝格格不入。他的艺术玄想奇特且有趣，他反映的世界是一种反常而合理的现象。他的生命是孤独者苍茫的羁旅，宿命的无奈，人生的绝境，纵有山水千千幅，梦醒后，残灯孤枕，往事已成空！

2015年1月

有片枫叶属于你

——长沙笔记

一

我潜心阅读这片永远读不完，也读不透的土地，不知东方之既白。

这片土地太古老了，古老得像传说，像神话，连司马迁也闹不清，含含糊糊地说，始祖炎帝和黄帝都来过这里。炎帝来此倒也说得过去，炎帝陵就在今日的湖南。那黄帝居于陕北黄土高原，他怎么会千里迢迢来到南方？山高路远，交通极其落后，过了黄河，还有长江，艰难呀！但司马迁硬说，黄帝曾“披山通道，南至于江，登熊、湘”，后来还把长江这方土地封给他的儿子少昊氏。传说中的少昊氏是远古长沙一个氏族的首领。

传说嘛，姑妄听之，姑妄信之。在三楚大地上漫游，沿湘江行走，在晨雾里，在暮色里，在烟雨中，我眼前仿佛依稀幻化出一个苍苍老者，头戴荆冠，手持藜杖，头发长得能披肩，胡子盖嘴，像疯子，又像乞丐、流浪汉。秋风吹乱他一头长发，撕扯着草衣，他一边走，一边吟唱：“袅袅兮秋风，洞庭波兮木叶下”，“若有人兮山之阿，被薜荔兮带女萝”。疲惫的身影摇曳在山野里、黄昏里，蹒跚的步子踉跄在泥泞中，苍老低沉的声音，伴着洞庭湖寒波涛韵，回荡在三楚大地。那首著名的诗篇《湘夫人》至今还散发着鱼鲜味，水草味，荒野味，还有野荷花、女萝花的芳菲。“宁赴湘流，葬于江鱼之腹中，安能以皓皓之白，而蒙世俗之尘埃乎！”屈原没有食言，他投汨罗江而亡。他是醒着死去的，他死后仍然醒着。

于是这荒蛮粗野的三湘大地播下第一行诗歌的种子，古老的文化因子流进湘江，流进长江，一个古老的诗魂便融进这苍天厚土。寒来暑往，国老几朝，人老几代，到了西汉时期，才华横溢的贾谊，小小年纪便成为五经博士，他著名的《过秦论》是一组政治性很强、艺术表现力极为优秀的散文，深刻地总结了秦国灭亡的教训，并提出治国的方略，上中下三篇均气势酣畅，雄辩滔滔，带有战国纵横家之遗风，而且文辞优美，深得汉文帝的赞许，文中的建议也多被采纳。

才高遭妒，德高受谤。汉天子打算提拔贾谊“任公卿之位”，却遭到老臣周勃、灌婴等人的嫉恨，一时满朝风雨，攻击、诽谤、谣言，异口同声的攻伐，万箭齐射，乱蜂蜇头。最后，汉文帝只好将他贬谪到长沙。

其实贾谊只要以入世的态度做事，以出世的态度做人，他完全可能走向权力的顶峰。他言之谔谔，才华逼人，以一介书生的耿介、耿直，偏要揭朝廷的疮疤，撕破繁荣下的溃疡，大呼小叫，痛批一些功臣、庸臣尸位素餐，言辞犀利，盛气凛然，那些功绩盖世的老臣岂不恼羞成怒，弹劾的奏章像雪片似的飞向龙案？汉文帝无可奈何，只好让他去长沙担任长沙王的太傅。后为梁怀王太傅。说白了就是贬为一个教书匠，只是学生是皇胄太子。

贾谊南贬途经湘水，望着滔滔江流，思绪联翩，想起三闾大夫的悲剧人生，联系自己，何其相似，同是天下沦落人，天上人间心相通，惺惺相惜之情，油然而生，于是挥毫写下《吊屈原赋》。贾谊对屈原遭朝廷宵小攻击诽谤，非常愤慨，对他受贬深表同情，并用“鸾凤伏蹿兮，鸱枭翱翔”，形容当年楚国黑暗混乱，是非颠倒的现实，怎能容得“众人皆醉我独醒”的政治家？他痛斥小人之卑劣，实际上是借哀叹三闾大夫的悲惨遭遇，倾泻自己一腔郁垒。屈原《离骚》篇终所云：“已矣哉！国无人莫我知兮！”更激起贾谊强烈的共鸣。

若干年后《史记》的作者司马迁又对屈原、贾谊寄予同情，为两个人写了一篇《屈原贾生列传》。在“传”中，司马迁很含蓄地批评了贾谊缺乏屈原那样的高尚情操和磊落胸怀，也缺少屈原那种“虽九死其犹未悔”的斗争精神。

贾谊来到长沙第三年出现一件怪事，有只鵩鸟飞进他的室内。古时认为鵩鸟进宅是不吉利的。他很伤感，于是作了一篇《鵩鸟赋》。在赋中他写道这是灾祸降临的凶兆，猜测自己寿数不长，此后，贾谊心情更加郁郁不快。回京任梁怀王太傅后，偏偏梁王骑马，不慎从马上摔下来，竟然一命呜呼！这还了得，作为梁王的老师将负何种重责？而贾谊又非常喜欢梁王，深感懊悔，痛心万分，哭泣不止，心事更加沉重，终日郁闷，有时一天不进水米，结果不到一年，他也随梁王去了，死时三十三岁。

贾谊像一道流星划过幽暗的长空，沉入宁静的历史。

这两位大才槃槃的巨子都死在这块土地上，幸耶不幸？这楚湘桑梓之地收藏了他们的一把忠骨，于是后世称这里是屈贾之地。

二

岁月遭替，光阴荏苒。大唐帝国来了，长沙时来运转，一帮文人雅士诗人骚客，频频叩访长沙。那时它没有北方城市的大气、豪放、敦厚、稳重，却有南方独具的灵秀、婉约，富有水灵灵的朝气。而今大街两旁栽满长沙的市树——香樟，也有枫杨树，高大挺拔，茂茂腾腾，使长沙城绿浪迭涌，丰满有致。且不说中国八大菜系之一的湘菜实在诱人、馋人，你走在大街小巷，空气里总是飘逸着湘菜的酸辣味，烟熏腊肉的香味。湘江风景也秀色可餐。我来到湘江正是初秋时节，湘水泛蓝，朗日照耀，浮金溅银，岸边高杨大柳，江面水鸥飞翔，草地上孩子们嬉戏，水流平稳，江面雄阔，有几点游船点缀江面，一种祥和温馨的气氛扑面而来，站在湘江大桥上，尽览橘子洲，为何叫橘子洲？洲上尽是橘树吗？问路人，路人也说不清。其实橘子洲连一棵橘树也没有，有的是枫杨树和高大的柳树。是毛泽东的一首词“独立寒秋，湘江北去，橘子洲头”，使橘子洲一下名噪华夏。

大唐帝国的诗人们，乐山爱水，长沙是山城、水城，自然是他们笔下讴歌的物象，也是他们情感的倾泻之地。

游遍长沙，我总觉得长沙本身就是一首舒徐婉转、韵致绵邈的诗篇，它的岳麓山，它的爱晚亭，它的橘子洲，它的湘江水，应该是这首诗中韵味深长的佳句。

岳麓山到了明朝时期，因建了一所书院，更是名噪四海。书院沿山坡而建，一幢幢古色古香的建筑坐落在树荫下、山坡上。这里山幽林静，正是学子苦读诗书的好地方。这里湘江北去，留下一路涛声；这里古木参天，撒下一山绿荫；这里山灵水秀，林茂泉洁，挽今天一方宁馨和静谧。风声、雨声、涛声、读书声，熔铸一代才子的灵魂。

青砖黛瓦、古朴雅致的岳麓书院，曾是南国最高学府。宋朝时期，便有歌谣流传：“道林三百众，书院一千徒”，可见书院规模之大，读书风气之盛。这里会聚了一批心志相投、学脉相通的读书群体，涌现出一代思想家，文化传人，军政精英。南宋时期，理学大盛，理学家朱熹两次在岳麓书院讲学，一度形成学术鼎盛、文化繁荣的历史局面。晚清时期，一代叱咤风云的人物魏源、陶澍、曾国藩、左宗棠、胡林翼、毛泽东的老师杨昌济……就是从这里出发，驰骋天下的。“惟楚有材，于斯为盛”，实非虚言。

唐朝时代，橘子洲并不怎么出名，诗人写橘子洲的并不多，而洞庭湖则常常进入诗人游历三湘山水诗的笔下。孟浩然是湖北人，湖北湖南相邻，他曾多次游历湘水洞庭湖，他诗中云：“襄王梦行雨，才子谪长沙”,“清猿不可听,沿月下湘流”。他此行是经洞庭湖乘舟溯湘水入桂水赴桂。诗中“才子”就是指他的朋友被谪贬长沙的任九司户的“阎防”。他这次湘桂之行是开元十六年之前,后来他又写诗《南还舟中寄袁太祝》,诗中说:“岭北回征帆,巴东问故人。桃源何处是?游子正迷津。”这“故人”就是他的老友袁太祝。孟浩然此次并未入桂,到了武陵,便掉棹而返,因得悉袁太祝已调任。诗人虽到湘即返,但并无离愁伤别之感。他寄兴山水,豪情满怀,对未来充满信心,抱负很大,想到不久就要去长安应试了,似乎看到前面是一片锦绣前程了。

孟浩然四十岁之前,主要是闭门于家,修身养性,苦练文章,游山玩水,灌蔬艺竹,无意仕途,但也心存矛盾,那个时代的读书人,唯一的出路就是进士及第,然后踏上仕途,在朝为官。四十岁那年春天,他赴京赶考,金榜公布,他竟然名落孙山,这是他一生最沉重的打击。他痛苦、失望,原有的那种豪气、乐观、自信的心情全都黯然了。从此孟浩然便一生脱离仕途,“不才明主弃,多病故人疏”。孟浩然在长安绝望了,便隐居泉林,放浪山水,他的诗歌创作走向一个新的境界。他写了大量的田园诗、隐逸诗,还有山水诗。他讴歌洞庭湖“八月湖水平,涵虚混太清。气蒸云梦泽,波撼岳阳城”的诗句,成为千古绝章。

李白留居安陆期间,常来往于襄阳、江夏一带,与孟浩然交往甚密。他在长沙居住好几个月,岳麓山的林莽,湘江水的涛声,汉代的王台,贾谊的故居,屈夫子的遗迹,能不引起这位诗仙的诗兴澎湃、诗思滔滔吗?他在长沙写过许多诗:“我本楚狂人,凤歌笑孔丘。”那种狂放不羁,那种独立的清高,正是年轻的李白斗酒诗百篇创作“井喷期”。他有一诗,可谓写长沙的代表作:“流远荆门外,来从楚国游。山随平野尽,江入大荒流。月下飞天镜,云生结海楼。仍连故乡水,万里送行舟。”

李白一生喜欢登山临水,他心中荡漾着湘江和洞庭湖的波光。即使晚年流放归来，人生已垂垂老矣，但诗兴不减，浪漫主义情怀依然，飞扬的想象，如火的激情，依然使他的诗豪迈奔放，恣意盎然。

三

杜甫晚年，贫病交加，安史之乱使大唐帝国日渐衰败，经济凋敝，政治混乱，杜甫流离失所，四处漂泊。在友人的帮助下，他在成都西郊盖了一所草堂，算有了一个安家之所。实际上杜甫住了三年，便离开成都，经嘉州（乐山）、戎州（宜宾）、渝州（重庆），到了丰节，在这里住下来。他租了一百顷公田，还雇了长工，他和全家一起种田，还经营一片果园，生活还算比较安定。在夔州不到两年时节，杜甫竟然创作了四百三十多首诗，是他存诗总量的十分之三，真是创作丰收时节，这时期杜甫已近晚年。大历三年，杜甫离开夔州又乘船出三峡，开始人生最后一次漂泊。他乘船先到湖北江陵，又转公安，年底又漂泊到湖南岳阳，一家老小全在船上。第二年正月，他由岳阳到潭州（长沙）。他得悉朋友韦之晋调任潭州刺史，投奔他而来。他在船上作诗“杜陵老翁秋系船，扶病相识长沙驿”。据考证，杜甫当年居住的“旧驿站”，就在长沙小西门一带。这时诗人贫病交加，全靠朋友接济度日。

诗人的灵魂总是骚动的，不安分的。杜甫在长沙住了些时日，又从长沙乘船到衡阳，在衡阳逗留时间不长，又折回长沙。在长沙居留期间，喜出望外地遇到老朋友大音乐家李龟年，这是他晚年最值得回忆的一件事。他兴奋地写道：

岐王宅里寻常见，崔九堂前几度闻。
正是江南好风景，落花时节又逢君。

李龟年是唐玄宗时代著名的大音乐家，他善歌舞、作曲，又擅长吹筚篥，还擅长奏羯鼓，与李鹤年、李彭年兄弟创作的《渭州曲》，深得唐明皇赏识。李龟年又是唐明皇梨园乐坊的教官，与唐玄宗感情之深切非常人之所及。杜甫年轻时在长安常听到李龟年的演奏，或在玄宗弟弟岐王李范的府第，或在秘书中监崔九家的客厅，那娴熟的演技，那动人的旋律，常常听得如痴如醉，这都是当年的寻常之事。安史之乱后，山河破碎，战争的残酷使人民生灵涂炭，家破人亡，骨抛荒野，尸横蓬蒿，而今虽干戈平息，但烽烟不绝。两位白发苍苍老者十几年漂泊流离，谁料在潭州相见？真是劫后余生，悲怆中的欣喜，故友相逢，是梦是幻？在这大灾大难中能活下来，真是感慨万千。

我想象，杜甫和李龟年相见该是秋天的某一个下午，那天的阳光很瘦弱，风也带着许多寒意，身旁的樟树叶子已经泛黄，有几片飘然而落。“久旱逢甘露，他乡遇故知”，树枝的鸟儿鸣叫声也显得格外凄婉。两人相拥相抱，泪雨霏霏，不能自已。秋风吹乱杜甫的花发，撩起李龟年的长衫，泪眼相望，两张熟悉的面孔，一样的沧桑，一样的瘦削，一样的忧愁，又一样的惊喜。人生哪！

也就是这次相见，他又一次聆听了李龟年的演奏，激动不已，即席写下这首感人肺腑、脍炙人口的诗篇。

李龟年居留长沙，常常思念远在长安的故君唐玄宗，玄宗失去爱妃，孤苦伶仃地居住在残破而空旷的旧殿，他再也不会听到李龟年的歌曲、乐曲了。李龟年流落长沙街头，以演唱（卖唱）换取银两苦度日月。有一次他演奏了一曲王维的《伊州歌》：“清风明月苦相思，荡子从戎十载余。征人去日殷勤嘱，归雁来时数附书。”兴亡之痛，流离之苦，顿然涌在心头，一曲未了，便感到头晕目眩，突然倒地昏厥，四天四夜，水米不进，只有耳朵还有点热气。妻子不忍心殡殓他，四天后，他竟然苏醒了，但遗憾的是，他最终还是郁郁而死。

杜甫在长沙写了五十多首诗，现存诗一千四百余首，其中百分之九十是安史之乱以后的作品，这些作品由于深刻广泛地反映了变乱前后的时代面貌，被后人称为“诗史”、“诗圣”。其实杜甫在世时，他的名气并不大，当时唐朝也编辑“诗选”，他的作品入选很少。杜甫也写了很多相对平庸的诗，如《清明》也是在长沙写的：“著处繁花务是日，长沙千人万人出。渡头翠柳艳明眉，争道朱蹄骄啮膝。”这首诗写得平平，虽写了长沙的繁华，却没有被人传诵的佳句，至今流传不广，比起他的族孙杜牧的《清明》相差甚远。有专家说杜甫存诗一千四百余首，真正的精品、佳作不过七十首，二十分之一。这蛮不错的：“吟成一个字，捻断数茎须”，这七十首经典之作又捻断了多少茎须？为得一句，泪水流了几斛？

杜甫在世时不被世人称为名流大家，几百年后，到了宋初，由王禹偁、晏殊把他宣传出来，称为“诗圣”，后经过一代文宗欧阳修力挺，把杜甫排在唐代最伟大的诗人李白之后。江山还靠诗人捧，文章也靠他人捧。但时间和读者是严厉的法官，作品优劣是由时间和读者最后定夺的。杜甫不愧为伟大的诗人，他终于登上唐朝诗坛的巅峰，成为最伟大的现实主义诗人。

在长沙我见到了杜甫的雕像，黑色的大理石，闪着釉质的光。他气质沉郁，脸庞黝黑，清癯消瘦，但眉毛下一双眼睛还富有神采，他头发已花白，五十几岁已显得很衰老。他心忧天下，情系苍生，以己之心承担天下人的苦难，能不憔悴苍老吗？一缕山羊胡子被风吹得抖动起来，日暮途穷，身世际遇坎坷，目光默默地望着我。

长沙和潇湘，是“湖南清绝地”，古往今来，不知迎候接待了多少文人雅士，长沙一度被唐太宗改名潭州，可李白就偏不理睬，依然称之“长沙”，“一为迁客去长沙”。李白之后还有刘长卿、柳宗元、杜牧、李商隐……整个大唐帝国一级作家大多来过这里。湘楚大地自古巫风盛行，祭祀、招魂、巫术等现象十分普遍，同样湘风楚韵也弥漫这方土地，三闾大夫歌哭长吟也缭绕在湘天楚地。岳麓山上放歌，湘江岸畔长啸，潇湘烟水，楚天风雨，激发他们的灵感，沸腾着一腔热血，忧国忧时的感悟，临风抒怀，凭古吊今的长叹。这些才子们有一个通病，傲视权贵，疾恶如仇，脱略世务，狂放不羁。他们的才华和骨气是人生的双刃剑，既成就他们的创作，又造成仕途的坎坷。

李商隐是最典型的一位，在开成四年（839）出任秘书省校书郎，不久调任弘农尉，大概像今天农业部的小官员吧。他和上司关系搞不好，愤而辞职，离开京都长安，便到南方游历，来到潭州，在这里又遇到被宦官排斥受贬柳州的刘蕡，李商隐视刘为师友，刘死于贬所，李商隐异常悲愤，写诗哭吊。这时李商隐三十几岁，已过而立之年，对官场和朝廷的政治观察已有见地，思想和艺术愈发成熟。他感到前途无望，写了《哭刘蕡》等诗，诗风已由悲愤趋于哀婉、感伤，后来又来了个“朦胧体”，以写爱情诗、悼亡诗为主要题材，抒发怀才不遇的悲哀，一种幻灭感像阴霾一样笼罩在他心头。他有一首诗也是写自长沙：

非关宋玉有微辞，却是襄王梦觉迟。
一自高唐赋成后，楚天云雨尽堪疑。

他游历潇湘，还写了两首《岳阳楼》七绝。

我漫步长沙街头，高楼林立，新区成片，钢筋水泥媾合的方阵在肆无忌惮地铺排扩延，城市现代化脚步匆匆，嘈杂喧嚣，早已湮灭了那些诗人的长吟短啸。塔吊的长臂在天空中运转，城市的疯狂生长，已打乱古代文人登高赋诗的雅兴。我想，李商隐今天来长沙必定连一首朦胧诗也写不出来。

四

长沙是英雄的城市，金戈铁马曾写就历史的一页辉煌。

时光来到南宋，长沙接纳一位词人将军辛弃疾，这是长沙永远值得骄傲、自豪的记忆。

辛弃疾的到来使这个无精打采的城市顿时出现生机勃勃的景象。

辛弃疾南渡后最得志的岁月是在长沙，南宋淳熙五年（1178）秋出任湖南转运使，第二年秋改知潭州兼湖南安抚使。

一个豪放不羁的词人来了，他能做些什么？长沙人瞪着惊奇而带有疑虑的目光看着他。

宋孝宗淳熙六年（1179）春，三十九岁的年轻词人骑着马，在长沙转了一圈，破旧、衰败、暮气、颓废，这些缺乏生机的词一抓一大把，全撂给长沙也不嫌多。他时而下马驻足，左顾右盼，像在寻找什么，不时用脚步测量，像谋划什么。几天后辛弃疾向同僚宣布，要建飞虎营！壮志凌云，这位栏杆拍遍的词人，正值年华，雄心勃勃，鞍马征尘：既然皇上派我来知潭州，必然就要放手大干，建一支能剑指三秦、收复故国山河的雄师劲旅，为暮气沉沉的南宋政府积蓄收复中原的力量。

他以昔日马殷兵营旧址做营盘，组建新军。马殷是唐朝的潭州刺史，是个英雄人物，“上奉天子，下抚士民”，内靖乱军，外御强番，几十年征战沙场，为巩固大唐江山建立了卓越功勋。

辛弃疾是性情刚烈的将帅，办事果断干练，说干就干，从不拖泥带水。那些日子长沙阴雨连绵，无法烧砖造瓦，他号召居地每户捐献二十块砖瓦。居民们情绪高涨，几天时间，将大批砖瓦齐刷刷地码在营盘。

辛弃疾建好营房，便招兵买马，组建军队。各路英才，云集长沙，辛弃疾日夜操练,勉力将士忠君爱国,为收复中原、还我山河拼死效力。他在长沙政务繁忙,军务繁重,仍不忘填词咏志抒怀,抒发山河破碎的悲剧感悟,倾泻悲愤不平的啸音。

辛弃疾在南宋任职前后加起来不到十年间,却调动十一次,其中在湖南长沙任职时间最长,也不过一年半,频繁的调动,使他很难搞出点儿名堂、有所建树。实际上这是南宋政府投降派整治主战派的一种手腕。你要抗金吗?我频频调动你,让你一事无成。辛弃疾一生充满了壮志难酬或闲赋田老的尴尬。他在长沙写过好儿首词:《满江红·更能消》、《阮郎归·山前灯光欲黄昏》、《破阵子·掷地刘郎玉斗》等等,他的《满江红·过眼溪山》就是赴长沙任职途中所写:"吴楚地,东南坼。英雄事,曹刘敌。被西风吹尽,了无陈迹。"叹自己三十九年来辛苦劳累,鞠躬尽瘁,不过是过眼烟云,"不堪一笑",而今转念东南山河,英雄仲谋,东吴霸业,已被风吹雨打去,徒留旧日楼台评说。词中流露吊古伤今之感慨,有沉重的历史感。

湖南任上,辛弃疾和范仲淹、欧阳修一样,在辖地兴利除弊,关心民瘼,解除百姓贫困饥饿,整顿农村乡社,抑制豪强地主的横行不法,弹劾贪官污吏,深得民心。但是脚跟刚站稳,一纸圣旨,他又要离开长沙,心情不免惆怅。他那首《摸鱼儿·更能消》就是写于潭州,感叹人生短促,壮志难酬,官职频频调换,纵有经天纬地的才能,也难有大的建树。"更能消,儿番风雨",寥寥数字,道出词人极深的寓意,感慨"闲愁最苦"。

辛弃疾走了,他再也未回过长沙。

辛弃疾走了,他刚建起的飞虎营谁来操管?

辛弃疾走了,岳麓山、橘子州,还有爱晚亭、湘江水、三楚大地,别了。

辛弃疾离开长沙那天想必是细雨霏霏的日子。他骑在马上,眷恋地回眸烟雨中的长沙城，一抹雨水伴着泪水流淌在脸颊，泪眼迷蒙。

五

我不知道杜牧何时来到长沙，我翻遍他的履历档案，杳杳然，无稽可循。但长沙人都说杜牧那首著名的《山行》就是写在长沙，就是写给岳麓山的。九月是黄金季节，岳麓山的枫叶红了，层林尽染，满树燃起一团火焰，如诗如画，杜牧傍晚穿行在这山径，诗情大发，随口吟出："远上寒山石径斜，白云深处有人家。停车坐爱枫林晚，霜叶红于二月花。"诗的色彩明丽，情调温和，诗人的心态与秋天、秋色、秋景之间有种神秘的感应，这是诗人的"心理季节"。仔细品味也让人生出微妙的伤感。秋光虽美，也像二月花一样，但命运是凄苦的，一阵风雨，便会凋零，明快之中暗含着一种不调和、不匀称的忧郁之美。杜牧后来官迁吏部员外郎，这是唐朝的重要职位，虽不任实职，但有话语权，他可能来潭州巡视过，但没有历史记载。

不过，长沙人仍然因这首诗而骄傲、自豪，岳麓山因杜牧的诗而雀噪于世。杜牧虽是北方人，却常年在江南做官，对江南山川风物、人文历史极为熟谙，楚天云雨、江南春光、潇湘春光秋色他是深有体悟的。"半醒半醉游三日，红白花开山雨中。"杜牧的诗歌语言，风格既绚丽多彩，又清新自然；既明丽爽俊，又含蓄委婉；既风流华美，又神韵疏朗，后人赞扬"杜紫微天才横逸，有太白之风，而时出入于梦得"（管世铭《读雪山房唐诗钞》卷二十七）。他写长沙的不仅有《山行》，还有《早雁》等诗，湘楚大地，绿水盈盈，河流蜿蜒，湖光潋滟。长沙既是明丽之地，又是才子之乡。所以杜甫留下名句"夜醉长沙酒，晓行湘水春"。连柳宗元对长沙都缠绵留恋："好在湘江水，今朝又上来。不知从此去，更遣几年回。"（《望湘亭》）

我游览长沙，岳麓山林木苍苍，湘水汤汤，橘子洲外，湖泊星布，冈峦交错，汉代王台，贾谊故居，唐代园林寺庙，宋代书院，古老的建筑，还传递着沧桑的气息和独特的韵味。在博物馆里陈列着马王堆汉墓的古籍、三国孙吴的简牍。那上面的文字感望着我，我的目光也凝望着那些字，它们的目光迷蒙，我的目光茫然，字的目光淡漠，我的目光惊愕。我久久地凝视着漫漶模糊的文字，一种敬畏感油然而生，它们从遥远的年代走来，这是一种千古机缘。这些断牍残简，承载着时代的思索，历史的记忆，面对它们，谁能不肃然起敬呢？

即将离开长沙，湘楚大地匆匆旅行，长沙的短暂驻足，使我领略了一个城市的风度、个性和气质。那个晚上，我独自跑到湘江岸边，白天的喧嚣，渐渐疏淡、平静下来，一川江水载着城市的疲惫、憔悴的灯光，慵倦地滞滞向北流去。不由想起伟人的诗句："独立寒秋，湘江北去，橘子洲头"，那是他青年时代的豪迈气概。

离开长沙临行前，我还到爱晚亭采撷了一片枫叶。未到晚秋，枫叶还未经霜染，但已初现红润。我小心地夹在书页里。我想待到层林尽染时，长沙的霜叶该是多么鲜艳绚丽啊！

2015年1月

小城之魂

这个精力充沛的小城是文化名城，历史和文化的氤氲弥漫着小城。岁月更迭，风雨沧桑，虽经数百年，久久未有弥散。我千里迢迢来到这里，寻觅一代文宗的纸上云烟，摭拾他们生命的歌吟。

一

我眼前是一棵高大的银杏树，落落寡合，粗有三人合围，庞大的树冠，龟裂斑驳的树躯，初夏的阳光在叶子上闪烁，绿意茸茸，有着不凋的激情，依然展示着生命的力度。我依稀看到一个人影站在树下，一条发辫，一袭青衫，温文尔雅，风度翩翩，那不是姚鼐吗？

这棵银杏树的护栏上挂一铁牌，上书"姚鼐手植银杏树"七个字。文管所的同志告诉我这是姚鼐惜抱轩的旧址，迄今已有两百多年了，姚鼐的文章中曾提及这棵树。

姚鼐是桐城派作家最有代表性的人物之一。桐城派乃是清代文坛最大的散文流派，且它不仅激荡奔腾在清代文坛，还延泽后世。

明末清初，改朝换代，文人中有些遗老遗少未免有些伤今怀古，硬着脖颈背对现实的异族政权。他们或诗酬酒侣，狂啸山林，低吟哀叹，为前朝呼魂唤魄，鸡鸣风雨，聊以惓惓，还有些硬骨头文人，为大明而殉国。但有相当多文人却是在统治者高压下，忍气吞声，在无可奈何花落去的伤感中接受清朝政权的统治。清朝初年，特别是康熙时代，统治者对汉族文人和汉文化采取了明智的接纳、宽容、招抚政策。康熙大帝南巡路过南京，祭祀明孝陵，并勒石刻碑，称赞朱元璋：治隆唐宋。这给汉人，特别是文化人那凄凉的心灵里带来一缕温馨。康熙皇帝还亲自祭孔，这是对汉文化的高度肯定，尊儒读经，努力吸收汉文化的精髓，尽快融入汉文化的汪洋大海……

康雍乾盛世的出现，使汉文人感到欣慰，亡国之痛也渐渐消弭了，他们笔下开始出现盛世现象，在这种背景下出现的桐城派散文，便是文风和世风的综合反映。

桐城派的创始人都是桐城人。

桐城派散文家的代表人物有方苞、刘大櫆、姚鼐。但它吸附裹挟的作家有六百人之多，著作累累，卷帙万卷，在康雍乾三朝文坛汹涌澎湃、激浪翻腾。桐城派的遗著很多，桐城图书馆就藏有数千册。

姚鼐亦称惜抱先生，于清雍正九年（1731）生于桐城一个官宦世家，伯父姚范诗、古文、经学成就俱高。姚鼐自幼就生活在文学氛围很浓的家庭，耳濡目染，五岁入私塾，师从饱学之士方泽。乾隆二十八年（1763）中进士，当过各级考官多年，后来跟和珅、纪晓岚编纂《四库全书》，但时间不久，长病归养。这是个历史之谜。他也许厌倦了枯燥板涩的编辑生涯，也许厌腻了京都生活的喧嚣芜杂，抑或是身体确实有病，打了辞职报告。鱼思故渊，鸟恋旧林。回归故里，在山林书院手执教鞭，课徒教书，长达四十余年。

姚鼐于壮盛之年（四十四岁），正当仕途畅达青云直上之际，生命的乐章戛然出现变奏，改弦更辙、激流勇退。姚鼐作出这种选择，并非一时意气使然。

主要原因是和他的顶头上司纪晓岚不合。纪晓岚虽为饱学之士，一代大儒，但他对程朱理学并不尊崇，时常抨击理学。在编撰《四库全书》时多用汉学眼光，选择扬弃。而姚鼐是程朱理学的维护者、推崇者、继承者，当然对纪晓岚的学术观点极其反感，对纪晓岚要求勘订入选的书目也持有不同意见，姚鼐"往覆辨难，诸公虽无以难，而莫能助也”。姚鼐拟进书题往往不采用，难免心中郁郁然，愤愤然，对日复一日埋头校勘书卷的刻板工作更感到厌倦，他心中推崇的唯有古文，唐宋八家那千古华章。他像关在网中的鸟，囚在笼中的兽，敢怒而不敢言，心有所悟，而行又随心，这种心理矛盾，人格分裂，使他更加痛苦，不禁产生“田园将芜胡不归”的感慨。1774年，他毅然辞职，在四库书馆中只待了不到两年，就和纪晓岚拜拜了。

有人说，姚鼐辞职归里，是受他伯父姚范潜移默化的影响，每当人生关口，这种影响会释放出来，左右其人生道路。姚范进士及第后，授职编修，致仕不满八年，辞归故里，时年四十七岁，最后终老泉林。不难想象，这是一种官场人格和文化人格的冲突。而姚鼐在进四库书馆前曾入仕，对官场的黑暗，冤假错案的肮脏，早有深恶，回归故里是他一厢情愿。他常说自己只是野鸟，不求高栖，但求自得，“谷鸟翩翩影，孤翔识所归”，应是他回乡的最初心理愉悦状态。

姚鼐的故籍桐城在清代是个不起眼的小乡填，竹篱茅舍，破街陋巷，可是它背依蜿蟠跌宕、风光旖旎的龙眠山，山上林木葱郁，芳草佳卉，奇石怪峰，是江南一大胜景。小镇的北面便是龙眠河，河水由山上流泉溪水汇聚而成，平时清澈、静幽，闲雅舒缓地流淌，执著而又不知疲倦。到了雨季，河水猛涨，激情四溢，惊涛翻滚，巨龙醒来了，要叱咤风云、腾天跃地了，莽莽的龙眠山林涛飞卷，迫天遏云。一向静逸的小镇一下子充满了撼人心魄的动感和勃勃生机。

姚鼐脱去羁绊，回到青山绿水的故园，常常思亲念故，很多亲人和长辈已经仙逝，还好，自己的恩师刘大魁虽年过八旬，依然健朗。回乡数月，他曾几次拜望恩师，追往忆昔，常常感叹唏吁，泪水潸然。姚鼐回到故乡课徒之余，致力于文学活动和学术研究，继承方苞的文学主张，又有所创造和发展，对义理、考据、辞章三者关系的解说，在当地形成很大影响。

谈到文章风格，姚鼐在《海愚诗序》里说得具体：

鼐闻天地之道，阴阳刚柔而已。文者，天地之精英，而阴阳刚柔之发也。……其得于阳与刚之美者，则其文如霆，如电，如长风之出谷，如崇山峻崖，如决大川，如奔骐骥；其光也，如杲日，如火，如金镠铁；其于人也，如凭高视远，如君而朝万众，如鼓万勇士而战之。其得于阴与柔之美者，则其文如升初日，如清风，如云，如霞，如烟，如幽林曲涧；如沦，如漾，如珠玉之辉，如鸿鹄之鸣而入寥廓；其于人也，漻乎其如叹，邈乎其如思，暖乎其如喜，愀乎其如悲。观其文，讽其音，则为文者之性情形状，举以殊焉。

天地万物，千姿百态，瞬间万变，而表现反映自然和人生大千世界的文章不应该呆板、单一，作家的风格也应该各自不同。文学是人类思想感情的具体形象表现，而形象的本身又是作家对现实生活感受的高度概括和提炼。姚鼐是桐城派集大成者。桐城派的古文理论，由此形成一个完整的系统。桐城派是清代影响最大的文学流派，从清初到清末，两百多年的历史，贯穿了整整一个朝代。

二

说到桐城派，你不能不提到另两个人：一是方苞，二是刘大櫆。方苞是桐城派的元老。

姚鼐说："望溪（方苞晚年号望溪）先生之古文为我朝百余年文章之冠，天下论文者无异说也。"袁枚也称方苞为"一代文宗"，方苞历来被认为桐城派创始人。

方苞自幼生活在书香世家，他父亲就是位诗人，长兄方舟以八股文颇负时名，方苞在一个文学氛围很浓的诗书之家长大，自幼就能背诵《易》、《诗》、《书》、《札记》、《左传》等经典。二十四岁去京师，游太学，结交知识渊博的学者、文章大家，读研宋儒之书，遂倾心程朱之学，康熙四十五年中进士时已中年。然而，天有不测之风云。康熙五十年时出了一场文字狱，有个人叫戴名世，其著作《南山集》中“语多狂悖”，被左都御史赵申乔弹劾，为戴名世作序的方苞也牵连入狱。这是方苞一生的重大厄运，也是他命运的转折。方苞在狱中读了大量的书籍，身陷囹圄而苦读诗书在历代文人中并不鲜见，但方苞朝乾夕惕、孜孜不倦的精神却使狱友们大惑不解，认为命已经朝不保夕了，还读什么书，于是夺他的书，方苞却说：“朝闻道，夕死足矣。”一个知识分子酷爱诗书，视读书、著述为生命的文化人格，是飘扬在他精神街垒上的旗帜！

康熙五十二年，戴名世一案判决，方苞被判死刑，由于李光地极力营救，蒙皇帝恩典，遂赦免释放。一阵迅雷暴雨过后，转瞬间天晴日朗。第二天便被召入南书房，生与死，天堂和地狱原来只有一壁之隔。后来他追忆狱中所见所闻，写出脍炙人口的《狱中杂记》，深刻地揭露了清代监狱中的黑暗和腐败。《南山集》案后，由于方苞才华出众，仍然官运亨通，仕途坦荡，历经康、雍、乾三朝，雍正朝官迁翰林院侍讲学士，与一代名臣鄂尔泰、张廷玉两相国共商国是。到乾隆朝，方苞更受皇上器重，再入南书房。方苞七十五岁因患足疾，乞解归家，乾隆恩准，并赐翰林院侍讲衔。回归故里后，方苞闭门谢客，青灯黄卷，朝乾夕惕，著书立说，江南总督尹继善三次登门求见，方苞称病以辞。乾隆十四年八月十八日，一代文宗长辞于世，卒年八十二岁。

刘大櫆为方苞的门生，又是姚鼐的老师，承前启后，为桐城派的兴盛和发展作了积极的贡献，与方、姚并称桐城派三祖。吏部主事程晋方和翰林编修周永年称赞：“昔有方侍郎，今有刘先生，天下文章其出于桐城乎！”他将方苞的“义法”与神气、章节、字句的关系进行研究，将方苞的理论更系统化，也就是说他继承和发展了方苞的文学理论。他认为“行文之道，神为主，气辅之。曹子桓，苏子由论文，以气为主，是矣。然气随神转，神浑则气活，神远则气逸，神伟则气高，神变则气奇，神深则气静，故神为气之主”，“不得其神，而待守其法则死法而已”。

刘大櫆的文章“纵横驰骋”、“铿锵绚烂”、才雄气肆、笔峻辞丰。他学问博雅，为人正直，对升官发财并不热心，而且交往极少，平时除了请教有学问的人，就没有别的杂宾。

文学是苦难的精神之旅，寂寞、困苦、艰辛有时伴随终生，“穷到深处诗自工”、“文章憎命达”，这是中国几千年来文人墨客的写照。如果整日缠绵于灯红酒绿、宾客如云的政坛，固然显赫一时，权重一方，甚至位极人臣，但是他不会写出千古文章，更难接近本质意义的文学。

中国士大夫阶层从东晋末年陶渊明、谢灵运开始，似乎发现了另一条人生蹊径，那就是归隐。这是知识分子为保性命不断退却之路。他们放弃了责任，将生命投放山林。建功立业的希望破灭，肮脏的官场又不适应他们生存，便回归自然，回到宁静的温情脉脉的田园，纵横翰墨之间。这是一种逃避，一种远遁，一种无奈和绝望，也是对现实的背叛。历史上也有许多假隐士，从姜太公到山中宰相到躬耕垄亩的诸葛孔明，还有那放浪江湖的李白，都假惺惺地做隐士，他们的“隐”是为了“彰”，他们把“隐”当作手段，最终目的是求官，这就是“终南捷径”。但中国传统文化极力称赞这种文化人格，把传统文化的勋章挂在他们胸前。

姚鼐生活的时代是封建制度成熟高涨的时代，姚鼐和他伯父姚范以及同时代人蒲松龄、吴敬梓、曹雪芹等大文豪，实际上是被专制制度和主流文化抛出轨道的文人。姚鼐脱离封建政体，其社会地位也无法保证。因为对诗文一道在文治中取代作用的认识，从皇帝本人到皇子，再到馆阁御用文人，形成了巨大的“御制”、“朱邸”、“纱帽”等诗文网络。“教书匠”、“孩子王”实际上反映了这批文人人生的悲哀。蒲松龄曾有过县、府、道三个第一的荣光，可是一直未走进官方文化的主流，只好坐馆课徒，靠点菲薄的“束修”维持生计；吴敬梓出身科举世家，家门鼎盛，一时光芒万丈，但是吴敬梓只有秀才功名，一生坎坷，最后混到三餐不继，典衣果腹，或靠朋友接济度日；曹雪芹为豪门之后，特殊的背景，使他永远不可能进入主流文化，晚年也沦到“绳床瓦灶”、“赊酒食粥”的穷困潦倒境地，所以他的笔下只能是“万艳同悲”、“千红一哭”的辛酸和血泪。

姚鼐回归故里，频频受聘于江南书院，月露风云，雨化江南，桃李丛簇，但其生活却是清贫的。

好在，这些书院大都建在山林之中，是极其幽静的。文人喜静，静是伟大精神和灵感的储藏器和发酵罐。静，是“青”和“争”的拼凑，是内在充沛旺盛的生命，在默默中勃然喷发出的神秘力量，同时也是情感燃烧的产物，只有在静寂中，才能进入另一个境界。所以，静则能曲、能伸、能韵度、能致远。古人大雅之篇“半得于画角秋鞍，平湖雪棹之间者，缘于静之故也。虽然，不独此也，或忠、或洁、或旷、或隐、或感愤、或佯狂，或放浪于琴酒，或悲抑于饥饿，皆静者流也，静则情为之缕缕焉”。

“闲静雅淡”是姚鼐追求的文章风格。简洁典雅的古文风貌形成于桐城派。桐城派的开山鼻祖戴名世就主张“雅而且清”，方苞就提出散文语言雅洁，事实上有清一代几乎所有文章都是求雅忌俗的。

我徘徊惜抱轩庭院遗址，想象这位桐城派集大成者潇洒悠然的情态。夏天的夜晚，繁星在天，明月满庭，姚鼐泡一杯香茗，往树荫下竹椅上一躺，远山鸟鸣隐隐，近处蛩吟细细，月如水，风如洗，可谓良辰美景，他邀一二知己，饮酒听曲，谈文论诗，抱膝长吟；秋天的黄昏，踏着黄花落叶，徜徉山林，登高长啸，一吐胸中郁垒，大自然是医治灵魂创伤的最好良药。姚鼐性情恬淡、温和。他回故里，教授生徒，讲学余暇，仍旧手不释卷，闭门笔耕，日子过得平淡如水，夜晚，青灯一盏，书山乱叠，花白的鬓发，清癯的面颊，睿智的目光，洗得有点发白的一袭青衫，更显儒雅。老先生坐在如豆的灯光下，孜孜不倦，孜孜以求。这里远离市声尘嚣，远离灯红酒绿的应酬，远离肮脏黑暗的官场，是思想“发酵”的一方沃土，是生命得以张扬的磁场。

桐城派的文人们选择文学，是出于生命的需要，方苞、刘大櫆、姚鼐们，特别是后二人没有轰轰烈烈的经历，没有大红大紫的辉煌，没有起伏跌宕的政治生涯，但他们在平淡中创造了神奇，他们将生命融入了他们的文本之中。千古不朽是文章，作品是他们生命和智慧的结晶，铸就了生命的辉煌。

三

唐宋以后，古文在清代进入了昌明时代，产生了文学史上最大的流派，持续两百余年，属于桐城派的作家有六百多人，著述上千种。桐城派所历的时代，一直到五四运动兴起，桐城派才逐渐退出历史舞台。桐城派最后一个代表人物林纾（林琴南）用文言文翻译了大量外国文学名著，其中有小仲马的《茶花女》，一时成为畅销书，当时的文化人几乎人手一册。桐城派最后一缕晚霞带着欣慰的微笑沉入历史的幽暗和静寂中。

明末清初，是中国社会王朝更迭的动乱时期，也是中国文化学术思想开始剧烈变革的时期。文人士大夫多半经过农民革命和满族入关的巨变，阶级矛盾和民族矛盾浪潮的冲击，迫使他们不得不面对现实，或奋起反抗，或归附于清，或削发为僧，隐迹泉林，寄情山水。而文风方面，一是重道轻文，二是空洞无物，无病呻吟，摹仿之风越演越烈。这时，方苞提出“义法”论，摇旗呐喊，奔走呼啸，即强调文章“内容和形式”的统一，也就是“义”包含在“法”中，而“法”又是“义”的具体表现。

桐城派的作家们大都高举“义法”的旗帜，掀起了轰轰烈烈的文学革新运动，浪潮波及全国，并出现了一批文学大家、文化大师，使中国文学史呈现出一道璀璨的风景。

文学是人类思想感情具体形象的表现，而形象本身就是作家现实生活感受的高度概括和提炼，透过艺术形象可以准确分析和显示作家风格。文学是积累式的，它并不存在一个核心或原始意义。文学流派也是这样，只是某种理论的基本相同，风格流韵却有所差异。文学是最富有个性，最富有鲜明艺术特色的，这和作家的阅历、生存环境、秉赋、气质以及审美取向有着直接联系。桐城派的出现是一种历史文化现象。

姚鼐创造性地提出阳刚之美和阴柔之美的观点，他说：“文者，天地之精英，而阴阳刚柔之发也。”姚鼐属于清流人物，有清风明月的人格和洁癖的精神，他虽是程朱理学的信奉者，但骨子里也不乏老庄的精神，恬静寡欲。他的诗文以诗化语言道难言之意，又含不尽之意于言外。他的笔端贯注诗情，体物达意不乏情趣。章法严谨不戕灵性，笔墨雅淡不伤风采，有一种清逸高朗的意态美。《登泰山记》、《游灵岩记》，静洁精微，明润澄沏，已成千古名篇。即使序跋之文，也写得意深旨远，疏荡奇纵，隽逸跳脱，跌宕有致。

姚鼐主讲江南，课徒之余，着手编选《古文辞类纂》，作为范文给学生阅读，“荟斯于简编，示来者以途辙”，成为世所公认的我国古典文学三大选本。另两部选本便是萧统的《昭明文选》，清初吴楚材、吴调侯的《古文观止》。姚鼐的《古文辞类纂》内容形式俱精，文辞兼备，博而不杂，堪称中国古典文学第一善本。20世纪初，一代伟人毛泽东在长沙师范读书时，就特别喜欢姚鼐的《古文辞类纂》，并向同学好友推荐。

姚鼐，瘦瘦的，中等偏上的身材，经年累月着一袭洗得发白的蓝布长衫，一双圆口布鞋，长长发辫垂至腰际。他不是美男子，却浑身散发着书卷气，有着江南才子的骨高清奇。两道寿眉，疏淡而修长，特别是那双眼睛，像故乡龙眠山上的两汪山泉，清澈晶莹，一尘不染。那眼神常常显得温和，但柔中有刚，不时流露一种凛然和刚正。有时从他那眼睛里还可读到奇妙的想象，斑斓的文采，读到思接千载视通万里的深邃和源远，使人感到虚无缥缈的东西因它便有了寄托和依附。但更多的时候，他的眼里充满了忧郁和淡淡的哀愁。

姚鼐生来身体孱弱，性情柔弱，不像他的老师方苞那样耿介，狂狷，脾气暴躁。他待人和蔼，典型的一副诲人不倦、为人师表的形象。这里山温水暖，远离世尘，远离倾轧和钩心斗角，整日和莘莘学子形影相随，一起寻找快乐。他出无车，食无鱼，外无奴，内无婢，从庙堂之高跌落江湖之远，无怨无悔。青山相伴，诗酒俦侣，春风秋月，平淡如水。这是何等高洁的文化人格，这是何等超迈的精神境界！课徒之余，潜心著述，青灯黄卷，朝乾夕惕，把聪明与才智，理想与追求，都附诸翰墨，他不求闻达于诸侯，不求浮名浪誉于尘世，挥洒激情于方寸之间，放牧思想于天高地宽，倒是真正的遁世。苍天有眼，姚鼐终于成为一文章大家，卓然屹立于文学史上。

姚鼐的归去来兮不同于陶渊明，陶老爷子率性而为，督邮到来，县吏请他穿上官服迎接长官，他一赌气冷冷地甩出一句："我岂能为五斗米折腰！"即日解绶去职。他一生也不那么勤奋，身后只留下薄薄一本诗集，三四篇散文。

陶渊明这一声长啸震撼了整部文学史，他以不为五斗米折腰的精神屹立在文学史上，并且成为世世代代文人的精神偶像。若是一般地辞职归隐，历史也许不会理睬他，陶老爷子呐喊之后，紧接着又来了一篇《归去来兮辞》，这下子形象兀然高大了，傲骨嶙嶙，不肯折腰拜迎长官以及对乡里小儿的鄙视，成为他高扬的精神旗帜。

也有人怀疑陶渊明有贪污行为或犯有资产来源不明罪，上面派人调查，他便挂印逃之夭夭了。他出仕之前家里很穷，但他当了彭泽县一把手仅仅八十天，家里经济情况大变，有酒盈樽，有车有舟，有房有地："方宅十余亩，草屋八九间。榆柳荫后檐，桃李罗堂前"，一夜之间成了暴发户，过上小康生活，他哪来的那么多钱？东晋政府的干部政策太宽容，竟然没追查，不了了之。

姚鼐回归故里，却两袖清风。姚鼐出任梅花书院山长，被安庆敬敷书院聘为主讲，后又应聘歙县紫阳书院主讲，前后达四十年。姚鼐是不喜热闹的人，虽处山野，却是清代文学的扛鼎人物。从庙堂走到江湖，他便有更多的时间和精力从事著述，他继承了方苞、刘大櫆的全部衣钵，而且青出于蓝而胜于蓝。他和他的学生，人称"姚门四杰"的管同、方东树、梅曾亮、姚莹一起将桐城派发扬光大，形成一个富有生气的文学流派，影响之大、之广，横亘整整一个清王朝，这是文学史上罕见的现象。

四

桐城位于皖南丘陵地带。

这一带土地肥沃，河汉湖网交织，属于典型的江南鱼米之乡。县城并不大，我漫步小城街道，问行人，方苞、刘大櫆、姚鼐，他们摇摇头，一脸茫然。这三个人干什么的？是哪个企业集团的？我差点儿气得发晕，他们对故乡的名人竟然一无所知。我在大街上一连问了十多个人，他们不是摇头，就是含糊其辞。我想，也是的，历史已经远去，人物已经渺然，而今人们忙于生计，忙于生存竞争，忙于升官发财，忙于感官刺激，忙于灯泛红酒泛绿、血腥的拼搏、残酷的厮杀，谁还关心什么桐城派？不就是写了几篇散文吗？散文能当饭吃吗？散文能帮你升官发财吗？我踟蹰街头，茫然四顾，南方的四月已是热乎乎的了，我躲在树荫下望着行色匆匆的路人，心里不禁发出几分酸涩，几分苍凉，一代文豪，他们用生命的激情创作大量的锦绣文章，走进了文学史，却并未走进后人的心灵。这是作家的悲哀？文学的悲哀？还是今生今世后人的悲哀？时值中午，正是放学时分，三五成群的高中生从我身旁飞车而过，我拦住一位学生，问有没有桐城派纪念馆，他们读过姚鼐的《登泰山记》，也读过方苞的《狱中杂记》，对桐城派的扛鼎人物自然了解，而且又都是他们家乡的名人，话语里流露出一种自豪。他们指点我，桐城派纪念馆就设在桐城博物馆，在某某街，并告诉我姚鼐惜抱轩的遗址在某中学校园里……

我终于寻到桐城博物馆。博物馆大门洞开，既不收门票，也不见管理人员，而桐城派纪念馆是一幢粉墙黛瓦富有徽派建筑风格的古屋。门开着，空无一人。我走进去，只见墙壁上挂着方苞、刘大櫆、姚鼐的画像，还有一张表格，介绍桐城派作家姓名、生卒年月、著作情况。

寂寞，冷清，萧条。屋子里空空荡荡，散发着一股潮湿发霉的气息。既无讲解员，也没有游客，我怎么也想不到，这个曾经震撼中国文学史的一大流派的作家们，遭到如此冷落，他们竟如此孤寂。在这旅游旺季，桐城派纪念馆竟然无人问津。我们常常津津乐道古希腊神话、史诗，欧洲文艺复兴时代的造型艺术和绘画艺术，19世纪西方音乐家的抒情小夜曲，以及欧美文学大师的名著，却对影响我们整整一个王朝的散文艺术如此冷漠，实在是一种遗憾。

想想今天的文学已被商品经济的风雨摧残得花败果疏，影视的泛滥，更使有深远阅读价值的文学作品雪上加霜，后工业文明急促的步伐，把昔日神圣的文坛践踏得一片狼藉。文学是一个民族的精神火光，遗憾的是现在到处物欲横流，权力和金钱引得人们疯狂地追逐。

文学最大的悲哀就是无法传承，政治家、军事家、经济家，能通过各种方法传之后代，惟有文学的基因难以由后代继承。

文学是一种天性、天赋。

古来圣贤皆寂寞。

方苞、刘大櫆、姚鼐的桐城派，一代散文大家已经被新的文学艺术替代了。每个时代都有每个时代的文学，唐朝韩愈的古文运动，明代的公安派、竟陵派，都造就了那个时代的文学高峰。桐城派，虽然推崇理学，观念稍显陈腐，成就远不能与秦、汉、唐、宋相比，但清代散文从内涵到体式的古雅之美，是难以抹煞的。

小城的魂仍然在。

2008年10月

月光和泉水的奏鸣

一

几间青砖黛瓦的房子，三两棵不算年轻的樟树，还有一株正处在花季的玉兰树，简单地组合成小小的院落，像颗晶莹的露珠，静静地闪烁在这座城市的叶片上。

走进小院，青砖铺砌的甬道，石砌的水池，砖缝间，阴湿的墙壁上，弥漫着厚厚的苔藓，散发着浓浓的江南味，又碰上微雨，空气里增加了湿甜与清凉，江南的气息更浓郁了。

小院幽静朴素，躲在周围高楼大厦的脚下，谦卑、低调，甚至有几分寒酸。几棵香樟树却用它们浓密的枝叶，顽韧地抗挣着市廛的喧嚣和芜杂，表现得很有节操。引人注目的水池旁的玉兰，开着白花，一身缟素，风度翩翩，气质高雅，在细雨中款款摇摆，像高举着玻璃酒盏，默默地邀请来访的客人。

这是瞎子阿炳的纪念馆。

江南是出才子的地方。一个小小的无锡，英雄与才子，就代代不穷。秦朝被“天亡”的西楚霸王项羽，虽是失败的英雄却啸傲千古；唐朝诗人李绅，元代大画家倪瓒，明代大地理学家徐霞客，近代的徐悲鸿、刘半农、钱穆、张闻天、钱钟书，还有音乐家刘天华。瞎子阿炳是一个残疾的流浪艺人，却受到世人的青睐，一曲《二泉映月》使他成为世界级的音乐大师，这足以使无锡小城身价倍增。

我千里迢迢来到这座小城，叩访阿炳纪念馆，非我酷爱音乐，而要读一读阿炳这张城市的名片，一个人与一座城市构成一种语境，知道阿炳者甚至多于无锡。有了阿炳，又有了刘天华，我觉得无锡不仅是诗城，更是音乐之城，尽管历代文人游历无锡，留下诸多的诗词歌赋，但给世人印象最深、影响最广的还是音乐，是阿炳的《二泉映月》。那乐曲仿佛从天而降，像雾流，像云飘，轻浮而舒缓，氤氲着哀怨和抚慰，梦一般舒展开来。月华、涌泉、流水，还有夜风，你分不清什么是真实，什么是虚幻，似有似无地感受到无法言传的忧伤。在乐曲的空白里，你会感到命运的悲怆，人生的艰涩、寒冷、黏凝、思念。

我行走在无锡的大街小巷，仿佛听到从岁月深处传来阿炳的一缕细细的忧郁的琴声，眼前依稀浮现一个清瘦的身影，身着一件缀着补丁的青布长衫，脸上戴着一副缺腿的墨镜，瘦如枯竹的手，操着一把磨得锃光发亮的二胡，在一位幼童的牵引下，边走边弹奏他的乐章。他微微地佝偻着肩背，寒风吹乱他枯涩的华发，他并不回避人们的白眼、冷眼，只管蹒跚地走着自己的路。脚下的青石板坎坷不平，人生的路更是艰辛坎坷。春夏秋冬，风晨雨夕，瞎子阿炳沿街走过多少个来回？他悲戚的琴声倾泻出人间多少怨恨？在那个冷酷的世界能打动谁人的心灵？

这曲子，悲怆而抒情，清丽而凝重，永远激活你的情愫，让你的生命挺拔，足以承受来自生活的痛苦。

二

我在纪念馆里仔细地阅读瞎子阿炳的生平。墙壁上贴满有关他的报道文章，玻璃柜里静静地躺着他的二胡、琵琶。还有他参加演出的剧照、海报。在展室里有阿炳的照片——瘦瘦的脸颊，高高的鼻梁，戴着一副断腿的眼镜。这是他的标准照——日本鬼子占领无锡时贴在“良民证”上的照片。当然，展室最凸显的是他经典名曲《二泉映月》

的报道和评介文章。

《二泉映月》是一曲发自心灵的倾诉，优美悲怆的旋律，宣泄了作者愤世嫉俗的感情，弘扬了他不屈不挠的性格，乐曲以一声深沉的叹息作引子，接着以一个音乐基本旋律的五次盘旋变化，开拓深邃的音乐境界，真诚辛酸的音乐语言，催人泪下。

阿炳原名华彦钧，是雷尊殿一位道士的私生子，四岁丧母，之后跟随着这位道家梵音乐师的父亲生活在道观里。阿炳资质聪慧，耳濡目染，再加上父亲的教育，他青少年时期就精通了道教梵音演奏的技巧，吹、拉、弹、唱，样样纯熟。道教艺术的最高境界是空、虚、无，道家音乐风格肃穆、雅正，富有哲学、文学理念，属于“阳春白雪”，但有些呆板、滞涩，缺乏浓郁的生活气息和热烈的生命力。阿炳并不满足这种艺术，他常常跑到街头，从民间艺人那里学习俚曲小调，把鲜明生动的民间曲调，融进庄重肃严的道家梵乐里，结果受到道长的斥责，把他开除道观。这点极像18世纪奥地利作曲家海顿，因追求自由独立的地位，创作和宗教音乐极不和谐的新派音乐，被贵族乐队开除。

阿炳脱离道观，为谋生拜民间二胡大师学习二胡演奏。阿炳刻苦自励，在名师指点下，日夜探索，抛开旧调，独谱新曲。他不懂西洋的五线谱，只知中国的宫、商、角、徵、羽。孤独和寂寞伴随着他，饥饿和穷苦折磨着他。他流浪街头，靠二胡卖唱混口饭。晚上回到家里，在院子里独自拉曲。怕影响邻居休息，他干脆跑到惠山泉水边独自抚弄琴弦。

惠山有泉，世称“天下第二泉”。泉水清冽甘美，唐代诗人李绅称之“人间灵液”。泉眼很旺，终日汩汩涌流，那簇涌的泉水，像盛开的绣球花，覆瓣披离，一层层一瓣瓣，开了谢，谢了开，周而复始，日日夜夜，岁岁年年。那是生命的歌，是大地母亲源源不尽的爱。

夜阑人静，泉清月冷。阿炳坐在泉边，万籁俱寂的夜晚，千万思绪随着纤细琴弦流泻出来，一曲天籁，一派天机，一段云锦！泉水月流，凉风习习，唧唧的虫吟，汩汩的水声，一个盲人孤独地在山野上弹奏心曲，时而舒展，时而顿挫，满腹辛酸，悲苦的情感，顽强的意志，刚直的性格，都随着乐曲的流泻而淋漓尽致地表现出来。

他已经超越人生，出入了死亡的最高境界，默默放弃了生命的芜杂和欲念，他把残生全部寄托在那优美、动人、哀婉、凄迷的乐曲里。他属于音乐，天国的乐曲，他眼前是一个黑暗的世界，但心中却阳光明媚，山清水秀，花香鸟语，充满温暖和诗意。当一个人陷入痴迷忘我的程度，成功离他就不远了。尘世的得失善恶，利益的博弈，都随着美好的乐曲消逝了。音乐的力量，坚如磐石般支撑着一个残缺的生命。

没有听众，他孤独地拉着琴弦，曲子像泉水一样咕嘟咕嘟冒着水花涌溅着，流淌着。世界是他的，整个天宇大地都在聆听，虫、鸟、兽、庄稼、花、草、树木，还有泥土和岩石，以及天上的星、月、云。这是宇宙的生命之曲，是来自天国邈远至纯的仙乐。

在那畸形的社会里，在市井的虚荣和繁华中，他屈辱地活着，顽强地活着，他奏响一个高贵灵魂的歌吟。艺术给一个残废的流浪汉以无穷的力量，使他杜鹃啼血般地吟唱。他活在音乐美好的世界里，他是人类的异数，真正坚信并最终看到曙光的人。

其实《二泉映月》并无主题，也无曲名，是瞎子阿炳随心所欲的演奏，是他心中自由地流淌出来的，是他自己的音乐，属于他的手，他的二胡，他的心。

他在风霜雨雪人生途中，承受了人生最离奇、最非凡的痛苦。苦难造就了他，意志成就了他，人世的冷酷铸就了他。死亡随着琴弦的划动而逃遁，琴弦下流淌着纯美至极的乐曲——温柔、凄楚、文雅、愤恨、哀怨、宁静，爱和恨，美与善，全凝聚在他的作品中，泉的清澈，月的晶莹，已臻于完美的崇高境界。他用残疾的身体同命运搏斗、厮杀，同这个冷酷的世界博弈。他已不再关心输赢，输或赢对他来说都无什么意义。他三十五岁时失去了一只眼，八年后另一只眼又失明。当他双目失明，他把对人世、生命的终极见解，凝聚在胡琴或琵琶弦上。一缕马尾弦上跳荡着无形的音符，这是人生最有价值的元素，是爱的珠粒。

一位哲人说："歌，说到底，是重建的时间，无声的空间对此天然地怀有敌意。"

唐代诗人李商隐有诗云："锦瑟无端五十弦，一弦一柱思华年。"这首诗是李商隐借锦瑟来抒发自己的忧怨。而瞎子阿炳的"二泉映月"，其内涵是什么呢？阿炳一生没有"华年"可思，他的"月光曲"里，只有流浪汉如泣如诉、如怨如怒的倾泻，那样凄迷、凄惨……他是人类的孤儿，是时代的弃儿，是艺术收养了他，他沐浴着音乐的光辉而生存。

在"二泉映月"中，还有雨打芭蕉的凄迷，有杨柳岸、晓风残月的悲凉，曲中蕴含着晕晕月影，水花破碎的疏离，命运的变幻莫测，生与死的微妙和无常……丝竹之音，管弦之韵，折射着心灵的皱褶，情感的迷离。

这是一曲人生的大悲咒。

据说，日本著名指挥家小泽征尔指挥交响乐团演奏交响乐《二泉映月》，曲毕，泪流满面，声称从来未听过如此美妙的音乐，佩服得五体投地，扑通一声跪倒在地，向中国这位伟大的民间作曲家致敬。

我真不理解，马尾、弓弦、竹筒、蛇皮，这几种风马牛不相及的物件，毫无缘故地组合在一起，便奏出完美和谐的旋律，富有仙乐的灵透，谁能想象天地万物如此神奇微妙？

音乐能给人预料不到的魅力，天籁之音，也许是一种灵魂与音乐的亲密接触。

三

无锡地处太湖之滨，大江之左，是湖水和江水拉锯的地带。桥下的小河总是朝秦暮楚。湖水涨，小河清澈、微绿，水流柔婉；江水涨，则溪流浑黄，水流湍急。

午后的阳光，深沉、热烈而宁静。

这条小河，碧波荡漾，行旅舟楫往来频频，若是星繁月明的夜晚，河流银鳞斑斑，桨声灯影，夜航船，渔火点点，繁忙得很呢。

我下榻的宾馆就在小河旁边，这小河实际是几条小溪结盟，形成一个小团体，而后流入长江。白天不觉得河水喧嚣，当夜晚万籁俱寂时，流水哗哗，常扰人安眠。我倒觉得那流水声妙不可言，仿佛是一位友人在与我交流什么，讲述什么，是历史、是现实？是诅咒、是歌咏？短短数日，在与它一次次的交流中，我学会了聆听宇宙的奥秘，聆听大自然的心声，聆听月光在枝柯间蹀躞的脚步声，我顿时感悟：万物与我同在。

无锡依山傍水，长江、太湖、二泉，大运河穿城而过，四水三山构成这座风光秀美的文化名城。我身边的小河就是惠山二泉的流水，既没有个性的张扬，也没有风骚的卖弄，只是默然滋润着田畴山野，滋养着人类。植物、动物、文化、文明、涅槃、新生，就在它们身边演绎着，创造着欢乐和忧愁，文明与文化。它们的沉吟、咏叹、欢歌、笑语，它们的牺牲和奉献，都融入了无声的大地，融入了喧嚣的历史。

阿炳一生作曲七百余首，遗憾的是只有六首被抢救录音，灌成唱片，成为最珍贵的遗产。我曾想，这七百余首乐曲倘若都保存下来，那必是一座宏大的建筑，非凡的气象，庞大的体系，难以言状的庄严、深沉，简直是中国音乐史上的“金字塔”，是用音乐语言撰写的《战争与和平》。

由此，我想起了德国被誉为“乐圣”的作曲家贝多芬，两人都是残疾人，一个失聪，听不见自己的乐曲，这该是多大的痛苦；一个失明，看不见自己创作的艺术世界的一缕光明，又该多么忧伤。

他们都饱尝了人间的痛苦：饥饿、贫穷，是无家的飘零者，生活的弃儿。

但二人不同的是贝多芬是专业的作曲家，他的作品都有鲜明的主题：英雄、田园、神。特别到了晚年，贝多芬饱经人世间沧桑后，愿将自己的灵魂寄托予天国，于是他的乐曲更富有神性、神秘感。

而阿炳从未受过“专业”音乐教育，他的作品缺乏主题性，是风月？是泉水？是苦难？是抗争？是，又不完全是，他不是传统意义上的“作曲家”，他的曲子是他情感的流露，像泉水从他心中自然涌泻，像溪流随意流淌，因地赋形，遇到顽石，溅起一簇水花，来到平地则汩汩潺潺，他的曲子苍凉中有平和，悲切中又不乏激愤。

除了被誉为世界音乐经典的《二泉映月》外，阿炳还留给我们《大浪淘沙》、《听松》、《寒春风曲》、《龙船》及《昭君出塞》，前三首为二胡曲子，后三首为琵琶曲子。

《大浪淘沙》原为古音乐曲牌，是道家“梵曲”，整部乐章充满着哲学、逻辑学、文学的力量，庄严深沉的情感，神奇宏阔的旋律，乐章一展开，便把人带入虚无缥缈的太空，浩浩茫茫。阳光、白云、苍天、风、天、地、人、自然界、宇宙，生命的感悟，风流雾走，风声雨声，这些天籁之音都蕴含着音乐的灵性，又融进演奏者流水瀑布般的情感，听罢谁能不产生“独怆然而涕下”的感慨？

《听松》又名《听宋》。据说，是阿炳根据岳飞的英雄事迹，在抗日战争中为鼓舞民族士气创作的一曲“英雄”乐章。1937年，无锡沦陷，阿炳饱尝亡国奴的滋味，耳闻同胞遭受日寇蹂躏的血腥呻吟，在灵魂深处极度骚动和挣扎，虽沦落底层，仍不忘救国之志，以歌颂岳飞抗金斗争的精神，激励民众抗击日寇。狂飙、松涛、马鸣，旌旗猎猎，剑戟铿锵，强烈的节奏，高昂的旋律，悲伤在胸，乃发激愤，拨弦为曲，立地为人。阿炳以狂飙疾扫残云之势，创造出酣畅淋漓的意境，点燃民族复仇的烈火。

这乐曲是发自灵魂的声音，是感情的静化和升华。阿炳的乐曲是月光，是泉水，是风声、雨声，是萧萧松涛声，是江河澎湃之声，是苦难的倾诉，是抗争的长啸，是人类情感和宇宙情感的共鸣。宇宙茫茫，人世沧桑，阿炳的乐曲以博大的艺术情思获得了永恒的价值。他的乐曲永远激荡在人类历史的回音壁上！

1950年9月2日，音乐家杨荫浏和曹志和先生共同“抢救”般地用钢丝录音机，为阿炳录制了他的六首乐曲，遗憾的是还有大量作品还未来得及录制。三个月后，一代民乐大师溘然长逝。

四

我离开无锡时，专门游览了惠山，观赏了“天下第二泉”。也是雨天。雨声沙沙，雨丝飘逸，像一曲乐章演绎着江南的风情。雨中的惠山大片灰蒙蒙湿淋淋的树林，把太湖边这座小山包裹得严严实实。江南、杏花、春雨，这个诗意的符号在这里被诠释得淋漓尽致。

湿漉漉麻石台阶，纤尘不染，雨洗得干干净净，低首能看到石头清晰的细纹。

山路两旁是高大茂盛的香樟树、枫杨树、细叶榕、湿地松，岩石缝里钻出一些叫不上名字的灌木和野草，葳葳蕤蕤、疯疯癫癫，显得很蛮横。一簇簇杜鹃、夹竹桃，花红似火，倾吐着热辣辣的对春天的情感。一棵棵楠竹摇曳在细雨中，那细密的竹叶飘飞、舞动、絮语，一片蓬勃向荣的生机。

雨天，游客极少，清清冷冷的山林，清清冷冷的山路，这绚丽博大的春景，好像专留给我一个人欣赏的。

一阵微风掠过，枝头的雨珠纷纷摇坠，沙沙沙，像奏响一曲天国的乐章。而我的身边总是缭绕着阿炳的“月光曲”，带有淡淡的悲戚和哀伤。那沙沙的雨声，那树叶的窸窣声，那流水的潺湲声，仿佛都化为阿炳的旋律，飘逸在山野上，飘逸在云空中。我终于见到那眼泉水，清澈洁净，泉水涌涌汩汩，水面不时溅出水花，灭了又生，生了又灭，生生息息不停。我站在泉边静静观察。我陷入梦幻般的境界，仿佛看到阿炳孤独的身影，在夜阑更深、月冷风寒中，他拉着二胡，曲子像流水一样汩汩流淌，泉池里月影晃动，波光粼粼，泉池里映着阿炳的身影，水、月、人融在一起。这种天人合一的境界，非我能及。苍凉之美不是人人都能感悟的，只有饱经沧桑，历经苦难，而又超越苦难的人才能从中汲取人生的力量。

阿炳的乐曲，是诗、是画。是画，比画美；是诗，比诗更动人。我随着那奇妙旖旎的旋律，漫步、徜徉。我聆听到了自然风光，我闻到泉的清澈，月光的清丽，心神俱爽，这是月光和泉水的奏鸣曲。作曲家打开了你的“信息库”，记忆、联想、梦幻，统统疏通了，使你进入一个美妙的世界，那光、那影、那涛声、泉韵，空明、映丽、迷蒙、隐约。阿炳不是盲人，他目光犀利、清澈，用心灵注视着世间万物，谛听上帝的声音。

音乐是人类追求灵魂宁静的灵丹妙药，是人类精神得以升华的最好法宝。

贝多芬说：“卓越的人一大优点是：在不利与艰难的遭遇里百折不挠。”“我要扼住命运的咽喉，它决不能使我完全屈服。”一位失聪的作曲家，一位失明的作曲家，他们以残缺的躯体，创造了圆满的艺术，用苦难酸辛酿造了艺术的美和甘甜。

死后，阿炳留给这座城市的太多，而生前这座城市给他的却太少。现在我来偿还心债，借用雨果的诗，献给这位伟大的民乐作曲家：

当我听见地球上的某个地方，
在无情的天空和残酷的统治下，
一个被奴役的民族正在呻吟和呼唤，
……
我就诅咒这些暴君，
我觉得诗人就是他的审判者，
要用铁弦来加强我的歌唱。

2014年12月

徽州写意

一

汽车离开宣城，一路向皖南奔驶。一进入歙县，一个经典的徽州便出现在眼前，黛瓦粉壁，马头墙，砖雕、石雕、木雕，把徽州的古典淋漓尽致地表现出来。山是青黛一抹，水是碧绿一缕，水绕山盘，构成一尊盆景。正是烟雨四月天。天空黛灰，古老的村镇黛灰，山野里绿中泛黛，山岚雾霭灰蒙蒙的，苍苍的，如烟。一片春云舒卷，霏霏潇潇，满天飘起如梦如幻的雨来。山峰山峦之间只见浮动白蒙蒙的烟岚云气，扑朔迷离，一片朦胧。近处的田地里，油菜籽已结荚，青青的，碧碧的，挺玲珑的。偶有几棵大概忘了季节，还傻乎乎地擎着几朵金黄的花。

徽州有黄山，有新安江，还有一座座牌坊和粉墙黛瓦的古宅、古村、古镇，就连那河上、江上、溪流上的一座座石桥都有幽幽古风。

徽州名人实是多，远的不说，现代名震遐迩的陶行知，“大名垂宇宙”的胡适，一代艺术大师黄宾虹，大作家周而复，数学泰斗江泽涵，哲学家洪谦，中国铁路之父詹天佑，大医精诚的程门雪，还有红顶商人胡雪岩，一代名妓赛金花……这风水宝地，千百年来，特别是明清以来演绎了几多风流，那个写《牡丹亭》的汤显祖有诗云：“一生痴绝处，无梦到徽州。”一个剧作家如此苦恋这片沃土佳壤，青山绿水，可见这方土地的精气、灵气、神气多么令人诱惑！

徽州是一部古老的线装书，纸页发黄，残缺不全，而今又被雨淋湿了，字迹漫漶。但只要认真读下去，还能读到它历史的悠远，文化的内涵。你看那山野、古镇、古村、古楼、古宅，在蒙蒙细雨中还散溢着苍凉的气息，氤氲着历史的幽香。

我在歙县一家宾馆住下，与县文化局联系，结识了一位副局长名叫程龙。他热情爽朗，一看就知道是心底充满阳光的汉子。我需要一些史志资料，他很热情地给复印了一些。他说，徽州文化博大精深，一眼望不到底，许多人皓首穷经，研究大半辈子，才弄出些皮毛来。国内地域文化的三大显学分别是：敦煌学、徽州学、藏族学。你随便走到什么地方都可以看到原汁原味原汤原水的徽州历史。传统文化气息很浓，有说不完的诗情画意。数千年历史中，已为唐宋明清留下许多光辉灿烂、古风幽幽的影子。你说不清哪是李商隐的七绝，哪是唐寅的绘画。

二

雨，弥漫着古城。雨，敲打着鳞鳞灰瓦，点点滴滴。潮天湿地，幽幽的雨富有女人的温柔细腻。浓浓的雨云垂翼在这古城，像个黑衣尼在祈祷，也像念咒语。

夜里，我躺在宾馆里辗转反侧，难以入眠，窗外是一丛芭蕉。巨大的蕉叶似绿伞，雨打芭蕉，一种诗意，一种风韵。这雨和唐诗里的雨，宋词里的雨，没有本质的区别，飘落的形式也相似。“更作风檐夜雨声”，巴山的夜雨涨肥了秋池。雨在蕉叶上腾腾地跳，在灰瓦上腾腾地跳，在灰色的街道上腾腾地跳，湿淋淋，阴沉沉，黑森森，冷清清。今夜的雨有点寻寻觅觅，凄凄惨惨戚戚。

歙县七山一水一分田，一分道路和家园。你看十分徽州，山就占了七分，这里到处排满山，山舞峰跃，重重叠叠，乱无章法，几乎把人排挤到最狭小的生存空间。为了生存，他们不得不从小背井离乡，告别亲人，到外地经商，踏上风雨弥漫的人生之路。

徽州人喜欢读书，喜欢做官，你随便走进哪座村镇，哪怕藏在深山旮旯里的小山村，也会冷不丁地冒出个名气大得吓人的人物来。状元、翰林、宰相、侍郎，知府、知州之类地市级的官员更是多如牛毛……一堆乌纱帽都散落在这些山村野寨。男人们在皖南山区那些古宅里借着小天井的天光读完四书五经，就要去考功名了。命运好的很快就居庙堂之高，过着养尊处优的生活，明朝的许国、胡宗宪就是他们的代表；不愿在仕途上跋涉的就埋头学问，青灯黄卷，皓首穷经，成为名满天下的大学问家；更多的是经商，巨贾豪商，富甲天下。尽管有的结局很悲惨，像红顶商人胡雪岩。但他们毕竟在人生的大舞台上搏击风浪，呼风唤雨，纵横捭阖，展示了经济家叱咤风云的人格造型。

解读徽州，最好走进它的小巷，它比苏州、无锡、常州、姜堰古镇的小巷更狭窄，更幽深，也似乎更神秘。巷子两旁是高墙深垒的大院，古楼的挑檐，都似乎拼命向外使劲，把小巷遮得更严，只有中央一绺长长的缝，镶嵌着蓝天，弄不清它到底通向何处。在小巷头看不到小巷的腰，到巷腰又看不到巷尾。小巷逼仄处，两人并排行走都感到困难。在小巷之间，那跌宕有致的马头墙，高出屋脊，屋顶半遮半映，半藏半露，黑白相间，构成一种曲线美、旋律美，再加上“一线天”的映衬，居宅的墙壁与天空的廓线，展现了“天人合一”的古典哲学韵味，增添了层次感、韵律感和审美意蕴。

建筑是空间的语言，建筑是无声的音乐，建筑是色彩和线条的交媾和分娩。建筑是一种文化，最能体现一方地域、一个民族的心态、精神寄托和理念追求。程朱理学的发祥地在徽州，徽州文化的形成必然打上程朱理学的胎记，影响一代代徽州人的思维。古诗云：深巷重门人不见，道旁犹自说程朱。

风晨雨夕，春光秋色，两旁古色古香的房子，墙角长着绿绿的苔藓。雨天，小巷用青石铺就的小径，被雨一洗，湿湿的，亮亮的。雨中的小巷使你想起戴望舒的那首名诗，想起打着油纸伞、扎着丁香结的忧郁的姑娘。小巷是一页稿纸，记录着小巷的经典，小巷的传奇，小巷的沧桑。

小巷依然飘着雨，那雨很性感，温柔、细腻、轻佻。雨气空蒙而迷幻，一阵子灰，一阵子白，小巷的雨水积成细细的溪流，沿着墙角的水沟匆匆流去。偶尔有一棵绿藤爬过墙头，雨中紫花满枝，一串串，一簇簇，形成紫藤萝瀑布，沿墙倾斜而下，挺诗意的。“小楼一夜听春雨，深巷明朝卖杏花”，陆游的诗移来写徽州，那情韵也很贴切。两旁的古宅高低错落，跌宕有致，黑黑白白，屋顶上长着一棵棵瓦松，在斜风细雨中摇曳，婆娑影姿更是撩人。也有的古宅用木条支着一页“老虎窗”，歪歪斜斜，窗是木板的，黢黑黢黑，细雨淅淅沥沥，敲打在上面，更富有人情味、古典味。你到江村，你到胡适的故乡绩溪上庄，你到龙川，你到胡雪岩的故里，单看看那一条条小巷，灰墙灰瓦，你就感到岁月的悠久，历史的沧桑。在这深深的小巷里，人世间一切浮躁喧嚣、红尘市廛的纷扰都淡淡远去了，你尽可以在这古宅里品茗啜酒，吟诗言志，书画寄意，品味人生的清苦、雅致、甘甜、朴素和淡泊。这是一种禅意人生，是人生的一大境界。

徽州小巷很有文化品味，很多外国人游历徽州，深感东方文化的博大精深，东方人婉约、细腻的气质形成之渊薮。徽州的古巷总散发着程朱理学线装书的味道。小巷深深深几许？你总也读不尽徽州人的婉约，徽州人的含蓄，徽州人的灵秀和理智。

三

古桥，古巷，古村，古镇，古树，古井，古牌坊，道不尽徽州的古典，说不完徽州的诗情画意。有诗云：“墙角数枝梅，凌寒独自开”，“水声勾诗意，山色诵画情。幽境芳草见，幽林百鸟鸣”，烟雨蒙蒙，水汽蒙蒙。远望山野，那千变万化的云海，时而如三江倒悬，浪挟涛裹，山邀云出，雪横苍穹。可一转眼，千峰峥嵘，乱影翻滚，逶迤起伏，奔腾澎湃，云潮千里，雨帘万卷。

走进徽州民居，好客的主人会先敬上一杯热乎乎的香茗，你一边寒暄，一边打量这古色古香的老屋：首先让人感到震惊的是一方天井，横风斜雨扫进天井，湿湿的一片，更有四面屋檐的积水，顺着灰瓦滴檐流淌下来，小小天井成了一个积水潭，水花四溅，水泡生了又灭，灭了又生。品茗听雨，更觉古意盎然，诗情暖心。天井下面的水池里有下水道，又将积水缓缓引流。晴天裁一方阳光，剪一段流云；鸟鸣鹤唳入室来，天光云影共徘徊，真正达到“天人合一”的境界。这种独特的建筑，四面墙壁没有窗，借天井射下的天光照亮室内。天井下的积水池，含有“肥水不流外人田”之意，这是徽州人的哲学。仔细打量整个建筑，又是程朱理学的物化表现：进了院门，便是一道影壁墙，墙有壁画，或画牡丹，国色天香，以示富贵；或画花鸟，繁花成簇，鸟鸣枝头，以示兴旺。影壁墙后面便是客厅，八仙桌，红木椅，墙上悬字画，无字画则俗，一副副楹联古色古香：“读书在涵养，涉事无停滞”；“砚以静方寿，诗乃心之声”；“世事让三分天宽地阔，心田存一点子孙耕种”；“孝悌传家根本，读书经世文章”等等。正是这一副副楹联，陶冶着徽州人的性情，涵养着徽州人的人格，导引着他们的人生航程。从这些对联中，你也能看出徽州人的文化底蕴、人生哲学。院子大一点的有鱼池、假山，亭台楼阁，小桥流水，布局典雅，小巧玲珑，引人入胜，古色迷人。从徽州古宅里走出的富商巨贾、高官大吏，也有孔乙己式的人物，古宅里弥漫着金银气，也有风花雪月的故事。“四水归堂”，天井里和清冽的巷风里，使你真正体悟出“天人合一”的理念，仿佛走进八大山人的画的意境中了。雨中的徽州是一幅水墨滃然的画卷。

走进烟雨徽州，仿佛时光倒流，明清的遗韵到处漫溢，如梦如幻，仿佛一不小心会在亭子里，或是园林里，遇到林黛玉、贾宝玉，或者金陵十二钗，莺声燕语，嬉笑戏闹，衣袂袅袅，步履姗姗。在这烟雨迷蒙的皖南，虽然听不到甜甜的吴音侬语，但依然看到“雨送黄昏花易落”的意境。看到落红满庭，也会油然而生出生命苦短的悲凉来。

不过昔日豪门大宅的辉煌和繁荣已不在，那富可敌国的巨商大贾已不在，荒草，颓垣，残瓦，原先精美的石雕已斑驳，木雕已皲裂。你想怀古，只有到唐诗宋词里找，到明清绣像小说里去找，现代化的高楼大厦，威风凛凛，直逼而来，凭栏处，尽是一片惆怅和苍凉。

我徜徉在灰蒙蒙的烟雨中，雨淋湿了我的鬓发，虽然撑一把雨伞，也难挡横风斜雨，我的裤角裤腿湿了，一股凉意由下而生。我像一条鱼在雨中无目的地游着，我忽然想起那首“虞美人”的词来：“少年听雨歌楼上……壮年听雨客舟中……而今听雨僧庐下……一任阶前，点滴到天明。”这听雨中蕴含着多少人生的哲理，人世间的炎凉，生命的荣枯，人生的辉煌和黯淡，命运中的漂泊和奔波。少年不知愁滋味，欢忭无忧的心情，壮年时壮烈而慷慨，老年时已成一介孤僧，凄清孤独，枯寂，悲凉。这是人生的大彻大悟，大喜大悲。人，很难逃脱命运的囹圄。古今有大成就者，总会出现这三种境界，遇到“听雨僧庐下”苦寒酸涩的现实，切莫悲观，淫雨霏霏，连月不开之后，就是春和景明，春光明媚。

四

我徘徊在细雨中，雨丝飘落在衣衫上，发丝上，脸上，湿漉漉的清凉，湿漉漉的恬润，这银灰色的小精灵，弄得你心痒痒的，酸酸的。雨天的街道，一改往日的繁华和喧嚣，一下子变得很清静了，几顶花花绿绿的油纸伞、布伞、塑料伞从街上缓缓飘过，白皙的小腿，健美的双足，韵律般的协调——这是徽州雨中很动人的一页风景。

由此，我想到徽州古廊桥、古楼上的“美人靠”，这简直是徽州的一大特产。

徽州的“美人靠”几乎全是徽商留下的遗存，静静的街巷，幽幽的街河，一座廊桥横穿而过，廊桥两边有护栏，护栏的下边是一排像连椅似的木板，可倚可靠可坐。很多典雅的楼亭也设有这种“美人靠”，特别是富商大贾的宅第上，高楼上伸出一个小阁楼，很像欧式建筑的露台，小阁楼是雕刻精美的护栏，护栏下是油漆光亮的木凳。廊桥是临溪而建，阁楼是面对山野而筑。“美人靠”并非专为徽州女人而设，坐在“美人靠”上的也并非尽是美人。但是徽州女人常常倚靠护栏看日出日落、云卷云舒，思念远方经商的男人；晨钟暮鼓，落日楼头，一种怅惘和伤感弥漫心头，年年岁岁，风晨雨夕，它伴随着徽州女人春数柳丝，秋点归雁，盼雨霁天晴，远方的郎君突然出现在山野小径上，身影越来越清晰，可又越来越模糊，千帆过去都不是，失望像云雾暮霭一样膨胀起来。“美人靠”给徽州女子带来一种“雾里看花，水中望月”似的凄迷的意境。

徽州河上的廊桥，造型很别致，也很有韵味，廊桥都有雕花的格子窗，窗下设有“美人靠”，俯身可观流水荇藻，远瞩可见帆船隐隐。徽州女人触景生情，怎不想在风雨弥漫的荒野上跋涉的丈夫，何日能夫妻团聚？“一世夫妻三年半”——胡适不是这样感慨过徽州女人的婚姻吗？也就是一对夫妻结缡四十年，只有三年半的时光在一起。风雨廊桥，实际上渗透了徽州的一种精神，“美人靠”实际上是“女人铐”，锁住她们如花的青春，寂寞了她们鲜活的生命。她们在寂寞和孤独中默默度过一生。很多女人除了抚老养小，家里地里，忙忙碌碌，一生没有享受几天人生的欢乐。

徽州多河多溪多水多桥多舟楫。徽州古桥可分为廊桥、亭桥、屋桥，多姿多彩，巍峨壮观者有之，小巧玲珑者有之，这些桥梁，精雕细琢，风姿卓然，既是桥也似装饰品、艺术品，它是徽州河的项链。建于歙县北岸的廊桥，长达三十多米，宽约五米，高有六米，完全是架在河上的一座长条形的屋子，两旁都开有风洞窗，精美的雕刻，鲜丽的漆画，窗下设有“美人靠”，可凭可览，一川风景如画。

许多过桥人，踏上廊桥没有不坐在“廊靠椅”上小憩的，不论熟悉或是陌生人，不论年长年少，寒暄过后，话匣子打开，三皇五帝，世事变迁，人间悲欢，无拘无束，畅谈纵论。风情万种的廊桥，千姿百态的“美人靠”，是徽州人精神的折射，是徽州人心境的外在表现。

五

小城氤氲在烟雨里，像陷入一种梦境中。

街两旁蜂巢般排满密集的商店，花花绿绿、五颜六色的商品，鲜亮夺目的招牌，诱人，惑人。但这些店都是明清时期的遗存，油漆过的木柱、木板门，想必经过岁月的风侵雨蚀，都曾脱落，露出原木的本色。我轻轻抚摸，感到岁月在我掌上流过的清润和苍凉。

雨天，客不多，店家不叫卖不吆喝，很闲静地坐在柜台后面，有的女孩子挺投入地翻阅一册时尚杂志，或看一本言情小说，以至顾客走进，头也不抬。古老的徽州很静，雨一点一滴地响彻着清凉和真实。店主的目光平和安详，他们仿佛感到人性的灵光，真、善、美、温和、宁静、迷人的魅力。他们继承着先人的遗风，儒商的温雅和宽容。

在一家工艺品商店，我停下脚步。徽州有驰名遐迩的三雕：石雕、砖雕、木雕（包括根雕）。店主是一个中年人，既是卖家，又是木雕制造商。雨中客少，他正聚精会神地在一块木板上雕刻什么，只见他嘴角

绷紧，脸上的线条有节律地张弛着。他见我进来，抬头看看，脸上的笑容犹如一朵素净的莲，又埋下头，一凿一凿雕镂他的作品，屋里散溢着新鲜木屑的清香。他仿佛不是生意人，而是一位艺术大师。

由此，我想起明清时代的徽商。徽商往往金银气与书卷气共存，他们不附庸风雅，不作秀，而是骨子里热爱文化，热爱艺术。商之余，他们酷爱诗书琴画，喜和文人交朋友，至今存在于岳阳楼的范仲淹的《岳阳楼记》就是一位徽商书写而雕刻的。至于扬州的徽州盐商与扬州八怪关系的佳话，闻达天下，他们是收藏家，他们也是艺术家。

他们有阳光灿烂的通达，也有风雨如晦的酸辛。皇恩浩荡，豪宅乌纱，儒扇暖炉，佳丽如云，财源滔滔，或高雅尊贵，或庸俗势利，或攀龙附凤，或财大气粗，一掷千金，但他们秉性不俗，不土，不浊。许多文人书画艺术家依然感恩徽州商人，汤显祖、董其昌、郑板桥等人的亭亭翠竹、幽幽兰草里依然散发着徽州的温馨。

江南的雨真撩人，那不是下，不是落，而是在飘，沾衣欲湿，若有似无。在清润、温谧、平和、安详的氛围里，仿佛听不到滴答行走的声音，你的灵魂深处会感到历史渐行渐近的絮语，岁月无声飘来的天籁。

我来徽州，想寻一缕历史的苍凉和温馨，吮吸遥远时代的气息，冲淡一下现实生活的芜杂和喧嚣，稀释现代文明带来的迷惘和困惑。

我伴着烟雨漫步在徽州的大街小巷，感谢这迷蒙的烟雨，它的光线明暗交错，恰到好处地将逝去的一个个晨昏，一个个春秋，一段又一段生活的酸甜苦辣涩麻咸种种滋味，都幻影般地显现出来。这些古城古镇古街古巷古宅古树古径，因为输入了历史，输入了消逝的时光，所以走近它，审视它，抚摸它，便会传导给你一种文化，像醇酒，带着醉人的醇香，这是一种历史的酿造。

走进这古街古巷，就如同走进历史，走进岁月记忆的深处，屋瓦宅舍如同历史的航标灯，无论风平浪静，或是急流翻滚，这航标灯浮浮沉沉，任岁月之流冲刷。房屋的飞檐黛瓦无言沉浸在烟雨中，一棵古樟从墙头探出半个树冠，在雨中静静地矗立着。这些寻常人家，祖祖辈辈耕读诗书，说不清哪朝哪代从这里走出过进士状元，走出过侍郎御史，还有什么大学士。而现在细雨里仍传来稚子朗朗的读书声，历史就附在这雕花窗棂上，潜伏在屋檐黛瓦草丛中。岁月如梦，烟雨如幻。人类尽管无穷无尽地繁衍，一代又一代，但总也挣扎不出死亡的渊薮。有生命的往往是暂时的，无生命的则是永恒的。人类的伟大就在于创造了“永恒”。因此，这些“永恒”中也就注入了生命的密码，珍藏了人类历史一路推衍而来的根茎脉络。

这些古街古巷古宅沉静、温婉，无声地讲述着历史，讲述着一个个残缺的故事，给人带来一个沉默的精神空间。人类能赖以生存、发展下去，就是靠这种相对存在的精神。

2007年10月

归忆金陵

南京，是一部厚重的线装书，它太古老了，连秦始皇都嫉恨她，既然有了咸阳，就不能再称京，既然龙脉在渭水之滨，就不许长江岸边这座古城出现龙筋龙骨，不能呈现王气。秦始皇下诏，开凿秦淮河，以断龙脉，这东南方位便平安无虞了，秦始皇很天真，还赐名“白门”。

南京是长江的女儿，有着大江巨川的豪迈、雄强以及百折不挠的意志和坚强；又是江南的名片，金陵还有着杏花、春雨、江南的诗意。这气魄这意蕴，构成一座城市性格的多重，虎踞龙盘，山川毓秀。长江切城而过，你站在城堞，望脚下巨流，惊涛拍岸，云涌雪堆，便会产生一种阔大宏壮的悲剧感悟。玄武湖的烟波荡漾，明故宫遗址荒草没阶的苍凉，鸡鸣寺的悠悠钟声，明孝陵前的高大翁仲，灵谷寺木鱼声声中带来的深远和宁静，燕子矶的玉人楼醉，金勒马嘶，更是令人难以忘怀。

我这样写南京，仍未脱去前人文章的巢臼。南京是难以读懂的书，也是一部难以撰写的书。

南京山水之胜，文化积淀之深，是中国文化名城屈指可数的。长安过度诗化，虽壮阔，但是毕竟偏隅西北，常常出现山寒水瘦的尴尬；北京拥挤繁华，熙熙攘攘，但比起南京来，它还浅薄，还年轻，内涵不足；至于上海，那也只是摩登女郎式洋娃娃；而南京却是满目苍颜、皓发银髯的儒者。南京往前一站，其他那些城市，难免显得有些羞涩和稚嫩了。

南京的山水自然一景一物都融入历史，融入文化，是山水文化恰到好处的一部杰作。

两山排闼送青来

半城山色半城湖，金陵是山城、水城。山有紫金山、牛首山、栖霞山、汤山，湖有玄武湖、莫愁湖，山峨峨，水荡荡，巍巍城堞，真是固若金汤。

刘禹锡有诗云：“山围故国周遭在，潮打空城寂寞回。淮水东边旧时月，夜深还过女墙来。”一千多年前的诗人已把南京山川形胜、地理风貌描画出来，气派如此宏大，城里有潮，城外有山，山水自然与历史文化融洽得如此得体，恐怕中国其他城市难以媲美。所谓龙盘虎踞，龙游大川，虎啸长山，龙吟虎啸，气吞云天。

紫金山有中山陵，往前看有明孝陵，山势雄浑，峰峦跌宕，林木森森，山涧沟壑，流水潺潺，举目四望，烟云一片，气象万千，山路两旁，云松高耸，微风一过，有声淙淙，如同流水，古人谓之松涛。

明朝皇帝就安眠在这大山深处，石马、石羊、石骆驼、石人，肃立在神道两边，方城，实际上是坟墓，巨大的青砖和石头垒砌一个帝王的尊严，一个帝王的余威。

明孝陵后面便是朱皇帝的石像生武将和文臣，风浸雨蚀，沧桑数百年，当年叱咤一个朝代的风云人物早已沉没在荒草乱荆中。

淮水四边旧时月

南京，用文雅的话来形容，山是骨骼，水是血液，人文历史是其肉，这是生龙活虎的城市，据说如地气转动，龙头不在南京，南京只有一条龙尾巴，龙爪在上海。这种说法很俗气，稍有点地理常识的便知，是借长江而言龙脉。

南京是长江下游的一颗明珠。这里烟水气很浓，长江擦身而过，城内又是河流、湖泊，如果登高纵目，全城在望，宛如水中央，一片晶波闪烁，草木葱茏。秦淮河的游舫、画船穿梭而过，比万牲园松风水月更动情。我曾经荡桨玄武湖，清澈澄明的湖碧波湜湜，蓝天、白云、树影、楼影，映在湖水中，犹如一幅水墨画。岸边杨柳成行，绿草如茵，真是绝佳风景，船行水上，湖风习习，即使这炎炎盛夏，也感到丝丝凉意。湖岸一幢古老青砖黛瓦的楼房，那就是得胜楼，当年朱皇帝和他的重臣刘伯温下棋，棋胜重奖一座楼，皇上金口玉言，刘伯温胜了，朱皇帝便建了这座楼。湖中有小岛，小岛是朝廷赐给庄征君的休养地。《儒林外史》说，这小岛有个花园："园里有合抱的老树，梅、桃、李、芭蕉、桂、菊、四时不断的花……"岛的对面水深而清澈，紫金山影倒映水面，从东西横贯的城壁上，可以看到龙宫一般的鸡鸣寺和北极阁，有几个老者在岸边钓鱼，长长的鱼竿伸在湖里，眼睛专注着水纹的波动，那份闲适，那份静逸，真叫人羡慕。浮生偷得半日闲，这是一种雅趣，一种境界。这里充满了阳光和温馨，一切全无城市那种快节奏的芜杂喧嚣。柳下闲聊，水边垂钓，草坪一躺，尽情享受风和阳光，领略大自然的恩赐，沉浸在一片深深的寂静中，真成了山水画中人。

莫愁湖也是南京一大名胜，它毗连玄武湖，湖面比玄武湖要小。湖畔有一尊汉白玉少女雕像，一身素洁，那衣褶，那曲线，那云髻雾鬟，惟妙惟肖，楚楚动人。莫愁女的传说久远，许多文人都写诗歌咏。

描写秦淮河的文章多如牛毛，我不想凑热闹，但必须补写一笔，秦淮河的河房，像蜂窝似的，是妓女的妆楼，像古都长安"平安里"一样的红灯区。这里夜夜笙歌，管弦奏鸣，风雅而豪情的嫖客，蕙心兰质的妓女，常常歌舞达旦。河水滞滞，似流非流，迂缓，似乎唯恐带走"六朝旧梦"。

走上文德桥，凝望岸上一排小楼，我立即想到《桃花扇》，想到秦淮八艳，想到李香君，想到明末清初那腥风血雨、天崩地坼的时代，一个王朝覆灭时的惨痛呻吟，一个王朝在血泊中耸起时的疯狂和残忍，胜利者最初的微笑，是发自内心的狂傲、阴毒，还似乎带有辛酸、苦辣。我不知罗马征服希腊是一场怎样血肉横飞的残忍场面？但一个民族征服另一个民族，战刀总是鲜血淋漓的。

我那年去南京，专门游览了秦淮河，河还未治理，河道淤塞，水质浑浊，河岸肮脏，腥臭熏天，蚊蝇乱舞，杂草丛生的水边，倒有几朵鲜艳的水仙花摇曳着，风姿卓绝，风骨婷婷。肮脏的流水和鲜丽的小花形成强烈的反差。小花从容地、无言地开放着，绽放着生命的尊严。秦淮八艳在山河易主国破家败时，在腥风血雨中仍然挺立，用她们柔弱的躯体，展示了风尘女子的刚毅和拳拳报国之心。她们没有享受皇恩，没有得到社稷的福赐，当朝廷遇难社稷倾圮之时，却以羸弱之躯奉献给时代的祭坛。她们是被损害被侮辱的人，却在时局板荡之际，坚强地站立起来，成了顶天立地的人，成全了一个民族的骨气。

无情最是台城柳

我下榻的宾馆在台城附近，窗外是几棵柳树，正值壮年，茂茂腾腾，柳丝长长的，几近地面，蝉在枝头嘶鸣。我坐在窗前小憩，上午游览了台城。韦庄的《台城》诗："江雨霏霏江草齐，六朝如梦鸟空啼。无情最是台城柳，依旧烟笼十里堤。"韦庄的诗穿越千年时空，仍有动人的魅力，这是怀古诗。诗人韦庄来金陵访古，看到鸡鸣寺台城的旧址，荒草萋萋，废墟累累，那天也许像今日一样，烟雨蒙蒙，霏霏的雨丝，细密缠绵，如梦如幻地笼罩在台城上空。从东吴到最后一个小王朝南陈，三百年间，六个王朝匆匆走过，一个接一个衰败覆亡，能不让人发出"六朝如梦"，人世沧桑的感慨？当年的歌台舞榭呢？琼楼玉宇呢？当年的红翻绿滚嫔妃歌女舞伎呢？那威仪凛凛的帝王将相呢？那奢靡豪华的盛宴呢？都化为云烟消逝了吗？荒草没阶，瓦砾遍地，最可恨的是台城柳，依然烟笼十里城堞江堤。六朝的豪华转瞬即逝，又怎么不引起“身处末世，怀着亡国之忧”的诗人的伤痛和触目惊心的悲愤？

韦庄所处的时代，是大唐帝国夕阳西下的时期，藩镇割据，战乱频仍，诗人一生颠沛流离，流落江南，看山，山光幽暗；观水，水色伤感。在这乱世中漂泊，只能借酒浇愁啊！我想象得出，韦庄写这首诗时，应该是在台城附近一个小酒店草成的。他醉意朦胧，提笔写在纸片上，将笔一掷，又端起酒杯豪饮起来。他醉眼望着窗外霏霏烟雨中的杨柳，本是六朝繁华的点缀，现在倒成了台城废墟的嘲弄，反衬出一个个朝代覆灭的苍凉。

我懒得翻检六朝的历史，但这却是金陵最引人入胜的一章，金粉的厚腻，后庭花的靡靡之音。在韦庄之前，大诗人杜牧曾造访台城故址，大发亡国之感慨：“商女不知亡国恨，隔江犹唱后庭花。”这《玉树后庭花》是南朝荒淫误国的陈后主所制的乐曲，而今“霓裳羽衣舞”不是与“后庭花”如出一辙，是亡国之音吗？韦庄流落江南，写了许多怀古伤今的诗篇，“断肠春色在江南”，遇到故人，酒酣之时，常常“涕泗滂沱，泪满冠缨”。

其实，南京是不适宜做国都的，这里烟水气太重。到了明代，朱元璋建都金陵，但朱棣反政府武装力量战胜官军，夺取了侄子朱允炆的江山，屁股下的龙椅还未坐稳，就围绕金陵转了一圈，与风水先生嘀咕了一阵，便果断地下旨迁都燕京！接着命人急火火地在北京勘察设计，营造都城，此后大明王朝延续近三百年历史，随后清王朝鹊巢鸠占，在明故宫的基础上扩建，又支撑了三百年的华夏历史。但到了民国时期，孙中山“忘记历史的教训”又选择金陵建都，他做了三个月的临时大总统，便拱手让位袁世凯。袁世凯不南下，坐镇北京。到1927年蒋介石的民国政府移都金陵，二十二年后逃到台湾岛上。“六朝烟水气”，这称呼含意太深刻了，烟、水、气，都有虚幻、缥缈之意，水中月，烟中楼阁，是蜃景，这能长久吗？轻浮、虚无、缥缈？还是淡、雅、浅？无疑，金陵缺乏北国的厚重、大气、雄悍。

“六朝烟水气”出自《儒林外史》吴敬梓小说二十九回：“菜佣酒保，都有六朝烟水气。”也就是说，那些端盘子提壶敬酒的店小二、贩夫走卒、引车卖浆者之流，都染上了一种高雅、儒雅的风土人情。千年古都，十个王朝，“你方唱罢我登场”，演绎着一幕幕历史的折子戏，朱门豪户的笙歌院落，灯光楼台，歌楼舞榭，酒色征逐，风月繁华，到了杜牧的晚唐时，秦淮河是一溪寒水，而韦庄时期“六朝如梦鸟空啼”，其景之惨淡，更可以堪？

乌衣巷口夕阳斜

晚唐诗坛怀古诗很多，处在离乱、狼烟烽火的时代，诗人们怀古伤今，面对前朝的残山剩水，一吐胸中郁垒，是很自然的事。乌衣巷是诗人们吟咏的具象，也是诗的意象。刘禹锡是中晚唐诗人，性刚烈、耿介、豪放，他参加了王叔文的政治改革，失败后，被当朝的奸佞贬谪放逐。放逐期间，他写了大量的怀古诗，《金陵怀古》、《乌衣巷》、《石头城》、《台城》便是他这个时期的代表作。他写《石头城》：“山围故国周遭在，潮打空城寂寞回。淮水东边旧时月，夜深还过女墙来。”而刘禹锡最得意之作、传之广泛的是《乌衣巷》：“朱雀桥边野草花，乌衣巷口夕阳斜。旧时王谢堂前燕，飞入寻常百姓家。”门阀士族为中心门第，自成一流品位，门第中人之生活，确然自成一风流，这种风流不是权位与财富的垄断而得的，还有家族文化或门第文化，他们不仅掌握政治、经济大权，而且还垄断了文化大权、教育大权，朝代虽易，门第却递嬗相承。外面政治祸起，大门内依然安静，正是这样文脉绵延，才出现隋唐之盛。

名门望族都有庶人难以企及的文化修养，男人们以高标准要求自己的风仪礼法、著作与文艺、交际应酬之中的谈吐与情趣；女子的德性、涵养、学问，亦不同凡俗。我来南京，便是要寻觅乌衣巷。乌衣巷是东晋时期高门士族聚居之地。宅第豪华，富丽堂皇。开国元勋王导——王羲之的叔祖父，还有指挥淝水之战的统帅谢安就住在这里。昔日桥上装饰着两只铜雀的唐楼就是谢安所建，朱雀桥、乌衣巷是富贵、豪奢的象征。后花园假山真水，水榭亭台，林木蓊郁，春桃夏荷，秋菊冬梅，四季飘香，笙歌罗绮、帘幕烟花。魏晋时期是门阀制度兴盛时期，王、谢两大家族主宰着两个王朝的政治、经济、文化，不仅代代有文臣武将、高官大吏，而且涌现出一代代风流文学艺术大家，王羲之、王献之、谢朓、谢灵运等等，他们的文学艺术成就，不仅为一个家族增光添彩，也辉煌了文学史。

可是到了刘禹锡时代，不仅"万户千门成野草"，连乌衣巷也变得废墟一堆，残垣断墙，夕阳蓑草，当年车水马龙的喧嚣呢？当年的日日笙弦、夜夜歌舞呢？当年灯红酒绿的豪宴、奴婢成阵、妻妾成群、红粉缭绕的景观今何在？而今朱雀桥边只剩一片荒凉、冷落！

世事沧桑，朝代更迭，转瞬间变得如此惊心动魄，能不让人伤感？"无处可寻王谢宅，落花啼鸟秣陵春"（南京旧时亦称秣陵）。而旧时的燕子依恋故巢，飞来飞去，已飞入寻常百姓家了——这里已不是王谢之宅。

乌衣巷口，朱雀桥边，很难寻觅当年一丝痕迹，满街满城的现代化高楼，已遮住了历史的投影，南京好多名胜风景圣地，已成了符号，空空地注册在历史的夹页里。

刘禹锡有一首诗题为《西塞山怀古》，实际上是金陵怀古，前四句："西晋楼船下益州，金陵王气黯然收。千寻铁锁沉江底，一片降幡出石头。"西塞山远在湖北，岚横秋塞，山镇洪流，形势险峻，是六朝有名的军事要塞。太康元年晋武帝派王睿率领高大的战船，组成水军，顺江而下，攻取东吴首都金陵，西晋灭吴，这是六朝逐渐灭亡的开始。"兴奋由人事，山川空地形。"尽管这里龙盘虎踞，天然的地形，千寻的锁链，皆不足阻挡晋军雄赳气昂的进攻态势。

其实，刘禹锡放外并未在金陵任职，而是在和州，即今天的安徽和县，离南京很近，游览金陵古城是很方便的。刘禹锡曾两度在朝廷任职，看到朝政腐败，宦官专权，藩镇骄横，人民困苦，便积极参与王叔文的革新集团，竭力刷新政治。永贞革新失败后，他遭到沉重打击，被贬被逐，离开了朝廷。贬谪时期有诗《聚蚊谣》，大胆地抨击宦官和朝廷官僚的丑行，骂他们是一群专吸人血的蚊虫。

陈叔宝沉溺于声色犬马而亡国，时过三百年后，又一个李后主因为沉溺艺术，不问朝政，结果被宋军一举翦灭，成了大宋朝的刀下鱼肉，一曲"春花秋月何时了"的悲歌结束了他的生命。"后庭花"是陈后主作词：

> 丽宇芳林对高阁，新装艳质本倾城。映户凝娇乍不进，出帷含态笑相迎。妖姬脸似花含露，玉树流光照后庭。花开花落不长久，落红满地归寂中。

这真是亡国之音。

古代文论家对刘禹锡诗文评价很高，《乌衣巷》就是脍炙人口的名篇："千陶万漉虽辛苦，吹尽狂沙始到金。"南京六朝古都，秦淮河千年烟雨，处处都埋葬在历史的散落记忆里。你随便拨开一片披离的杂草，翻开一页残破的瓦当，都能摭拾到一块文化的碎片，风雨千年，它们依然闪烁着古老文明的光芒。

夜泊秦淮近酒家

那里是豪族聚居，商贾云集，人文荟萃之地，也是金陵文化渊源之地。那遍地于沿河两岸高低错落，富有“红灯区色彩”的河房和水阁，茶馆和酒楼，歌台和舞榭，依稀闪烁在人们的记忆里。几度沧桑，几度兴衰？“十里秦淮”昔日繁华已成故去，然而今天它已成旅游景区。我再来金陵采风，朋友自然会安排我去秦淮河一游。这里夫子庙、文德桥、长干城、河房、妆楼，一切都是仿古建筑，依然散发幽远的气息。当然，六朝遗迹难以寻觅，但明清时代的建筑，砖墙、石桥，仍依稀可见。李香君的阁楼，柳如是的香巢，秦淮妓女的妆楼修旧如故。河岸古柳新桐，“楼台分峙，亭树参差”，仿佛隐隐听到“笙歌罗绮”，看到“帘幕烟花”。自然你会吟起杜牧的“烟笼寒水月笼纱，夜泊秦淮近酒家。商女不知亡国恨，隔江犹唱后庭花。”杜牧这里不是责备商女，而是讽刺陈后主之荒淫，感慨朝代兴亡，抒发一腔郁垒，气格豪宕，不减盛唐之作。晚唐诗人喜欢用七绝体咏史怀古，抒发议论，借古讽今，杜牧和刘禹锡的咏史多为华章绝唱。

秦淮河不仅是商女之河，秦淮河畔蕴藉更丰富的是那些两岸小巷：剪子巷、船板巷、胭脂巷、扫帚巷，听听这名字就了然，这是平民居住区，而北面却是御道街、户部街、碑亭巷、后宰门，宦气蓊郁，仿佛紫衣飘飘，乌纱抖颤，车马盈门。

秦淮河边，夫子庙旁有贡院，古里古气，肃穆、庄严，还带有神秘感。我感到疑惑，一边是圣人、文人雅士三跪九拜之圣地，一边是妓女群居之域，一边是士子读圣贤书的贡院，一边是妓院，歌女舞女妓女吃喝嫖赌之私人会所，高洁与低俗，文雅与卑劣。这简直是中国式的黑色幽默。我问南京的地方志专家，他解释道：“这是小和尚出身文化浅薄的朱皇帝对文化人的嘲弄和揶揄，你不是饱读诗书吗？你不是富贵不能淫、贫贱不能移吗？你不是道貌岸然、谦谦道德君子吗？哪个读书人不是一旦皇榜题名，便跨过小石桥，投到妓女的石榴裙下？云雨巫山，尽情鱼水之欢，什么高尚、圣洁、道貌岸然，统统见鬼去吧！进了烟花巷，怕是另一副嘴脸！”

朱皇帝一登基，便在金陵城迫不及待地修了十六座青楼，艳帜高扬，淫风弥漫，秦淮河水漂浮着一层厚厚的脂粉，妆楼里传来的是阵阵淫言媟语，嬉戏笑逐。高尚与下流原来近在咫尺，一苇渡之便尽情享受人生。

而今文德桥更新修建，水泥钢筋代替木板小桥。站在桥上观瞻：只见魁光阁飞檐翘瓴，古朴纤秀，半月池的后幅照壁，流红溢赤，气势宏丽，得月台双层楼阁，雕甍秀槛，崇宏间见灵秀，古色中流新彩，两岸水阁楼台，错落有致，各尽其能。曾经，秦淮八艳李香君、柳如是、顾眉生等乱世佳人，与侯方域、钱谦益、龚鼎孳等江左三大家风流才俊，有着缠绵悱恻的纠葛，而这只能是晚明黄昏的爱情悲歌，是悲天悯人的风花雪月……

而今她们坎坷的足迹已不再，她们的浪漫故事已成绝唱，她们的倩影已随秦淮流水飘然而去……

我在文德桥上船，乘一只小小的画舫，荡桨秦淮河，去领略秦淮风情。船工都着明清衣装，翠蓝大襟绸缎服，宽裤腿，男的扎素锦腰带，女的衣襟镶边，眉毛淡扫，口抹胭脂，仿佛你一下子掉进历史的隧道，和李香君、柳如是在追逐嬉戏。但河房电视机里却传来邓丽君的歌声：“今宵离别后，何日君再来……”那甜甜的、腻腻的旋律缭绕在河面，非今非古，如梦如幻，真不知天上人间。

天 下 为 公

金陵是一部卷帙浩繁的大书，多姿多彩的情节，精美绝伦的细节，起伏跌宕的故事，缤纷繁多的人物，既有《红楼梦》的细腻，又有《史记》的春秋章法，十朝古都，加起来不过四百年，平均每个朝代不足四十岁。四十岁正是人生最精彩的篇章，在这里却成了断简残章。风也罢，雨也罢，繁华与喧嚣，热烈和凄清，都留下了多多少少的履痕。文化名城积淀之厚重，可惊可叹。打开这套线装书，一卷卷多彩动人的故事与人物，都会跃然而出。有的浑厚，有的秀美，有的凝重，有的轻盈，铁板铜琶，红牙细管，使你目不暇接。中山陵、明孝陵、雨花台、梅园、熙园、瞻园，一章章厚重的历史，到莫愁湖、燕子矶、牛首山、白鹭州，如读几卷诗词歌赋；到北极阁、乌龙潭、天堡城，又像读几页笔记、散文……那数不清的文物古迹，乌衣巷口，桃叶渡头，大自然的钟灵毓秀，神奇造化，是一幅幅山水画卷。那大大小小的园林，那泉流小溪又像册页插图，使这部古书有声有色。而长江是这里的主题，宏大繁富，气派劲健。

又是一个黄昏。

黄昏无论在哪里都表现得成熟而热烈，春末夏初的黄昏，我站在临江一座山头，看浩浩大江滔滔东流。江流浑转，浪涛飞卷，江水拍岸，积雪飞霰，巍巍壮观。我感到，金陵是抒情诗的题材，在真实和想象的空间交织中出现波诡云谲的梦魇的残酷。

青螺似的翠冈，一叠接着一叠，排列开来，构成苍茫寥廓的境界，而眼前是一片桃林，桃花灼灼，如锦似霞，大自然故意在人们面前乱真，赋予这片山野诗的韵味。这里原是乱冢坟冈，荒草萋萋，鼠兔出没，乌鸦啄天。地上落英点点，林间芳菲馨人。紫金山成了一个陵园，一代大明开国将帅朱元璋君臣的陵墓，孙中山的墓，廖仲恺、何香凝的墓都在这里，邓演达、汪精卫的墓也曾在这里。大大小小的坟墓蔚为壮观，构成一个个地下王朝。走近一个坟墓，便走近一段历史。你可以触摸，阅读它、探寻它、思考它。我仿佛聆听到来自天国的声音，那里仍是风云乱渡、喧嚣热烈的世界，甚至能听到风萧马鸣、剑戈铿锵的杀伐之声。历史并未死去，只要你喊一声，它们会跳出来，一群鲜活的人物，生龙活虎地展现在你眼前。

朱元璋的孝陵无论规模和排场，都比不上他的皇子、皇孙在北京的陵墓的气派，但它融在绿涛翻腾的山野。这苍茫雄浑紫金山也成了他的陵园，气势宏大，气度旷博，十三陵难以攀比，两排石马翁仲，像两排历史的肋骨，有吞吐八荒，融会自然的壮观。

中山陵可谓当代伟人最伟岸最壮观的陵寝了，中山先生用巨手推翻了两千多年的帝制，其伟大气魄可谓千古风流。中山陵坦坦荡荡，依山势而建，层层台阶把陵墓托上山巅，依山横陈，阳光朗照，宝石蓝的琉璃顶，将一个伟大的灵魂，嵌进大山的怀抱，紫金山也因之巍峨、雄浑、博大。孙中山只在南京生活了九十五天，却为中华五千年史诗，留下了一页“奇崛精警的篇章”。

孙中山1912年1月1日到达南京，当晚在总统府举行“中华民国开国典礼”，震撼钟山大江的二十一响礼炮声，穿过浑沉的冬夜，回荡在华夏九州的上空。孙中山走上讲台，他用带有粤语口音的普通话庄严宣誓：

> 倾覆满洲专制政府，巩固中华民国，图谋民生幸福，此国民之公意，文实遵之，以忠于国，为众服务。至专制政府既倒，国内无变乱，民国卓立于世界，为列邦公认，斯时文当辞临时大总统之职。谨以此誓于国民。
>
> 中华民国元月元旦　孙文

一篇誓辞，九十一字，字字千钧，掷地有声，接着启封用红绸包裹的“中华民国临时大总统之印”，印是阳刻，背面八个大字：“国家之本，在于人民。”念完誓词，孙中山挥笔写下四个大字“天下为公”，笔酣墨饱，字迹雄健，庄重典雅。一个新的世界就这样拉开帷幕，一个“人民与国家”紧紧联系在一起的时代开始了。

2014年12月

滁州，一座文化的雕塑

一

醉翁亭在宋朝初建时，其实不过是一座孤立的山亭。史载九百多年前，欧阳修被贬谪到滁州，任太守。欧阳太守公余常到城西郊琅琊山游玩。这里野芳发而幽香，佳木秀而繁荫，山泉叮叮，溪流潺潺，风景秀丽，令人迷恋陶醉。琅琊古刹住持智仙和尚，敬仰欧阳太守，在山道旁搭建一草亭，供太守休憩，在此寄情山水，饮酒赋诗。不知某月某日，太守喝得酩酊大醉，酒醒后，太守挥毫千字，一口气写下二十一个“也”字，一篇《醉翁亭记》便流传千载。

江山还靠文人捧。岳阳楼因范仲淹一记传千秋，滕王阁缘王勃一序撼神州，黄鹤楼盖由崔颢的几句诗也名扬天下。这种文化互动效应既成就了文人，又风光了名胜，使中国山河人文精神焕发出迷人的光芒。

其实中国文人大多是得志时为官，不得志时为文，官高诗好者甚少。当他们仕途蹇涩、官运蹭蹬时，就放浪山水，寄兴烟霞，凭借荒村野树，落日夕晖，抒发心中块垒。歪打正着，中国文学史正是由这些不得志的文人涂山画水，狂歌浪吟，筑起一道道绚丽的风景。倚松傲啸，对月煮茶，鸡声野店，细雨骑驴，这种超然处世的山村生活，谁又能说不是士大夫精神生活的重要内容？或借此一角静谧安放他们受伤的灵魂？我曾去过黄州，拜访了苏东坡夜游的赤壁、耕耘的坡冈，我曾去屈原泽吟的洞庭湖畔，寻觅一个漂泊的诗魂。而今正是江南烟花四月，我千里迢迢来到滁州，目的是寻觅醉翁，邀欧阳太守，痛饮千盅，但欧阳已不在，此地空余醉翁亭。

欧阳先生好端端的京官不做，跑到这荒僻的“老少边穷”地区，与其说被贬，不如说欧阳夫子厌腻京城的繁华和喧嚣，厌恶官场的龌龊和肮脏，厌恶那“酒泛绿，灯吐红，声兼色，犬当马，金钱叮当响的游戏场”的京城生活，向皇上打了请调报告。那时欧阳夫子官至参知政事，仁宗嘉祐年间，与韩琦（宰相）同心辅政，成绩卓著。英宗即位，太后垂帘听政，更是尽职尽责地完成朝廷交给的各项工作。每当议事，总是据理力争，对谏臣的谬误，也好斥其短，由此引起了群奸的忌恨。神宗即位以后，御史蒋之奇编造谣言，胡说欧阳修与长媳吴氏有暧昧关系，中丞彭思永也在大肆扩散影响。欧阳修是政治家，又是一代文宗，饱读诗书，是当朝大儒，岂容小人如此攻讦，恶毒诬蔑？他要求神宗追究。经神宗连诏诘问，蒋之奇、彭思永理屈词穷，均遭贬斥，欧阳修方得一免横祸。但欧阳修身为宰辅，蒙受这种奇耻，再无心掌权，经多次上章辞职，终于于神宗治平四年（1067）罢了参政，到曹操的家乡亳州当知府去了。

二

春天的琅琊山，峰峦泻绿，万壑流翠，我们仗藜在重重叠叠、浓浓淡淡的绿浪、绿涛、绿漪中穿行。山为名胜者，其特色总是彰显得很，或雄浑博大、万峰朝笏，或奇峰巉岩、深沟巨壑，或流泉飞瀑、林涛訇然、溪流如带、佳卉丛生。琅琊山三者皆俱。更喜人者，大气磅礴的森林弥漫开来，翠浪绿涛，满山翻腾，森森然，郁郁然。醉翁亭就坐落在绿涛翠浪之中，像一丸小岛，孤独、寂寞，又像是历史遗落的一尊浮雕。

九百年前，朝廷贬官欧阳修就在这里和智仙和尚品茗，谈诗论文，吟风弄月，书童捧砚，借一方青石，挥洒激情，夏鼎周彝，三皇五帝，言者口角生风，听者诺诺点颔；或探周易，或研玉谱，或博弈，或对棋，“万山肃立，听落子动静；一鸟悠然，探胜负消息”。这里山深林幽，坐在亭下纳凉，阳光在亭上跳跃，树影在亭下斑驳，树枝细密地支棱在天幕上的背景，白云一片片弋动着，富有动感、质感、透明感，天空蓝得发青，山色青得黯黪。山风飒飒，凉意沁沁，虽值盛夏，如沐春光。晚上，一轮皓月冉冉升上中空，月华清丽，山风徐徐，月光下的群山乱峰一片扑朔迷离，月朦胧，山朦胧，鸟朦胧，一片梵天秘境。这里远离潇潇红尘，拒绝灯红酒绿的纠缠，阻隔车流人浪的喧阗。

城，在山脚下。山，围城或蹲或踞或站或立。山是城的保卫者，即使躺倒，仍睁着一双绿色的眼睛，春夏秋冬不眠不累。“环滁皆山也”，欧阳太守开口第一句便称赞滁州的地理形貌。

一个失意的文人与一个脱离红尘的僧人在寂寞的大山里品茗畅谈，纵横宇宙之大，闲话昆虫之微，臧否历史功过是非，笑谈春月秋风。他们寻仙踪觅佛迹，他们闭口不谈当今官场之龌龊、政治之昏暗、世风之靡下，虽然有忧乐先后之心，却唯恐官场腐臭之气污染了良辰美景。

中国士大夫阶层从老祖宗屈原起，就患有忧国忧民症，这“病毒”已化为基因代代相传。

陶渊明归隐山林，就仿照屈原，穿上芰荷衣，扶犁南亩，仗藜南山。饮酒品茗在春秋序里，观人观物在竹梅之间。

匡扶社稷之志，常受到奸佞小人的谤毁、馋诽，利用最高权力来打击仁人志士，置他们于死地，这是小人惯用的伎俩。

欧阳修忠直敢言，自不容奸佞，所以一生屡遭贬谪。滁州是他政治生涯中第二次贬谪之地，他因“庆历新政”失败后仍公开为改革派鸣冤叫屈，而被免去龙图阁直学士，罢去河北都转运使，以知制诰出知滁州。

时值庆历五年（1045）十月二十三日，欧阳修经过长途跋涉来到贬所。

滁州位于皖东江淮之间，四周群山环绕，地呈盆地状，地势险峻，交通闭塞，贫穷荒僻，为兵家必争之地。干戈频仍，狼烟滚滚，是腥风血雨的古战场。战争过后，风烟俱净，这里依然山清水绿，依然荒凉贫瘠。

欧阳修初来滁州，并未因这里荒僻而戚戚怨嗟、愁苦不堪，反而欣然若归、随遇而安。这需要一种襟怀和气度，需要一种精神和心态。从玉阶丹墀、灯红酒绿的庙堂高居，到僻远穷困之乡，这个落差无论从物质到精神都是巨大的。欧阳修面对现实却表现得相当乐观，放歌于山峦之间，悠游于林泉之下，兴来挥毫千字，友来一饮千盅，倒也潇洒。

欧阳修有一首诗《题滁州醉翁亭》，发挥《醉翁亭记》陶醉山林的情趣，“山水之乐，得之心而寓之酒也”。

这个心就是情趣，欧阳修当时的情绪是因奸佞当政，诬陷贤臣，纪纲浸毁，故而愁生。为了忘却忧愁，只好以酒浇愁。他说：“醉中遗万物，岂复记吾年。”欧阳修屡遭贬谪，每到一处，往往运用情景相生的笔法，以抒写谪居生活。

大自然是医治心灵创伤的灵丹妙药。尽管政治斗争的无情，给欧阳修心灵留下深深的创伤，但在这环滁皆山、紫薇醴泉、修竹幽篁的大自然美景中，欧阳修少饮辄醉，仰而望山，俯而听泉，这里山幽林静，这里泉声鸟韵撩人情怀，这里民风淳朴，弥漫着沁人的温馨。欧阳修耿介、达观，厌恶官场上阴鸷狡诈，忙完公务，便沉醉在这大自然迷人的风景里，醉翁亭饮酒，丰乐亭赏泉，野鸟窥我醉，溪云留我眠。

滁州三年，正是他创作的鼎盛期，他写了许多歌咏滁州山水花草的诗文。

三

欧阳修是文学家也是政治家，为了实现他的政治主张，在仕官的四十二年中，三起三落，历尽酸辛，他官居显要，但不计个人得失，忠直敢言，不避风险，对北宋王朝的赏罚、澄清吏治、刷新政治、精兵简政，产生了一定的作用。苏轼后来在《祭欧阳文忠公文》中称赞他“君子有所恃而不恐，小人有所畏而不为”。

欧阳修提出改革吏治的方案：首先是精选官吏，堵塞滥源。北宋初期大开仕途之门，使更多的人能有做官的机会，除科举做官，还有大量的荫补入仕。宋朝每次进士及第达六七百人，比唐朝扩大了十几倍，荫补的不只是直系，还有旁支异姓，甚至门客。这种恩荫制度，维持了旧门阀，骑着竹马的小儿往往是显宦。经过几年，不管有无政绩，都要晋升，官吏多而滥，达到五六人同做一官。只要一入仕途，就终生荣华富贵。官多且禄多，有官俸、禄粟、积钱、公用钱、职田等，还有菜汤、给券、厨料、薪炭等五花八门的补贴，良田华屋，美食佳肴，风光无限。到了仁宗朝，官僚机构渐趋庞大，吏员薪俸日益增多，军队纪律废弛，统治阶级穷奢极欲，贿赂公行，以致外族侵略，百姓贫困，阶级矛盾更加尖锐，民族危机日益深重。

其次，他又提出许多考察和提拔官吏的举措。就是考察官吏，严明升黜；弹劾官吏，揭露阴私；提拔官吏，不限资历；广集群议，发现能吏。

仁宗皇帝采纳了这一建议，诏令百官议事，恢复汉唐旧制。欧阳修推崇前贤贾谊、晁错、魏徵，主张百官议事，以使北宋社会存在的主要问题得到解决。

欧阳修一生办的另一件大事就是领导北宋诗文改革，反对六朝的骈文，恢复古代的散文。

欧阳修提出散文要不拘形式，不讲排偶、辞藻、典故和音律。

欧阳修倡导诗文复古，诗要反映社会现实，表达人们的真实思想感情。

宋初诗坛盛行的西昆体，源于晚唐、五代的诗风。晚唐藩镇割据，社会黑暗，军阀混战，最后酿成五代十国的局面，在这恶劣的环境下，一部分知识分子的思想消极，追求享受，在文学领域里便出现了一股唯美的、反现实主义的逆流。温庭筠即是“花间派”的代表人物，他思想颓废，经常出入歌楼妓馆，纵酒赌博，贪恋女色，在他的作品里多是低级淫荡的笔墨，缺乏对女性真挚的情感。五代时期，西蜀、江南一带统治集团的帮闲文人，也是怀着苟安旦夕的心理，过着纸醉金迷的糜烂生活，如韦庄之流，其作品也充满淫词媟语，风骨荏弱。

一个时代的文风，是一个时代精神的折射，是一个时代文人精神的表征。炎汉盛唐的文风粗犷、豪迈，胸襟博大，豁然大度，旷朗雄强，展示了那个时代人们的精神风貌。宋代皇帝一个比一个柔弱，一个比一个萎靡，不见了雄风浩荡，不见了英雄豪情，不见了“不斩楼兰誓不还”的壮志情怀，所以诗文一度萎靡。欧阳修倡导的复古革新运动，改变了一个时代。

欧阳修主张文章要明道、致用，尚朴重散。也就是说：文章（散文）要反映社会现实，真实而又形象；描写自然景物，纯朴而清新；作家应有自己的独特风格。

欧阳修团结周围的散文家，三苏、王安石、曾巩如众星拱月。他是文坛领袖，政治上有极高的声誉，成功地领导了北宋诗文的革新运动。

《宋诗鉴赏辞典》曾论述了宋人的审美观念以及形成这种观念的社会原因。宋代国势不如汉唐之盛，外患频仍，仅谋自守，对辽、金不是称臣就是纳贡，堂堂一个大宋帝国身居黄河和长江流域，占据了大中国最肥腴的土地，最繁华的城镇，最丰厚的资源，掌握先进的农耕技术，又有先进的文化，更不用说教育发达，人才济济，偏偏重文轻武，自我戕害武装力量，自毁长城，静弱而不雄强，只知向内收敛而不敢向外扩张，喜深微而不喜广阔。

宋人在这种“国策”的影响下，人文精神也变得静弱，审美观念又与六朝不同，“六朝之美如春华，宋代之美如秋叶；六朝之美在声容，宋代之美在意态；六朝之美好繁丽丰腴，宋代之美好精细澄澈。总之，宋代承唐之后，如大江之水，潴而为湖，由动而变为静，由浑灏而变为澄清，由惊涛汹涌而变为清波容与”。

欧阳修在振兴宋代文风上，建立了卓越的功勋。

四

欧阳修在滁州任太守期间，与民同乐，这一带流传着他的许多故事。他把写的文章贴在城门上，让老百姓提出修改意见。《醉翁亭记》开头原文：“滁州四面皆山也，东有乌龙山，西有大丰山，南有花山，北有米山，其西南诸峰，林壑尤美……”一樵夫路过城门，听了衙役的朗诵，提出意见：说太守文章开头太罗嗦，不必一一介绍四周的山……欧阳修得悉，将老樵夫奉为上座，聆听老丈的指教。欧阳修接受樵夫的意见，便改为“环滁皆山也！”这一修改，《醉翁亭记》便成了千古名篇，中国文学史上一颗光采熠熠的珍珠。欧阳修跻身唐宋八大家，这老樵夫助了一臂之力。欧阳修不胜感激，以至他调任扬州，还邀请老樵夫做客，一字之师，终身不忘。欧阳修问老人有什么要求，老樵夫说，只求一幅欧文苏字——要一幅欧阳修大弟子苏东坡书写的欧阳修文章的墨宝——这可是价值连城啊！欧阳修慷慨应允，不久便将一幅“欧文苏字”送至老人手中。

欧阳修所处的时代，文人都很放荡，文人狎妓是一种时尚，不光柳永整日厮混秦楼楚馆，吊二郎当地吟风咏月，就是欧阳修、苏东坡，甚至范仲淹这些为人师表的正人君子也时常出入青楼妓馆。何况欧阳修又是官场失意，仕途蹇涩？三十九岁他便以“醉翁”自居，那言外之意就是醉眼看世界，混浊的尘世，肮脏的官场，黑暗的政治，尔虞我诈、勾心斗角的庙堂，哪有正义、正派、正直之人立锥之地？欧阳修只好远离政治斗争的漩涡，在大自然的怀抱里，成就一个健全的自我。

五百字的一篇短文，竟有十个“乐”字，似乎看出作者难以抑制的兴奋、喜悦，如山泉汩汩而涌。欧阳修真的其乐融融，宠辱皆忘了吗？否，一个被贬逐的文人，一个居庙堂之高的高官大吏，来到这穷山恶水，能有什么乐趣？那只能是一种自我安慰，阿Q式的精神胜利，说得更尖刻一点，是自己对人生命运的意淫式宣泄！

《醉翁亭记》字字粲然，有声有色，文若岩壑之清奇，声如禽鸟之鸣唱，韵似泉水之吟哦。物我相融，情景相和。诗化了山水，诗化了亭阁，也诗化了被贬逐者的人生。文以山丽，亭以文传，醉翁亭成为一座文化雕塑，连同琅琊山，千年声誉不衰，智仙和尚这一不经意的举动，造就中国文化史上一座风流千古的景观。

四月的琅琊山，满山飞红流翠，万木葱茏，花香鸟语，一片勃勃生机。江南的春色啊！醉翁亭立于山树之间，泉润石咽，竹影横斜。一亭鹤立，飞檐翘角，顿添人文色彩。想当年，欧阳公呼朋引类，煮酒烧茶，欢宴众宾，筹觥交错，其乐融融。

欧阳修自号醉翁，有点自嘲，更有几分心态的衰老。他喜欢酒，却不像李白斗酒诗百篇，更不像阮籍、嵇康狂饮浪醉以至弄出些恶作剧来。这是不得志文人的惯用手法，以示对社会黑暗、官场龌龊、朝廷些小处堂权奸当道的厌恶，不得已回归自然，也就是说，败下阵来，不得不到这山深林幽处自我营造一片精神家园。惹不起，躲得起，这是中国文化糟粕在文人身上最鲜明的体现，是中国文人独善其身的庸人人生哲学。中国之所以有如此漫长的封建专制的黑暗，没有民主的光照，没有科学的烛火，恰恰是知识分子——这些民族精英缺乏一种抗争精神、缺乏一种斗士精神的犬儒主义的表征。

中国文人大抵都有个坏毛病，身在庙堂，春风得意之时，文思诗才不知跑到哪里去了，非得身受磨难，仕途失意，官场侘傺，或贬或谪，才能写出传世之作、千古绝唱，用一句很俗气的话说：不打不成器。一部卷帙浩繁的文学史，从源头屈原开始，大都是这些不得志的官员在不得志时捣鼓的。贾谊、司马迁、陶渊明、谢灵运、李白、杜甫、苏东坡、辛弃疾，还有曹雪芹等，这一串星光灿烂的人物，哪个不是自身苦难重重，厄运连连？才气这东西，苦难莫不是它的催化剂？

欧阳修比起他的弟子苏东坡还算春风得多，亨通得多。他在官场上没有大劫大难，年纪轻轻，成了文坛领袖、一代文宗，门生故旧遍布朝野。他亲手提拔的王安石、曾巩、苏洵、苏轼、苏辙一大批文学才俊，后来个个成了文学史上的耀眼巨星，唐宋八大家，他师徒就占了六家，功莫大焉！还有苏舜钦、梅尧臣、尹洙等也得到欧阳修的提携。欧阳修对苏东坡更是恩重如山。欧阳修曾是苏东坡的主考官，欧阳修为当时文学权威，“一字之褒，一字之贬”，即决定一个学子之荣辱命运。欧阳修读了苏轼的文章，其才气纵横，大为震惊，感叹道：“不知为何，我竟喜极汗下。老夫当退让此人，使之出人头地。”这话是欧阳修对他儿子说的：“记着我的话。三十年后，无人再谈论老夫。”他的话应验了一半，三十年后，苏轼已名满天下，而欧阳修却没有黯然失色。

欧阳夫子并非谦虚，而是有自知之明，幸亏老夫子有一篇《醉翁亭记》，否则跻身唐宋八大家也心中有愧。“唐宋八大家”不知何人搞的排行榜？是否公平、公正？偌大的一个中国竟无人跳出来喊个“不”？中国人患有集体无意识，此症可谓痼疾。

欧阳修虽称散文五百篇，大多数是政论、史论、墓志、随笔、序跋，真正具有文学意义的散文并不多，且精品、极品除《醉翁亭记》，其他则寥寥。司马光曾说：“欧阳公文章名声虽不可及，然记事一也，其敢续书之。”那意思说欧阳公名声很大，难以比肩，但就文章而言，我“敢续书之”。欧阳修对转变宋初浮靡文风起着关键作用。他的门生故旧都是大文学家，执文坛牛耳，对老师的评价不能说没有溢美之词，至少有尊者讳之嫌疑。苏东坡评价“欧阳子，今之韩愈也”，说明欧阳修在诗文革新运动中的重要地位。

欧阳修在滁州写的《醉翁亭记》、《丰乐泉记》等名篇无疑为他跻身唐宋八大家增加了砝码。不管怎么样，欧阳修沾了滁州山水的灵气，铸就一尊为后人瞻仰的文化雕塑。而欧阳修醉翁亭一记，更壮声色，琅琊山名声暴涨，它随着欧阳修的身影大步走进文学史，走进辉煌璀璨的文学殿堂。

2008年10月

建安时代的树

安阳女作家周艳丽告诉我：你去邺城采风，千万要看看那棵汉柏，是曹植栽的……真神啊！

——小记

一

邺城不是城，是一座极普通的小村，但一千八百年前却是一个王朝的“革命圣地”，是一个王朝走向历史舞台最初的跳板，它坐落在漳河岸边。

曹操修建铜雀台，竣工后开庆典大会，曹操率建安七子及众多文人雅士登台赋诗，曹植第一个站起来献诗《登台赋》，诗中有“临漳水之长流兮”之句，后来，县名由此缘起。

铜雀台旧迹已不存，新建的铜雀台是仿古品，供人凭吊参观的景点。游人寥寥，满园荒草，一庭杂花生树，蜂蝶乱舞，枝头鸟鸣啾啾。一池绿水浮满绿醭，岸边杂乱着枯枝败叶。没有秦砖汉瓦，没有汉柏唐槐，一座巍峨宏伟的楼阁，“高若仙举”，极其壮观。建筑格调极具汉风流韵，朴拙、粗犷、雄健。当庭竖着一尊花岗岩雕像——曹操，他雄视天下，横眉下目光鹰隼般犀利，身躯健硕，仿佛依稀可以看到他那胸中雄韬大略，风云翻腾。站在雕像前，你不能不感到这位大政治家、大军事家、大文学家的凛凛盛威，一种高山仰止之感油然而生。

曹操是一代枭雄。他胸襟博大，礼贤下士，唯才是用，军事上又思维敏捷，机巧多变，很快剪灭了北方大小军阀，统一了北方地区。曹操

"外定武功，内兴文学"，御军三十余年，手不舍书，在戎马倥偬中，在挥鞭横槊之余，一有闲暇，"登高必赋，及造新诗，被之管弦，皆成乐章"。他文采焕然，诗意雄健，开汉乐府以来一代诗风，两个儿子曹丕、曹植，皆才华横溢，诗文卓荦。汉末文学家以三曹为核心，团结了一大批文人学士，形成了文学集团。

每个王朝，朝廷身边总是云集着一批御用文人。汉武帝时，文学侍臣有大名鼎鼎的司马相如、东方朔、枚皋、王褒、刘向，都是横亘文学史的诗赋大家，而身为朝廷重臣的倪宽、孔臧、董仲舒、刘德、萧望等虽不以诗赋名世，也是才华横溢、知识渊博的名士。曹操笼络一些文人，开一代诗风，由此瞭望，盛唐景象若隐若现。建安三曹，北宋的三苏，虽然都是父子兄弟，但他们的作品风格迥然不同。曹丕的诗源于李陵，曹植的诗源出《国风》。

建安七子是文坛北斗七星，王粲、徐干、陈琳、应玚、刘桢、孔融、阮瑀等，他们的情况正如曹植所说："人人自谓握灵蛇之珠，家家自谓抱荆山之玉。"

云从龙，风从虎。风云集会在邺城。曹操深知马上取天下，笔墨理国家。那就是两杆子论。

《文心雕龙》作者刘勰高度赞扬建安文人："子建援牍如口诵，仲宣举笔似宿构，阮瑀据案而制书，祢衡当食而草奏。"建安文人皆以才思敏捷而著称。十余年来，曹操旄下集结了数以百计的文学人才，在汉魏文学史上写下光辉的一页。这实际上是诗化的大唐帝国粉墨登场前借邺城为舞台的预演，或者说建安文学之光已辐射到盛唐。

临漳县建了一座建安文学馆，仿古建筑，飞檐翘瓴，巍峨壮观。推开黑漆铜钉大门，便是一部厚重的文学史章节，一种刚健、洒脱的建安文学之风，迎面扑来。这里安放着建安七子的灵魂。走进殿堂，曹丕、曹植和建安七子宴乐图壁画赫然入目，他们宽服长袖，峨冠博带，席地而坐，有的端庄，有的斜欹，有的举觞，有的仰天吟啸，个个风流倜傥，豪情满怀。他们诗酒唱和，评古论今，品藻人物，直抒胸臆。这里没有孔夫子的君臣之分，尊卑之别，只有友情，只有诗的燃烧，情感的奔放。“觞酒流行，丝竹并奏，酒酣耳热，仰面赋诗。”窗外茂林修竹，绿意葱葱，园中有一池塘，垂柳依依，水面泛着涟漪，花园小径上有小花探头探脑，一副羞涩的样儿，树荫下有长条石椅，圆形石凳，一动不动地静静地坐落在池塘边。

曹操自然是建安文学集团的首领。建安文学是中国文学史上的一个高潮，这个高潮是曹操父子三人和“七子”掀起来的。至于曹操从心灵深处是否真的敬重这些文人雅士，很难把握。他出身寒微，虽喜欢诗文辞赋，却本能地对衣冠文士有猜疑之意。不过，他是干大事成大业的政治家，也深知“为国失贤则亡”的道理，不得不笼络这些文人，“天下英雄，尽入吾彀中”，而曹操还落个“得人之盛”的声誉。

这里我们必须介绍一下女诗人蔡琰（文姬）。蔡琰是汉末国学大师蔡邕的女儿。天下大乱，蔡琰被匈奴人掠去，嫁于匈奴人。曹操以百金和双璧赎了回来。文姬归汉成为历史的佳话。蔡琰聪慧绝伦，才华横溢，是杰出的女诗人，她的《胡笳十八拍》是绝世华章，声韵悲切，诗意高蹈超世。蔡邕是个藏书家，但藏品毁于战火。蔡琰自幼博学强记，背诵400余篇诗文，曹操命人记下，使文化得到传承。铜雀台落成后，曹操召集建安文人，登台赋诗，尽抒七情。蔡琰在铜雀台抚琴吟咏《胡笳十八拍》，悲切、凄楚，令人黯然神伤，热泪潸然。

曹丕是建安文坛实际的领袖。他竭力提倡文学，与当时文人过往甚密。建安九年（204）曹丕随同曹操攻克袁绍的大本营邺城后，基本不再出征，开始了锦衣玉食的公子哥式的生活，宴饮游乐，和一帮文人诗酒唱和，也击剑田猎，狎妓斗鸡，时时流露纨绔习气。他的文学成就远不如其弟曹植。但他非常重视文学创作，甚至称“文章”是“经国之大业，不朽之盛事”。在此前，文人地位都很低，辞赋之类的作品常受人歧视。曹丕极力反对这种错误观点，号召作家“寄身于翰墨”。

曹植曾写诗记述当年诗人聚会的情景：“公子敬爱客，终宴不知疲。清夜游西园，飞盖相追随。”诗人们酒酣之后，豪情大发，夜游西园，月照园中，林木郁郁苍苍，清川过石，流水潺潺，常见小鱼随水流过石板，而池塘芙蓉散其华，菡萏溢其香，一幅多么美丽幽清的荷塘月色！大自然美好，和远方战马萧萧，狼烟滚滚，是多么迥异的画面啊！何况邺城郊外，还有白骨点点、弃婴草间的生命悲剧和苦难。

但汉末文坛也出现了不良现象，即“浮华”、“浮伪”、“浮诞”之文风，其表现在背离经学，不务“根本”，相互结交，驰骛声誉，不辩名实，为文浮艳，看重藻采。曹操极力反对这种浮艳之风，并宣布要“破浮华交会之徒”，以正风教，从思想和政治上都打击“浮华”。他主张文学要反映社会，格调清新、质朴、感人，“气韵沉雄”，“豪迈纵横”，“笼罩一世”，给人一种古直悲凉之感。文学要具有鲜明的时代特征，以情纬文，以文被质，以抒情为基干来组织文章，达到文质彬彬的境界。所谓建安风骨就是建安时代的文学风格，即慷慨悲壮、雄健沉郁；刚健遒劲，挺拔有力；清峻爽朗，激昂多气，动人、励人、激人。

二

建安时期是“礼乐崩毁”的时代，作为统治集团的思想理论基础，教化百姓的工具孔孟之道已被曹操集团彻底颠覆，曹操提倡法家治国，他栽培的文学集团，那些诗人骚客大都是孔孟之道的反抗者。孔氏后裔孔融，就是最典型的叛逆者。

孔融主张饮酒，饮酒可逃避现实，饮酒可以放诞行为，但酒是祸凶的起因，孔融反对曹操的“禁酒令”，并大言酒对兴邦治国的作用，言之滔滔，振振有词：“高祖非醉斩白蛇，无以畅其灵；景帝非醉幸唐姬，无以开中兴。袁盎非醇醪之力，无以脱其命；定国不酣一斛，无以决其法。故郦生以高阳酒徒，著功于汉；屈原不铺糟歠（chuò）醨，取困于楚。由是观之，酒何负于治者哉？”刘伶在《酒德颂》中，也颂称：“静听不闻雷霆之声，熟视不睹泰山之形；不觉寒暑之切肌，利欲之感情。”

“唯酒是务”是当时士子大人的普遍形象。他们着宽衣大袖，服五食散，狂饮浪醉，既表现名士洒脱高逸风采，又突出他们桀骜不驯，放荡不羁，不同光和俗，为统治集团效力的高傲气度。

他们羽裳鹤裘，弃履服屐，洒脱放达，他们视礼教为粪土，这类故事《世说新语》中比比皆是，惊人夺目。这些人物，其精神内涵及气度，卓荦不群，超凡脱俗，不是神仙，却有仙人之风，神祇之气。

“建安文人虽然在济世弘道，建功垂名的意义上找到精神的家园”，但给他们带来最大恐惧的是死亡。面对空间的无限，他们感到自身的渺小；面对时间的无穷，他们感到生命的短暂。他们在诗中倾泻慷慨悲凉之气的同时，也暴露出对命运莫测、生死无常的悲观和绝望。诗中到处弥漫着“生命如朝露”、“人生如寄”、“人生天地间，忽如远行客”、“奄忽若飙尘”的悼时之悲。这些情感真切的诗句排挞而来，莽莽苍苍，形成弘大、宏阔的悲剧氛围。

其时，建安时代，不仅是战火纷飞、剑戟铿锵、腥风血雨的时代，也是思想极其芜杂的时代，玄学的萌动，“得意妄象”、“得意妄言”的人生态度，和隐仕双兼、超然放达的人生价值观各显风姿的时代。建安七子为以后的竹林七贤，以及后世盛唐气象拓展了道路。

在战乱频仍，人们普遍感到惶恐、苦闷，朝不保夕的社会环境里，一帮士人能够苦中作乐，得意忘形，“把宁静与恐怖离奇地糅合在一起，人们可以从中尝到一种浓烈的痛楚与欢快混同起来的滋味”。他们出则游山玩水，入则谈诗论文，沉浸于审美的愉悦中。

公元208年，王粲历尽艰辛归附曹操，来到邺城和早前而来的孔融、陈琳、阮瑀等组成七子，成为文学创作的骨干，之外还有应玚、繁钦、邯淳、路粹、蔡琰、吴质、荀纬、丁仪、丁廙、苏林、杨修等共计二十三人。

公元210年，曹操决定要建铜雀台，这正是赤壁大战兵败两年后的决定。曹操为何要建这座豪华的崇楼杰阁？是显示自己雄视天下，壮心不已，还是“以娱其老”？《三国演义》中写道，曹植建议父亲，“立三座，中间高者名为铜雀，左边一座名为玉龙，右边一座名为金凤。”曹操大喜：“他日台成，足可娱我矣！”《三国演义》还写道：（曹操）“吾今新构铜雀台于漳水之上，如得江南，当娶二乔置之台上，以娱暮年”。这显然在诋毁曹操，言其好色。众说纷纭，且不管它。铜雀台始建于公元210年冬，公元212年落成。铜雀台成为文人雅士、高官大吏聚会之所。他们饮酒赋诗，评诗论文。曹操每逢征战归来，就在铜雀台上大宴宾客，一手持蟹螯，一手持酒杯，高谈阔论。

我登上铜雀台，凭栏远瞩，思想穿越千年时空，完全想象得出来，那些文人在曹操、曹丕的组织带领下，游苑赋诗，互赠互答，切磋交流，其诗或悲切，或高亢，或沉郁，或刚劲，或雄健，既含蓄隽永，又有慷慨之气，一股浓烈的“建安风力”，刚劲的“汉魏风骨”。那是个性得到解放，人性得到复归，思想获得自由的大时代。

曹丕也不断组织邺下文人，游西苑，同命题，开展集体文学创作活动。动荡的时局中，残酷的社会现实，大战乱、大分裂、大破坏和人民遭到的劫难，是诗人们创作的主要素材。他们的呐喊和抗争，他们的狂呼与长啸响彻在一个时代，也响彻在文学史上。

随着曹操的去世，曹丕登上大位，整天忙于政务，曹植已由昔日的王侯变成今日“囚徒”，再就是建安七子一个个凋零，建安文学创作逐渐走向式微。

三

我坐在台阶上小憩，很静。这一座座宫殿的楼阁，很淡定，很沉着，仿佛经历了人间的繁华，绚烂之极而进入一种平淡的境界。树静静地沐浴着西斜的阳光，楼房一动不动，任凭日影从头顶、身边轻轻滑过。我的思绪仍沉浸在那个兵荒马乱的时代，建安七子的命运如何？他们究竟怎么走下历史的舞台，鲜活的生命之花是怎样凋零的？

凡在思想方面不符合标准士大夫的，通常“不至罹殒身之祸”，但必在统治集团中受到排斥。这似乎是一个潜规则，谁执政也不愿他人唱反调、与自己抗争。有两个文人很叫曹操头痛，一个叫边让，一个便是大名鼎鼎的孔融，他们二人却具有交游好士，不附权势，缺乏治才，文笔浮丽的特点。孔融尤甚，仗着老祖宗孔夫子那点资本，对曹操多有“轻侮之言”，“侮慢之辞”，公开与曹氏为敌。

还有个诗人杨修，他恃才傲世，“才思文藻，满朝轩冕”，他父亲杨彪、舅舅袁术皆与曹操为敌，而杨修在政治上与曹操的反对派孔融、祢衡为友，曹操对这几个人非常恼怒。杨修不仅反对曹操，更糟糕的是他参与皇子权位之争，他是曹植的幕僚，当然力挺曹植，大造舆论，引起曹操疑心，担心自己百年之后，会出现宫廷政变，所以杀掉了杨修。

孔融是建安七子重要一员，一度被称为建安七子之首。孔融恃才傲物，狂放不羁，虽是孔子后裔，但常违背儒教，作出悖逆之事，他讥发言论、诽谤曹操。曹操曾警告孔融，要严惩他。孔融丝毫没有悔改，并在《报曹公书》中，不卑不亢地陈述自己的态度，奉劝曹操应宽以待人，而不要一意孤行，仗势欺人。

后来曹操任命孔融为“太中大夫”，实际上是一闲职，也就是有职无权，曹操的目的是让孔融反省自身言行，改弦更张，内敛修行，闭门思过。谁知这老兄依然故我，清闲居家，反而更加张狂，经常招来朋友饮酒欢宴。

酒席宴上，孔融谈笑自若，抨击时弊，嘲讽朝政，品藻人物，口无忌惮，狂言乱语，自然曹操是他攻击的对象。曹操是大政治家，宰相肚里能撑船，但容忍是有限度的，便派人调查孔融。上报的内容却对孔融扣上一堆帽子："欲谋不轨"，"谤讪朝廷"，"不遵朝仪"，"唐突宫殿"，结论为"大逆不道"，宜重诛。

建安十三年（208）八月，曹操下令杀害孔融，并诛全家老小，连七八岁的幼童都没放过。当时孔融的儿子九岁，女儿七岁，二人听到父亲被捕的消息时，正在下棋，却不动声色。有人问："你们父亲被捕了，为什么还专心致志地下棋？"孩子回答说："鸟巢被毁，岂能会有鸟卵不破的道理。"命人拿来肉汤，哥哥端起碗一饮而尽，妹妹说："今天遭此祸，岂能长久活下去？怎么还品尝肉味？"有人将此事告诉曹操，二人便收入狱中。妹妹对哥哥："如果死者有知，能够见到父母，岂不是莫大的心愿吗？"兄妹二人引颈服刑，声色不动。观者无不动容，悲恸万分。

建安七子，最早凋零的便是孔融。

孔融临死前，也检点了自己，再无那种狂气，作《临终诗》："言多令事败，器漏苦不密。"最后绝望哀叹："生存多所虑，长寝万事毕。"

人之将死，其言也善。孔融作为刚肠疾恶豪气满怀的一代英才，他的《临终诗》竟流露出悔恨和化刚为柔的人生悲哀。

其实孔融的确有"大逆不道"之言行。曹、魏时代是以孝治天下，但孔融却没有恪守孔门儒家传统，他曾狂言道："父之于子，当有何亲？论其本意，实为情欲发耳。子之于母，亦复奚为？譬如寄物瓶中，出则离矣。"孔融说出这种混账话，既颠覆儒家伦理纲常，也丧失了最基本的人性，是反人类道德的。曹操抓住这一点，足可以置其于死地。

这不仅仅是恃才狂放、与曹操政见不同，不是性格的悲剧，而是人格的悲剧。

曹丕在七子之中有几位凋零后，曾悲伤地回忆：

> 昔日游处，行则连舆，止则接席，何曾须臾相失！每至觞酌流行，丝竹并奏，酒酣耳热，仰而赋诗。当此之时，忽然不自知乐也。谓百年己分，可长共相保；何图数年之间，零落略尽，言之伤心！

这是曹丕的《与吴质书》，实际是一篇对建安七子已故诗人的悼文。文章中透露出曹丕与七子们手足之情，没有尊卑之分。

四

我终于见到周艳丽告诉我的那棵汉柏，传说中建安时代唯一留下的真迹。

一棵古老的柏树，庞大的树冠，覆荫半个庭院，这棵柏树一千八百多年了，走近它，我真想跪拜，问声："您老人家好！"当年曹植和曹丕兄弟，是否在树下与王粲、孔融、徐干谈诗论文？一千八百年前，它还是一棵小树苗，在清风中舒展开叶子，柏树慢慢长大了，在古老的中原大地，在膏壤沃土中，展现出生命美好的景象，拼命地在地下铺展生命的根系，吮吸着水脉和地气，张开枝叶，最大限度地吐纳云水天光。阳光从枝叶隙中渗透出来，风一吹，仿佛听到阳光破碎的声音。

这老柏树历经过多少酷霜的欺凌，冰雪的暴虐，风沙的鞭打，它始终顽强地生长着，一圈一圈的年轮里，记录着风云变幻的时代信息，也记载着它炼狱般的苦难。它像饱经风雨的老人，目光炯炯，身板硬朗，精神和意志化为蓬勃不衰的枝叶，它的生命体系构成一座宏伟的建筑。

它的叶脉流淌着魏晋的骨血，它的躯干珍藏着建安文人的风操，它蓬勃的枝叶张扬着魏晋的遗风。我站在树下，聆听风穿绿叶的声音，仿佛是孔融的叹息声，徐干的自我安慰：“一生一世间，忽若暮春草。”

建安十六年七月，曹操率军西征马超，曹操的文学侍从们也随军出征。这些军旅诗人深入战争的第一线，目睹将士们剑戈铿锵、腥风血雨的残酷厮杀，惊心动魄，写出大量诗作，且不说曹植创作了《离思赋》、《送应氏诗》、《洛阳赋》、《赠王粲》、《三良诗》；王粲写了《吊夷齐文》、《咏史诗》、《征思赋》；阮瑀创作了《吊伯夷文》、《咏史诗》二首；徐干也写了《西征赋》等。这次西征不仅取得了战争的巨大胜利，也取得了文学创作的丰收。

钟嵘对徐干的诗，评价不高，列为下品，但徐干有《室思》六首五言诗，堪为精品，其中第三首有一节更是“经典”诗句：“自君之出矣，明镜暗不治。思君如流水，何有穷已时。”被诗评家称之为“文温以丽，意悲而远”，“缥缈虚圆，文情生动，独绝之笔”。徐干列入建安七子，当之无愧。

祢衡也是个悲剧人物。祢衡和孔融是老乡，都是山东人，二人脾气相投，一个比一个狂放，恃才傲物，风流不羁，有抗上精神，是孔融向汉献帝推荐的祢衡，孔融也多次在曹操面前吹捧祢衡。

祢衡是清流名士，有才学，有胆识，常有危言危行，击鼓骂曹最典型地反映了这个狂狷之士的性格：有一天，曹操大会宾客，观赏众鼓师击鼓。照例，鼓手们上阵前都更换鼓衣。曹操想戏弄一下祢衡，偏偏没发他鼓衣。演出开始，鼓手们一登场，崭新的鼓衣，鲜亮的头巾，腰扎一束红绸，威风凛凛，英姿潇洒。唯有祢衡破衣烂裳，头裹一条肮脏的头巾，曹操问道：“你这鼓史怎么不更换衣裳？”祢衡平静地说：“好，我就换。”然后三下两下脱去旧衣裳，赤条条地站在曹操面前，继而慢条斯理换上鼓衣。曹操本来要耍弄祢衡，反而被祢衡戏耍一顿，很是恼怒，又不好发作。事后曹丕和孔融批评了祢衡，并要他向曹操道歉。曹操知悉祢衡道歉，转怒为喜，并命人准备酒菜以款待祢衡，谁知祢衡手持一木棍，来到曹操大营门外，一边用棍子捣地，一边破口大骂，门人报告了曹操。祢衡善击鼓、唱歌。史书上记载他表演得“音节殊妙，渊渊有金石声”，满桌客人听得纷纷落泪饭都顾不得吃。但这次祢衡玩得太过分了，太任性了，这固然显示了他人格的独立，也暴露了他人性的缺陷。胸襟再宽阔，人的忍耐也是有限度的。曹操知道祢衡小儿胡闹，勃然大怒，说道：“我杀死祢衡就像杀掉一只麻雀、一只老鼠，只是他素有文名，我不愿承担不容士人的名声，把他送给刘表吧！”

祢衡到了刘表营帐，依然傲气凛凛，出言无忌，刘表又把他送给了黄祖。由于祢衡实在狂傲不羁，黄祖最终还是把祢衡杀掉了，死时才二十六岁。

建安文人中又一朵奇葩凋零了。

五

凡才子多狂放，这似乎是上帝造人时，专把这一弱点按在才子身上，像胎记一样。建安七子刘桢，从小被视为神童，文思敏捷，能诗能赋，下笔成章，辞意俱佳，十六七岁便写了一篇《鲁都赋》，语言富丽典雅，体派宏大，生动传神，享有盛名。

刘桢虽恃才傲物，对曹操的文韬武略和强悍的性格，却由衷敬佩，在曹操手下服务十年，曹操将刘桢视为朋友。刘桢随同曹操征战，战争的罅隙间，也和曹氏父子诗俦酒侣，尽展诗才。刘桢这个时期的生活是丰富的、充实的。曹丕、王粲、刘桢、徐干、阮瑀等，都随军作战。这些建安七子一时成为军旅诗人。刘桢曾在《赠五官中朗将》中记述他们的文学活动，饮酒赋诗，赏歌观舞：“众宾会广坐，明灯熺炎光。清歌制妙声，万舞在中堂。"

其实这些"子"们在军中仅是曹操的文学侍从，处理日常文书工作，他们并无军权，也不会得到重用，这些手无缚鸡之力的文俊雅士是上不得战场的。刘桢有时也感到郁闷、无聊，时间长了，也难免流露出不满情绪，心中纠结难以消弭。建安文人有一共同特点：追求人格的独立，追求精神的自由。

纸里包不住火，刘桢的傲岸、狂放，终于露出峥嵘。那是做曹丕的文学侍从时，有一次曹丕宴请宾客，特意让甄夫人出面。按封建礼法，甄夫人一出场，群臣必须匍匐于地，不敢仰视，偏偏刘桢平视这位国姿天色的贵妃，这下惹恼了曹丕，也惹恼了甄妃，为惩罚刘桢，免去他的文学侍从，罚他做苦役磨工。曹丕想杀杀他的傲气，刘桢却说："臣是庸才，见识短浅，也是因为陛下法网过密了。"曹操惜刘桢文才，免除他的苦役，安排他去做曹植的文学侍从。

其时，曹植才二十来岁，才华横溢，气冲牛斗，"任性而行，不自雕励"，刘桢与曹植相处更融洽，更随便，也不理会那些繁文缛节。钟嵘在《诗品》中对刘桢诗评价极高，说："真骨凌霜，高风跨俗"，曹植之下"桢称独步"，并将其诗作列为上品。历史上常把曹植与刘桢称为"曹刘"。南朝谢灵运对刘桢作品评价很高，"卓荦偏人，而文最有气，所得颇经奇"。刘勰在《文心雕龙》中也高度称赞："公干气褊，故言壮而情骇"。

建安风骨就是"慷慨以任气"，"梗概而多气"。曹操是建安风骨的象征，建安文人能形成一个集团，固然是曹操父子的笼络、团结，更重要的是这些文人气味相投，他们身上都积淀着时代精神的内涵，其人格雄强，其气质苍凉，其理想建功立业，永垂天地间。他们的政治豪情堪称山高海深。曹操的《观沧海》一诗最能体现建安文人自我辐射出的强大的精神魅力，也"真正富有人之本质力量的慷慨之境"。遗憾的是，建安二十二年（217）邺城一带发生一场传染性瘟疫，刘桢、陈琳、徐干、应玚相继被这场灾难夺去了生命。

六

现在建安七子，只剩下了王粲了。我有一篇文章专门写了这位学驴叫的诗人。王粲的命运比那六子好得多。这个其貌不扬、矮小瘦弱的王粲，开始投靠刘表，在刘表幕下不得其志，虽才华盖世，但其貌不扬，直接影响了他的仕途。他郁郁不得其志，学驴叫，发泄对世道不公的怨愤。苦难造就了诗人，王粲一生代表作，即传世之作，却是在刘表手下完成的，如《七哀诗》、《登楼赋》等。后来王粲投靠曹操，曹操重用他，王粲一改狂放不羁的脾气，由一头尥蹶子、暴躁的小叫驴，变成温驯可爱的顺毛驴。他接受生活的教训，大为曹操唱颂歌，诗歌的主旋律由抨击社会黑暗、战争的残酷、民生的凋敝，变成对曹操的歌功颂德，赞颂其丰功伟业。即便是法家的曹操，海一样的博大胸襟的宰相，也愿听赞歌，听颂辞，你孔融怎么样？老是和我唱反调，不是死在我的刀下？还有祢衡，你小子狂放、傲岸，我没有下手收拾你，把你转送出去，到头来黄祖还不是一刀结果了你的小命？

王粲在邺城十年，也是他人生的最后十年。曹操南下攻下荆州，在庆功宴上，王粲对新主曹操，极尽才华，大唱赞歌，发表激情洋溢的颂辞："丞相您横行天下，平河北、定荆州，招引贤俊，赐爵授位；一时海内归心，望风思服，文武并用，英雄尽力。这正是夏、商、周三代开国之君所成就的不朽功业啊！"

你看这位学驴叫的诗人嘴巴多甜，对新主子多么会阿谀奉承啊，差一点没有把曹操称作尧、舜、禹一代圣皇。王粲以后跟随曹操出征，写了大量诗赋，盛赞曹操军威，称赞曹操"赖皇华之茂功，清四海之疆宇”。他的《从军诗五首》更是肉麻地赞扬曹操和武功：“相公征关右，赫怒震天威。一举灭獯虏，再举服羌夷。西收边地贼，忽若俯拾遗。”并辩说，军队虽艰苦，看你跟着谁，跟着相公作战，苦中也有乐。

王粲不仅得于曹操，也和曹丕、曹植兄弟关系极为密切，深得兄弟二人的喜欢。那时曹植风华正茂，锦衣华食，仪表堂堂，为人轻率洒脱，虽贵为“王子”，但不拘小节，不讲究举止的威严，才华与王粲相仿，性格也有些相似。他们诗酒风流，在邺郡笙弦歌舞，确实度过人生最荣耀、最浮华的时光。

建安十八年，朝廷下诏，擢曹操为魏公，并加九锡，其地位与太子相当，曹操虚情假意推让一番，王粲等人趁此大加歌颂曹操，积极上书，劝说曹操建立魏国，取代汉朝。不用说，曹操更加宠爱王粲。王粲的人生达到辉煌之巅。但曹操很理智，他像站在悬崖上的一只雄鹰，犀利的目光，扫描着大汉江山。他没有称帝，他不愿做僭越皇位的奸臣，为后人詈骂。他的事业由儿子完成。大汉王朝已至尾声，魏国建立，曹丕成第一代皇帝，王粲也因病去世。曹丕亲自参加了他的葬礼，在葬礼上，曹丕说：“大家不要哭了，王粲生前爱学驴叫，每一个人学一声驴叫，算是为仲宣送行了。”建安二十四年，也就是王粲去世不到四年，他的两个儿子受谋反案牵连，被曹丕杀掉。聪明的王粲悲剧的人生由他的儿子承担。

风骨卓异的建安文人以他们才华和悲剧人生结束了一个文学时代，这是中国文学史最光彩熠熠的一点，建安风骨的遗传基因，并没有因建安七子之死而结束，整个西晋王朝的文人大都发扬建安文人的遗风，竹林七贤基本上是“建安七子”的再版，但迥然不同的是前者积极入世，后者却放浪山水，不愿做司马昭西晋王朝的御用文人，嵇康、阮籍便是其中代表人物。嵇康之死同孔融之死，恰是一枚银币的反正面。

离开邺郡时，我再次拜谒了那汉柏。村人告诉我，这树是曹植为父亲栽下的一棵拴马桩，现在成为汉魏时代惟一活的遗存。这是一棵奇树，一棵神树。村人用铁栏杆围起来，成为“国宝”。我站在树下，只觉得那树笼罩着庞大的文化氤氲，皲裂斑驳的树躯是一种诗意的沧桑。那横逸的枝干张扬着一种精神，风吹飒飒的涛声是一种风度，是一种气质的物化，是一个家族血脉之滥觞。它顶天立地，仪表万方，凌冰霜，傲风雪，省天地之大道，悟宇宙之真谛。它又是一个王朝之图腾，人文精神之凝聚。

2014年11月

夜雨，仄身潜入成都

——诗意锦官城

一

我三次去成都，都遇上雨，巴蜀雨多，春雨霏霏，秋雨潇潇，夏雨淋淋。常常三五天来一场，有时天天有雨，雨大时如倾盆，雷鸣电闪，声震屋瓦；雨小时，轻如烟，细如愁，像一曲轻音乐虚无缥缈地飘浮在空中。

现在雨又下了，是春雨，就像杜甫的《喜雨》所写的："好雨知时节，当春乃发生。随风潜入夜，润物细无声。"今夜的雨和唐朝的雨，没有本质上的区别，依然是侧着身子潜入成都的。雨打芭蕉沙沙有声，那是雨的歌，悦耳动人。这雨下得很耐心，细腻而柔情。整个城市都湿漉漉的，灯光、楼房、街道、电线都朦胧在扑朔迷离的烟雨里。成都的雨夜是一首诗，朦胧诗。

在这静静的雨夜里，我翻阅着三千年古都成都的文史资料，仿佛穿越在历史的隧道里，不时遇到身着宽衣阔袖的司马相如、杨雄、左思，他们蹒跚的身影，依稀飘忽在眼前；时而又遇到大唐帝国的诗人们，成群结伙地来到这巴蜀名城，或醉意深深，或趾高气扬，举手投足皆是风流才子的豪放和落拓。还有宋朝大名鼎鼎的三苏也来成都吟诗弄赋，留下浪漫的故事和美丽的传说。这是一个城市的记忆，也是城市的自豪。凡是被文人墨客钟情的城市，必定是钟灵毓秀、风光旖旎之地。

安徽宣城被世人称为"诗城"，"宣城自古诗人地"，而成都则为"诗都”。三千年来，究竟有多少名流大家、文人雅士光临过成都，我手头没有资料，但咏成都的诗篇满城皆是。《诗经》、《楚辞》里都记述过成都，在那诗歌的黄金时代，唐宋诗人不怕蜀道之难，跋山涉水，莅临成都，写出灿若星辰的诗章，至今还闪烁在文学史上，闪烁在古都的史志上。在中国历史上，除了西京长安、东都洛阳，以及汴京开封几个都市，谁敢跳出来与成都掰掰手腕？

成都以丝锦闻名天下。这里自古养蚕业发达，连古蜀王也名“蚕丛”。三国蜀汉时期，因成都蜀锦出名，成为蜀汉政权重要的财政收入，蜀汉王朝曾设锦官并建立锦官城以保护蜀锦生产，“锦官城”的称呼便由此产生，进而声名远扬。之后，浪漫主义诗人李白又作“蚕丛及鱼凫，开国何茫然”，既写出蜀国的历史悠久，为下面写巴山蜀水的壮美险峻、蜀道艰难打下伏笔。史记上说：“一年而所居成聚，二年成邑，三年成都”；李白又写诗：“九天开出一成都，万户千门入画图，草树云山如锦绣，秦川得及此间无。”如果说《蜀道难》是李白出蜀后第一次到长安时写的，那么这首诗应该是在出蜀后回忆成都的风光，是漫游秦川所感，想起故乡山水的壮美，草树云山，流水人家，家家养花，户户如画，三秦高原黄土怎堪媲美？诗里流露出对故乡热烈的爱，真挚的情，还有几分自豪。李白对故乡的歌咏很多，写罢此诗，激情未尽，诗兴仍浓，又挥笔写道：“水绿天青不起尘，风光和暖胜三秦。”李白还以三秦作参照，三秦不仅不如故乡巴蜀风光优美，连空气也不如蜀都清新甘醇。成都清新的空气，清澈的流水，青绿的山野，满目锦绣的风光，那是纯真的自然。

李白所言“九天开出一成都”，并非指时间，九天会造出一座都城吗？皆因造物主的偏爱，成都的出现是上天的恩赐，是大自然的杰作。《诗经》描述高岸为谷，深壑为陵，沧海变为桑田，大海退去，成都平原周围的大山才渐渐隆了出来，滇池、邛海变成内陆湖泊，这片壮丽土地是大自然的鬼斧神工，李白的想象并非凭空而来。

一夜春雨，洗绿了满街花木，锦江流水又涨了几分，喧嚣的浪涛拍打着石砌的岸，澎湃之声远远传来，雨把巴蜀的春天渲染成一幅山水画，给成都带来空灵毓秀之气。榕树开花，粉红的花絮，如云如霞，被陆游赞美的海棠也开放了，路边花圃，锦江岸畔，街头小公园里，成簇成片的海棠摇曳着一束束火焰般的花。成都又称蓉城，传说，五代后蜀主孟昶在成都大植芙蓉，从此芙蓉城成为锦绣成都的代称。

我漫步成都街巷，车流人浪，早淹没了诗情画意的静美。其实，左思的《蜀都赋》中早已记述了成都的繁华。早在一千七百年前，也许是春天雨后的日子，男男女女身穿鲜艳漂亮的时装逛街，大街小巷，店铺云集，货物山积，市廛之声毫不逊色今日之喧嚣。所以左思兴奋地写道："市廛所会，万商之渊。列隧百重，罗肆巨千……袨服靓妆。"

这里山美，水美，文美。传说上个世纪30年代，在成都茶馆出现百姓写诗的热潮。有好事者将自己的诗贴在茶馆墙上，第二天，应者如云，和诗者打起擂台，茶馆满席，茶客们边看边谈诗论词，指点优劣。

茶馆是成都的一道风景。成都失去茶馆和火锅店，成都还叫成都吗？茶馆遍布街巷，茶香弥漫四季，大小茶馆常常茶客爆满。他们不仅仅是喝茶，更是来凑热闹，摆龙门阵，这里是娱乐场所，既是以茶会友又是新闻发布会。茶馆一度是成都的灵魂，成都的历史是在茶馆里起草的。

在成都，流传着乞丐都能写诗的故事。说，寒冷的冬夜，茶馆打烊后，将剩余的炭火倾倒街上，几个乞丐一拥而上，围着残火取暖，成都称之为"烘笼"。一个乞丐随口吟道："烟笼向晓迎残月，破碗临风唱晚秋。两足踏翻尘世路，一盅喝尽古今愁。"诗作确实不俗，文气十足，居然能将寒夜里争抢残火的凄苦写得诗意盎然。

清末有一位秀才写诗道："石马巷中存石马，青羊宫里有青羊。青羊宫里休题句，隔壁诗人旧草堂。”这就是说，你来到成都休乱题诗，这里诗家高手很多，隔壁便是诗圣杜甫的草堂。

诗的传统，其实是一种文化底蕴，历经岁月的积淀、打磨，才化为这座城市的血脉和基因。

二

赤里、文翁坊、石堂巷、君平街、支矶石、锦里、驷马桥、琴台……这都是成都最古老的街道，如同一条条血脉，至今流淌着蜀风汉韵，这是成都最鲜活最古老的灵魂！

司马相如给成都带来一缕文脉。尽管扬雄、左思都极尽华美之词，夸饰性地写过《蜀都赋》，与相如相比稍逊风骚。相如一篇《子虚赋》惊动朝野。这个风流才子的爱情故事已成经典，流传千载。一曲《凤求凰》，撩拨起小寡妇卓文君的倾慕之怀，不顾其父的百般阻拦，不惜万贯家产，与这个穷酸书生私奔，跑到成都。辞赋再美不是黄金屋，琴声再动人也不能果腹。人生第一需要油盐酱醋茶，文君围裙一扎，垒起七星灶，招待十六方，当垆贾酒，以维持生计。

当年司马相如与卓文君当垆卖酒的琴台已不存在，地方志专家告诉我，琴台就在青羊宫附近，但这里现在高楼成群，大厦林立，街衢繁华，店铺相连，到哪里寻觅当年“文君当垆，相如涤器”的酒楼琴台？我徘徊在青羊宫外，目光怅惘，思绪迷茫，我努力追寻遗失岁月深处的一缕汉韵，依稀闻到醉人的酒香，还有一缕绝妙的琴声，像高山流水，像风过林杪，如水的音符从历史的罅隙中流泻而出，情动处依然风起云落。

相如和文君白日贾酒，晚上打烊后，依然诗酒逍遥，你弹琴我吹箫，你绘画我写赋，夫唱妇和，忙里偷闲，享受着诗意人生。

司马相如的文名传到宫廷，惊动了汉武帝，汉武帝下诏宣相如晋京。相如受宠若惊，来到长安，住在豪华的宾馆，茶食全由侍者照顾，他成了御用文人。相如更竭尽才智，一篇《上林赋》，博得龙颜大悦，不久赐予他不大不小的文官。相如从此出车入辇，随从如云，侍女簇拥，更有大官小吏招待宴请，整天过着灯红酒绿的生活，时间一长，早已忘记千里之外的娇妻。故园千里，相思无形，身边香风氤氲，倩影袅袅，能不想入非非？

而留居成都的文君，却日夜思念远方的郎君，“三年音信无，要见除非梦”。她孤独、凄清，独自不敢调素琴，听清声，依稀传来“孤鸿云外”的悲鸣，青枫林中哀叫，声声断肝肠。春天，云雾缭绕，望穿青山叠叠，盼大雁北归，仰天察看，哪只鸿雁能传佳音？三五明月夜，不敢凭栏，怕风声凄凄，无数怨怒哀愁，涌上心头。难道忘记卓家大厅里曾奏响《凤求凰》恋曲？忘记私奔时的海誓山盟，忘记我贾酒你涤器虽苦犹甜的岁之月？心上人你在何方，山高路远难挡一缕孤苦的思念，芳心遥寄，却不见回音……

一日文君收到相如的回信，上有一、二、三、四、五、六、七、八、九、十、百、千、万，聪慧的文君立即感到心惊，无亿，无忆，无意！文君泪眼迷蒙，也写了一封“数字”回信，叙述“一别之后，两地相思”的孤凄心情、悲苦思念：“对镜心意乱”，“二月风筝线儿断”……相如手捧信笺，泪光闪烁，惭愧不已，痛恨淡忘旧情……终于放弃纳妾念头，自此，两人白头偕老，安居林泉，走过人生一段甜蜜岁月。

杜甫来到成都曾登琴台，写诗道：“茂陵多病后，尚爱卓文君。酒肆人间世，琴台日暮云。野花留宝靥，蔓草见罗裙。归凤求凰意，寥寥不复闻。”

左思写三都赋在文学史上流传不少佳话，据说他为写《蜀都赋》曾拜访熟悉蜀地情形的张载，了解岷、邛之事，构思十年，厕所里都放着纸笔，偶然得一佳句，立即记下来。足见左思创作三都赋是下过一番功夫的。左思不是蜀人，而是山东人。三都赋名噪一时，洛阳为之纸贵。

三都赋首篇便是《蜀都赋》，左思以华丽优美的辞藻，铺采摛文，体物写志，描绘蜀都的山川形貌，京畿的周疆，丰富的物产，都邑的繁荣，宴饮的豪奢，畋猎的壮观，盘游的盛况。构思宏阔，结构宏大，多角度、多方位再现了蜀都的形胜壮观，文采风流。左思的三都赋虽然轰动一时，但文学价值并不高，走的是汉大赋的老路，宏丽巨衍，铺张扬厉，没有创新意义。

扬雄是成都人，辞赋大家，他口吃，不善言辞，但善于思考。他不汲汲于富贵，也不戚戚于贫穷，不以邀名当世，有大度，不趋炎附势，不参与朝政，甘以寂寞，埋头著书，非圣贤书不读。他非常崇拜老乡司马相如，以相如辞赋为范文写了许多华丽的辞赋。后来也被汉武帝调到首都长安，和相如同为御用文人。但扬雄不善于交际，一生无官无位，只留下几篇雄文。

三

有诗云："诗人从此蜀中多，唐有李白后有苏。"唐宋两位最杰出的文豪、最璀璨的星辰都渊于巴蜀，何因？我沿着锦江散步。一夜春雨，锦江浪涛又急了，水击岸石，激溅的浪花蹿得很高，这是江河的情感，是江水的放纵。我想，一方水土养一方人。蜀都的青山绿水孕育了他的儿女们的一颗诗心，草绿花明增添了他们的一抹诗情。这里多雨多水多江湖，流水的袅娜，流水的清丽，流水的狂放和恣肆，激发了他们的灵性，水的变幻莫测的基因早在童年已注入他们的血脉。

成都是诗人的摇篮。

这里水波漾绿，蓝天凝碧，山温水暖，绿树叆叇，芳草萋萋，吸引了多少风流佳人、雅士才俊纷沓而至，更添锦江一段春色！

李白离开了巴蜀，杜甫却去了成都。

安史之乱，叛军攻占长安，杜甫历经艰难，逃出长安，来到新即位的唐肃宗的身边，唐肃宗给了他“左拾遗”，就是给朝政提提意见，拾遗补阙，并非重用。后来杜甫为被罢相的房琯辩护，触怒唐肃宗，也被罢了职，炒了鱿鱼。

杜甫回到鄜州，见到久别的妻子儿女，便带领家眷来到成都，那正是肃宗乾元二年（759）。

杜甫大半生漂泊无定，生活潦草杂乱。他移居成都，是慧眼的选择，命运的安排。杜甫很穷，连个草房子都是靠亲戚朋友捐助建成的。

一个长途奔波的旅人筋疲力尽时有了栖息之所，一个四处飘零者困厄之际寻到了生活的港湾。这里生活安定、悠闲，也平静。远处是气势磅礴的岷山，浣花溪水穿过树丛，潺湲而去。这里竹树茂密，杂花芳菲，野草葳蕤，鸟鸣枝头，蜂飞蝶舞，水田里传来老水牛的哞叫声，采桑女的谣歌穿枝透叶，隐隐传来，悦耳动听。连阳光也清丽妩媚。这是陶渊明的“桃花源”，这是谢朓的山水诗，这是王维的辋川，在这里杜甫度过了他人生最值得回忆的时光。三年多时间，杜甫创作了二百四十余首诗，而且佳作连连，华章叠叠，严然草堂成了文学史上的一块圣地。杜甫此时才有闲情逸趣，欣赏大自然之美，他笔下少了那些啼饥号寒，在死亡和毁灭中挣扎的百姓的哭嚎，多了些生活情趣，他写了《为农》、《江涨》、《漫城》、《狂夫》、《春水》、《卜居》、《春夜喜雨》等赞美的篇章。他写乡野风景：“圆荷浮小叶，细麦落轻花”；他写寒食节：“汀烟轻冉冉，竹日静晖晖”；他写鸳鸯蝴蝶：“留连戏蝶时时舞，自在娇莺恰恰啼”，“泥融飞燕子，沙暖睡鸳鸯”；写雨后的城市和乡村：“细雨鱼儿出，微风燕子斜”，“晓看红湿处，花重锦官城”。这是何等幽静清丽的风景，这是何等愉悦怡然的心境！杜甫来成都前的生活状况如何呢？且不说飘零之苦，旅肆中的风霜雨雪，即便留在长安，竟然过着如乞丐、流浪汉一般的生活："朝扣富儿门，暮随肥马尘。残杯与冷炙，到处潜悲辛"；他的笔下皆是"三吏三别"之苦难，"朱门酒肉臭，路有冻死骨"之愤慨，耳边闻到的是"车辚辚，马萧萧"，是"拦腰顿足"的嚎啕，是卖炭老汉悲凉的吆喝……满目悲苦，满怀怨怒，一腔忧国忧民之情。

由于生活所迫，杜甫不得不违心地向达官权贵投诗，希望他们能给以提携，得到的却是失望和冷遇，他无奈，只好靠卖药为生："卖药为生，寄食友朋。"

杜甫生前虽然写诗很多，但是名气不大，他结识李白、高适等名流，但他的同辈好友，没有一人赞扬他的诗。他在世时，唐朝的诗歌选集，也很少选他的诗。他死后，只有晚唐韦庄编辑诗选，收录他七首诗，若干年间无人问津。直到宋朝，才由王禹偁、晏殊、欧阳修等把杜甫宣传出来，并捧为"诗圣"，一时间，杜甫成为大宋朝诗人的偶像，到了清朝叶燮还推崇杜甫"千古诗人推杜甫"。宋朝竟然出现"抑李扬杜"现象，注释杜诗有千家，而为李白诗作注的仅有三家。

四

无独有偶，在成都和杜甫草堂相映成趣的，还有女诗人薛涛的望江楼，也叫吟诗楼。

诗伎薛涛的出现，为成都更添了诗的艳丽风采。薛涛同时代诗人王建曾写诗道："万里桥边女校书，枇杷花里闭门居。扫眉才子知多少，管领春风总不如。"薛涛姿容美艳，禀性敏慧，能诗善乐，她出生在长安的一个小官僚家庭，后来随父调到成都居住。父亲爱薛涛视如掌上明珠，精心培养，希望女儿将来成为一位校书郎，碍于身份卑微，理想破灭。父亲早逝，撇下孤儿寡母，不得已薛涛及笄之年便加入乐籍，成为诗伎。长安亏欠了她，成都成就了她，她的才华在侍酒赋诗、弹唱娱客中得到淋漓尽致的表现。在成都，她如鱼得水，花柳春风。

薛涛的诗名扬天下，成为很多诗人心中偶像。那时，诗人写好一首诗，第一希望皇上能看到，第二就是能得到大家的夸奖，薛涛简直成了诗坛大家、权威。

后薛涛因为得罪成都军政一把手韦皋而被贬到蜀地松州，那地方又穷又闭塞，薛涛后悔莫及，做“十离诗”，向韦皋表示忏悔。不久薛涛被调回成都，但她再不愿过那种诗酒风流歌舞调笑的生活了，硬用自己积攒的重金赎回自由身，脱离了乐籍。奇怪的是，她也在浣花溪畔、万里桥边购得一处宅所，过起隐居泉林的生活。

杜甫去世于770年，据考薛涛恰恰出生在770年，两代诗人都眷恋浣花溪，这也是缘分吧？

浣花溪从远山流来，潺潺湲湲，叮叮咚咚，溪流清澈，映着蓝天白云，飘荡着树影花影，遇到顽石，它小心翼翼地绕过，遇到树丛，它柔柔地穿过。她静静地流淌着，没有拍岸的涛声，没有波浪的喘息，她线条飘逸，婀娜多姿，清澈纯净，溪底的卵石也被洗涤得光滑透亮，抒情而写意。传说，从前一位村姑在溪中浣衣，一个胖和尚走来将一件又脏又臭的破袈裟扔过来，让姑娘给洗洗。姑娘慷慨应允，谁知姑娘将袈裟往溪中一抛，水面顿时漂起一片莲花。姑娘惊愕地瞪大了眼睛，好一阵子才回过神来，再寻找那胖和尚，早已杳无踪影。

茅舍、溪流、小桥、芳草、野花，卵石铺岸，竹林疏朗，韦庄有诗云“浣花溪上如花客，绿暗红藏人不识”，这里充满着诗意的芬芳。

我走在浣花溪畔，忽然想起德国诗人荷尔德林的诗句：“人诗意地栖居在这片大地”，这是那首《在柔媚的湛蓝》中的著名诗句。诗人还写道："在柔媚的湛蓝中，教堂钟楼盛开金属光顶。燕语低回蔚蓝盈怀"，"谁在钟底缘阶下，谁就拥有宁静的一生"。蓝蓝的浣花溪，蓝蓝的山岚，蓝蓝的蜃气，蓝蓝的炊烟。蓝是一种明净和深远，蓝是一种温馨和宁静。

薛涛诗意地生活在浣花溪畔，像她前辈诗人杜甫，在大自然中寻觅生命的慰藉，寻觅灵魂的安抚。纯真、纯净，本身就是一种美。薛涛与溪水相伴，以写诗为乐。夜晚头枕流水淙淙，一窗竹影，半庭月色，早晨，鸟鸣幽幽，雾岚袅袅。面对清幽流水，鸟的鸣唱，虫的吟咏，她爱上这寂寞的蓝色，经常穿着鲜艳的衣服，临流顾盼，揽影自恋，徘徊在浣花溪畔，浪漫而自由，闲静而幽雅，投入自然的怀抱，尽情地享受这天地赐予的诗意和芬芳。她赞美清泉"冷色初澄一带烟"，歌唱"风前一叶压荷蕖"，在溪流中泛舟嬉水，也兴奋不已"水荇斜牵绿藻浮"，她写庙前听笛"夕阳沉沉山更绿"，她写海棠溪"春教风景驻仙霞，水面鱼身总带花"等等，笔触细腻，诗思奇妙，情调轻柔、恬淡，远比那灯红酒绿、强颜欢笑、阿谀奉承的幕府生活幸福得多，心灵与自然达到纯净的和谐，使人领略一代才女另一种自由写意的才情。

诗以天籁为上。薛涛在浣花溪畔写的诗辞丽句，少了烟火气，多了空灵山野的清新气。

人到中年，薛涛依然过着"门前车马半诸侯"的交游生活，和她交往的有高官大吏，有名诗人、名作家，还有幕府佐僚，贵胄公子和禅师道友。

在浣花溪畔居住的日子，薛涛还自制一种粉红色的"薛涛笺"，竖排八行的诗笺，用当地特产胭脂木，捣成纸浆，加上云母粉，用玉律井的清水浸泡，制出粉红色的纸浆，纸面上呈现不规则的纹路，清雅别致，简直是一幅幅艺术品，让人爱不释手。山野风味，清空一气，萧萧竹韵，潺潺溪声，雨浥野芳，冉冉清香，扑面而来。"薛涛笺"像薛涛诗一样，流传久远。

这里松竹兰芷，流香吐馥，草木掩映，风情雅润。浣花溪幽声遥泻，碧水清流，一股清新，一种灵性，那清脆欢畅的涛声浪语取代了幕府宴上的淫声媟语；那花红似火的鲜丽和勃勃生命的元气，取代诗伎生涯的黯然神伤。沧桑变化，洗尽铅华，一颗自由的心灵像轻风一样悠闲，像枝头的鸟雀欢快。

与薛涛一样著名的女诗人——花蕊夫人，也是成都的骄傲，是这片山水孕育的奇葩。这位国姿天色的女子原是一位歌伎，她的命运似乎比薛涛好一些，被后蜀末代皇帝孟昶纳为妃，成了一代国君的掌上明珠。她生活在五代十国，这是一个最混乱、最潦草的时代。十四岁的少女有闭花羞月之容貌，又有蕙心兰质之天资，为君王孟昶轻舞一曲《霓裳羽衣舞》，云袖翻转如孔雀开屏，裙裾飘逸如彩霞飞舞，环珮叮叮，舞步生风，直旋得落花如雨，孟昶两眼都看直了，舞毕，孟昶恍然有悟，立即下诏，纳为贵妃，并赐芳名——花蕊夫人。

花蕊夫人能歌善舞，她气质高雅似空谷幽兰，独绽清香，她唱歌音质优美，听之令人销魂蚀骨。花蕊般娇艳，流水般温柔，莺语燕喃般亲昵，云鬓峨峨眉黛如远山，肩若削成，腰如约素，千娇百媚，恍若天仙。

孟昶喜欢芙蓉树，下诏全城多植芙蓉，红芙蓉、白芙蓉、醉芙蓉、五色芙蓉，一时间，锦官城又成了“芙蓉城”。“二十四城芙蓉花，锦官自昔称繁华。”暮春夏初，红芙蓉、白芙蓉、醉芙蓉，花团簇簇，竞相开放，满城霞翻霓滚，潮涌浪卷。孟昶和爱妃花蕊夫人沉醉香雪海中。但好景不长，宋太祖的大军兵临城下，孟昶和花蕊夫人被俘，押到汴京。

人生如梦。真是林花谢了春红，太匆匆。花蕊夫人来到山寒水瘦的中原，人非物亦非，更思念巴蜀锦官城。那香飘满城的芙蓉，沉香池、水晶殿、碧罗纱、鲛绡帐、青玉枕……都化为掠影，成了追忆。如花美眷，似水流年；旧事繁华，已如云烟，眼前只有戚戚惨惨凄凄。

在一次宴会上，饮酒间，宋太祖让花蕊夫人吟诗一首，她随口吟道：

君王城头竖降旗，妾在深宫哪得知？
十四万人齐解甲，更无一个是男儿。

诗一出口，四座皆惊，众人惊骇她的大胆，太祖惊叹她一个小女子却有如此襟怀。

五

窗外仍然下雨。成都春夜的雨总是那么缠绵、浪漫，轻飘飘的，又温柔柔的。夜静了，灯光也疲倦了，裹在雨纱里，朦胧，萎涩了。雨声沙沙，打在黄桷树、芙蓉树叶子上，沙啦沙啦，打在阔大的芭蕉叶子上，吧嗒吧嗒，淅淅沥沥、哗哗啦啦，从天空落下的雨线，斜斜的，很有韵致，发出如筝如弦的清响，珠玉迸溅的喧哗，那雨仄身潜入成都的夜晚，随风潜入夜，润物却有声。我躺在旅馆席梦思床上，辗转难眠，白天参观草堂、青羊宫、武侯祠、望江公园，邂逅一大堆古今人物，我们穿越时空，有了情感的交流，有了思想的幽会。在青羊宫、武侯祠，在杜甫草堂，在薛涛的吟诗楼，那里松柏郁郁，竹木依依，氤氲着浓郁的文化气息，让人难忘的黛瓦青砖的古建筑，风雨千年，饱经岁月沧桑，历史就凝结在瓦片屋脊上，那古寺道观依然散发释道文化的幽香。更令人难忘锦江一川绿涛拍岸穿城而过，给这古老的城市添上动感和勃勃生机。城市离不开河流，有了流水，城市就鲜活，就灵气，就精神，水是血脉，山是骨骼，这座古城凭着它肌肉丰满，血液充盈，骨骼坚韧，它一口气活了三千年，真叫人惊叹它的长寿。

到了宋代，成都依然是诗人墨客心驰神往之地，且不说，首先是苏氏父子三词客创作了大量吟咏成都的诗文，进一步诗化了成都。苏氏故乡并不在成都，而在眉山，离成都不远，两地山川风物、人文历史均有相同之处，苏氏又在成都读过书，更熟谙成都一草一木。以至父子三人出蜀后，在各地为官时还念念不忘成都，写诗填词，赞美巴蜀山水，吟诵成都故土。

忘却成都来十载，因君未免思量。凭将清泪洒江阳。故山知好在，孤客自悲凉。

坐上别愁君未见，归来欲断无肠。殷勤且更尽离觞。此身如传舍，何处是吾乡。

这是苏轼乌台诗案遭贬后诗作，那时东坡心境不佳，写了许多怀乡诗词："人生如逆旅，我亦是行人"，诉说飘零之苦，诗含悲怆，词蕴凄凉，仕途坎坷，命运顿邅，不由得想回故乡，归隐泉林："功成名遂早还乡"。但举首远望，故乡何处？归途迷茫，只得"小舟从此逝，江海寄余生"。

苏氏父子吟咏成都当属自然之事，故乡嘛，谁不思念？那么柳永何时来到远山远水的成都，他的一首《一寸金·成都》写得如此洒脱、富丽，比东坡的《临江仙》更生动，更有艺术魅力：

井络天开，剑岭云横控西夏。地胜异、锦里风流，蚕市繁华，簇簇歌台舞榭。雅俗多游赏，轻裘俊、靓妆艳冶。当春画，摸石江边，浣花溪畔景如画。

梦应三刀，桥名万里，中和政多暇。仗汉节，揽辔澄清，高掩武侯勋业，文翁风化。台鼎须贤久，方镇静，又思命驾。空遗爱，两蜀三川，异日成佳话。

风流不羁的柳永，放纵于娼楼妓馆，虽大半生飘零在外，查阅他的履历档案，还真的游历过成都，蜀道之难并未阻挡这位浪漫词客的脚步，显然，这首词决非浪漫主义想象的成果。这首词是柳永游成都写赠当时奉调入京的方镇长官的。

柳永一生不仅写了大量的咏妓的词，而且他的笔下祖国山川写得真切优美，尤其写名都大邑的词章，更是大气磅礴，典雅华美，气象非凡，形象逼真。他写帝京开封《倾杯乐》，他写杭州《望海潮》，他写苏州《木兰花慢》等等，柳永以激动的诗笔把这些名都大邑写得如此雄伟壮观，清幽秀美又富丽非凡，汴京的“帝居壮丽，皇家熙盛”，杭州的“烟柳画桥，风帘翠幕，参差十万人家”，寥寥几笔写出都市的美丽风景，人烟稠密，市肆繁华。他写“人间天堂”苏州，更是笔墨含情：“咏人物鲜明，土风细腻，曾美诗流”，“晴景吴波练静，万家绿水朱楼”。苏杭是人间天堂，而成都是天府之国，其富丽繁华、风光旖旎更不让苏杭，所以柳永放歌“锦里风流”，“簇簇歌台舞榭”，“浣花溪畔景如画”。在柳永笔下，都市风光一一展露。

六

成都值得欣慰的还有陆游和南宋诗人范成大的游宦生涯，他们在这里度过一段激情燃烧、放浪不羁的岁月。陆游的别号“放翁”就是在成都叫起的。

陆游是乾道八年（1172）正月，由夔州入川抵达南郑，在四川宣抚使司王炎幕下任干办公事兼检法官。这是个有职有权的军中官位，宣抚使司就是负责前敌工作的最高指挥部。陆游八个月的军旅生涯，是他一生中身临前线的宝贵时光。他身着戎装，驰骋在国防前线南郑（汉中）一带，在这里可以实现他北伐中原、收复北国江山的宏图大志。陆游激情如火，热血沸腾，写了大量“寄意恢复”的爱国诗篇。但不久，王炎调离四川，陆游也被调至成都任安抚司参议官，实际上是个“空御”，无职无权无事，陆游自称“冷官无一事，日日得闲游”。他从南郑前线归来，竟然遭到如此安排，心中郁闷不乐，一腔报国之志，满腹鏖兵沙场的豪情被兜头泼了一盆冷水，怎能不感到痛苦、忧伤？

淳熙元年（1174）十月，著名诗人范成大来成都就任四川制置使。范成大小陆游一岁，是诗友。陆游本应该在这位老弟手下有一番作为，为抗金斗争轰轰烈烈干一场，然而朝廷的腐败，范成大也是有志难展。陆游不断向范成大建言建策，范成大也只能哼哼哈哈地应付他。范成大深知朝中主战、主和两派孰重孰轻，皇上的心偏重何方，他不会一味支持陆游的意见而让自己丢官。无奈，陆游也只能陪同范成大诗酒唱和，饮酒赏花，过着歌舞升平无聊而空虚的生活。成都这地方北邻邛崃山，东为巫山山脉，南接云贵高原，北部为大巴山，是四川盆地的核心地带。这里气候温湿，林木葳蕤，花草纷繁，民殷物阜，果蔬飘香，这里山水最宜激发诗人的浪漫主义情怀，激发诗人的灵感。陆游为排解心中苦闷，便陶醉在山水风光里，写了大量的山水诗，“剑南山水尽清晖，濯锦江边天下稀”。陆游不仅爱香得醉人的梅花，在成都他又爱上海棠花，他写诗道：“成都海棠十万株，繁华盛丽天下无”，“碧鸡海棠天下绝，枝枝似染猩猩血”。他的醉意伴随着失意，复杂的心情跃然纸上：“当年走马锦城西，曾为梅花醉似泥。二十里中香不断，青羊宫到浣花溪。”成都的风土人情，良辰美景，既点燃了他的诗情，也销蚀了爱国诗人的意志和心头愤懑。陆游的“梦幻”破灭了，空有一腔爱国之志，壮志难酬，只能放浪山水，沉醉在酒肆、歌院中。

也许他的生活太散漫了，也许他过于积极的抗战情绪，触怒了朝廷的主和派，那些“言官”们便奏本，罢免他的官职（本来陆游接到诏令，赴任知嘉州）并批评陆游“燕饮颓放”。这是“罪名”。何罪？陆游说：这一说法别致得很，就作为我的别号吧！于是他自称“放翁”。

陆游入川最初阶段是热爱蜀地的，他一生所作爱国诗篇最多是在剑南，他的《剑南诗稿》是他生平最辉煌的著作。但是，蜀地又是他失意伤心地。他怀着悲愤的心情离开成都。

冉云飞先生说：“文化人之入川，主要是因为宦游。而宦游入蜀的文化人没有几个是将官做得很得意的，倒是一大堆失意人。”这类人很多，唐朝的王勃、刘禹锡、李商隐、岑参、高适、卢照邻等，宋朝的陆游、范成大、柳永、黄庭坚等文人雅士。杜甫是逃难而来，所以他感慨道：“自古有羁旅，我何苦哀伤。”他们是“过路的文化人”。成都这片锦山绣水没有挽留下他们，却医治了他们的心灵创伤，丰腴了他们的精神，成就了他们的事业。他们的才华也辉煌了成都，诗化了成都。这里漫山遍野，镌有他们斑斑足迹，散落着他们的诗词曲赋，处处散发着浓浓的诗意。

几天来成都采风，满脑子是成都烟花诗文的往事，我总觉得，其他城市如同小说呈现在读者面前：小说中的人物，故事的深意和数学逻辑般的结构，气氛的渲染，情节和细节的描绘，使我在现实和虚构中摇曳，产生梦幻般的感悟。而成都却像一册诗集，三千年来汇集而成，给我感情的力度，情感的温度，思想的深度，美学的熏陶，是其他城市难以比拟的。无论浣花溪畔的草堂，还是锦江岸边的吟诗楼，它们本身就是一首好诗，一座诗的魔岛，给人以独特的意象，独特的思考，深刻的思想，读者会被魔岛的奇景所陶醉，被诗的光芒照亮。

诗意锦官城。

这里弥漫着诗的神性。

夜深了，雨还未停。我拉开窗帘，一帘潇疏细雨，雨夜都市迷离的景色更撩人。稀了市声，疏了人影，淡了灯光。夜雨，寂寞地飘落着，斜斜的雨丝像垂挂在黛蓝色的夜空，沙沙声，潇潇声，霏霏声，轻柔地抚慰着疲倦的城市。润物有声，三千年的沧海桑田孕育了成都诗的浪漫气质、性格、智慧和情感，孕育了璀璨夺目的文化巨星，孕育了凝重深厚的文化。

成都累了。夜雨，仄着身子潜入她的梦中。

2015年5月

后　记

这是一部讲述“城市乡愁”的散文集，也是我的《千古墨客》散文集的姊妹篇。前者多是介绍历代文化名人的丰富感情世界，写出他们生命的另一页风景。在这本书中，我着重向读者介绍诗人墨客在文化名城的行迹，及他们斑驳的生活留影。正是这些文化精英以其天才的诗文词赋和绘画音乐艺术，灿烂了历史，辉煌了城市；城市因他们自豪，他们又以城市的景点为载体，写出了千古绝唱，使他们的才华发射出璀璨的光芒。

这些年来我走遍大江南北，许多文化名城、名镇都留下我匆匆的足迹，也飘动过我的衣襟。走过风，走过雨，走过冬，走过夏，这些城市都留给我美好的印象。在这里我幽会了诸多天才的诗人、作家、艺术家，拜谒了他们的纪念馆、故居、墓地，我仿佛阅读了他们人生传记的某些章节，依稀感受到他们的音容笑貌，吟咏歌哭……他们的创造使这些城市生辉，而城市也因他们而骄傲、自豪。

这是智慧的城市。城市实际上由两部分构成：物质世界和虚拟世界。诗和艺术便是城市智慧最亮丽的展示。

所谓浏览景点，一是自然自身形成的，二是人文的，后者则是文化名人吟诗赋文的地点，或者他们居住滞留之地，即使被贬被逐被流放之所也成了历史的光斑。试想滕王阁、黄鹤楼、岳阳楼若没有王勃序、崔颢诗、范仲淹记，这些楼阁会存留至今吗？谁说诗虚无缥缈？谁说文章无用？一首诗，一篇文，可以滋润一段枯萎的历史，激活一座衰老的城市。

有了他们，城市的精神就不会干涩，生活会充满爱情和诗意。

所谓文化名城，实指这里蕴藏历代文化名人的诗词歌赋和艺术家的艺术品。这些诗文艺术，不仅是美的展现，更熔铸了深刻的文化内涵。这是城市精神，是画龙点睛的一笔。

在皖南漫游时，黄昏时分，我真盼望在山村野店，遇到一处酒家，让店主人切上一盘牛肉，或一盘猪下水，最好还有一碟油炸花生米，酒壶上最好烧制着杜牧的"清明"诗，打开，会飘出一股唐诗的芳香。

这就是乡愁。

后来，我从电视上看到一则消息，说：广州市举办"萤火虫放飞"活动。这真是"新闻"，萤火虫在乡间都很少见了，且不说城市孩子是陌生的，即使乡间也难寻到。农药的大量施用，一些昆虫也濒于灭绝。童年时每到黄昏，我常到田边地头、树林草丛捕捉它们。萤火虫仿佛提着小灯笼飞来飞去，却飞不高，也飞不远，很好捕捉。我们家乡叫它"喇叭虫"，是鸡的美餐。古人有很多吟咏萤火虫的诗，李白"雨打灯难灭，风吹色更明。若非天上去，定作月边星"。虞世南也有诗曰："的历流光小，飘摇弱翅轻。恐畏无人识，独自暗中明。"这诗的意境多么优美，多么令人心情愉悦！广州举办"萤火虫放飞"也是一种"城市乡愁"。

农耕时代的城市都很小，最大的城市，如繁华的西安、汴京也不过百十万人。现在的城市动辄几百上千万人口，人满为患，车潮人浪，使城市喧嚣芜杂得令人窒息。而且城市正夜以继日无限制地向外扩延，钢筋水泥媾合的方阵在疯狂地演绎，结局是什么？不堪设想。人们生活在这钢筋水泥的森林，人人都变成猎人，在这里捕捉的是金钱、权力、物质和性；人人又都是猎物，激烈的竞争，血腥的厮杀，赤裸裸的搏击，一副看似幸福却充满血性的残酷。现代人的胃口特别强大，对物质和金钱从不满足，他们不停地奔波、殚精竭虑地诈骗、挖空心思地造假，他们失眠、焦虑、焦灼、忧郁、彷徨、迷惘，心得不到安宁，身得不到休闲，哪有闲情逸致和诗意人生？哪有和山水自然相融的和谐？

文化就是一种活法，文化就是讲人是怎样生活的。

美国学者布热津斯基痛切地说，20世纪最严重的问题是：普遍的城市衰败现象；贪婪的富有阶级；日益加深的种族和贫困问题；广泛的犯罪和暴力行为；大规模的毒品文化的流行；社会上的绝望情绪的滋生蔓延；过度的性自由；通过视觉媒体大规模地传播道德败坏的风气；公民意识下降；精神空虚感日益弥漫……还有铺天盖地的文化垃圾，明星杂志，无聊小报，牛皮癣般的小广告，大幅半裸的宣传画，粗制滥造的影视节目，电脑网络的黄毒，网络手机的诈骗，这是城市流行病。我想如果人类把自己的所有活动都交给了网络管控，一旦网络崩溃了怎么办？

雨果说："今天的思想家负有一个重大的职责，那便是对文明进行听诊。"

惟有诗和艺术可以拯救人类。这是缪斯女神交给人类的法宝。有了诗歌和艺术，这个世界不会变成沙漠，人类不会被异化。人生是有局限性的，生命是有局限性的。诗歌和艺术能通过想象扩延人生的空间，思维天地，从而延续生命，否则人会窒息而死。一个城市也是如此，没有诗歌和艺术，即使高楼林立，汽车如潮，但看不到这座城市的血液，更看不见这座城市的灵魂。我怀念那些诗意葱茏的城市。

中华民族的伟大复兴，不仅是物质财富的增加，GDP的增长，更需要文化的繁荣和复兴，出现更多的现代文化名城，使深厚的传统和丰富多彩的现实生活得到诗意的反映，展现充满活力的时代精神。

2015年6月

图书在版编目(CIP)数据

回味：沉默的风景 / 郭保林著 .—上海：东方出版中心，2016.1
ISBN 978-7-5473-0877-6

Ⅰ.①回… Ⅱ.①郭… Ⅲ.①散文集—中国—当代 Ⅳ.①I267

中国版本图书馆CIP数据核字(2015)第254851号

回味：沉默的风景

出版发行：东方出版中心
地　　址：上海市仙霞路345号
电　　话：62417400
邮政编码：200336
经　　销：全国新华书店
印　　刷：昆山亭林印刷有限责任公司
开　　本：890×1240毫米　1/32
字　　数：234千字
印　　张：9.875
版　　次：2016年1月第1版第1次印刷
ISBN 978-7-5473-0877-6
定　　价：35.00元

东方出版中心邮购部　电话：52069798